APR   2016

ENTRE VIÑEDOS

Entre viñedos

Título original: *The Best Man, Blue Heron 1*

Por acuerdo con Maria Carvainis Agency, Inc. y **Julio F. Yañez, Agencia Literaria.** Traducido del inglés **THE BEST MAN.** Copyright © **2013 by Kristan Higgins.** Publicado por primera vez en los Estados Unidos por **Harlequin Books, S.A.**

© de la traducción: Ana Isabel Domínguez Palomo y María del Mar Rodríguez Barrena

© de esta edición: Libros de Seda, S.L.
Paseo de Gracia 118, principal
08008 Barcelona
www.librosdeseda.com
www.facebook.com/librosdeseda
@librosdeseda
info@librosdeseda.com

Diseño de cubierta: Salva Ardid
Imagen de cubierta: ©Wave Break Media/Shutterstock para la pareja; ©Iko/Shutterstock para el perro
Maquetación: Nèlia Creixell

Primera edición: marzo de 2016

Depósito legal: B 28.873-2015
ISBN: 978-84-16550-23-4

Impreso en España – Printed in Spain

KRISTAN HIGGINS

ENTRE VIÑEDOS

Libros de
seda

¡Hola!

¡Gracias por elegir *Entre viñedos!*

Una de las cosas que quería hacer con este libro era describir un sitio que transmitiera una sensación hogareña y que al mismo tiempo pareciera un lugar de vacaciones, un sitio que pudieras ver con tanta claridad como si estuvieras allí.

La zona de Finger Lakes, en Nueva York, es uno de los lugares más hermosos en los que he estado. Los lagos son alargados, estrechos y muy profundos, y el agua tiene un aspecto etéreo gracias a su color azul oscuro. Las colinas son de color dorado por las viñas y el follaje otoñal es incomparable. Estas colinas están cuajadas de viñedos y de granjas menonitas. No es raro en absoluto pararse en un semáforo junto a un carruaje tirado por un caballo. Manningsport se encuentra en Hammondsport y es la ciudad más bonita que he visto jamás. Hay valles y cascadas por doquier; el borboteo del agua se oye por todas partes, y el sentido comunitario y el orgullo que sienten los habitantes de Finger Lakes por su hogar se palpan en el ambiente.

También quería escribir una historia en la que el héroe y la heroína tuvieran muchos motivos para mantener las distancias, pero ya sabéis cómo va esto. El amor tiene por costumbre pillar a las personas por sorpresa. Faith y Levi son un ejemplo de que los polos opuestos se atraen, pero tal vez tengan más en común de lo que creen. Ambos personajes adoran a sus familias y a su comunidad y los dos tienen que esforzarse por conseguir su final feliz.

¡Ojalá os guste el libro! Decidme lo que sea... Me encanta saber de vosotros.

Kristan

www.kristanhiggins.com

Muchísimas gracias a mi maravillosa agente, Maria Carvainis, una mujer muy lista, y a Martha Guzman, Chelsea Gilmore y Elizabeth Copps por todo su apoyo y ayuda. También quiero dar las gracias al maravilloso equipo de Harlequin, sobre todo a mis editoras, Keyren Gerlach y Tara Parsons, y a muchas otras personas que han mostrado confianza y entusiasmo con cada uno de los dichosos libros que he escrito. Gracias a Kim Castillo, de Author's Best Friend, por ser precisamente mi mejor amiga, y también gracias a la encantadora y perspicaz Sarah Burningham, de Little Bird Publicity.

No podría haber escrito este libro sin la generosidad de la cariñosa y sensata gente de la industria vitivinícola de Finger Lakes. Le debo muchísimo a Sayre Fulkerson, propietario de Fulkerson Winery, que estuvo medio día enseñándome sus preciosos viñedos y bosques. John Izard, vicepresidente de Fulkerson Winery, contestó muchísimas preguntas, y también le estoy muy agradecida. Gracias a Kitty Oliver y a Dave Herman de Heron Hill Vineyards y a Glenora Vineyards por tanta hospitalidad. Morgen McLaughling, de Finger Lake Wine Country, se encargó de enseñarme la zona vitivinícola, y me complace decir que fue amor a primera vista. Kimberly Price, de Corning Finger Lakes, también me ofreció una ayuda inestimable.

Gracias a Paul Buckthal, doctor en Medicina, que contestó mis preguntas sobre la epilepsia, y a Brad Wilkinson, también médico, cuyo nombre se me olvidó incluir en el libro anterior (¡lo siento, Brad!). Quiero además darle las gracias al sargento Ryan Sincerbox, del departamento de policía de Hammondsport, que me ayudó muchísimo; al sargento segundo Ryan Parmelee, del ejército de Estados Unidos; y al oficial tan amable que me atendió en la oficina de reclutamiento de Horseheads, Nueva York. Cuando le pregunté si podía incluirlo en los agradecimientos del libro, me dijo: «Agradézcaselo al ejército de Estados Unidos en vez de a mí». Y por eso lo hago, no solo como escritora, sino también como ciudadana agradecida.

Por su amistad, consejos y las incontables risas que hemos compartido, doy las gracias a Huntley Fitzpatrick, Shaunne Cole, Karen Pinco, Kelly Morse y Jennifer Iszkiewicz. A mi hermano Mike, propietario de Litchfield Hills Wine Market, que me informó de todo lo relacionado con la uva (todos los errores son míos exclusivamente). Como de costumbre, gracias a mi hermana Hillary, a mi querida madre, y a mi cuñada y grandísima amiga Jackie Decker.

A mis preciosos niños y a mi valiente marido... No hay palabras para expresar el amor que os profeso, pero espero que sepáis que conformáis todo mi mundo.

Y a vosotros, queridos y maravillosos lectores...: gracias. Gracias por pasar unas cuantas horas de vuestras vidas con mis libros. No tengo palabras para expresar el honor que eso supone para mí.

Este libro está dedicado a Rose Morris-Boucher,
mi primera amiga en este mundo de la escritura,
que aún sigue siéndolo. ¡Gracias por todo, Rosita!

Prólogo

Un precioso día de junio, delante de medio pueblo, con un vestido de novia con el que parecía Cenicienta y un ramo de rosas de un perfecto color rosa, a Faith Elizabeth Holland la dejaron plantada en el altar.

No lo imaginamos ni por asomo.

Allí estábamos todos, sentados en la iglesia Trinity Lutheran, sonriendo, de punta en blanco, con todas las bancas ocupadas y gente de pie amontonada en el fondo. Las damas de honor iban vestidas de rosa, y la sobrina de Faith, que acababa de cumplir trece años, iba monísima. El padrino llevaba su uniforme de gala y el hermano de Faith formaba parte de la comitiva del novio. ¡Todo era precioso!

La boda de estos dos chiquillos, Faith y Jeremy, que llevaban juntos desde sus días de instituto, iba a ser una de las jornadas más felices que se habían visto en el pueblo desde hacía años. Al fin y al cabo, los Holland eran una de las familias fundadoras, unas personas muy respetadas. Poseían más tierras que cualquier otra familia del condado vitivinícola de los Finger Lakes: hectáreas y hectáreas de viñedos y bosques que llegaban hasta Keuka, «el lago Torcido» como lo llamamos aquí. En cuanto a los Lyon... bueno, eran de California, pero de todas formas los apreciábamos. Era una familia adinerada. Buena gente. Sus tierras colindaban con las de los Holland, de modo que los niños habían crecido siendo vecinos. ¿No era tierno? Y Jeremy... ¡ay!, era divino. Podría haber sido jugador de la Liga Profesional de Fútbol Americano. No, en serio, era muy bueno. Pero, en cambio, lo dejó en cuanto obtuvo el título de médico. Quería ejercer la medicina en el pueblo, casarse con la dulce Faith y formar una familia.

El primer encuentro de la pareja fue muy romántico, al menos desde el punto de vista médico. Faith, que cursaba en aquel entonces segundo de bachillerato, tuvo un ataque epiléptico. Jeremy, que acababa de mudarse al pueblo, se abrió paso a codazos para llegar a su lado y la levantó como un héroe con sus fuertes brazos de futbolista, algo que, puestos a pensarlo, no se debía hacer, si bien sus intenciones eran buenas, y menuda imagen la suya: el alto y moreno Jeremy llevando en brazos a Faith por los pasillos. La llevó hasta la enfermería y siguió a su lado hasta que el padre de la muchacha fue a buscarla. Según dicen, se trató de un flechazo.

Fueron juntos al baile de graduación, Faith con su rizada melena pelirroja suelta. Su piel clara resaltaba muchísimo gracias al tono azul marino oscuro del vestido. Jeremy estaba guapísimo con ese cuerpazo atlético de metro noventa, su pelo negro y sus ojos oscuros. Parecía un conde rumano.

Estudió en el Boston College y entró a formar parte del equipo de fútbol. Faith logró entrar en Virginia Tech para estudiar paisajismo, de modo que la distancia y la edad... En fin, que nadie esperaba que siguieran juntos. Todos imaginábamos a Jeremy con una modelo, o incluso con una actriz de Hollywood jovencita, dada la riqueza de su familia, sus éxitos deportivos y su estupendo físico. Faith era muy mona, pero no dejaba de ser normal y corriente, aunque ya sabemos cómo funcionan estas cosas. El muchacho olvida a la novia y sigue con su vida. Todos lo habríamos entendido.

Pero no. Nos equivocamos. Los padres de Jeremy no paraban de quejarse de las abultadas facturas de teléfono y de los numerosos mensajes de texto que su hijo enviaba a Faith. Era como si Ted y Elaine estuvieran presumiendo: «¿Veis lo fiel que es nuestro hijo? ¿Lo entregado que está? ¿Lo mucho que quiere a su novia?».

Cuando estaban en el pueblo, durante las vacaciones, Jeremy y Faith caminaban de la mano, siempre sonrientes. Él solía arrancar una flor de las frondosas jardineras de la ventana de la panadería y se la colocaba a ella en la oreja. Muchas veces los veíamos en la arena junto al lago, sentados en el suelo, él con la cabeza en el regazo de ella. O navegando en el lago con la lancha motora Chris-Craft de los padres de Jeremy, con ella al timón y él detrás, rodeándola con sus musculosos brazos, como un anuncio para atraer turistas. Parecía que Faith había encontrado una mina de oro, y muy bien que había hecho atrapando a alguien como Jeremy. Todos le teníamos un cariño especial a la pobre niñita que Mel Stoakes rescató de aquel terrible accidente. A Laura Boothby le gustaba alardear del dinero que Jeremy se gastó en flores para celebrar su primer aniversario, el cumpleaños de Faith, el Día de San Valentín y, a veces, porque le apetecía sin más. Algunos de nosotros pensábamos que se estaba pasando un poco, sobre todo teniendo en cuenta que nos encontramos en una zona plagada de granjas menonitas y que los habitantes del estado nos caracterizamos por la sensatez, pero la familia Lyon venía del valle de Napa, y ya se sabe cómo son...

A veces veíamos a Faith con sus amigas en la Taberna de O'Rourke. Alguna se quejaba de su novio inmaduro y descuidado, que la engañaba o le mentía, o que cortaba con ella con un mensaje de texto o cambiando el estado en Facebook. Si Faith se mostraba solidaria, esas chicas le soltaban algo así como: «¡Faith, no tienes ni idea de lo que estás hablando! Tú tienes a Jeremy», como si fuera una acusación o algo parecido. La simple mención de su nombre hacía que le aflorase una sonrisa en los labios y que su mirada se tornara soñadora. Faith comentaba de vez en cuando que siempre había querido un hombre tan bueno como su padre, y que todo indicaba que lo había encontrado. Aunque fuera joven, Jeremy era un médico maravilloso. Tal vez por eso todas las mujeres del pueblo parecieron sufrir alguna dolencia los primeros meses de instalar la consulta en el pueblo. Él se mostraba paciente a la hora de escuchar, siempre tenía una sonrisa en los labios y recordaba muy bien lo que le habían contado en la visita anterior.

Tres meses después de acabar su período de residencia, un bonito día de septiembre, con las colinas llenas de pinceladas rojas y doradas y el lago brillante y plateado, Jeremy puso una rodilla en el suelo y le regaló a Faith un anillo de compromiso con un diamante de tres quilates. Todos nos enteramos, claro que sí, y así comenzaron los preparativos. Las dos hermanas de Faith serían las damas de honor, y la guapa Colleen O'Rourke la madrina. El padrino de Jeremy sería el muchacho de los Cooper, si podía volver a casa desde Afganistán. ¿No sería maravilloso ver a un héroe de guerra condecorado al lado de su gran amigo y antiguo compañero futbolista? Sería tan romántico, tan bonito... La verdad, la idea nos arrancó una sonrisa a todos.

Así que imaginad nuestra sorpresa cuando, con la pareja delante del altar de la iglesia Trinity Lutheran, Jeremy Lyon decidió salir del armario.

Capítulo 1

Tres años y medio después

Faith Holland soltó los prismáticos, recogió el portapapeles y marcó una casilla de la lista: «Vive solo». Clint le había dicho que no vivía con nadie, y tras investigarlo más a fondo había descubierto que solo su nombre constaba en el contrato de alquiler, pero siempre era mejor asegurarse. Bebió un sorbo de Red Bull y tamborileó con los dedos en el volante del automóvil de su compañera de piso.

En otra época, semejante escenario le habría parecido ridículo. Pero teniendo en cuenta su historial romántico, lo sensato era invertir algo de tiempo en trabajo de campo. El trabajo de campo ahorraba tiempo, humillación, rabia y dolor. Por ejemplo, el hombre podía ser gay, algo que había sucedido no solo con Jeremy, sino también con Rafael Santos y con Fred Beeker. A su favor, Rafe no sabía que ella pensara que estaban «saliendo en serio»; él creía que solo eran amigos. Ese mismo mes, un poco más adelante, decidida a seguir intentándolo, Faith le había tirado los tejos con cierta torpeza a Fred, que vivía al final de la misma calle que Liza y ella, pero Fred retrocedió espantado y le explicó con tiento que a él también le gustaban los hombres (por cierto, le presentó a Rafael y estaban juntos desde entonces, así que al menos alguien había conseguido su «final feliz»).

Ser gay no era el único problema. Brandon, a quien conoció en una fiesta, le pareció prometedor. Hasta la segunda cita, claro, cuando sonó su teléfono.

—Tengo que contestar, es mi camello —dijo él como si nada.

Cuando Faith le pidió que se explicase, porque no podía referirse «al camello que le pasaba droga», él contestó que claro que sí, que a qué se iba a referir si no. Pareció desconcertado cuando se marchó indignada.

Los prismáticos eran una herramienta antigua, sí. Pero si los hubiera usado con Rafe habría visto sus maravillosas cortinas de seda y el póster a tamaño real de Barbra Streisand. De haber seguido a Brandon, lo habría visto reunirse en el automóvil con gente peligrosa tras haberse hecho señales con las luces varias veces.

Desde que se mudó a San Francisco había intentado salir con otros dos hombres. Uno no creía en las virtudes de la higiene personal (otra cosa que podría haber descubierto si lo hubiera seguido). Y el otro la dejó plantada.

De ahí que estuviera de vigilancia.

Suspiró y se frotó los ojos. Si eso no funcionaba, Clint sería su último intento durante una temporada, porque empezaba a sentirse agotada. Se acostaba tarde, tenía la vista cansada por culpa de los prismáticos, le dolía el estómago de beber demasiada cafeína... Era muy duro.

Sin embargo, tal vez Clint mereciera el esfuerzo. Heterosexual, con trabajo, sin antecedentes, sin multas por conducir borracho, era como la especie más rara en ciencia ficción. Quizás eso fuera una bonita anécdota en su boda. Se imaginaba a Clint diciendo: «No tenía ni idea de que Faith estaba aparcada delante de mi casa, poniéndose hasta arriba de Red Bull y violando la ley... ».

Había conocido a Clint en el trabajo. La contrataron para diseñar un pequeño parque público en Presidio, y Clint era el dueño de una empresa de jardinería. Juntos trabajaban bastante bien; él siempre era puntual, y sus empleados eran rápidos y meticulosos. Además, Clint se había encariñado mucho con *Blue*, el golden retriever de Faith, y ¿había algo más tierno que un hombre que se arrodillaba delante de un perro para dejar que le lamiera la cara? A *Blue* parecía caerle bien (claro que a *Blue* parecía caerle bien cualquier criatura viva, ya que era de esos perros capaces de engancharse a la pierna de un asesino en serie). El parque se había inaugurado dos semanas antes, y, justo después de la ceremonia, Clint la invitó a salir. Ella aceptó, y después se fue a casa y empezó a trabajar. San Google no mostró señales de una esposa (ni de un marido). Había constancia de un matrimonio de un tal Clint Bundt, de Owens, Nebraska, aunque databa de hacía diez años, pero a) «su» Clint Bundt era demasiado joven para llevar diez años casado y b) era de Seattle. Su página de Facebook solo mostraba cosas relacionadas con el trabajo. Si bien aludía a eventos sociales en su estado («He estado en Oma's, en la calle 19. ¡Unos *latkes* estupendos!»), no mencionaba un cónyuge en ninguno de los estados de los últimos seis meses.

En la cita número uno, Faith pidió a Fred y a Rafael que le echaran un vistazo, ya que estaba claro que su radar gay no funcionaba bien. Clint y ella quedaron un martes por la noche para tomarse unas copas, y la pareja apareció en el bar, se pegaron mucho a Clint y después se fueron a una mesa. «Sin pluma», le dijo Rafael en un mensaje, y Fred lo secundó con un «heterosexual».

En la cita número dos (almuerzo/salida viernes por la tarde), Clint se mostró simpatiquísimo e interesado cuando le habló de su familia; le dijo que era la menor de cuatro hermanos; que sus abuelos se llamaban Goggy y Pops; y que echaba muchísimo de menos a su padre. Clint, a su vez, le habló de su exprometida; ella se guardó su historia sentimental.

En la cita número tres (cena/miércoles, con la filosofía de «voy a hacerlo esperar para comprobar su interés»), Clint la llevó a un bar muy mono cerca del muelle, y una vez más superó todas las pruebas: le apartó la silla, la halagó sin pasarse con los detalles (había descubierto que «bonito vestido» no era motivo para alarmarse, a diferencia de un «¿es un Bagdley Mischka, ¡ay, Dios, los adoro a los dos!»). Clint le acarició el dorso de la mano y se pasó la velada mirándole el canalillo con disimulo, así que todo iba sobre ruedas. Cuando Clint le preguntó si podía llevarla a casa, que, cómo no, era la frase en clave para referirse al sexo, le dijo que no.

Clint entrecerró los ojos como si aceptara su desafío.

—Te llamaré. ¿Estás libre este fin de semana?

Otra prueba superada: «libre los fines de semana». Faith sintió un cosquilleo en el estómago. No había llegado a una cuarta cita desde que tenía dieciocho años.

—Creo que estoy libre el viernes —murmuró.

Se quedaron de pie en la acera esperando un taxi. Mientras tanto, los turistas entraban en las tiendas de recuerdos a comprar sudaderas después de que les hubieran hecho creer que a finales de agosto en San Francisco era verano. En ese momento, Clint se inclinó hacia ella y la besó. Fue un buen beso. Muy competente. Había potencial en el beso, pensó Faith. Al ver que surgía un taxi de la famosa niebla de la ciudad, Clint lo llamó con un gesto de la mano.

Y allí estaba, preparándose para la cuarta cita (que seguramente fuera el encuentro en el que por fin se acostaría con alguien que no fuera Jeremy), aparcada delante de su apartamento, con los prismáticos apuntando a las ventanas. Parecía que estaba viendo el partido de béisbol.

Había llegado el momento de llamar a su hermana.

—Pasa la prueba —dijo Faith a modo de saludo.

—Tienes un problema, cariño —aseguró Pru—. Abre tu corazón y todas esas tonterías. Jeremy quedó atrás hace siglos.

—Esto no tiene nada que ver con Jeremy —protestó Faith, sin hacer caso del resoplido que oyó por respuesta—. Pero me preocupa un poco su nombre. Clint Bundt. Es seco. A ver, «Clint Eastwood» funciona, claro. Pero en cualquier otro hombre... no sé. «Clint y Faith». «Faith y Clint». «Faith Bundt». —Era muchísimo menos agradable que, por ejemplo, «Faith y Jeremy» o «Jeremy y Faith», claro que ella no se aferraba al pasado ni nada por el estilo.

—A mí me suena bien —dijo Pru.

—Claro, claro, pero tú eres Prudence Vanderbeek.

—¿Y? —preguntó Pru con ternura, mientras mascaba en el oído de Faith.

—Clint y Faith Bundt. Suena... raro.

—Muy bien, pues corta con él. O llévatelo al juzgado y oblígalo a cambiarse de nombre. En fin, tengo que dejarte. Los que somos de campo nos acostamos a estas horas.

—De acuerdo. Dales a los niños un beso de mi parte —dijo Faith—. Dile a Abby que le mandaré el enlace de los zapatos que me pidió. Y dile a Ned que sigue siendo mi conejito, aunque técnicamente ya sea un adulto.

—¡Ned! —gritó su hermana—. Faith me ha dicho que sigues siendo su conejito.

—¡Sí! —respondió su sobrino.

—Tengo que irme, guapa —dijo Pru—. Oye, ¿vas a volver para la vendimia?

—Creo que sí. No tengo ninguna otra instalación hasta dentro de un tiempo. —Aunque se ganaba la vida bastante bien trabajando como paisajista, la mayor parte de su labor se desarrollaba delante de la pantalla del ordenador. Su presencia solo se requería para la última etapa del proceso. Además, la vendimia en Blue Heron bien merecía una visita a casa.

—¡Estupendo! —exclamó Pru—. Mira: relájate con ese hombre, diviértete; hablaremos pronto, te quiero.

—Yo también te quiero.

Faith bebió otro sorbo de Red Bull. Pru llevaba razón en parte. Al fin y al cabo, su hermana mayor llevaba felizmente casada veintitrés años. Además, ¿qué otra persona iba a darle consejos en el terreno amoroso? Para Honor, su otra hermana, si no llamabas desde el hospital, estabas haciéndole perder el tiempo. Jack era su hermano, y por tanto un inútil en esos asuntos. Y su padre... En fin, su padre seguía llorando la pérdida de su madre, que murió hace ya diecinueve años.

El sentimiento de culpa que la abrumó le resultó demasiado familiar.

—Podemos hacerlo —se dijo Faith, cambiando mentalmente de tema—. Podemos enamorarnos de nuevo.

Desde luego, esa era una opción mejor que la de dejar que Jeremy Lyon fuera su primer y único amor.

Echó una ojeada a su cara en el retrovisor y captó ese ramalazo de estupefacción y pena que siempre sentía cuando pensaba en Jeremy.

—Mierda, Levi —susurró—. No podías mantener la boca cerrada, ¿verdad?

Dos noches después, Faith comenzaba a pensar que los diez minutos que había invertido en depilarse las piernas y los seis que había tardado en ponerse la combinación moldeadora de microfibra de la marca Slim-Nation que había comprado el mes anterior en la teletienda estaban bien empleados tratándose de Clint Bundt (la esperanza, esa emoción con elasticidad infinita). Clint había elegido un restaurante tailandés muy finolis con un lago de peces *koi* en la entrada y cortinas de seda roja en las paredes, que matizaban la luz de la estancia de forma muy favorecedora. Se sentaron a una mesa con un banco en forma de U, «un lugar muy acogedor», pensó Faith. Era muy romántico. Además, la comida estaba buenísima, por no hablar del delicioso chardonnay originario de las bodegas del valle de Russian River.

Los ojos de Clint no se apartaban de su escote.

Nunca.

—Lo siento —se disculpó—, pero estás para comerte. —Sonrió como si fuera un niño malo, y Faith sintió un cosquilleo muy elocuente en sus partes femeninas—. Tengo que decírtelo —siguió Clint—. La primera vez que te vi fue como si me dieran un golpe en la cabeza con un palo.

—¿En serio? Qué bonito —afirmó Faith, tras lo cual bebió un sorbo de vino. Que ella recordara, en aquel momento llevaba unos pantalones sucísimos y las botas de trabajo, y estaba calada hasta los huesos. Había estado trasladando plantas bajo la lluvia para tranquilizar al concejal del ayuntamiento, que estaba preocupado por la capacidad de drenaje del parque (algo que, por favor, no supondría el menor problema. ¡Ella era una «arquitecta paisajista licenciada», vamos, hombre!).

—No sabía si sería capaz de hablar —añadió Clint—. Seguramente hice el tonto. —La miró con timidez, como si estuviera reconociendo que había ido detrás de ella en plan empalagoso.

Y pensar que ni siquiera se había dado cuenta de que estaba... bueno, loquito por ella. Porque así pasaban las cosas, ¿no? El amor aparecía cuando uno menos se lo esperaba, salvo en el caso de los millones de personas que encontraban pareja en páginas web como Match.com. Le parecía bien.

El camarero se acercó para llevarse los platos y les trajo café, leche y azúcar.

—¿Les apetece algo de la carta de postres? —preguntó con una sonrisa. Porque, la verdad, hacían una pareja preciosa.

—¿Qué te parece la *crème brûlée* de mango? —sugirió Clint—. No sé si sobreviviré al ver cómo te la comes, pero será una manera fantástica de morir.

¡Madre mía! Terremoto de 6,8 en la escala de Richter en las partes femeninas.

—La *crème brûlée* me parece estupenda —contestó Faith, y el camarero se marchó a toda prisa.

Clint se acercó a ella, deslizándose por el banco, y le pasó un brazo sobre los hombros.

—Estás increíble con ese vestido —murmuró deslizando un dedo por el escote—. ¿Cuáles son las probabilidades de que pueda quitártelo dentro de un rato? —La besó en el cuello.

¡Oh, qué tierno! Otro beso.

—Las probabilidades aumentan por segundos —susurró.

—De verdad que me gustas, Faith —murmuró al tiempo que le rozaba el lóbulo de la oreja con la nariz, gesto que le provocó un escalofrío en ese lado del cuerpo.

—Tú también me gustas —confesó ella, que lo miró a los ojos, de un bonito color marrón. El dedo descendió un poco más y sintió que la temperatura de su cuerpo comenzaba a subir, lo que seguro que haría que se ruborizara. Esa era la maldición de los pelirrojos. ¡Qué narices! Volvió la cabeza y lo besó en los labios. Fue un beso delicado, dulce y lento.

—Perdón por la interrupción, tortolitos —dijo el camarero—. Seguid a lo vuestro —señaló, al tiempo que dejaba el postre en la mesa con una sonrisa cómplice.

—¡Esto!

El grito hizo que los tres dieran un respingo del susto. Clint golpeó la copa con un codo y derramó el vino en el mantel.

—¡Ay, mierda! —exclamó, y se alejó de ella.

—No te preocupes —lo tranquilizó Faith—. A mí me pasa muchas veces.

Clint no estaba mirando el vino.

Frente al reservado había una mujer con un precioso niño al que sostenía delante como si se lo estuviera mostrando a ellos.

—¡«Esto» es lo que ha abandonado por tu culpa, puta!

Faith miró a su espalda para ver a la puta, pero allí lo único que había era una pared. Miró de nuevo a la mujer, que tendría más o menos su edad y era muy guapa. Rubia y con las mejillas sonrojadas por la furia.

—¿Me hablas... a mí? —le preguntó.

—¡Sí, te estoy hablando a ti, puta! ¡Esto es lo que abandona cuando te tira los tejos y te lleva a cenar! ¡Nuestro hijo! ¡Nuestro bebé! —Sacudió al niño para enfatizar la acusación.

—Oye, no zarandees al niño —le dijo Faith.

—¡No me dirijas la palabra, puta!

—Mami, abajo —ordenó el niño. La mujer obedeció y puso los brazos en jarras, gesto que acentuó sus (estrechas) caderas.

El camarero miró a Faith y torció el gesto. Seguramente fuese gay y se había puesto de su lado.

Faith cerró la boca.

—Pero no sabía... Clint, no estarás casado, ¿verdad?

Clint había levantado las manos como si se rindiera.

—Nena, no te cabrees —le dijo a la mujer—. Solo es una compañera de trabajo...

—¡Dios mío, estás casado! ¿De dónde eres, de Nebraska?

—¡Sí, puta! ¡Somos de Nebraska!

—¡Clint! —chilló Faith—. ¡Eres un cab...! —En ese momento, recordó la presencia del niño, que la miró muy serio mientras metía un dedo en la *crème brûlée* y se lo llevaba a la boca—. Lo siento mucho —le dijo a la señora de Clint Bundt (al menos no sería ella la que cargara con ese apellido tan feo). El niño escupió la crema y alargó el brazo para alcanzar los sobres de azúcar—. No sabía...

—Cállate, puta. ¿Cómo te atreves a seducir a mi marido? ¡Cómo te atreves!

—No estoy seduc... haciendo nada con nadie, ¿de acuerdo? —replicó Faith, espantada por que esa conversación estuviera teniendo lugar delante de un niño pequeño (que parecía un *hobbit,* tan mono el condenado, lamiendo el azúcar de un sobre).

—Eres un zorrón, puta.

—En realidad —dijo Faith con sequedad—, ha sido tu marido el que... —Recordó de nuevo al niño—. Pregúntale al camarero, ¿quieres?

—Sí, sí, que recibiera la confirmación del camarero, que era su aliado.

—Mmm... ¿Quién va a pagar la cuenta? —preguntó el aludido.

Al cuerno con el amor que inspiraba en los gais.

—Es una cena de trabajo —adujo Clint—. Se me ha echado encima de repente y no sabía qué hacer. Venga, vámonos a casa, nena.

—Y cuando dices «casa», supongo que no te refieres al apartamento de soltero que tienes en Noe Valley, ¿verdad? —le soltó Faith.

Clint pasó de ella.

—Hola, Finn, ¿cómo estás, colega? —Acarició el pelo de su hijo mientras se ponía de pie y la miraba con expresión apenada y digna—. Lo siento, Faith —se disculpó solemnemente—. Soy un hombre felizmente casado y tengo una familia preciosa. Me temo que ya no podremos seguir trabajando juntos.

—Sin problemas —dijo ella con tirantez.

—Chúpate esa, puta —dijo la mujer de Clint—. ¡Eso te llevas por haber intentado destruir a mi familia! —Puso los brazos de nuevo en jarras y torció una pierna, la pose típica de cadera dislocada de Angelina Jolie.

—¡Hola, puta! —dijo el niño mientras rasgaba otro sobre de azúcar.

—Hola —contestó ella. Era una preciosidad de niño, la verdad.

—¡No le hables a mi hijo! —exclamó la señora Bundt—. No quiero que tu sucia boca de puta pronuncie una sola palabra dirigida a mi hijo.

—Hipócrita —murmuró ella.

Clint levantó en brazos al niño, que se las apañó para quedarse con unos cuantos sobres más de azúcar.

—Puta, como vuelva a verte otra vez cerca de mi marido, te vas a arrepentir —amenazó la señora Bundt.

—No soy una puta, ¿queda claro? —le soltó Faith.

—Sí que lo eres —la contradijo la mujer, dándole un corte de mangas.

Acto seguido, los Bundt se dieron media vuelta y se alejaron de la mesa.

—¡No lo soy! —gritó Faith—. Llevo tres años sin acostarme con nadie, que te enteres. ¡No soy una puta! —El niño se despidió agitando la manita por encima del hombro de su padre y ella le devolvió el gesto.

Los Bundt se marcharon. Faith asió un vaso de agua, y tras beber varios sorbos se lo llevó a la acalorada mejilla. Le latía tan fuerte el corazón que no sabía si acabaría vomitando.

—¿Tres años? —le preguntó uno de los comensales.

El camarero le dio la cuenta.

—Puede pagarme cuando guste —le dijo.

Fantástico. Para colmo, también tenía que pagar la cuenta.

—Te habrías llevado mejor propina si me hubieras apoyado —comentó mientras buscaba el monedero en el bolso.

—Ese vestido le sienta fenomenal —opinó el camarero.

—Demasiado tarde.

Tras pagar la cuenta («gracias, Clint, de verdad, por haber pedido una botella de vino de setenta y cinco dólares», pensó) salió del restaurante a la húmeda y fría noche de San Francisco y empezó a andar. La distancia hasta su apartamento no era excesiva, ni siquiera con zapatos de tacón. Las calles de San Francisco no eran nada en comparación con las empinadas colinas de su hogar. Lo consideraría su rutina de cardio. «Rutina de ejercicio de mujer cabreada.» «La caminata de la mujer buena y rechazada.» El ambiente del muelle era ruidoso, con los graznidos de las gaviotas, la música que le llegaba procedente de todos los bares y restaurantes y la multitud de idiomas que oía a su alrededor.

Una vez en casa solo oiría a los grillos y a la familia de búhos que vivía en un vetusto arce en la linde del cementerio. El aire estaría cargado con el olor dulzón de las uvas y el del humo de la madera quemada, porque las noches ya serían más frescas. Desde la ventana de su antigua habitación podría ver hasta Keuka. Había pasado toda su infancia jugando en los campos y en los bosques, respirando el aire limpio de la parte oeste del estado de Nueva York, nadando en los lagos que habían sido glaciares en otra época. Su amor por el aire libre fue por lo que se convirtió en arquitecta paisajista. Era su oportunidad para conquistar a la gente que vivía cada vez más en el interior de los edificios, para convencerla de que disfrutara más de la naturaleza.

Tal vez había llegado la hora de plantearse seriamente la idea de regresar. De todas formas, ese había sido siempre el plan. Vivir en Manningsport, formar una familia, estar cerca de sus hermanos y de su padre.

Clint Bundt. Casado y con un niño. Menudo patinazo. Bueno. Pronto estaría en casa con su perro. Liza seguro que saldría con su chico, *el Maravilloso* Mike, para que ella pudiera ver *Real Housewives* y comer un poco de helado Ben & Jerry's.

¿Por qué era tan difícil encontrar al hombre adecuado? No se tenía por una mujer demasiado exigente. Solo quería a alguien que no fuera gay, ni casado, ni desagradable, ni amoral, ni demasiado bajo. Alguien que la mirara... bueno, como Jeremy la había mirado. Sus ojos oscuros y alegres le decían que era lo mejor que le había pasado en la vida, y siempre la miraban con una sonrisa en sus profundidades. Jamás había dudado de que la quería de verdad.

Sonó el teléfono y lo sacó del bolso. Honor.

—Hola —dijo, con esa punzada de alarma que siempre sentía cuando la llamaba su hermana—. ¿Cómo estás?

—¿Has hablado con papá últimamente? —le preguntó su hermana a su vez.

—Mmm... sí. Hablamos casi todos los días.

—Entonces supongo que te habrás enterado de lo de Lorena.

Faith se hizo a un lado para evitar a un muchacho monísimo que llevaba una camiseta de manga corta de Derek Jeter.

—Yo también soy seguidor de los *Yankees* —le dijo con una amplia sonrisa.

El muchacho frunció el ceño y le dio la mano a la mujer que estaba a su lado, con pinta de estar irritada.

«Mensaje recibido, amigo. Madre mía, solamente trataba de ser simpática.»

—¿Quién es Lorena? —le preguntó a su hermana.

Honor suspiró.

—Faith, tal vez sea mejor que vengas a casa antes de que papá se case.

Capítulo 2

Levi Cooper, jefe del departamento de policía de Manningsport, conformado por dos gatos y medio, intentaba no ser demasiado estricto con la gente. De verdad. Incluso a los turistas que pisaban el acelerador más de la cuenta, con pegatinas de los Red Sox y con una falta de respeto absoluta por los límites de velocidad. Aparcaba el vehículo patrulla a plena vista, con la pistola del radar bien visible. «¡Hola, bienvenidos a Manningsport! Vas demasiado deprisa y aquí me tienes, a punto de hacerte señas para que te pares en el arcén, así que levanta el pie, colega». El pueblo dependía de los turistas, y septiembre era temporada alta; las hojas empezaban a cambiar de color, habían estado entrando y saliendo del pueblo autobuses durante toda la semana y cada viñedo de la zona organizaba algún evento especial.

Sin embargo, la ley era la ley.

Además, acababa de dejar que Colleen O'Rourke se fuera de rositas con un buen sermón y una advertencia mientras ella ponía cara de arrepentida.

Así que no pensaba pasarle la mano a otro conductor que fuera más rápido de la cuenta. Como ese en concreto, por ejemplo. Más de veinticinco kilómetros por hora por encima del límite; de sobra. Además, un forastero; desde la posición que ocupaba veía la matrícula que lo identificaba como vehículo de alquiler. Se trataba de un Honda Civic pintado de un amarillo tan chillón que dolían los ojos y que iba a sesenta y cinco kilómetros por hora en una zona de cuarenta. ¿Y si Carol Robinson y su alegre banda de ancianos con andadores estuvieran dando un paseo? ¿Y si el niño de los Nebbins estuviera dando una vuelta en bici? No había habido un accidente de tráfico grave desde que él era jefe de policía, y Levi estaba decidido a que siguiera así.

El automóvil amarillo pasó como una bala por su lado sin tocar siquiera los frenos. El conductor llevaba una gorra de béisbol y unas gafas de sol enormes. Una mujer. Con un suspiro, Levi encendió las luces, hizo que la sirena sonara una vez y salió a la calzada. La mujer ni se enteró. Volvió a activar la sirena y la conductora pareció darse cuenta de que sí, iba por ella, y se apartó al arcén.

Levi sacó la libreta de multas y salió del vehículo patrulla. Anotó el número de la matrícula y después se acercó a la ventanilla del conductor, que ya bajaba.

—Bienvenida a Manningsport —dijo él, sin sonreír.

Mierda.

Era Faith Holland. Un enorme golden retriever sacó la cabeza por la ventanilla y ladró una sola vez meneando el rabo con alegría.

—Levi —repuso ella, como si se hubieran visto la semana anterior en la Taberna de O'Rourke.

—Holland. ¿Vienes de visita?

—¡Hala! Alucinante. ¿Cómo lo has adivinado?

La miró con cara seria y dejó pasar unos segundos. Funcionó, ya que ella se ruborizó y apartó la mirada.

—En fin, ibas a sesenta y cinco kilómetros por hora en una zona de cuarenta —dijo él.

—Creía que era de sesenta —replicó ella.

—La redujimos el año pasado.

El perro gimió, de modo que Levi le dio unas palmaditas, lo que hizo que el animal quisiera salir por encima de la cabeza de Faith.

—*Blue,* échate —ordenó Faith.

Blue. Claro. El mismo perro que tenía hace unos años.

—Levi, ¿y si lo dejas en una advertencia? Tengo una..., esto..., una emergencia familiar, así que si dejas el numerito de poli, sería estupendo. —Lo miró con una sonrisa tensa, casi mirándolo a los ojos, y se colocó el pelo detrás de la oreja.

—¿De qué urgencia se trata? —quiso saber.

—Pops... esto... mi abuelo no se siente bien. Goggy está preocupada.

—¿Te parece bien mentir sobre estas cosas? —le preguntó. Levi conocía bien a los señores Holland, ya que conformaban el diez por ciento de su jornada laboral. Y si el señor Holland de verdad se encontraba pachucho, seguro que la señora Holland ya estaría escogiéndole la mortaja y planeando un crucero.

Faith suspiró.

—Mira, Levi, llevo toda la noche conduciendo desde San Francisco. ¿No puedes pasarme la mano un poco? Siento haber ido más deprisa de la cuenta. —Daba golpecitos en el volante con los dedos—. Una advertencia me vendría bien. ¿Puedo irme ya?

—Carné de conducir y documentación del vehículo, por favor.

—Ya veo que sigues teniendo un palo metido por el culo.

—Carné de conducir y documentación, por favor, y sal del vehículo —reiteró él.

Faith dijo algo entre dientes antes de rebuscar en la guantera, y, al inclinarse, la camiseta se le salió de los pantalones y dejó al descubierto un trozo de piel suave. Parecía que la revolución del *fitness* no le había afectado; claro que siempre había sido un poco rellenita, desde que él tenía uso de razón. El perro aprovechó la oportunidad para sacar de nuevo la cabeza por la ventanilla y Levi le rascó detrás de la oreja.

Faith cerró la guantera de golpe, le plantó los papeles a Levi en la mano y salió del vehículo. Casi lo golpeó con la puerta.

—Quieto, *Blue*. —No miró a Levi.

Él miró su carné de conducir y después la miró a ella.

—Sí, la foto es espantosa —dijo ella de mala manera—. ¿Quieres una muestra de tejidos?

—No creo que sea necesario. Pero llevas el carné caducado. Así que otra multa.

Faith entrecerró los ojos y cruzó los brazos por debajo del pecho. Seguía teniendo una delantera impresionante.

—¿Qué tal por Afganistán? —le preguntó ella, con la vista clavada en algún punto situado tras su hombro.

—Maravilloso. Creo que me voy a comprar una residencia de verano por allí.

—¿Sabes lo que me pregunto, Levi? —empezó a decir ella—: ¿Por qué algunas personas son peores que un dolor de muelas? ¿Alguna vez te lo has preguntado?

—Pues sí. ¿Sabes que faltarle al respeto a un agente de la ley es un delito?

—¿En serio? Fascinante. ¿Te importa darte prisita? Quiero ver a mi familia.

Levi firmó la multa y se la dio. Ella la dobló y la arrojó al interior del vehículo.

—¿Puedo irme ya, agente?

—Ahora soy jefe —le corrigió.

—Hazte mirar lo del palo. —Faith se metió en el Honda y se marchó. No demasiado deprisa, pero tampoco demasiado despacio.

Levi la vio alejarse y soltó aire por la boca. Iba en dirección a Viñedos Blue Heron, la propiedad que su familia poseía desde que Estados Unidos estaba en pañales, más concretamente a la enorme casa blanca de «La Colina», que así se llamaba el vecindario.

Conocía a Faith Holland de toda la vida; era de ese tipo de muchachas que abrazaban a sus amigas seis veces al día en el colegio, como si hubieran pasado semanas desde la última vez que se vieron en vez de dos clases. Le recordaba a un cachorro que intentaba ganarse la simpatía de sus futuros dueños en la perrera... «¡Queredme! ¡Queredme! ¡Soy muy buena!» Jessica, la antigua vecina de Levi en el aparcamiento de autocaravanas y novia esporádica en el instituto, la apodó «la Linda Princesita», porque siempre revoloteaba con vestidos de volantes de colores pastel. En cuanto Faith empezó a salir con Jeremy..., fue como comerse un tazón de cereales Lucky Charms bañados en caramelo, tan dulces que dolían los dientes. A Faith solo le faltaba tener una bandada de pajarillos volando alrededor de la cabeza.

Lo más gracioso de todo era que ella nunca había notado que su novio era gay.

Levi sabía que había vuelto al pueblo alguna que otra vez, por Navidad y Acción de Gracias, para pasar algún que otro fin de semana, pero esas visitas eran cortas y hogareñas. Jamás había visitado la comisaría, aunque él era amigo de la familia; a veces, sus abuelos lo invitaban a cenar si lo habían llamado para que fuera a la casa, y de vez en cuando, se tomaba una cerveza con el padre o con el hermano en la Taberna de O'Rourke. Sin embargo, a Faith nunca se le había ocurrido pasarse a saludar.

Aunque en una ocasión ella lloró hasta quedarse seca y se quedó dormida con la cabeza en su regazo.

Levi regresó al vehículo patrulla. Tenía mucho trabajo por delante. No sacaría nada en claro recreándose en el pasado.

Faith llamó a la puerta trasera de la casa de su padre y se preparó, encantada, para el impacto.

—¡Ya estoy en casa! —gritó.

—¡Faith! ¡Ay, cariño, por fin! —exclamó Goggy, que lideraba la estampida—. ¡Llegas tarde! ¿No te dije que la comida estaría lista a mediodía?

—Me han entretenido un poco —contestó Faith, que no quería mencionar a Levi Cooper, *el Insoportable*.

Abby, que ya tenía dieciséis años y era guapísima, se abrazó a Faith sin dejar de dedicarle cumplidos:

—Me encantan tus pendientes, hueles de maravilla, ¿puedo irme a vivir contigo?

Pops la besó en las mejillas y le dijo que era la niña de sus ojos, y Faith aspiró el reconfortante olor a uvas y a Bengay, la pomada antiinflamatoria que usaba su abuelo. Ned le dio un abrazo cariñoso a pesar de que ya tenía veintiún años, y dejó que le revolviera el pelo. Pru también la abrazó con fuerza.

La ausencia de su madre seguía siendo lo peor de todo.

Y por fin apareció su padre, que esperaba tranquilamente su turno para abrazarla. Su padre tenía los ojos brillantes cuando se apartó.

—Hola, preciosa —dijo, y a Faith le dio un vuelco el corazón.

—Te he echado de menos, papá.

—Estás muy guapa, cariño. —Le pasó una mano teñida de lila por el pelo y sonrió.

—¿La señora Johnson no está? —preguntó Faith.

—Es su día libre —contestó su padre.

—Ah, es verdad. Es que llevo sin verla desde junio.

—No le gusta la novia del abuelo —susurró Abby acariciando a *Blue*.

—Hola, hermanita —la saludó Jack al tiempo que le ofrecía una copa de vino.

—Hola, hermano preferido —contestó ella, tras lo cual bebió un buen sorbo.

—No te lo bebas como si fuera Gatorade, preciosa —la reprendió su padre—. Somos viticultores, ¿recuerdas?

—Lo siento, papá —se disculpó Faith—. Agradable aroma a hierba recién cortada, con una textura rica y melosa, y unas notas de albaricoque con un suave toque de limón. Me encanta.

—Buena chica —dijo su padre—. ¿Captas algo de vainilla? Honor dijo que llevaba vainilla.

—Desde luego. —Nada más lejos de la intención de Faith que contradecir a Honor, la encargada de todo lo que sucedía en Viñedos Blue Heron—. Por cierto, ¿dónde está Honor?

—Pegada al teléfono —contestó Goggy con sequedad. No solía fiarse de nada que se hubiera inventado después de 1957—. Vete al comedor antes de que se enfríe la comida.

—Lo de irme a vivir contigo lo he dicho en serio —dijo Abby. Prudence suspiró y bebió un sorbo de vino de su copa—. Además —continuó su sobrina—, así podré decir que resido en California y asistir a una increíble universidad de allí a mitad de precio. ¿Ves, mamá? Mi idea es ahorraros a papá y a ti una buena pasta.

—¿Y dónde está Carl, ahora que mencionáis a mi cuñado preferido? —preguntó Faith.

—Escondido —contestó Pru.

—¡Bueno, bueno, bueno! ¡Tú debes de ser Faith! —exclamó la estentórea voz de una mujer que abrió la puerta del cuarto de baño de la planta baja. Se oía el sonido de la cisterna de fondo.

Faith abrió la boca, pero después la cerró.

—Oh. En fin... Pues lo soy, sí. Supongo que tú debes de ser Lorena, ¿no?

La mujer de la que Honor la había puesto sobre aviso era todo un espectáculo. Pelo negro estropajoso, a todas luces teñido; con un capa de maquillaje tan gruesa que se podría cortar con un cuchillo y un cuerpo enfundado en una camiseta ceñida con estampado de leopardo que resaltaba hasta el más espantoso detalle.

La mujer se metió un rotulador permanente en el canalillo, donde se quedó temblando como una jeringuilla.

—¡Me estaba retocando las raíces! —adujo—. ¡Quería causarle una buena impresión a la princesita! ¡Hola! ¡Dame un abrazo!

Faith se quedó sin aliento de golpe cuando Lorena la estrujó en un abrazo digno de una pitón.

—Encantada de conocerte —consiguió balbucear. Pru le lanzó una mirada elocuente.

—¿Podemos comer antes de que la palme? —preguntó Pops—. Esta vieja no me ha dejado comer queso. Me muero de hambre.

—Pues muérete de una vez —exclamó Goggy—. Nadie te lo impide. Yo ni me daría cuenta.

—Pues Phyllis Nebbins sí se daría cuenta. Se puso una cadera nueva hace dos meses, Faithie. Parece que vuelve a tener setenta y cinco, está todo el día en la calle con su nieto y siempre tiene una sonrisa en la cara. Es una alegría ver a una mujer feliz.

Goggy estampó un cuenco enorme de patatas cocidas en la mesa.

—Yo seré feliz cuando te mueras.

—Qué bonito, Goggy —dijo Ned.

—¡Me parto de risa con vosotros! —dijo Lorena, casi a voz en grito—. ¡Me encanta!

Faith se sentó y aspiró el aroma del jamón de Goggy, de las patatas cocidas y del hogar.

Había dos casas en Viñedos Blue Heron. Una era la Casa Vieja, donde vivían Goggy y Pops, una construcción de estilo colonial que se había remodelado en dos ocasiones desde que se construyera en 1781: una para instalar la fontanería y otra más en 1932. Faith y sus hermanos habían crecido en la casa donde se encontraban, la Casa Nueva, de estilo federal, elegante aunque crujía un poco, construida en 1873, en la que su padre vivía con Honor y con la señora Johnson, el ama de llaves que los había acompañado desde la muerte de su madre.

En cuanto a Honor...

—Perdonadme —dijo ella. Hizo una pausa para darle a Faith un beso en la mejilla—. Por fin has llegado.

—Hola, Honor —respondió Faith, haciendo caso omiso de la reprimenda.

Pru y Jack tenían respectivamente dieciséis y ocho años más que Faith, y pensaban que su hermana pequeña era encantadora aunque un pelín incompetente, algo que a Faith nunca le había importado, ya que eso le había evitado hacer muchas tareas en cierta época. Honor, en cambio... Era cuatro años mayor que Faith, que llegó cuando nadie la esperaba. Tal vez Honor nunca la había perdonado por haberle quitado el título de benjamina.

Aunque, seguramente, nunca le había perdonado que fuera la causante de la muerte de su madre.

Faith tenía epilepsia, una enfermedad que le diagnosticaron con cinco años. Jack había grabado una vez un ataque, algo típico de un crío, y Faith se quedó espantada al verse totalmente ida, presa de los espasmos y con los ojos tan vacíos como los de una vaca muerta. Se suponía que Constance Holland se distrajo mientras conducía por culpa de uno de esos ataques y que no vio el vehículo que se estrelló contra ellas y provocó su muerte. Honor nunca había perdonado a Faith... y ella no podía culparla.

—¿Qué haces ahí sentada sin comer, Faith? —preguntó Goggy—. Empieza a comer, cariño. A saber de lo que te habrás estado alimentando en California. —Su abuela le pasó una bandeja cargada con jamón ahumado, patatas cocidas con mantequilla, guisantes con mantequilla y limón, y zanahorias asadas... con mantequilla. Faith creyó engordar un kilo solo con mirarlas.

—Bueno, Lorena, así que mi padre y tú sois... —soltó Faith por encima del ruido que hacían sus abuelos, que discutían sin darse tregua por la cantidad de sal que Pops debía echarle a una comida que ya era salada de por sí.

—Amigos especiales, cariño, amigos muy especiales —dijo la mujer, al tiempo que se colocaba bien unos pechos más que considerables—. ¿Verdad, Johnny?

—Ah, claro —convino el aludido con voz amable—. Se moría por conocerte, Faith.

Según Honor, Lorena Creech había conocido a su padre hacía un mes, durante una visita guiada por los Viñedos Blue Heron. Todos en la zona sabían que John Holland se quedó destrozado por la muerte de su mujer y que no había querido salir con nadie más, ya que estaba contento con sus hijos, sus nietos y sus uvas. Cualquier intento de comenzar una nueva relación se cortaba de raíz desde el principio, hasta que todos aceptaron que John Holland hijo seguiría siendo viudo durante lo que le quedase de vida.

Hasta que apareció en escena Lorena Creech, una forastera de Arizona, a todas luces una cazafortunas, y de ninguna manera candidata apta al puesto de madrastra. Los tres hijos Holland que vivían en la zona lo habían hablado con su padre, pero él se había echado a reír y le había quitado importancia a su preocupación. Y si bien su padre tenía muchas virtudes, pensó Faith mientras veía a Lorena sostener los cubiertos de plata en alto para verlos a contraluz, no era el hombre más observador del mundo. Nadie se oponía a que su padre encontrase a una buena mujer y se casara con ella, pero tampoco nadie quería que Lorena durmiera en la cama que había sido de su madre.

—Bueno, ¿cuántas hectáreas tenéis? —preguntó Lorena al tiempo que se servía un buen trozo de jamón. Sutil.

—Unas cuantas —contestó Honor con voz gélida.

—¿Divisibles?

—En absoluto.

—En fin, hay una parte que sí lo es, Honor, cariño —terció su padre—. Por encima de mi cadáver, por supuesto. ¿Quieres más guisantes, Lorena?

—Esto es maravilloso —dijo Lorena—. ¡Toda la familia reunida! Mi difunto marido era estéril, Faith. Una herida en sus partes cuando era pequeño. El tractor dio marcha atrás y se las aplastó, así que nunca pudimos tener hijos, pero ¡caramba, bien que lo intentamos!

Goggy miraba a Lorena como si fuera una serpiente que acabara de salir del retrete. Jack apuró su vino de un trago.

—¡Bien por vosotros! —exclamó el abuelo—. Come un poco más de jamón, cariño. —Le acercó la bandeja por encima de la mesa a Lorena, cuyo apetito no parecía ser únicamente el dormitorio.

—Bueno, Faith —dijo Jack—. Papá dice que vas a quedarte una temporada.

Faith asintió con la cabeza y se limpió la boca.

—Sí. Por fin voy a arreglar el viejo granero de Rose Ridge. Estaré unos dos meses. —El mayor período de tiempo que pasaría allí desde el desastre de su boda, y no solo para arreglar el granero. Tanto la misión como la estancia le provocaban cierta alarma.

—¡Hurra! —exclamó Abby.

—Hurra —coreó Ned, que le guiñó un ojo.

—¿Qué vas a hacer con el viejo granero? —quiso saber Pops—. Desembucha, cariño.

—Voy a convertirlo en un espacio para eventos especiales, Pops —contestó—. La gente podrá alquilarlo y eso supondrá ingresos extra para el viñedo. Bodas, aniversarios, cosas así. —Se le ocurrió la idea cuando acabó sus estudios en la universidad: transformar el viejo granero de piedra en algo que se fundiera con el paisaje, en algo que fuera moderno y antiguo al mismo tiempo.

—¡Ah! ¡Bodas! Me encantaría volver a casarme —dijo Lorena guiñándole un ojo a su padre, que se limitó a sonreír.

—Parece mucho trabajo para ti, cariño —comentó Goggy.

Faith sonrió.

—No lo es. El sitio es increíble y ya tengo algunos bocetos terminados. Os los enseñaré a ver qué os parecen.

—¿Y puedes hacerlo en dos meses? —preguntó Lorena. Estaba masticando un trozo de patata.

—Claro —le aseguró Faith—. Siempre que no haya imprevistos y demás. —Sería su mayor proyecto hasta la fecha, y lo haría en casa además.

—Bueno, ¿exactamente a qué te dedicas? Tu padre me lo contó, porque caray, no deja de hablar de vosotros, pero se me ha olvidado. —Lorena la miró con una sonrisa. Tenía un diente de oro.

—Soy arquitecta paisajista.

—Deberías ver su trabajo, Lorena —dijo su padre—. Increíble.

—Gracias, papá. Diseño jardines, parques, espacios industriales abiertos y cosas así.

—Entonces, ¿eres jardinera?

—No. Pero contrato a jardineros y a paisajistas. Yo me encargo del diseño y me aseguro de que se ejecute como es debido.

—La jefa, vamos —resumió Lorena—. ¡Bien por ti, guapa! Oye, ¿esas figuritas son Hummel de verdad? Valen una pasta en eBay, que lo sepáis.

—Son de nuestra madre —aclaró Honor.

—Ajá... Una pasta, ya lo creo. ¿Me das más jamón, abuela? —le preguntó a Goggy al tiempo que sostenía el plato en alto.

Lorena... sí, ponía los pelos de punta, era imposible definirlo de otra manera. Faith había esperado que Honor estuviera exagerando.

Sintió que la invadía el nerviosismo. Antes de salir de San Francisco había mantenido una conferencia telefónica con sus hermanos. Todos aceptaban que su padre era un poco despistado, como aquella vez que un vehículo lo rozó en plena calle porque se quedó plantado mirando al cielo por si llovía... pero si estaba preparado para salir con alguien le encontrarían una persona más acorde. Faith se ofreció voluntaria al instante para encargarse de esa tarea. Volvería a casa, transformaría el viejo granero y encontraría una mujer maravillosa para su padre. Una mujer estupenda, una mujer que lo comprendiera y que apreciara lo leal, lo trabajador y lo amable que era. Una mujer que llenara el enorme vacío que había dejado la muerte de su madre.

Por fin, Faith tendría una oportunidad para redimirse.

Y mientras se encargaba de eso, por fin podría hacer algo por Blue Heron, el negocio familiar que le daba trabajo a todos menos a ella.

La comida estuvo dominada por los comentarios de Lorena, por las discusiones entre Ned y Abby, que ya eran grandecitos para estar así, y por la ocasional amenaza de muerte entre Goggy y Pops. Eran una mezcla entre Norman Rockwell y Stephen King, pensó Faith con ternura.

—Yo me encargo de los platos. Que nadie se mueva —dijo Goggy con un deje trágico en la voz.

—¡Niños! —exclamó Pru. Ned y Abby se pusieron de pie de un salto y empezaron a recoger la mesa.

Honor se sirvió una generosa copa de vino.

—Faith, te vas a quedar con los abuelos, ¿te lo ha dicho papá?

—¿Cómo? —preguntó Faith mientras miraba a su abuelo con una sonrisilla para contrarrestar el pánico de su voz. Adoraba a sus abuelos, por supuesto, pero, ¿vivir con ellos?

—El abuelo ya no tiene tanta vitalidad como antes —susurró Pru, ya que los dos ancianos eran duros de oído.

—De eso nada —protestó el aludido—. ¿Quién quiere echar un pulso? ¿Te animas tú, Jack?

—Hoy no, Pops.

—¿Lo ves?

—¡Yo te veo estupendo, papá! —exclamó Lorena—. ¡Pero estupendo de verdad!

—No es tu padre —dijo Goggy.

—No os importa que Faith se quede con vosotros, ¿verdad? —preguntó su padre—. Sabéis que lleváis una temporada...

—¿Una temporada cómo? —quiso saber Goggy.

—¿A punto de mataros? —sugirió Jack.

Goggy lo fulminó con la mirada antes de mirar a Faith con una expresión más tierna.

—Nos encantaría que te quedaras con nosotros, cariño. Pero como invitada, no como niñera. —Fulminó con la mirada a todos los que estaban sentados a la mesa antes de ponerse en pie e ir a la cocina a darles órdenes a los niños.

—Pops, me gustaría que examinaras las uvas de merlot —dijo su padre.

—¡Me apunto! —chilló Lorena con voz cantarina, y los tres salieron del comedor.

Con Abby y Ned en la cocina, solo quedaban los hijos Holland en la mesa.

—¿De verdad me voy a quedar con ellos? —preguntó Faith.

—Es lo mejor —le aseguró Honor—. De todas maneras, tu dormitorio está lleno de trastos.

—A ver qué os parece esto —dijo Pru mientras se ajustaba el cuello de la camisa de franela—. El otro día, Carl sugirió que me hiciera las ingles brasileñas.

—¡Ay, Dios! —exclamó Jack.

—¿Qué pasa? ¿Te has vuelto un puritano de repente? ¿Quién te trajo a casa desde el club de *striptease* cuando te emborrachaste?

—Eso pasó hace diecisiete años —le recordó él.

—Ya ves tú. Carl quiere darle «vidilla al asunto». —Pru entrecomilló las palabras con los dedos—. Tiene suerte de pillar algo, como os lo estoy diciendo. ¿Se puede saber qué te pasa, Jack? —le preguntó a su hermano cuando este se levantó y se fue.

—Yo tampoco quiero enterarme de tu vida sexual —dijo Honor—. Y te devolveré el favor al no hablarte de la mía.

—Tampoco la tienes —repuso Pru.

—Lo mismo te llevas una sorpresa —dijo Honor.

—Si no puedo contároslo a vosotras, ¿a quién se lo voy a contar? ¿A mis hijos? ¿A papá? Somos hermanas. Tenéis que escucharme.

—Puedes contárnoslo —le aseguró Faith—. Bueno, así que supongo que nada de ingles brasileñas.

—Gracias, Faithie. —Pru se apoyó en el respaldo y cruzó los brazos por delante del pecho—. Así que me salta: «¿Por qué no lo probamos? Como las modelos de *Playboy*». Y yo le contesto: «Lo primero, Carl, es que como tengas una revista de *Playboy* en casa, eres hombre muerto. Tenemos a una adolescente y no quiero pillarla mirando tetas de mentira y pelos de putón verbenero». —Cambió de postura en la silla—. ¡Ingles brasileñas! ¡A mi edad! Ya tengo bastante con quitarme el vello de la cara.

—Hablando de ancianas aterradoras —dijo Faith, que se apartó cuando Pru intentó darle un tortazo—. Lorena Creech. ¡Uf!

—Le dijo a Jack que se sentara en su regazo el otro día —comentó Pru—. Tendrías que haberle visto la cara.

Faith se echó a reír, pero se quedó callada cuando Honor la miró con expresión desabrida.

—Es gracioso hasta que papá se case con una mujer que solo quiere su dinero —señaló Honor.

—¿Papá tiene dinero? —preguntó Pru—. Ahora me entero.

—Y no debería casarse a menos que sea con una mujer maravillosa —añadió Faith.

—Puede que no. Pero es la primera mujer a la que considera su «amiga especial». Por qué la ha elegido a ella, ni idea. —Honor se colocó bien la diadema—. El otro día le preguntó a Sharon Wiles por el precio de las parcelas, así que, Faith, no pierdas el tiempo, ¿de acuerdo? No tengo tiempo para ponerme a mirar páginas de citas. Eso te toca a ti.

Tras decir eso se fue. De vuelta al despacho, sin duda. Honor solo vivía para trabajar.

Esa noche, después de que Faith llevara sus cosas a la Casa Vieja y devolviera el vehículo de alquiler a Corning (su padre le había dicho que podía usar a *Brown Betty,* la vieja furgoneta Subaru, mientras estuviera en casa), se metió entre las sábanas limpias de la habitación de invitados de sus abuelos y esperó a que el sueño la venciera.

Su madre no era la única ausencia que había sentido ese día. Faith casi había esperado encontrarse con Jeremy. Siempre le habían gustado mucho las comidas familiares.

Y en ese momento seguramente estuviera en su casa, al final de la calle.

Había regresado a su hogar siete veces desde el día de su boda, y no lo había visto. Ni en una sola ocasión. Cierto que solo había estado en Manningsport unos cuantos días. Había bajado al pueblo, había estado en el bar de sus mejores amigos, Colleen y Connor O'Rourke, pero Jeremy no había hecho acto de presencia. Tampoco había ido de visita a casa de los Holland, aunque sí lo hacía cuando ella no estaba. La gente había superado el hecho de que saliera del armario, incluida la familia de Faith, aunque les había costado. Jeremy también formaba parte de sus vidas, por no mencionar que era el médico de la familia y su vecino, aunque su casa estuviera a más de kilómetro y medio de distancia.

Sin embargo, cuando ella estaba en casa, él desaparecía.

Durante las primeras seis semanas posteriores a su no boda Jeremy y ella se habían llamado todos los días, incluso dos o tres veces. Pese a las sorprendentes noticias, costaba creer que ya no estaban juntos. Desde el momento que lo vio junto a su camilla en la enfermería, durante ocho años ininterrumpidos, lo había querido sin dudar. Se suponía que iban a casarse, a tener niños y a disfrutar de una maravillosa y larga vida juntos, y el hecho de que todos esos decenios futuros se hubieran esfumado... A su corazón le costaba asimilarlo.

Jeremy intentó explicarle por qué había dejado que la cosa llegara tan lejos. Eso fue lo más duro de todo. Faith lo quiso con toda su alma, eran grandes amigos... y él ni siquiera intentó sacar el tema a colación.

La quería, se lo había repetido hasta la saciedad, y Faith sabía que era verdad. Cada día, durante cada conversación, se había disculpado e incluso había llorado. Sentía muchísimo haberle hecho daño. Sentía muchísimo no habérselo dicho antes, no haber aceptado lo que sabía sin lugar a dudas.

Una noche, seis semanas después del día de su boda, después de estar hablando con voz sosegada durante una hora, Faith le dijo a Jeremy lo que ambos ya sabían: tenían que cortar de verdad. Se acabaron los mensajes de correo electrónico, se acabaron las llamadas, se acabaron los mensajes de texto.

—Lo entiendo —susurró Jeremy.

—Siempre te querré —repuso Faith, y se le quebró la voz.

—Y yo siempre te querré a ti.

Y después, tras un larguísimo instante, Faith cortó la llamada. Se quedó sentada en el borde del colchón, con la mirada perdida. Al día siguiente le ofrecieron un trabajo como *freelance* en un estudio de diseño paisajista muy famoso, en el nuevo club náutico, y dio comienzo su vida después de Jeremy. Su padre había ido a verla tres veces al año, una extravagancia cuando se era agricultor, y Pru y los niños habían ido en una ocasión. Todos la habían llamado por teléfono, le habían escrito y le habían mandado mensajes de texto.

Obligarse a no amar... parecía imposible. A veces, se le olvidaba, como cuando alguien le preguntaba si quería tener hijos y ella respondía «desde luego que queremos tenerlos», pero después el recuerdo de que no habría preciosos niños de pelo oscuro correteando entre carcajadas por los dos viñedos la golpeaba como una bofetada en plena cara.

Y en ese momento, en la Casa Vieja, era imposible no pensar en Jeremy. Había recuerdos suyos por todas partes: Jeremy y ella solían sentarse en el porche delantero y él le prometía a su padre que la cuidaría muy bien. Empujaba a Abby en el columpio cuando era pequeña, llevaba a Ned a dar una vuelta en su descapotable, coqueteaba con Pru y con Honor, se tomaba unas cervezas con Jack... La había ayudado a pintar esa misma habitación del color lila que tenía en ese momento.

Se habían besado en aquel rincón, unos besos castos y tiernos, tal vez no lo que se esperaría de un novio de veintiséis años, hasta que Goggy los sorprendió y les dijo que nada de besarse en su casa, que a ella le daba igual que estuvieran comprometidos.

Faith conservaba una foto de Jeremy y ella juntos, una foto que les hicieron el fin de semana que se fueron a Outer Banks... Los dos llevaban sudaderas y se estaban abrazando; el viento agitaba el pelo de ella y Jeremy lucía una sonrisa enorme. Todos los días se obligaba a mirarla, y una parte diminuta y cruel de su cerebro le decía que se olvidara de una vez.

De todas maneras, no era merecedora de Jeremy.

Sin embargo, durante los ocho años que habían estado juntos... fue como si el universo la hubiera perdonado al fin por guardar su oscuro secreto, como si le hubiera presentado a Jeremy a modo de absolución.

Tal parecía que el universo había reído el último, y su representante fue Levi Cooper. Levi, que siempre la había juzgado y la había considerado tonta.

Levi, que lo sabía pero que nunca dijo una sola palabra al respecto.

Capítulo 3

Levi Cooper conoció a Jeremy Lyon justo antes de que comenzaran segundo de bachillerato en el instituto. Nunca esperó trabar amistad con él. Desde el punto de vista económico, las cosas no funcionaban así.

Manningsport estaba situado a orillas del lago Keuka. En la plaza del pueblo había un sinfín de establecimientos pequeños y con encanto: tiendas de antigüedades, una tienda de vestidos y complementos de novia, la Taberna de O'Rourke, una pequeña librería y Hugo's, el restaurante francés donde Jessica Dunn trabajaba de camarera. La Colina quedaba un tanto alejada del pueblo, y era la zona donde vivían los niños ricos cuyos padres eran banqueros, abogados y médicos, o los dueños de los viñedos: los Klein, los Smithington, los Holland. Cientos de turistas visitaban el pueblo de abril a octubre para contemplar el precioso lago y el paisaje, probar el vino y marcharse con una caja o dos.

Lejos del lago estaban las perfectas granjas menonitas, que se extendían por las colinas, salpicadas de rebaños de vacas blancas y negras, hombres ataviados con ropas oscuras que conducían tractores con ruedas de hierro, y mujeres con cofias y faldas largas que vendían queso y mermelada en los mercadillos de productos artesanales los fines de semana.

Y luego estaba lo demás, el resto de los lugares situados en medio. Levi vivía al pie del lado malo de los viñedos, donde la sombra de La Colina hacía que la noche cayera un poco antes. En esa parte del pueblo estaban el vertedero, una tienda de alimentación mugrienta y una lavandería donde, según contaba la leyenda, se vendían drogas.

Durante los años de colegio, los bienintencionados padres ricos invitaban a toda la clase a las fiestas de cumpleaños, y Levi asistía con Jessica Dunn y con Tiffy Ames. Los tres sabían que debían demostrar sus buenos modales y agradecer a las mamás que los hubieran invitado, y después entregaban un regalo que les había costado la paga semanal completa. Sin embargo, no se correspondía a la invitación. Cuando uno vivía en un aparcamiento de autocaravanas no se invitaba a la clase entera a la fiesta de cumpleaños. Se podía jugar con esos niños en el colegio, o quedar con ellos durante el verano para saltar en las cascadas, como Meeting Falls, pero los distintos estilos de vida no tardaban en pasar factura. Los niños ricos empezaban a hablar sobre la ropa que llevaban o sobre el vehículo nuevo que se había comprado su familia o de dónde iban a pasar las vacaciones, y entonces aquel día de pesca en el muelle de Henley ya no tenía tanta importancia.

De modo que Levi siguió relacionándose con Jessica, Tiffy y Ashwick Jones. Levi y su hermanastra crecieron en West's Trailer Park, en una caravana doble con dos goteras que no había forma de arreglar por más que intentaran parchear el techo. Después de que su madre tuviera a Sarah cuando él cumplió diez años (y de que otro hombre abandonara sus vidas), la caravana les pareció un lugar muy estrecho, pero era un hogar limpio y feliz. El aparcamiento no era un lugar espantoso, ni mucho menos, pero no se trataba de La Colina ni del pueblo. Todo el mundo notaba la diferencia, y quien no, era o bien un ignorante de la vida o bien un forastero.

El primer día de los entrenamientos del equipo de fútbol, un mes antes de que comenzara el segundo curso en el instituto, el entrenador les presentó un nuevo alumno. Jeremy Lyon era «quien os va a enseñar a jugar al fútbol, mariquitas perezosas», en palabras del propio entrenador. Jeremy estrechó la mano a todo el equipo.

—Hola, soy Jeremy, ¿qué tal? Encantado de conocerte. Jeremy Lyon, encantado de conocerte, amigo.

«Gay» fue lo primero que pensó Levi.

Pero nadie más pareció darse cuenta. Tal vez porque Jeremy sabía jugar. Una hora después, todos comprendieron que era un jugador de fútbol fantástico. Parecía llevar años jugando en la liga profesional: músculos como piedras y una envergadura capaz de soportar el envite de tres defensas que quisieran tirarlo al suelo. Era capaz de hacer pasar la pelota por el ojo de una aguja, de sortear a los defensas y de colarse en la zona de anotación usando lo que el entrenador llamaba «el bailecito de Notre Dame».

La posición de Levi en el campo de juego, en la banda, hacía que su misión fuera atrapar los maravillosos pases de Jeremy. Aunque él era un buen jugador y jamás lograra obtener una beca para estudiar en la universidad, por más que su madre así lo esperara, Jeremy era fantástico. Tras cuatro horas de entrenamiento el equipo empezó a pensar que a lo mejor podían ganar el primer título en nueve años.

El viernes de aquella primera semana Jeremy invitó a todo el mundo a su casa a comer *pizza*. Y menuda casa. Moderna, con ventanas en todas partes y el suelo de la cocina tan brillante que Levi se quitó los zapatos. Los muebles del salón eran blancos y de líneas rectas, como en las películas. Jeremy tenía una cama de dos metros de ancho, el último modelo de Mac, un televisor enorme con una PlayStation y unos cincuenta juegos. Sus padres se presentaron como Ted y Elaine, y les dejaron claro que nada les parecía más divertido que tener en casa a treinta y cuatro muchachos del instituto. La *pizza* era casera (horneada en un horno especial para *pizzas*, montado en la cocina junto a otros tres), y además había montones de bandejas con emparedados inmensos hechos con un carísimo pan de nombre italiano. También había bebidas gaseosas de marca, no de imitación como las que compraba la madre de Levi. Tenían una bodega especial para los vinos, con un frigorífico para las botellas, y cervezas artesanales de la zona. Cuando Ashwick Jones pidió una cerveza la señora Lyon se limitó a alborotarle el pelo y a decirle que ese día no le apetecía acabar en la cárcel. A Ashwick no pareció molestarle en absoluto.

Levi recorrió la casa con una botella de cerveza de raíz en la mano tratando de no quedarse boquiabierto de asombro. Cuadros modernos y esculturas abstractas; una chimenea que ocupaba toda una pared; otra chimenea en la terraza; otra en la sala de arriba en la que la familia veía la tele, donde también habían instalado una mesa de billar, un futbolín, otro enorme televisor, otra PlayStation y un minibar con todo tipo de bebidas.

Y de repente se dio cuenta de que Jeremy estaba a su lado.

—Gracias por venir esta noche, Levi.

—De nada —dijo él—. Bonita casa.

—Gracias. A mis padres se les fue un poco la olla, creo. A ver, ¿necesitábamos una estatua de Zeus? —Sonrió y puso los ojos en blanco.

—Exacto —convino Levi.

—Oye, ¿quieres que quedemos mañana? Podríamos ver alguna película o quedarnos aquí.

Levi bebió un buen sorbo y después miró a Jeremy. Sí. Era gay. Estaba casi seguro.

—Ah, a ver, colega —dijo—. Tengo novia. —Bueno, de vez en cuando se acostaba con Jessica, si es que eso contaba. De todas formas, el mensaje estaba claro: «Soy hetero».

—Muy bien. Podéis venir los dos si no tenéis nada mejor que hacer. —Jeremy hizo una pausa—. Es que todavía no conozco a nadie.

Era una petición directa y Levi no sabía por qué lo había elegido a él. En un momento dado, supuso, alguien le diría a Jeremy, algún otro niño rico, que los Cooper eran escoria, más o menos en esos términos; que él no tenía automóvil y que trabajaba en dos sitios distintos después de salir de clase. Pero, de momento, la oportunidad de frecuentar un sitio así, de echarle un vistazo a la vida de la otra mitad del pueblo...

—Claro. Gracias. Veré si está libre. Se llama Jessica.

—Estupendo. ¿A las siete? Mi madre cocina de maravilla.

—Gracias, cariño —dijo su madre, que entró en ese momento con una bandeja de emparedados. Al verlos juntos se quedó petrificada. Su sonrisa se transformó en un gesto helado.

—Es la verdad, mamá. —Jeremy le pasó un brazo por los hombros a su madre, que era muy bajita, y la besó en la cabeza, tras lo cual se llevó un sándwich de la bandeja—. Me pega si digo lo contrario —añadió, dirigiéndose a Levi.

La señora Lyon lo estaba mirando con el ceño levemente fruncido.

—¿Cómo te llamabas, cariño?

—Levi —contestó Jeremy por él—. Juega en la banda. Hemos quedado mañana, si te parece bien. Su novia también viene.

—¡Ah, tienes novia! —Su madre se relajó al instante—. ¡Qué bien! ¡Claro! Sí, sí, podéis venir. Será estupendo.

—A lo mejor tiene que trabajar —señaló Levi—. Se lo diré. Pero gracias.

—¿Tu novia tiene alguna amiga? —preguntó la señora Lyon.

—Allá vamos, tratando de encontrar a su futura nuera —dijo Jeremy con una sonrisa afable. En la planta alta algo se cayó al suelo con gran estruendo y acto seguido se oyó una palabra malsonante—. Me parece que se ha derramado algo en la tapicería blanca. Te dije que no compraras ese sofá —añadió.

—Ya está bien. Ni que fueseis una panda de animales —exclamó su madre.

—No me gusta reconocerlo, pero lo somos —terció Levi. La sonrisa de Jeremy se ensanchó mientras se alejaba con su madre para limpiar el desastre, supuestamente.

Pues sí. Jeremy era gay. O tal vez solo fuera californiano. O las dos cosas.

Levi apareció a la noche siguiente, aunque tuvo que hacer dedo para que alguien lo recogiera en la carretera al salir de trabajar en el club náutico. Había pasado seis horas limpiando embarcaciones en el dique seco, una actividad que, aunque agotadora, le permitía trabajar sin camiseta, de modo que Amber-como-se-llame, que estaba en el pueblo de fin de semana, se lo comía con los ojos. Jess no quería perderse las propinas que conseguía los sábados por la noche, así que Levi fue solo a casa de Jeremy.

Una vez allí, cenaron con los padres (pato, increíble), y después hicieron lo que cualquier muchacho: comer un poco más y jugar al

Soldier of Fortune en la PlayStation de la planta baja. Cuando Jeremy le preguntó qué pensaba sobre ir a la universidad, Levi titubeó, porque no quería que se enterara tan pronto de que la universidad era algo tan inalcanzable para él que ni siquiera se había planteado la idea de enviar solicitudes.

—Todavía no lo sé —dijo.

—Yo tampoco —admitió Jeremy con sinceridad, aunque Levi había oído decir que varias universidades lo estaban tanteando—. Bueno, dime quiénes son las nenas más monas del instituto. Espero echarme una novia este año.

Sonó tan raro que Levi estuvo a punto de dar un respingo. No obstante, Jeremy tenía un aire como de inocente o algo así.

—¿Tenías novia donde vivías antes? —le preguntó, para ver cuál era su reacción.

—No, la verdad. Nadie especial. Ya sabes. —Jeremy apartó la mirada—. Con el fútbol, las clases y demás, es complicado encontrar tiempo.

La experiencia de Levi había sido muy distinta. Las mujeres se le insinuaban constantemente. A no ser que fueras un alumno de primero de secundaria con apariencia de niño, lo normal era que alguna muchacha flirteara, siempre y cuando llevara el uniforme los viernes por la noche y sin importar que el equipo hubiera obtenido un mal resultado.

Cuando se hizo tarde, Levi dijo que volvía a casa caminando, aunque había más de once kilómetros desde La Colina hasta el aparcamiento, rodeando antes el pueblo. Jeremy insistió en llevarlo. Tenía un descapotable, por el amor de Dios, y la verdad, no podía decir que fuera un capullo.

—Hace una noche estupenda para conducir, ¿verdad? —comentó Jeremy amablemente mientras se metía en el descapotable saltando sobre la puerta en vez de abrirla.

Levi lo imitó al instante, ya que supuso que era lo que la gente hacía si tenía descapotables.

Jeremy estuvo hablando durante todo el trayecto por la ruta 15, le contó a Levi cómo era su vida en Napa (asombrosa, la verdad), las razones por las que sus padres habían querido mudarse (su padre tenía una úlcera y habían supuesto que en Nueva York el negocio del vino sería más tranquilo), y le hizo preguntas sobre el entrenador y sobre alguno de los equipos con los que se enfrentarían.

—Es aquí. West's Trailer Park. —Esperó a que Jeremy comprendiera que había elegido mal al compañero de equipo con el que trabar amistad.

—Estupendo. ¿En cuál? —le preguntó Jeremy mientras tomaba el camino de entrada.

—La última de la izquierda. Gracias por traerme, colega. Y dale las gracias a tu madre por la cena.

—De nada, ha sido un placer quedar contigo. Ya nos veremos en el entrenamiento.

Se despidió con la mano y dio media vuelta con precisión antes de marcharse. El sonido del motor se fue perdiendo en la distancia.

Y así comenzó una amistad. A lo largo del mes siguiente, Jeremy invitaba a cenar a Levi con frecuencia, hasta que una noche su madre le soltó:

—¿Por qué no lo invitas aquí? ¿Te avergüenzas de nosotros o qué?

Cuando Jeremy apareció, llegó con un ramo de flores para la madre de Levi, le dijo a Sarah que era preciosa y no hizo el menor comentario sobre el techo manchado por las goteras, sobre la jarra del vino del frigorífico ni sobre el hecho de que apenas hubiera sitio en la cocina para los cuatro.

—¿Macarrones con atún? —preguntó cuando la madre de Levi dejó la fuente recién sacada del horno en la mesa—. ¡Madre mía, es mi comida preferida! Hace años que no la comía. Mi madre es muy estricta con la comida. Pero esto... Esto sí que es vida. —Sonrió como si hubieran acabado de atracar un banco y se sirvió tres platos. La madre de Levi suspiraba, encantada.

—Es un muchacho fantástico —declaró cuando Jeremy se marchó, con un deje reverente en la voz.

—Ajá —convino Levi.

—¿Tiene novia?

—Creo que eres un poco mayor para él. —Le sonrió, y ella se puso colorada.

—Yo seré su novia —afirmó Sarah con vehemencia.

—Y tú eres un poco joven —replicó Levi, que le tiró del pelo—. Ve a lavarte los dientes. —Su hermana le obedeció.

Su madre se pasó una mano por el pelo, que llevaba teñido de rubio, si bien se le notaban las raíces más oscuras.

—Bueno, a ver. Me refería a que es muy guapo, muy simpático y muy educado. A ver si se te pega algo.

—Gracias, mamá.

—Me apuesto lo que quieras a que no es de los que van por ahí con facilonas.

—No, la verdad es que no.

—No entiendo qué le ves a esa Jessica Dunn.

—Es fácil. —Su madre le dio un guantazo en la cabeza y Levi se agachó, sonriendo—. Y también tiene una personalidad estupenda —añadió—. O algo así.

—Eres muy malo. Ayúdame a recoger. Te apuesto lo que quieras a que tu amigo ayuda a su madre.

Un día después de que las clases comenzaran de nuevo, Levi y Jeremy iban de camino a la cafetería. La puerta estaba bloqueada por alguien. La Linda Princesita, con su pelo rojo recogido en una coleta, siempre pidiéndole a la gente que firmara una petición para recoger botellas o salvar a las focas. Su objetivo en la vida era asegurarse de que todos los habitantes de la tierra la quisieran. Ahora estaba allí plantada sin darse cuenta del montón de gente que no podía entrar para almorzar.

—Quítate de en medio, Holland —dijo Levi.

Ella no contestó. Mierda, ya estaba haciendo lo de siempre: tirándose de la camiseta con volantitos con expresión confundida. Levi dio un paso hacia ella, pero antes de poder atraparla la vio caerse al suelo y empezar a sufrir convulsiones.

—¡Ay, Dios mío! —exclamó Jeremy, que tiró la mochila al suelo y se arrodilló a su lado—. Oye, oye, ¿estás bien?

—Tiene epilepsia —dijo Levi, que se quitó la sudadera y la enrolló para ponérsela debajo de la cabeza.

Los mirones empezaron a arremolinarse alrededor; los infrecuentes ataques de Faith siempre cosechaban un gran éxito de público. Doce años conviviendo con los mismos compañeros..., cualquiera diría que a esas alturas ya estaban acostumbrados. Todos los años la enfermera iba a su clase y les daba la charla sobre la epilepsia, como si todos tuvieran que acordarse y Faith tuviera que pasar vergüenza. Era el único momento del año en que a Levi le daba pena. Bueno, también le dio pena cuando su madre murió. Jeremy le pasó los brazos por debajo del cuerpo.

—No debes moverla —le advirtió Levi, pero Jeremy la levantó en brazos y empezó a abrirse camino por el pasillo.

Y eso fue todo. Las conversaciones sobre el episodio duraron días en el instituto. Decían que Jeremy era una especie de caballero de brillante armadura; que era lógico que Faith se enamorara de él; que era muy romántico; que quién no desearía sufrir epilepsia o tener algún desmayo de vez en cuando. Levi se cansó de poner los ojos en blanco.

—Estoy enamorado, amigo mío —afirmó Jeremy un par de semanas después—. Ella es increíble.

—Ajá.

—En serio. Es preciosa. Como un ángel.

Levi lo miró.

—Claro que sí.

Pese a no tener padre, Levi era lo que su jefe llamaba «un hombre como Dios manda». Jugaba al fútbol desde primaria, era manitas con las herramientas, tuvo su primera novia a los doce años, y perdió la virginidad a los quince. Repitió curso cuando su padre los abandonó, y por eso era un año mayor que sus compañeros de clase. Empezó a desarrollar músculo en primero de secundaria, sabía conducir al año siguiente, y todas esas cosas le granjearon cierto respeto. Siempre se había relacionado con un grupo de amigos, hombres como Dios manda.

Y los hombres no decían que sus novias eran preciosas como ángeles. Hablaban de sus tetas, de sus culos, de si les permitían hacer algo y de cuándo lo hacían. Si alguno estaba enamorado de verdad guardaba silencio y a veces le daba un puñetazo a aquel (normalmente Levi) que especulaba sobre las tetas o el culo de la muchacha en cuestión.

Levi no era experto, pero supuso que Jeremy no sabía que era gay. O si lo sabía, tal vez todavía no quisiera admitirlo. Jeremy parecía muy cuidadoso en los vestuarios, algo raro para un muchacho que llevaba diez años jugando al fútbol. La mayoría del equipo pasaba del tema, aunque a algunos no les importaba pasearse desnudos, pavoneándose delante de los demás. De vez en cuando se producía la típica bromita gay, y Jeremy se reía un poco, y a veces miraba a Levi para comprobar si de verdad tenía gracia (algo que nunca pasaba). No, Jeremy se mantenía cabizbajo hasta que acababa de vestirse. Cuando Frankie Pepitone, *la Mole,* se hizo un tatuaje en el hombro, todos los demás lo admiraron y se aseguraron de darle una palmada justo sobre la piel aún enrojecida (porque a los futbolistas les gustaba hacerse daño entre ellos, al fin y al cabo), pero Jeremy no fue capaz ni de mirar el tatuaje.

—Impresionante —fue lo único que dijo. A Levi le dio la impresión de que a Jeremy podría darle miedo mostrar la expresión de su cara si miraba a Frankie, *la Mole.*

Qué más daba. El caso era que Jeremy era buena gente, y a Levi le daba igual que Faith Holland fuera una fachada o el amor de su vida. Era su último año de instituto y suponía que se uniría al Ejército, así que iba a tratar de pasarlo lo mejor posible. Y relacionarse con Jeremy era divertido. Era un muchacho gracioso, listo, sencillo y decente como ninguno. Levi y Jess quedaban a veces con Jeremy y Faith para ver alguna película o ir a casa de los Lyon, porque Faith tenía muchos hermanos y ¿por qué ir a un aparcamiento de autocaravanas cuando la casa de Jeremy era como un salón recreativo? Sin embargo, a Jess no le caía bien Faith (y la imitaba a la perfección), así que muchas veces solo estaban ellos tres: Jeremy, Levi y Faith.

Faith Holland... era difícil de aguantar, sí. Monísima, inquieta y agotadora. Estaba colada por Jeremy y parecía estar inmersa en el *casting* de futura esposa, siempre pestañeando de forma exagerada cuando lo miraba o abrazándolo a la menor oportunidad. A Jeremy no parecía importarle. Les hacía la pelota a los padres de Jeremy, se ofrecía para recoger la mesa y estaba claro que los Lyon pensaban que era maravillosa.

—Menos mal que por fin ha encontrado a alguien —oyó Levi que la señora Lyon le decía una noche a su marido cuando él estaba a punto de darles las gracias por haberlo invitado a cenar.

—Ya era hora —protestó el señor Lyon—. Empezaba a pensar que sería imposible. —Intercambiaron una mirada y después siguieron viendo la CNN.

Así que Levi no era el único que pensaba que Jeremy podía jugar en el equipo contrario.

El último año de instituto fue el mejor de la vida de Levi. Al final de la temporada Jeremy le hizo un pase a treinta y cinco metros de distancia. Levi lo atrapó en el área de anotación sin problemas, tal era la puntería de Jeremy. Los leones de Manningsport Mountain se proclamaron campeones de su categoría, aunque perdieron en la siguiente fase. No les importó. Esa había sido la mejor temporada de la historia del instituto, así que era difícil sentirse desanimado.

Y Levi, que no tenía ni hermanos, ni padre, ni tíos, contó con su primer amigo de verdad, una persona que no se parecía en nada a Ashwick, Tommy o Frankie, *la Mole*. Jeremy era mucho más maduro que ellos en muchas cosas, parecía sentirse tan cómodo en la caravana de Levi como en la elegante casa de sus padres, se reía con facilidad, no se emborrachaba por diversión y nunca le importó que los niños de La Colina no se mezclaran con los del aparcamiento de autocaravanas.

Con Faith lo intentaba tal vez con demasiado ahínco. De vez en cuando la besaba y Levi hacía una mueca por lo mal que quedaba. Jeremy hacía todas esas cosas ridículas y antiguas que ningún hombre heterosexual haría jamás, como ponerle una flor en el pelo y tonterías por el estilo. Y Faith... ¡por favor!, se lo tragaba todo. Se sentaba en su regazo y proponía que todos participaran en unas jornadas para limpiar las cunetas, o que Levi y Jess se apuntaran al coro del instituto para ir a cantar al hogar del pensionista. Levi comentaba de vez en cuando que había medicamentos para su trastorno. Faith se reía, aunque era evidente que no sabía cómo interpretarlo, y después él se sentía como si acabara de darle una patada a un perrito, tras lo cual Jeremy decía: «No seas desagradable, colega. La quiero», y Faith empezaba a mover el rabo otra vez.

Una noche de primavera, Faith los dejó en casa de los Lyon; Ted y Elaine estaban fuera, y Levi sospechaba que se sentía incómoda porque Jeremy y él habían sacado dos cervezas del frigorífico de la planta baja, y por supuesto ella no pensaba tolerar semejante infracción de la ley. Levi, sentado en el sillón de la terraza, la había observado marcharse con su bonito pelo resplandeciente a la luz de la luna y el enorme perro de los Holland trotando a su lado.

—¿Faith y tú lo habéis hecho? —le preguntó a Jeremy por curiosidad.

—No, no —contestó él—. Somos... chapados a la antigua. Ya sabes. A lo mejor esperamos hasta después de la boda.

Levi se atragantó con la cerveza.

—¡Ah! —exclamó sin aliento.

Jeremy se limitó a encogerse de hombros con una sonrisa en los labios mientras pensaba en la Linda Princesita.

Y después, de repente, llegó la semana en la que Jeremy y Faith se tomaron «un descanso». El instituto al completo se quedó alucinado. Jeremy se mostró muy serio, algo poco característico en él, y no quiso hablar del asunto. Por fin, suponía Levi, Faith había salido del trance y se había percatado de que había algo raro en su novio.

Él tenía bastante con sus problemas; una universidad poco prestigiosa de Pensilvania le había ofrecido para su sorpresa una beca muy decente (gracias a que Jeremy lo había hecho quedar fenomenal durante toda la temporada). Entre la cantidad que le ofrecían y sus ahorros, solo tenía que reunir cinco mil pavos y podría seguir adelante.

No le pidió el dinero a su madre. Cinco mil pavos eran demasiado dinero. Podría habérselos pedido prestados a Jeremy o a los Lyon, y ellos habrían estado encantados de aceptar, pero no le parecía correcto. No quería contraer deudas con nadie.

Por eso se lo pidió a su padre. Decidió que Rob Cooper estaba en deuda con él y no al contrario. Le siguió el rastro y descubrió que vivía en un pueblo no muy lejano. Llevaba once años sin verlo. Nunca lo había llamado por teléfono ni le había enviado una tarjeta de felicitación por su cumpleaños, aun viviendo a apenas treinta kilómetros de distancia, en una casa de una sola planta pintada de azul oscuro, en cuyo camino de acceso estaba aparcado un flamante automóvil.

Rob Cooper podía ser un padre espantoso, pero lo reconoció nada más verlo. Le estrechó la mano, le dio unas palmadas en un hombro y lo invitó a pasar al garaje.

—Bueno, en fin, iré directo al grano —dijo Levi—. Necesito cinco mil pavos para ir a la universidad. Tengo una beca para futbolistas, pero solo cubre parte de los gastos. —Hizo una pausa—. Esperaba que pudieras ayudarme.

Su padre... caramba, su padre tenía los mismos ojos verdes que él y los mismos brazos fuertes. Su padre asintió con la cabeza, y por un ridículo segundo la esperanza hizo que el corazón le diera un vuelco.

—Ajá, me gustaría ayudarte, sí. ¿Cuántos años tienes, dieciocho?

—Diecinueve. Repetí tercero de primaria. —«El año que nos abandonaste.»

—Sí, sí. —Su padre asintió de nuevo con la cabeza—. Bueno, el caso es que acabo de casarme. He empezado de cero y todo eso. —Hizo una pausa—. Mi mujer está en el trabajo. De lo contrario, te la presentaría. —No, no lo haría—. Ojalá pudiera ayudarte, hijo. Pero es que no tengo esa cantidad.

Había un montón de cosas que Levi quería decir. Cosas como que lo que tendría que haber pagado por su manutención eran más de cinco mil dólares. Cosas como que Rob Cooper había perdido el derecho a llamarlo «hijo» hacía once años. Cosas como que había repetido tercero porque se había pasado las horas muertas todos los días después de clase sentado en la cuesta, esperando que el Chevrolet El Camino de color mostaza enfilara la vereda de entrada de West's Trailer Park porque sabía, sabía muy bien, que su padre no habría podido irse así porque sí para siempre.

Pero mantuvo la boca cerrada y sintió que la vergüenza le quemaba el estómago por haberse permitido sentir un poco de esperanza.

—Yo también jugaba al fútbol, ¿lo sabías? —le preguntó su padre.

—No —contestó.

—Jugaba en la banda, de receptor.

—Estupendo. Bueno, tengo que irme.

—Claro. Lo siento, Levi.

Escuchar su nombre con esa voz que tan bien recordaba estuvo a punto de hacerle perder el control. Sin echar la vista atrás, condujo directo hasta Geneva para alistarse en el Ejército. No permitiría que su padre le arrebatara más de lo que ya le había arrebatado. Esa noche se emborrachó un poco con sus amigos y Jess tuvo que acostarlo, pero no hubo mayores daños.

Al final de esa semana, Faith y Jeremy habían vuelto. Como si no hubiera pasado nada.

Cuando llegó el día de la graduación Levi ya había superado las pruebas para entrar en el Ejército, y le esperaban dieciséis semanas de instrucción básica a partir de agosto. De repente, su casa se convirtió en lo más importante.

El verano adquirió un tinte melancólico. Se dio cuenta de que estaba sentado en el borde de la cama de su hermana cuando ella dormía, deseando que estuviera bien sin él. La llevó a nadar, fue a verla cuando acampó con las *scouts* e hizo que todas sus compañeras prometieran enviarle galletas y cartas. Un día le llevó flores a su madre, aunque solo consiguió que se echara a llorar.

Las frondosas colinas y las hileras de vides, así como el olor dulzón que flotaba en el aire, le parecieron preciosas de repente. Era duro saber que nada sería igual en el futuro, que cambiaría y que dejaría atrás su antigua vida. Que ese año tan perfecto jamás se repetiría.

La víspera de su marcha a Fort Benning el señor y la señora Lyon celebraron una fiesta en su honor, le dijeron a su madre que había criado a un hombre fantástico, y los tres progenitores lloraron un poco juntos. Jess cortó con él durante la fiesta. Sin aspavientos ni nada. Con un simple: «Oye, no creo que tenga sentido seguir con esto, ¿no te parece?». Levi convino en que no, no tenía sentido. Ella lo besó en la mejilla, le dijo que tuviera cuidado y que le escribiera de vez en cuando.

Jeremy lo recogió a la mañana siguiente. Levi se despidió de su madre con un beso, abrazó a Sarah con fuerza y les dijo a ambas que dejaran de llorar. Posiblemente él también tuviera que limpiarse las lágrimas. Después, Jeremy le preguntó si quería conducir el descapotable, y él le contestó que qué narices, sí.

Hicieron el trayecto hasta Hornell en silencio. Desde allí, el autobús lo llevaría hasta Penn Station, y luego seguiría hasta Fort Benning. Jeremy se marchaba al Boston College a la semana siguiente porque empezaban los entrenamientos del equipo de fútbol. Ese año sería suplente del *quarterback*. El abismo que separaba sus vidas, ese al que Jeremy jamás había prestado atención, apareció de repente entre ellos. Su amigo sería una estrella del fútbol en una universidad para ricos, seguramente lo ficharían para jugar en la liga profesional y, fuera cual fuese el resultado, disfrutaría de una vida cómoda y privilegiada. Levi serviría a su país en una guerra que la mayoría de sus compatriotas pensaba que no iba a solucionar nada y rezaría para no morir.

Jeremy compró un par de cafés y esperó hasta que el autobús Greyhound apareció soltando una humareda por el tubo de escape y el conductor bajó para fumarse un cigarro.

—Bueno, pues me voy —dijo Levi, que se colocó el petate al hombro.

—Busca un asiento con ventana —le advirtió Jeremy, como si tuviera una enorme experiencia viajando en autobuses.

—Lo haré. Cuídate, amigo —se despidió Levi, y se estrecharon la mano—. Gracias por todo.

Una frase ridícula y tonta, vacía de contenido.

«Gracias por no haber tenido en cuenta dónde vivo. Gracias por intentar que los ojeadores se fijaran en mí. Gracias por lanzarme ese pase. Gracias por tus padres. Gracias por elegirme para ser tu amigo.»

—Yo también te lo agradezco. —Jeremy lo abrazó con fuerza y durante un buen rato, al tiempo que le daba palmadas en la espalda. Cuando se apartó, Levi vio que tenía los ojos llenos de lágrimas—. Eres el mejor amigo que he tenido en la vida —le dijo, con la voz trémula.

—Lo mismo digo, colega —aseguró Jeremy—. Lo mismo digo.

—Pasó un minuto y, por alguna razón extraña, Levi pensó que tal vez debería abrir la puerta aunque fuera una rendija aprovechando que se marchaba—. Y eso tampoco cambiaría nada —añadió.

—¿A qué te refieres? —le preguntó Jeremy.

«Si salieras del armario.» Pero la respuesta se le quedó atascada en la garganta. Levi se encogió de hombros.

—Pues que... que siempre podrás contar conmigo. Pase lo que pase. Y ya sabes, que puedes contármelo todo. Llámame. Envíame mensajes de correo electrónico. Esas tonterías.

—Gracias —dijo Jeremy, y se abrazaron de nuevo. Levi se subió al autobús.

No regresó a Manningsport en casi cinco años.

Capítulo 4

—Gracias por obligarme a salir —dijo Faith tres días después de llegar al pueblo—. No sé cómo mis abuelos no se han matado a estas alturas. Cuando intento quedarme dormida sigo oyéndolos en mi cabeza. «Sí que quieres mostaza. Siempre te ha gustado la mostaza. ¿Cómo puedes hacer un sándwich sin mostaza? Toma la mostaza.» Ya podría estar quemándome viva que seguirían peleándose por las tostadas francesas. —Le dio un buen sorbo al martini, una de las mejores cosas del restaurante Hugo's—. Empiezo a pensar que vivir con ellos es el camino más directo hacia el suicidio.

Colleen O'Rourke sonrió.

—Ay, estos Holland. Sois una familia monísima.

Colleen y ella eran amigas desde los siete años, cuando Faith tuvo un ataque y Colleen fingió tener otro, celosa por la atención que Faith recibía. Según contaban, el de Colleen fue tan fuerte que acabó golpeándose la cabeza contra una mesa y necesitó que le pusieran cuatro puntos de sutura, algo que la alegró mucho.

—Bueno, quitando a tus abuelos, ¿cómo te sientes de vuelta en casa? —preguntó Colleen.

—De maravilla —contestó Faith—. Mi padre me llevó a cenar anoche y nos lo pasamos estupendamente. El Red Salamander. Esas *pizzas* están de muerte.

—Me casaría con tu padre si me dejaras. —Colleen enarcó una ceja—. A ver, si tolera ese espectáculo tan horroroso de mujer, imagina lo que sentiría por mí y por todo esto. —Se señaló la cara y el cuerpo que, la verdad, los tenía muy bien.

—Ni se te ocurra mirar a mi padre —le advirtió Faith—. Y, por el amor de Dios, ayúdame a encontrarle a alguien. Nos preocupa que Lorena se lo lleve a dar una vuelta y acaben casados, y mi padre ni se dará cuenta porque estamos de vendimia. —Dio otro sorbo a su Martini.

—Estaré atenta —dijo Colleen—. Ahora mismo no se me ocurre nadie lo bastante bueno.

Ese era el problema. «Lo bastante bueno» para su padre quería decir que buscaban a alguien a caballo entre la madre Teresa de Calcuta y Meryl Streep. Raro era quedarse corto. La noche anterior se había pasado tres horas buceando en la página web «eCompromiso/Amor-Maduro», y solo encontró una candidata.

—¿Qué tal va tu proyecto? —preguntó Colleen—. Esa cosa... ¿el granero?

—Bueno, estos dos últimos días he estado dando vueltas por la finca, haciendo fotos, calculando la inclinación del terreno y el coeficiente de escorrentía. No me mires así. Es fascinante.

—¿Y será algo para bodas y cosas del estilo?

—Sí. Pero hay un montón de sitios estupendos para casarse y celebrar fiestas por los alrededores, así que el granero tiene que ser especial. Así se va a llamar: «El Granero de Blue Heron». ¿Te gusta?

—¡Me encanta! Muy elegante. —Colleen sonrió—. ¡Así que estás de vuelta, Faith! ¡Estás aquí! Es estupendo. Te he echado mucho de menos. ¿Te vas a quedar dos meses?

—Más o menos. Anoche hablé con Liza y me dio la impresión de que *el Maravilloso* Mike vive allí.

—No dejes que te eche. Me encanta tener un sitio donde quedarme en Frisco.

—San Francisco. Solo los turistas lo llaman «Frisco».

—Me doy por enterada, so finolis. —Le hizo una señal al camarero. Habían pedido en la barra, atendidas por Jessica Dunn, que casi ni las saludó, pero ese empleado era un hombre, y como tal, casi tropezó al ir corriendo hacia la mesa.

—Hola, Colleen —la saludó con voz afable—. Llevo un tiempo sin verte. Estás increíble. —Pasó totalmente de Faith y se apoyó en la mesa, con el culo contra el plato del pan de Faith. Ese era el problema de tener a una ninfa guapísima por amiga. Los hombres se amontonaban alrededor de Colleen como un enjambre de mosquitos rodearía a un hemofílico—. Salgo dentro de una hora —añadió el camarero.

—¡Estupendo! —repuso Colleen, al tiempo que se apartaba la larga melena negra para que el chico pudiera verle mejor las tetas—. ¿Te conozco? Eres muy mono.

El camarero resopló y se enderezó. Faith apartó el plato con el filo del cuchillo.

—¿No te acuerdas de mí? —preguntó el hombre—. ¡Vaya!

—¿Por qué? ¿Tenemos un hijo en común? ¿Nos casamos en secreto? No, espera, ¿no te doné un riñón? —Colleen sonrió al hablar y Faith se dio cuenta de que el camarero se ablandaba.

—Menuda lagarta estás hecha —dijo él, pero con cariño.

—No me odies porque soy guapa —replicó Colleen, que pestañeó de forma exagerada—. ¿Nos traes otra ronda?

—Yo necesito otro plato de pan —dijo Faith.

El camarero no le hizo ni caso.

—Greg. Me llamo Greg.

—Greg. —Colleen pronunció el nombre como si lo estuviera saboreando—. ¿Nos traes otra ronda, Greg? El tiempo es oro. Y en mi bar yo no haría esperar a un cliente.

La Taberna de O'Rourke desde luego que era el lugar de moda, hogar de la carta de vinos más extensa del pueblo, así como de diecisiete tipos distintos de cervezas artesanas y encima con los mejores nachos del mundo mundial. Habían ido a Hugo's porque Colleen no podría hablar tranquila si se quedaba en su propio local.

Además, Faith estaba regresando a la vida de Manningsport poco a poco. Y también se escondía de Jeremy, la verdad fuera dicha, que era cliente habitual de la Taberna de O'Rourke. Jeremy no solo era el médico local, sino que también participaba en todos los eventos benéficos que se organizaban, patrocinaba cuatro equipos de la liga infantil de béisbol y era dueño de un viñedo que daba trabajo a unas doce personas. Seguramente fuera el hombre más popular del pueblo, si no lo era de la Tierra.

—Marchando otra ronda —dijo Greg, que le rozó el dorso de la mano a Colleen—. Invita la casa para compensar por el retraso. —Porque, sí, así de guapa era. Colleen podría clavarle un tenedor en el ojo al camarero, que él querría llevársela a su casa de todas formas.

—Eres una bruja o algo —comentó Faith cuando el camarero se alejó—. Me postro a tus pies.

—Puede que me acostara con él en verano. Empiezo a recordar algo. Una alfombra blanca, un riesling blanco seco, de Blue Heron, claro... Centrémonos en lo que interesa, ¿te has encontrado ya con algún amigo o enemigo?

—Jessica Dunn me está asesinando con la mirada —contestó Faith—. ¿Sigue siendo un zorrón?

—No que yo sepa. ¿Has visto a alguien más?

—A Theresa DeFilio. Está embarazada otra vez. Qué bonito, ¿verdad?

—Precioso. ¿Y no ha habido nadie más? —preguntó Colleen, que entrecerró sus preciosos ojos—. ¿Un hombre con el que estuviste comprometida y cuyo nombre empieza... ay, no sé, por... jota?

Faith suspiró.

—Le he mandado un mensaje de correo electrónico. ¿Estás orgullosa? Hemos quedado para la semana que viene.

Colleen suspiró.

—¿Sigues hablando con sus padres?

Faith asintió con la cabeza.

—Sí. Comimos juntos en Pacific Grove hace un mes.

—Eres una santa.

—Además de verdad. Pero si alguien me vuelve a decir «pobrecilla», puede que se me vaya la pinza y mate a todos los que me rodean. Menos a los niños y a los perros. Y a los ancianos. Y a ti. Y a Connor. De acuerdo, no me cargaré a nadie. Pero me está volviendo loca.

—¡Lo sé! —exclamó Colleen con voz cantarina—. Yo también soy muy popular de repente. Más que popular, vamos. La gente viene a mi local, se sienta y me dice: «Coll, ¿está...?», y aquí va una pausa para darle dramatismo al asunto, «¿Está bien?». Y yo les contesto: «¡Claro! ¿Por qué no lo iba a estar? Ah, ¿te refieres a que don Perfecto la dejó tirada en el altar? ¡Eso es agua más que pasada, querida! Ya ni se acuerda».

—¡Gracias! —dijo Faith—. Me han estado lanzando esas miraditas cada vez que salía. ¿Te has fijado en que Hugo ha salido para hablar conmigo? La primera vez en la vida. —Le dio un buen trago al martini—. Llevo viniendo aquí desde siempre y hoy es la primera vez que el dueño habla conmigo.

—No te preocupes, cariño —repuso Colleen—. Los cotillas ya se buscarán otro tema de conversación. Alguna le pondrá los cuernos al marido o alguien desfalcará al consejo de la biblioteca, así podrán ocuparse con otra cosa que no seáis Jeremy y tú.

—La esperanza es lo último que se pierde —opinó Faith.

Greg les llevó las bebidas y unos rollitos de huevo monísimos, sonrió a Colleen y pasó por completo de Faith, que tuvo que cambiar el plato del pan por el de una mesa en la que no había nadie.

—Oye, hablando de la biblioteca —comentó Faith—, Julianne Kammer, ¿te acuerdas de ella? ¿Delgada, pelo castaño, muy agradable, que vomitó en séptimo durante el examen de matemáticas?

—Sí, me acuerdo. Yo no soy la que se ha ido a vivir a la Costa Oeste, cariño.

—De acuerdo —dijo Faith—. En fin, me ha pedido que haga un trabajo mientras estoy en el pueblo. El patio que hay detrás del ala infantil. Voy a diseñar un pequeño laberinto, ya verás. A los niños les encantan esas cosas. Y le dije que lo haría gratis. Porque soy superamable.

—Y también estás tirando a borracha, ¿a que sí? ¿Cómo es posible que una Holland no aguante el alcohol?

—Soy un gen recesivo de mis antepasados puritanos. —Mmm. Sí, se le trababa un poco la lengua.

—Bueno, ¿ha llegado el momento de regresar para siempre? Se suponía que Frisco no iba a ser tu hogar permanente.

—San Francisco.

—Muy bien, muy bien, perdona. Espera, ahora me lo cuentas, que tengo que ir al baño. —Colleen se levantó y la dejó sola.

Faith bebió otro sorbo de martini, aunque cada vez se le trababa más la lengua, y echó un vistazo a su alrededor. Habían hecho bien al ir a Hugo's. Era un lugar tranquilo, diseñado más para la temporada turística que para los lugareños que acudirían todo el año. La vista del lago era increíble; los manteles, de un blanco níveo; y había jarrones con orquídeas. Acababan de sentar a un grupo; habían pasado por Viñedos Blue Heron ese mismo día. Faith había hecho una sustitución en la tienda de recuerdos y reconocía la sudadera rosa con el osito de una de las mujeres. Salvo por el grupo, en Hugo's no había nadie a quien reconociera, excepto a Jessica Dunn, que era desagradable como ella sola.

Faith y Jeremy solían ir a ese restaurante. Tenían una mesa especial, junto a la ventana, donde hablaban y se tomaban de las manos y se besaban de vez en cuando. A veces, Levi también aparecía para ver a Jessica Dunn (conocida como Jessica, *la Facilona* en el instituto). Siempre se producía una situación incómoda cuando los cuatro, o los tres, quedaban. A Jessica nunca le había caído bien Faith..., lo mismo que le pasaba a Levi, por cierto.

Aunque Faith creía de todo corazón que todas las chicas de la Tierra deberían tener un novio como Jeremy Lyon, una extraña corriente cargaba el ambiente cada vez que Levi estaba cerca, y esa sensación solo aumentaba cuando Jessica se unía al grupo. Jeremy era muchísimo más atractivo (Faith siempre creyó que era un exótico príncipe con su piel morena y sus oscurísimos ojos), pero Levi tenía algo de lo que Jeremy carecía. La heterosexualidad, como llegó a descubrir ella.

Sin embargo, en el instituto, Levi la ponía nerviosa. Cuando miraba a Jessica con esos ojos verdes entornados, con el pelo rubio oscuro siempre revuelto, y se sabía sin lugar a dudas que los dos se lo estaban montando... A diferencia de Jeremy y ella, que eran mucho más... esto... recatados.

En una ocasión, Faith sorprendió a Levi y a Jessica dándose el lote en el guardarropa de Hugo's, y se quedó paralizada al ver la voracidad contenida en ese beso, lento, apasionado y sin prisas. Levi parecía mucho mayor que todos los chicos de su edad, con unos musculosos brazos y unas manos grandes que despertaban la imaginación de todas las alumnas del instituto Manningsport High. En aquel momento, dichas manos se deslizaban por la espalda de Jess, acercándole las caderas a las suyas con un movimiento explícitamente sexual, sin apartar la boca de la de Jessica mientras se inclinaba sobre ella.

Las cosas de las hormonas...

Faith dio media vuelta y regresó corriendo a su mesa y a su novio, el perfecto, tierno y protector Jeremy. Estaba colorada y le temblaban las manos. Señor, ojalá que no la hubieran visto. Ese numerito había sido tan... vulgar. Sí. Vulgar.

Por aquel entonces, creía que el motivo de que Jeremy no la besase era porque se querían de verdad. Era algo más puro y especial que la simple lujuria, que ese... ese... revolcón que sin duda se daban Levi y Jessica.

Claro.

—Odio ese cuarto de baño —dijo Colleen, sacando a Faith de la maraña de recuerdos—. Entre otras cosas, porque es un congelador, y todos esos inodoros automáticos son un peligro, se podrían tragar a un crío. —Se sentó de nuevo—. Oye, ¿te has dado cuenta de que llevo un sujetador *push-up*, Holland? Para ti. Connor siempre dice que las mujeres nos arreglamos más para otras mujeres que para los hombres.

—Es verdad. Yo llevo una combinación moldeadora de microfibra de Slim-Nation en tu honor.

—¿En serio? ¿Solo para mí? Con razón eres mi mejor amiga.

—De nada. Pero tú siempre llevas un sujetador *push-up*.

—Ahí le has dado. Pero me he puesto sombra de ojos metalizada, ¿ves? —Colleen pestañeó de forma exagerada para que Faith pudiera admirar sus larguísimas, negrísimas, supernaturales e injustísimas pestañas.

De repente, Faith notó que se le erizaba el vello de la nuca. Primero sintió el eco en el estómago y después la oyó.

La voz de Jeremy.

Ay, Dios, tenía la mejor voz del mundo, ronca, cariñosa y siempre risueña, como si el mundo entero y todos sus habitantes le resultaran maravillosos.

—Ha llegado el momento —confirmó Colleen.

—¡No! No, no, no. No estoy... no estoy preparada. Odio este jersey. —Faith tragó saliva—. Coll, ¿qué hago? ¿Qué hago?

—Bueno... ¿acercarte a saludarlo?

—¡No puedo! ¡Tengo que perder siete kilos! Además, no estoy preparada. Tengo que... prepararme.

Colleen se echó a reír.

—¡Quítate el apósito de un solo tirón! Estás estupenda.

—No. De verdad. Todavía no. —Se arriesgó a dirigirle una miradita... Hombros anchos, ese precioso pelo negro y se estaba riendo... ¡Ay, mierda! Solo tenía que girarse cuarenta y cinco grados y la vería.

—Cuarto de baño —dijo, y salió corriendo.

Lo consiguió. No había nadie más dentro, gracias a Dios. El corazón intentaba imitar el ritmo de los cascos de *Secretariat* cuando ganó la carrera de Belmont, y había muchas posibilidades de que se pusiera a vomitar.

Faith miró su imagen en el espejo. Desde luego que no estaba lista. En primer lugar, por los siete kilos de más. Y ese día tenía el pelo hecho un desastre. Además, tal vez se pondría sombra de ojos metalizada y algo más *sexy* que un jersey negro que parecía sacado de un funeral menonita. La verdad, ¿en qué estaba pensando cuando se lo compró? Ni siquiera tenía escote.

No. Tenía que prepararse, porque cuando viera a Quien la dejó plantada en el altar estaría estupenda y habría memorizado unas cuantas frases. No se habría bebido dos martinis y... ¡por Dios! Tenía una mancha de huevo en una teta, ¡y Colleen no le había dicho ni pío! Menuda amiga.

De acuerdo. Llamaría a Colleen y le pediría que pagase la cuenta y que la avisara cuando Jeremy estuviera distraído para correr hacia la libertad.

¡La madre que...! Se había dejado el bolso, con el teléfono dentro, en la mesa.

En fin. De todas maneras tenía que hacer pis. Era por culpa del pánico. Se metió en uno de los aseos, se quitó el jersey, porque la combinación moldeadora de microfibra de Slim-Nation (como para decirlo cinco veces seguidas) la obligaba a desnudarse casi por completo, y se levantó la combinación. Los martinis, aunque eran muy relajantes y excelentes, no la ayudaron a mantener la coordinación de movimientos ni la elegancia; y eso por no hablar de las botas con tacón de vértigo que se había puesto para Colleen.

Los hombres nunca tenían que lidiar con esas cosas, pensó Faith. Los hombres no se ocultaban en los cuartos de baño ni se peleaban con la microfibra y las medias. Era muy injusto. Los hombres lo tenían muy fácil. ¿Acaso ellos tenían que hacerse las ingles brasileñas y ponerse ropa interior incomodísima? No, claro que no. Faith apostaría la vida a que un hombre inventó el tanga. Los hombres eran unos cerdos.

Mientras se colocaba bien la combinación moldeadora de microfibra de Slim-Nation, echó mano del jersey... ¡Qué complicación! Consiguió meter un brazo, no encontró la otra manga, se agarró a algo, volvió a fallar... y, de repente, oyó el rugido del inodoro traganiños. Sintió un tirón en el brazo, se tambaleó hacia atrás y vio, horrorizada, cómo le arrancaba el jersey y desaparecía casi por completo por el desagüe. Solo quedó una manga fuera, como una serpiente muerta.

Colleen había dicho la verdad. El inodoro se drogaba o lo que fuera.

—En fin, esto... es un asco —dijo, y su voz resonó por todo el baño.

Su jersey estaba en el inodoro y era evidente que no se lo podía poner. Le dio un leve tironcito a la manga seca que todavía asomaba. Se oyó otro rugido... El dichoso sensor se activó otra vez y, en un abrir y cerrar de ojos, el jersey desapareció.

Y Faith se quedó sola en el cuarto de baño con una falda roja, unas botas con taconazo de ir pidiendo guerra, un sujetador *push-up* de la talla 95D y la combinación moldeadora de microfibra en color beis que le llegaba justo por debajo de las tetas y que era la única responsable de que todavía cupiera en ese modelito.

Estaba atrapada. Un momento, un momento... tenía una gabardina en el Mini de Colleen; Coll condujo esa noche y parecía que iba a llover, pero no había llovido, así que se la dejó en el asiento. Ya estaba. La solución. Solo tenía que llamar a Colleen, pedirle que fuera en busca de la gabardina, ponérsela y ya podrían marcharse a pastos más verdes. Además, tenía que dejar de beber martinis.

Se volvió en busca de su bolso. ¡La leche! Ya, estaba en la mesa.

Se mordió el labio inferior un segundo antes de mirarse y ajustarse la copa derecha del sujetador. De acuerdo. Hora de llamar a la caballería.

Se acercó de puntillas a la puerta, aunque por qué lo hizo de puntillas era un misterio, y asomó la cabeza. Para ver el comedor en sí, tendría que salir del cuarto de baño, adentrarse unos cuantos pasos en el pasillo y correr el riesgo. Pero debería poder hacerle un gesto a Colleen, que, después de todo, seguramente recordase que su mejor amiga estaba en un apuro.

Abrió la puerta. Nadie a la vista. Dio un paso. Y otro. Se cruzó los brazos por delante del pecho y luego los bajó hasta el corte de su combinación moldeadora de microfibra. ¿Qué quería esconder con más ahínco: las tetas o la faja? Pues se decidió por la combinación moldeadora de microfibra. Otro paso. Podía ver tres mesas vacías, pero el ruido había aumentado de nivel. Otro autobús con turistas, seguramente. Un paso más y, sí, podía ver su bolso. Faith se inclinó un poco hacia delante, dispuesta a sisearle a su amiga para que fuera a salvarla.

Pero no.

Colleen no estaba allí. ¿Dónde narices...? Ya, estupendo. Estaba en la barra, coqueteando con Greg, el camarero.

Y allí que se acercaba una ancianita con su bastón.

Sin pensar siquiera, Faith corrió de nuevo hacia el cuarto de baño, sintiendo el frío en los hombros desnudos, y se metió en el aseo más alejado de la puerta. ¡Por Dios, qué vergüenza más grande! Se quedó allí plantada, a la espera de que la anciana hiciera sus cosas. Los segundos pasaron muy despacio. Empezaba a tener bastante frío.

¡Por fin! La cisterna rugió, la mujer salió del aseo y se lavó las manos. Con fruición, para lamento de Faith. Una toalla de papel. Y otra. Y otra más. Después, oyó el bendito ruido de la puerta al abrirse con un crujido y al cerrarse con un silbido.

De repente, Faith se dio cuenta de que podría haberle pedido a la anciana que avisara a Colleen. Salió corriendo del aseo, provocando que la cisterna se activara de nuevo, pero la mujer ya había desaparecido... Pues sí que era rápida la ancianita, con bastón y todo. Faith recorrió de puntillas el pasillo todo lo rápido que pudo con la esperanza de alcanzarla. Ni hablar. *Speedy* González, versión sénior, había desaparecido. Y Colleen seguía a lo suyo.

Jeremy, en cambio, estaba sentado en la mesa más cercana al pasillo.

Soltó una palabrota para sus adentros, se dio media vuelta y se alejó corriendo antes de que pudiera verla, de regreso al santuario del cuarto de baño.

Pues ya se estaba hartando. Había llegado la hora de irse. No había salida trasera, pero sí que había una ventana en el último aseo. Podría escabullirse por ella; no estaba demasiado alta. Saltaría a la calle, sacaría la dichosa gabardina del automóvil de Colleen, encontraría una cabina, si la única que había junto a la oficina de correos seguía funcionando, llamaría a Colleen y le diría que dejara de coquetear y saliera pitando de Hugo's.

Era un buen plan, pensó, al menos para salir de esa especie de pesadilla sin ropa en la que se encontraba. Se subió con cuidado a la taza del inodoro (la bestia hambrienta rugió una vez más). La ventana no era enorme. Calculó la anchura de la ventana y la de su delantera. La cosa estaba un pelín justa, pero podía conseguirlo. Tendría que atravesarla, no subirse a ella. Pero, a ver, ¿por qué no? ¿Cuándo se alcanzaba el tope de humillación que se podía soportar? Las combinaciones moldeadoras de microfibra y los inodoros tragajerséis seguían siendo mejores que las mujeres furiosas y los niños monísimos que la llamaban a una «puta», ¿no?

Sacó la cabeza por la ventana. Cinco o seis vehículos, incluido el de Colleen, y nadie a la vista. Sería ideal que su padre pasase por allí en ese preciso momento y pudiera rescatarla. Pero no, solo vio un perro cerca del contenedor de basura. ¿Asilvestrado? ¿Agresivo? ¿Agresivo y asilvestrado?

—Hola, bonito —dijo con intención de averiguar si era agresivo. El perro meneó el rabo—. Buen perrito —continuó. El perro meneó el rabo otra vez. Un labrador amarillo. Nada agresivo.

Gracias a Dios, era casi de noche. Perfecto. Hora de imitar al hombre araña.

Apoyó las manos en el alféizar de la ventana y dio un saltito, ayudándose de los brazos para sostener su propio peso mientras se colaba por el hueco. Pasó la cabeza, pasó los hombros, pasó las tetas y pasó la barriga. En ese momento, perdió de repente el impulso.

El trasero no pasaba.

Se removió de nuevo. Nada.

El perro ladró, como si supiera que iba a suceder algo gracioso.

—Chitón —ordenó Faith—. Calla, precioso. —Se inclinó hacia delante en vez de retorcerse, pensando que la fuerza podría ser más útil que la torsión o lo que fuera. Bajó las caderas e hizo fuerza con los brazos. Agitó las piernas, que no tenían nada en lo que apoyarse para tomar impulso. Se retorció y tironeó. Se retorció y se dejó caer. Se irguió. Empujó. Gruñó.

Nada. *Nyet*. Nanay.

De acuerdo, muy bien. Tendría que entrar de nuevo y pensar en otra cosa.

Sin embargo, al parecer lo de «entrar» tampoco era una posibilidad. Estaba encajada como el corcho de una botella.

—Mierda, mierda —dijo en voz alta. La cabeza le daba vueltas por los dos martinis o, tal vez, por el hecho de que la ventana le estaba cortando la circulación. O por las dos cosas.

Hizo fuerza con los brazos, contuvo el aliento y lo intentó con más ganas. Al menos, la combinación moldeadora de microfibra resbalaba bien. Ay, sí, sí, otro centímetro. Se miró el trasero. Casi lo tenía. Por supuesto, si su pompis pasaba de golpe la ventana, se caería de cabeza y se partiría el cuello. «Mujer que desconocía que su prometido era gay muere de una caída fatal vestida solo con su combinación moldeadora de microfibra.»

—¡Vamos! —exclamó con más ánimo. El perro ladró de nuevo y después saltó, colocando las patas contra la pared del restaurante—. Ayúdame, *Lassie* —pidió Faith. Se removió, pero era inútil.

En ese momento, la luz de unos faros la cegó cuando un vehículo patrulla del departamento de policía de Manningsport entró en el aparcamiento.

Capítulo 5

Gracias a su trabajo de policía, Levi Cooper veía un sinfín de cosas raras. Víctor Iskin llevaba a sus mascotas al taxidermista cuando se morían. A veces lo invitaba a su casa, y Levi se sentaba entre gatos, perros y algún que otro hámster, todos inmóviles. A Methalia Lewis le encantaba enseñarle lo gorda que se estaba poniendo levantándose la falda y asiéndose la barriga con las manos. Claro que Methalia tenía ochenta y dos años, se reía con alegría al hacerlo y después siempre lo invitaba a comer tarta. Joey Kilpatrick guardaba sus cálculos biliares en un pequeño cuenco de cristal que ponía en la mesa de la cocina, y le gustaba contar lo asustado que se había quedado el cirujano al comprobar el estado en el que se encontraba su infectada vesícula.

Sin embargo, ver a Faith Holland asomada a la ventana, vestida solo con un sujetador negro... eso sí que era memorable. Apagó las luces y se quedó sentado mientras ella se retorcía a la mortecina luz del atardecer.

Supuso que debía bajarse del vehículo. Aunque claro, la vista era magnífica.

La verdad, no era muy dado a sonreír, tal como le decía con frecuencia Emmaline, la auxiliar administrativa a la que todavía se arrepentía de haber contratado. Pero en ese caso... ajá. Era consciente de la sonrisilla que le asomaba a los labios. Tras salir del vehículo patrulla echó a andar hacia la ventana del restaurante, situada a unos tres metros del suelo. Menos mal que Faith no era una sílfide. Podría haberse roto algo por la caída de no haberse quedado atascada allí arriba.

—¿Algún problema, señora? —preguntó.

—No. Solo estaba admirando el paisaje —contestó ella sin mirarlo.

—Yo también. —Pues sí. Estaba sonriendo—. Bonita noche, ¿verdad?

—Sí. Preciosa.

Levi asintió con la cabeza.

—¿Qué le ha pasado a tu jersey?

De repente, se colocó un brazo por delante de su espectacular delantera, como si acabara de caer en la cuenta de que estaba ofreciéndole un buen espectáculo.

—Bueno, es que... he tenido un problema de vestuario.

—Ya veo. —El brazo con que se tapaba no podría quedarse en esa posición mucho tiempo. Faith lo necesitaba para mantener el equilibrio si no quería tambalearse. Levi esperó. Ella lo miró echando chispas por los ojos. Un segundo después, el brazo volvió a la posición inicial, dejando el campo libre para contemplar las extraordinarias vistas de nuevo. Una vista fantástica, voluptuosa y turgente, con ese sujetador negro de corte *balconet*. No es que le gustara Faith Holland en particular, pero sí le gustaban los pechos y hacía bastante tiempo que no veía un par tan espectacular—. Bueno, ¿qué ha pasado?

Faith se puso colorada.

—Se me ha caído el jersey al inodoro cuando he tirado de la cisterna.

—A mí me pasa muchísimas veces. —El comentario le granjeó otra mirada asesina—. ¿Por eso has decidido salir por la ventana?

—Ajá.

—Y te has quedado atascada.

—¡Madre mía! Levi, tu capacidad analítica es impresionante. Con razón eres policía.

Por culpa de ese comentario iba a pasar un rato más en la ventana.

—Bueno, si no necesitas nada, me voy. Buenas noches, señora. —Se dio media vuelta e hizo ademán de regresar al vehículo patrulla.

—¡Levi! ¡No te vayas! Y no me llames «señora». Sigo siendo una señorita. Ayúdame. ¿No eres funcionario público?

—Lo soy. —Enarcó las cejas y esperó.

—¿Y entonces? Échame una mano y no seas tan insoportable.

—¿Crees que una persona medio desnuda y atascada en una ventana debería ponerse a insultar a un agente de la ley?

Faith resopló.

—Agente Cooper, ¿podría ayudarme?

—Es «jefe» Cooper, y sí.

Se subió al vehículo patrulla, lo arrancó y lo acercó hasta que el parachoques estuvo a punto de tocar la pared. Después apagó el motor y salió de nuevo.

—De verdad que me pregunto cómo es posible que la mejor opción fuera salir por la ventana —dijo mientras se subía al capó del vehículo patrulla—. ¿Está Jeremy en el restaurante?

—Tú ayúdame y ya está —dijo ella de forma mecánica.

Lo tomaría por un sí.

En esa posición estaban al mismo nivel. Bueno, en el caso de Faith su cabeza y su torso estaban al mismo nivel. Parecía que hubiera atravesado la pared después de salir disparada. Sí, efectivamente estaba atascada. A menos que la embadurnara con mantequilla («no vayas por ahí», se dijo), no habría manera de sacarla sin ponerle las manos encima. Algo complicado siendo el jefe de la policía. Denuncias por acoso sexual y eso.

—Muy bien —dijo—. Voy a... Faith, ¿puedo agarrarte por los brazos y tirar hacia fuera?

—¡Sí! ¿No es evidente que tienes que hacerlo? ¿Tenías pensado llamar al Ejército o qué?

Levi enarcó una ceja.

—Holland, creo que deberías comportarte de forma un poquito más agradable —explicó—. Ten en cuenta que ahora mismo podría llamar a los bomberos. Gerard Chartier vive para este tipo de cosas. Además, ¿tu sobrino no es voluntario?

—Como llames a los bomberos te capo. Contigo tengo de sobra. Ayúdame.

Levi la agarró por los brazos y se reprendió al instante. Estaba helada, porque la temperatura había bajado al atardecer.

—A la de tres —dijo, y apoyó un pie en la pared—. Uno..., dos..., ¡tres!

Tiró y Faith salió, y estuvo a punto de caerse sobre él, ese cuerpo tan suave, tan blanco y tan voluptuoso... a la luz del atardecer. Levi dio un paso atrás en cuanto pudo, poniendo fin al contacto, y saltó del capó del vehículo patrulla. Una vez en el suelo, la miró.

—¿Qué es eso? —le preguntó ladeando la cabeza.

Llevaba una especie de top ceñido de color beis brillante que le llegaba justo hasta la parte inferior del sujetador.

—Es una combinación moldeadora de microfibra. Deja de mirar y no te atrevas a decir una sola palabra más.

Levi le tendió una mano y ella bajó del vehículo patrulla... Si tuviera que escribir un informe... «La mujer medio desnuda se cayó del vehículo patrulla porque yo no quise tocarla.» También tenía la mano fría.

—¿Quieres mi cazadora? —le sugirió al tiempo que se la quitaba.

Faith hizo caso omiso de la pregunta mientras echaba a andar hacia el Mini Cooper rojo de Colleen O'Rourke. Intentó abrir la puerta. Estaba cerrado. Bien hecho, porque se habían producido algunos robos de vehículos en los últimos tiempos. Faith soltó un largo suspiro y después se volvió hacia él. Levi le ofreció la cazadora.

—Gracias —dijo ella, que se la puso sin mirarlo—. ¿Me prestas el teléfono, por favor?

—Claro. —Se lo dio y la observó mientras marcaba.

En ese momento, la cara de Colleen apareció en la ventana del cuarto de baño.

—¿Qué narices haces ahí fuera, Faith? —le preguntó, y se echó a reír—. ¿De verdad has salido por la ventana? Hola, Levi.

—Colleen.

—Hace cinco minutos necesitaba que me echaras una mano —comentó Faith—. ¿Puedes traerme el bolso para poder largarme de aquí, por favor? ¿Por favor, por favor?

Colleen la obedeció y, al poco tiempo, Faith le devolvió a Levi la cazadora y se puso su gabardina. Al cabo de unos segundos, las dos mujeres empezaron a parlotear, riéndose por el incidente.

—Nos vemos, jefe —se despidió Colleen con una sonrisa.

Y se alejaron en el Mini rojo. Aunque el turno del jefe Levi había acabado técnicamente, regresó a la comisaría. Bien podía terminar el papeleo.

Su cazadora olía al perfume de Faith Holland. A vainilla o algo.

A algo que se come de postre.

Capítulo 6

Cuando Faith y Jeremy cortaron, tres semanas antes del baile de graduación, provocaron una oleada de estupefacción en el instituto Manningsport High. ¿Quiénes serían los reyes del baile si no era la pareja de oro? ¿Había encontrado Jeremy a otra persona? ¿De ser así, quién era la afortunada?

Cuando Jeremy le dijo a Levi con expresión sombría que Faith y él se estaban «tomando un tiempo», su amigo le preguntó si quería hablar del asunto.

Fue un alivio que Jeremy le contestara que no.

Menuda época rara. Todo el mundo parecía hablar de dónde estaría en otoño. Un par de compañeros de clase irían a la universidad estatal, otros dos empezarían a trabajar directamente, pero la mayoría se marchaba y se pasaba el día hablando de la necesidad de comprar provisiones, ropa o un ordenador nuevo.

Levi, que era el único recluta de su clase (aunque Tiffy Ames iba para la academia de las Fuerzas Aéreas y George Shea estaba admitido en la escuela del Cuerpo de Entrenamiento para Oficiales de la Reserva), no tenía los mismos problemas. Su padre había logrado que ir a la universidad fuera absolutamente imposible, y el Ejército le pareció una buena opción. Sin embargo, además del orgullo que ya sentía por servir en el Ejército, empezaba a abrumarlo la melancolía. Intentaba pasar un par de noches a la semana viendo la tele con su madre, a sabiendas de que estaba más preocupada de lo que admitía. Llevó a Sarah a pescar y le leyó *Harry Potter,* siempre con la esperanza de que, si algo le pasaba, ella lo recordaría. Solo tenía ocho años.

Estaba preparado. Quería servir a su país y suponía que se le daría bien. Había pasado todas las pruebas y su reclutador creía que sería un buen francotirador, todo según el perfil psicológico y sus habilidades innatas con un arma. Fuera como fuese, había muchas probabilidades de que acabara pronto en Afganistán.

De modo que asuntos como el estado de la relación entre Faith y Jeremy no le importaban mucho, salvo por que su amigo estaba deprimido.

Ted y Elaine Lyon lo habían contratado esa primavera. Jeremy se encargaba de las mismas tareas, aunque a él no le pagaban; decían que acabaría heredando la propiedad «aunque les escupiera a la cara y decidiera ser médico» (el comentario solía ir acompañado de una palmada en la espalda o de un abrazo). Esa semana, sin embargo, Jeremy y Elaine se habían marchado a California para visitar a unos parientes, así que Levi estaba solo.

—Si no te importa trabajar solo —le dijo Ted—, las vides de merlot necesitan un poco de atención. Basta con que las ates de modo que los racimos no se caigan ni toquen el suelo. Ya lo has hecho antes, ¿verdad?

—Sí, señor. Jeremy y yo les hicimos lo mismo la semana pasada con las riesling —contestó Levi. No era física cuántica al fin y al cabo.

—¡Estupendo! Gracias, hijo.

La señora que se encargaba de la sala de degustaciones le dio una bolsa con el almuerzo y una enorme botella de agua, y Levi se dirigió al extremo más occidental del viñedo, cerca de Blue Heron, donde el terreno adquiría unas pendientes pronunciadas, no lejos del bosque.

Empezó a trabajar en la cima de la colina y fue descendiendo una hilera tras otra. El sol le calentaba la espalda, así que se quitó la camiseta al cabo de quince minutos. Hacía calor para ser primeros de mayo y se alegró de llevar pantalones cortos. A lo mejor se bañaba en el lago más tarde, le daba igual lo fría que estuviera el agua.

Llevaba trabajando más de una hora y ya estaba sudoroso cuando oyó el traqueteo de un vehículo. Era la camioneta roja de John Holland, identificable en cualquier parte por lo vieja que estaba y por la mugre que la cubría... siempre salpicada de barro y de polvo. La camioneta se detuvo, y un enorme golden retriever saltó al suelo, seguido por la Linda Princesita.

Llevaba unos pantalones cortísimos, una camisa blanca sin mangas con los faldones atados por debajo del pecho y un pañuelo azul en la cabeza. Levi sintió un ramalazo de lujuria. «Nada personal, Holland», se dijo. Llevaba echándole miraditas a su delantera desde que tenía catorce años.

El perro corrió hasta él, meneando el rabo, y ladró una sola vez antes de tirarse al suelo y empezar a rodar sobre su espalda.

—Hola, bonito —dijo Levi, que le rascó la barriga al animal.

Faith se protegió los ojos con una mano y lo miró.

—Hola —lo saludó ella con voz titubeante—. ¿Qué haces?

—Sujeto las vides. ¿Y tú?

Ella sonrió.

—Lo mismo. —Le enseñó un delantal y se lo puso—. Mi hermano tiene la cuerda. —Hizo una pausa—. Creo que a *Smiley* le caes bien.

Smiley. Cómo no, Faith Holland tenía que tener un perro llamado *Smiley*. Un perro que, por cierto, había decidido que ya estaba harto de que le rascaran la barriga, porque empezó a correr de un lado para otro entre las hileras de vides, meneando el rabo.

Faith, en cambio, se acercó hasta colocarse a dos hileras de donde él se encontraba. Levi se preparó para que le hiciera preguntas sobre Jeremy, le pidiera una explicación o empezara a discutir. A las mujeres, como bien sabía, les encantaba hablar de sus sentimientos hasta que agotaban el tema, momento en el que empezaban a repetirse.

Sin embargo, Faith se inclinó y comenzó a hacer lo mismo que él. Salvo que a ella se le daba mejor. En el delantal llevaba unas tiras de cierre, y no tenía que comprobar cada nudo como él. De hecho, se podía decir que era una profesional.

Y cuando se inclinaba, esa imponente delantera quedaba bien a la vista. No le veía muchas virtudes a Faith Holland, pero, la virgen, menudo par.

Ella levantó la vista. ¡Pillado!

—Creía que eras más una princesita —dijo a modo de explicación—. ¿Ya no os quedan trabajadores para hacer el trabajo duro?

Faith se echó a reír.

—Si eres un Holland, eres agricultor —contestó—. Si eres agricultor, trabajas. No te limitas a contemplar los campos con una copa de vino en la mano. —Le lanzó una mirada elocuente y cerró otra tira con habilidad y movimientos rápidos.

—Supongo que me equivocaba.

—Supongo que sí.

Faith se inclinó de nuevo, y el ramalazo de lujuria fue más intenso.

—Así que esta es la linde entre las fincas, ¿no?

—Sí. ¿Ves esa piedra de ahí? Es lo que marca la linde entre Viñedos Blue Heron y Lyon's Den. —Ató tres vides mientras hablaba, recordándole que tenía que apartar la vista de su delantera y volver de nuevo al trabajo.

Faith trabajaba sin descanso. Unas veces se inclinaba, otras se arrodillaba o sujetaba un racimo de uvas oscuras en las manos. De alguna forma, allí en mitad del campo, todo lo que hacía tenía un componente decididamente sexual. En ese momento, su cuerpo suave y voluptuoso estaba sudoroso, y llevaba el pelo rojo recogido en dos trenzas; era, en resumidas cuentas, la personificación de las fantasías de un hombre cuando pensaba en una trabajadora del campo.

«Es la novia de Jeremy, muchacho», le reprendió su conciencia.

Aunque ya no estaban juntos.

—Oye, ¿cómo te va, Holland? —le preguntó, y se sorprendió de hacerlo.

Faith lo miró antes de incorporarse y de quitarse el pañuelo del pelo para secarse el sudor de la cara. Luego se lo colocó otra vez en su sitio. Sí. Todo lo que hacía Faith parecía sacado de una sesión de fotos para *Penthouse*. Salvo la ropa. Si se quitase la ropa, la situación sería perfecta.

¡Mierda!

—Estoy bien. Gracias por preguntar.

¿Qué había preguntado? Ah, sí. Jeremy. A lo mejor por fin había salido del armario. O ella lo había averiguado.

—¿Cuándo empiezas la instrucción básica? —Se puso las manos en la base de la espalda y se estiró, haciendo que los pechos le tensaran la blusa.

—Esto... el 20 de julio.

—¿Estás nervioso?

Su primer impulso fue negarlo y mostrarse bravucón, como era de esperar.

—Un poco —se oyó decir—. Nunca he salido de aquí antes.

—Yo tampoco.

—Te vas a Virginia, ¿no?

—Virginia Tech. Parecía una universidad estupenda, pero ahora no dejo de pensar en lo lejos que está de casa. —Lo miró con una sonrisilla curiosa, un poco tristona y también avergonzada.

—Te irá muy bien. Le caes bien a todo el mundo. —Uf, ¿a que era superdulce?

—No a todo el mundo —replicó ella mientras ataba las diminutas tiras de cierre a una velocidad increíble.

—¿No?

—A ti no te caigo bien.

Ah, mierda.

—¿Por qué lo dices? —le preguntó.

Faith se echó a reír.

—Salta a la vista, Levi —dijo ella—. Crees que soy una consentida, y también insoportable y tonta. ¿Me equivoco?

«Ahora mismo, creo que eres comestible. Pero sí, creo que deberías ser capaz de distinguir a un hetero de un gay.»

—Has dado en el clavo.

—En fin, siempre has sido un arrogante.

—¿Yo?

—Sí —respondió ella.

—Tú eres la que vive en la mansión de La Colina. —Sujetó una vid.

—Eso no me convierte en una arrogante. —Se apartó una trenza del hombro.

—¿Y yo lo soy?

—Pues sí. —Lo dijo con convicción—. Nunca me habías dirigido la palabra hasta este año, y solo por Jeremy. Y aun así, únicamente cuando no te queda más remedio.

Levi no contestó de inmediato. Se limitó a sujetar otra vid.

—Así que todo el mundo tiene que adorarte, ¿no?

—No. Pero nos conocemos desde los ocho años. Los dos formábamos parte del club de lectura especial que organizó la señora Spritz, ¿no te acuerdas? Y te invité a nuestra fiesta de Halloween.

Ah, sí. Esculturas de calabaza, juegos de manzanas y pasajes del terror en el heno. Fue una noche estupenda, aunque le resultara raro estar en la famosa casa Holland.

—Ya.

—Pero no era lo bastante importante como para que me dirigieras la palabra. Y cuando mi madre murió fuiste el único de la clase que no me escribió una nota.

Sintió que se ponía colorado.

—Menuda memoria tienes, Holland —murmuró mientras sujetaba unas cuantas ramas más.

—En fin, siempre se recuerda a la gente que hiere tus sentimientos.

Ay, pobrecilla diva.

—¿Me estás diciendo que querías venir al aparcamiento de autocaravanas a jugar?

—Una vez —siguió ella— me senté a tu lado durante el almuerzo, no por estar cerca de ti, sino porque era el asiento que quedaba libre, al lado de Colleen. Y tú te levantaste y te cambiaste de sitio, como si no soportaras estar cerca de mí. —Se incorporó y puso los brazos en jarras, y la lujuria cobró vida de nuevo, aunque Faith estaba recitando todos sus pecados—. Así que... —comenzó ella con voz tranquila, pero con un deje seco—. ¿Quién es más arrogante de los dos, Levi?

Mujeres. Demasiado complicadas. Echaba de menos a Jess, que podía decirse que lo utilizaba por el sexo. Por lo menos era directa. Se inclinó y sujetó otra rama que colgaba, levantando las uvas con cuidado.

—No tienes mucho mundo, ¿verdad, niña rica? —preguntó.

—No lo diría con esas palabras.

Levi le dirigió una mirada elocuente.

—Yo sí.

—¿Por qué?

Recordaba que su madre y ella solían ir de vez en cuando a West's Trailer Park con una bolsa llena de ropa para Jessica. Doña Generosa y su angelito visitando a los pobres. Cuando estaba en quinto o así, descubrió a Jess escondida en una cueva que formaban unos arbustos y que usaban como fuerte, esperando que las Holland se marcharan. Había estado llorando. Incluso en aquel entonces lo entendió. Una cosa era ser pobre y otra muy distinta que los habitantes de La Colina decidieran que eras su obra de caridad. Sí, la madre de Levi tenía dos trabajos y siempre iban justos de dinero, pero se las apañaban. «Tapaban los agujeros», como le gustaba decir a su madre.

Sin embargo, los Dunn eran pobres de verdad. De esa gente que necesitaba cupones de comida y a quienes cortaban la electricidad. Era imposible que rechazaran una bolsa llena de ropa bonita y de abrigos. Con razón Jess detestaba a Faith.

Su silencio pareció cabrear a Faith. La vio asir una rama con fuerza. Sus movimientos eran más bruscos que fluidos en ese momento.

—Es curioso que creas que somos ricos. No lo somos. Ni por asomo.

—He crecido en una caravana, Faith. Tu idea de la riqueza difiere mucho de la mía.

—Y por eso te parece bien odiarme todos estos años.

—¡Venga ya! No te odio.

—No. Solo me has dado de lado, has hecho que me sintiera como una apestada, y no quiera Dios que alguna vez seamos amigos.

—¿Quieres que seamos amigos? De acuerdo. Ya somos amigos. Vamos a jugar a las casitas y ver una peli.

Faith puso los ojos en blanco y se agachó para atar otra vid.

—Nunca he entendido por qué Jeremy cree que eres lo más de lo más. Yo creo que eres un capullo.

—¡Oye! Aquí me tienes, queriendo ser tu amigo, y resulta que empiezas a insultarme.

—Capullo.

—¿Eso quiere decir que no vamos a tomar té después?

Ella lo fulminó con la mirada. Él sonrió.

Y después ella se puso colorada; el rubor empezó por las mejillas y le fue bajando por la garganta y el pecho. La mirada de Faith descendió por su torso desnudo. Acto seguido, miró las vides y buscó con torpeza una tira de cierre... que se le cayó al suelo.

«Vaya, vaya, vaya.» La sonrisa de Levi se ensanchó.

—Estás haciendo una chapuza —le dijo ella, que examinó su hilera—. Tienes que usar más tiras de cierre o el peso de los racimos será excesivo y perderás las uvas.

—¿De veras? —murmuró él. La verdad es que su trabajo se había resentido desde el momento en que ella apareció.

Faith se acercó a su hilera y le demostró lo que quería decir.

—Esta misma, por ejemplo, ahora está lejos del suelo, pero cuando maduren las uvas, pesará demasiado. ¿Lo ves?

—Sí. —Faith olía a uvas, a vainilla, a tierra, a sol y a sudor. El ramalazo de lujuria vibró con más intensidad.

—Átalas más altas —dijo ella, que se arrodilló para enseñarle.

Faith Holland, arrodillada delante de él. ¿Cómo no imaginarse lo que se estaba imaginando?

—Vuelve al principio de lo que hayas hecho y asegúrate de que está bien.

—Sí, señora —dijo él.

La blusa de Faith le rozó las costillas al incorporarse, antes de regresar a su hilera.

«No la mires. Y sigue a lo tuyo. Los Lyon te pagan un sueldo. Ya te harás una paja después.»

El consejo mental le funcionó alrededor de una hora.

Faith era mucho más rápida y concienzuda que él, tenía que reconocerlo. Levi miró al cielo, que era una extensión azul, perfecta e infinita.

Era hora de comer.

—¿Quieres algo de comer, niña rica? —le preguntó a voz en grito. Faith estaba unos veinte metros por delante de él.

—Tengo —contestó ella.

—¿Y te apetece comer conmigo? Como ya somos amigos del alma...

—Eres un capullo integral.

—¿Eso es que sí? —Agachó la cabeza y la miró con expresión paciente, algo que siempre le funcionaba con las mujeres.

—Claro —refunfuñó ella.

«Oye, imbécil», le reprendió su cerebro. «Hasta hace unos días, salía con tu mejor amigo. ¿Qué haces?»

Sin embargo, los hechos se desdibujaban rápidamente. En primer lugar, Jeremy no debería estar saliendo con una chica. Y por cierto: Jeremy ni siquiera estaba en Nueva York en ese momento. Y luego estaba el asunto de la ruptura, o como quiera que la llamasen.

Y eso sin olvidar la imagen de una sucia y desaliñada Faith Holland en pantalones cortos con una camisa anudada debajo de sus generosos pechos; y el hecho de que estuviera enfurruñada con él, algo que con el tiempo Levi había aprendido a interpretar como que a la mujer en cuestión le interesaba.

Faith se acercó a él, se deshizo las trenzas y se recogió el pelo en una coleta.

—Hay un sitio muy bonito a unos cinco minutos de aquí. Junto a las cataratas. ¿Sabes dónde te digo?

Él negó con la cabeza sin apartar la mirada de ella. Tenía los ojos azules. Nunca se había dado cuenta antes. Y pecas.

La vio tragar saliva.

Ah, sí. Faith Holland estaba sintiendo algo...

—Pues vamos —dijo ella.

Echaron a andar hacia la camioneta de su padre, con el perro correteando por delante. Levi recogió la camiseta de donde la había dejado y se la puso.

La camioneta de John Holland tenía un agradable olor a café y a aceite, y estaba tan sucia por dentro como por fuera, con el salpicadero y los asientos cubiertos de barro seco y polvo. *Smiley* entró de un salto, y la peluda cola golpeó a Levi en la cara.

—Siéntate, amigo —le ordenó, y el perro obedeció, pegando su cuerpo contra el brazo de Levi. Daba la sensación de que los Holland siempre tenían uno o dos golden retrievers. Siempre había uno en sus folletos—. ¿Criáis estos monstruos? —le preguntó a Faith cuando ella arrancó la camioneta y metió la marcha. El hecho de que supiera conducir una camioneta de fabricación nacional con cambio de marchas manual solo aumentaba su grado de tía buena.

—Formamos parte de una asociación de rescate, la «Golden Retriever Rescue League» —contestó ella. *Smiley* le lamió la cara, como si le estuviera dando las gracias.

—Otro acto caritativo de la maravillosa familia Holland —comentó Levi.

—¡Por favor! Como no dejes de comportarte como un imbécil, te tiro de la camioneta y me como tu almuerzo.

La camioneta daba saltos sobre los caminos salpicados de hierba y de baches que recorrían los viñedos, haciendo que Levi casi se abriera la cabeza contra el techo (pero también le ofrecía una vista increíble de la delantera de Faith, que no dejaba de botar). Al cabo de unos cinco minutos, se detuvieron junto a un campo que estaban desbrozando... La familia Holland poseía muchísima tierra. Había un bosque espeso en uno de los extremos.

Faith sacó una manta de detrás de su asiento y una fiambrera térmica. Podría haber sido perfectamente de Hello Kitty. El perro se internó en el bosque y ella enfiló por el estrecho sendero sin esperar a Levi.

Los pájaros trinaban y revoloteaban en las ramas de los árboles. Desde un lugar no muy lejano les llegaba el rumor de un arroyo. Levi intentó imaginar lo que sería levantar la vista y ver hectáreas y más hectáreas de campos de labor y de bosque, hasta el lago, a sabiendas de que eran suyas, de que llevaban en la familia desde que Estados Unidos estaba en pañales. La familia materna de Levi también era de Manningsport, pero había familias que estaban en la zona y otras que eran las fundadoras del pueblo.

A la izquierda vio las ruinas de un viejo granero de piedra cubierto de líquenes. En el centro crecía un árbol. El tejado había desaparecido hacía mucho tiempo.

—¿Vienes o no? —le preguntó Faith desde donde estaba.

Una gruesa capa de musgo cubría el suelo, y las hojas eran tan verdes que el aire parecía estar teñido de ese color. Pasaron junto a un enorme bosquecillo de abedules, con sus relucientes troncos blancos, y las hojas de cicuta rozaron la mejilla de Levi mientras andaba. Apartó un mosquito de un manotazo, y una ardilla rayada asomó la cabeza y cruzó el estrecho sendero.

El rumor del agua era mucho más intenso en ese momento. Faith había extendido la manta sobre una piedra y se había sentado. Deliciosa como un melocotón maduro. Casi se tropezó al imaginarse a Faith bajo su cuerpo, rodeándole las caderas con las piernas.

Tenía que dejar de pensar esas cosas.

Estaban al borde de una abrupta garganta, con una cascada que caía a una poza unos seis o siete metros por debajo. Ojalá tuviera una cámara de fotos para poder mirar esa imagen cuando estuviera tostándose bajo el sol de Irak o de Afganistán o donde fuera que el Ejército lo enviara. Se la enseñaría a sus compañeros. «Vengo de este sitio. Comí con una chica guapísima sobre esta misma roca.»

—Bonito —dijo, y se sentó junto a Faith.

—La poza es bastante profunda —le informó ella, que señaló con una mano al tiempo que sacaba un sándwich de su fiambrera—. Tal vez tenga siete u ocho metros. Jack dice que es más ancha por debajo. Como una campana. Solía saltar desde esa roca de ahí.

—¿Y tú?

Faith lo miró y le dio un bocado al sándwich.

—No. Me daba mucho miedo. Honor tampoco saltó. Decía que ya habíamos... En fin. No hay necesidad de arriesgar la vida porque sí, ya sabes.

—Claro.

Comieron en silencio y el perro se les acercó en busca de alguna migaja. Los pájaros trinaban, la cascada rugía. Junto a él, Faith se terminó el sándwich y pareció contentarse con observar el agua. La nube de agua que rodeaba la cascada le rociaba el pelo con motitas, con lo que parecía un hada del bosque un pelín pornográfica.

—Bueno —dijo Levi, consciente de repente de que llevaba mirándola demasiado tiempo con un montón de ideas eróticas en la cabeza—. Voy a darme un chapuzón. ¿De qué roca salto?

—Ay, Levi, no —protestó Faith, que se volvió hacia él, sobresaltada—. Me he dejado el teléfono en la camioneta. ¿Y si te golpeas la cabeza con algo? Un turista acabó con una conmoción hace un par de años. Mi hermano se rompió el brazo cuando tenía quince. No es seguro. Por favor, no lo hagas.

Era hasta agradable que Faith le suplicase para protegerlo. Claro que la poza era increíble. Se encogió de hombros.

—Intentaré no romperme nada. —Se quitó la camiseta, perfectamente consciente de que estaba para comérselo. Vio que Faith se ponía colorada y que apartaba la vista para clavarla al frente—. ¿Vienes, Holland? —Parecía una propuesta.

Lo era.

—Claro que no —contestó ella, muy redicha y remilgada—. No lo hagas. Además, tengo que volver al trabajo. Y tú también, ¿no? Y la verdad es que saltar es peligroso.

—Me voy al Ejército dentro de dos meses, Faith. Saltar de esa roca seguramente será menos peligroso que una mina o un terrorista suicida. —Le guiñó un ojo, fue hasta la roca y miró hacia abajo. El agua estaba muy limpia y teñida de verde, y borboteaba donde caía la cascada—. ¡Gerónimo! —exclamó antes de saltar.

Saltó con los pies por delante y se hundió en el agua, que se lo tragó y envolvió con su frialdad, su tacto sedoso y su belleza. Abrió los ojos y se dio cuenta de que Faith tenía razón: la poza se ensanchaba unos tres metros bajo la superficie y las paredes de piedra parecían las de una iglesia. Siempre había nadado bien, era uno de los primeros que se lanzaban al lago en primavera. Pero esto... esto era increíble, esta sensación de ingravidez, de estar en lo más profundo, escondido. Recorrió la piedra con una mano, sorprendido y con pena de no haber estado allí antes.

Se le pasó por la cabeza que, de haber sido amigo de Faith, tal vez hubiera visto este sitio hacía años.

Después, se impulsó con las piernas para salir a la superficie y miró hacia arriba. Faith lo observaba con cara de preocupación, asomada al borde.

—Vamos, Holland —la llamó, intentando no hundirse—. Vive un poco.

—«Vivir» es la palabra clave —respondió ella. La cara del perro apareció junto a la de Faith, con una expresión mucho más contenta.

—Sigo vivo. Vamos. Te atraparé.

—De eso nada. No soy una niña pequeña y hay un salto de más de seis metros.

—No voy a moverme de aquí. No tengas miedo.

La expresión de Faith cambió. Él comprendió que quería saltar.

—Las niñas ricas —le gritó Levi, que nadó hacia un saliente rocoso que se internaba en la poza, como un trampolín natural. Se aferró a él con las manos, consciente de que tensaría sus más que considerables músculos—... son aburridísimas.

—No soy rica —lo corrigió ella.

—Pero sí que eres aburrida si te quedas ahí sentada mirando, cuando podrías estar aquí abajo, pasándotelo en grande conmigo —replicó él.

Faith titubeó.

—No llevo bañador.

—¿Y qué? —Ah, sí, estaba avanzando. Faith con una blusa blanca mojada, el pelo rojo pegado a la espalda... Ni el agua fría conseguía mitigar la reacción de su cuerpo ante esa imagen—. Vamos, Holland. Hazlo por mí, un joven soldado a punto de marcharse de casa para proteger tu libertad. —La miró con una sonrisa y, al cabo de un segundo, la preocupación que reflejaba la cara de Faith se convirtió en otra cosa.

—Muy bien. Pero si muero, tendrás que decírselo a mi padre en persona, ¿de acuerdo? Y tendrás que cuidar de *Smiley,* porque me echará de menos. Duerme en mi cama.

—Te prometo que tu perro dormirá conmigo si mueres. Venga, tírate ya.

Faith se acercó al borde de la roca e, incluso desde donde se encontraba, pudo ver cómo tensaba hasta los dedos de los pies. La vio apretarse el nudo de la camisa y subirse un poco los pantalones cortos.

—De acuerdo, soldado Cooper. Allá voy.

Acto seguido se tiró con el pelo ondeando por su espalda y con los ojos bien cerrados y los puños apretados. Se zambulló en el agua a unos tres metros de donde él se encontraba y salió a la superficie casi al instante, con el pelo pegado a la cara, tosiendo y escupiendo.

Levi nadó hasta ella y Faith se aferró a sus hombros de forma instintiva, pegándose a él con los pechos contra su torso desnudo. Le rodeó la cintura con un brazo y nadó hasta el saliente, al que ella se agarró con una mano.

El otro brazo lo dejó donde estaba, sobre sus hombros, y movió las piernas entre las suyas para mantenerse a flote, haciendo que sus suaves muslos rozaran los de él. No hacía falta que siguiera abrazada a él, pero lo hizo. El corazón de Faith latía contra el suyo a un ritmo enloquecido, y se dio cuenta de que tenía miedo. Tal vez del salto. Y tal vez también le tuviera miedo a él... Sí, tal vez también se lo tuviera.

—Te tengo —susurró él.

Allí estaba. El momento que podría llevarse consigo, la sensación de su dulce y húmeda calidez, de esa mejilla contra la suya, mientras se mantenían a flote en el agua pura y cristalina, con el borboteo de la cascada y el siseo de las hojas mecidas por el viento de fondo.

Faith se apartó un poco. Tenía las pestañas cuajadas de gotas de agua. Podría besarla. Solo tendría que inclinarse unos centímetros y sus bocas se tocarían; y apostaría lo que fuera a que tendría un sabor dulcísimo. Le subió una mano por las costillas, dejándola tan cerca de su pecho que Faith inspiró de golpe; y la lujuria, repentina y abrasadora, le corrió por las venas.

La besó con tanta ternura como fue capaz, ya que no quería asustarla, solo quería eso, solo quería un beso. Sus labios eran suaves y estaban fríos y húmedos por el agua; fue incapaz de controlarse y le lamió el labio inferior de lo bien que sabía. Cuando Faith separó los labios, Levi deseó mucho más, embargado por la repentina necesidad de saborearla y con una erección increíble. La pegó contra sus caderas para que se diera cuenta, y Faith le clavó los dedos en los hombros, respondió a las caricias de su lengua y exhaló un dulce suspiro que brotó de su garganta. Y fue tan maravilloso que no podía pensar. Ya podría ahogarse allí mismo que sería feliz de que aquel fuera su último día en la tierra.

Pero entonces ella se apartó, empujándolo para encaramarse a la roca.

—No... no... no puedo —dijo ella por encima del borboteo del agua.

El vacío lo invadió al no sentirla contra su cuerpo. El vacío y el frío.

—Verás... esto... Jeremy y yo... A ver... Estamos... A ver... que no hemos... Es un respiro. No hemos... Así que no puedo. No puedo besar a otro.

—Lo que tú digas —repuso él como si le diera igual. Pero estaba furioso de repente. No solo con ella, por cierto.

Estaba furioso con el imbécil de Jeremy, que seguramente nunca la habría besado de esa manera, que no tenía ni idea de cómo hacerlo. Con él, por besar a la novia de su mejor amigo. Pero, sí, sobre todo con ella. Si no quería besarlo, a lo mejor, solo a lo mejor, no debería haberse pegado a él como una lapa. Había deseado que la besara y él le había dado el gusto, y en ese momento volvía a ser doña Recatada.

Ay, mierda. Acababa de besar a la novia de Jeremy.

—Deberíamos volver —dijo ella, con voz tensa y seca. Le dio la espalda para escurrirse la camisa. Después hizo lo propio con el pelo.

Le temblaban las manos, se percató Levi. Cuando se volvió hacia él, la camisa se le pegaba al cuerpo. De no llevar sujetador, tal vez hubiera tenido que suicidarse. Tal como estaban las cosas, el agua fría y el rechazo obraron milagros con su situación.

—Levi, espero que no te...

—¿Que no me cabree?

Ella titubeó antes de asentir con la cabeza.

—No le des más vueltas —contestó él con desinterés.

Faith se mordió el labio.

—Esto... No creo que vaya a contarle a Jeremy lo que ha pasado. A ver, solo le haría daño. ¿Verdad? Así que no se lo diré.

La súplica en su voz era evidente: «Y tú tampoco se lo dirás, ¿verdad?».

Nadó hasta la roca y salió del agua, observando cómo Faith se lo comía con los ojos. «Eso es, niña rica. Aquí tienes a un tipo heterosexual. Disfruta», pensó. Se acercó a ella y se detuvo muy cerca.

—Verás, siempre he creído que eras insoportable, tonta y una consentida —dijo en voz baja—. Pero hasta ahora nunca te había tenido por una calientapollas.

Tras decirle eso, regresó a la idílica zona donde habían comido. El perro ladró al verlo llegar y volvió a ofrecerle la barriga para que se la rascara, pero Levi no le hizo caso en esta ocasión. En cambio, se puso la camiseta, recogió la bolsa marrón y regresó a la propiedad de los Lyon para continuar con su trabajo, atravesando los campos de los Holland bajo el brillante y abrasador sol.

Faith, se percató, no volvió.

Ese mismo fin de semana, Jeremy lo llamó, y su voz volvía a ser tan alegre como de costumbre.

—¿Cómo te va, amigo? —le preguntó—. ¿Te apetece quedar?

—Claro —contestó Levi. Había conseguido aplastar y tirar a la papelera de su conciencia la culpa que había sentido por besar a la novia de Jeremy. Mierda, se dijo, habría besado a cualquier chica en esas mismas circunstancias. Solo había sido un caso de... lo que fuera—. ¿Qué tal por California? —le preguntó a su vez.

—Fantástico —dijo Jeremy—. Y tengo buenas noticas: Faith y yo hemos vuelto.

—No me sorprende —repuso Levi. Como si ella fuera a dejar al chico de oro. Al *quarterback* estrella. Al futuro médico. Al heredero de los viñedos Lyon.

Levi veía a Faith en el instituto, claro. La angelical novia de Jeremy, que era incapaz de distinguir a un hombre que quería llevársela a la cama de uno que no quería.

Capítulo 7

Casi todas las emergencias que Levi se veía obligado a atender eran por problemas sin importancia, y le gustaba que fuera así.

El aviso que atendía en ese momento, en cambio, era uno de los más animadillos de la semana. El martes había estacionado en la carretera con un radar móvil para captar infracciones después de que Carol Robinson lo llamara para quejarse de la velocidad que alcanzaban los vehículos por su calle a las 14.40, la hora en que los niños salían del colegio. El día anterior había dado una charla a los alumnos de tercero de primaria sobre los peligros de las drogas. También había llamado Laura Boothby, que quería un jarrón que no alcanzaba porque estaba en la estantería más alta de su floristería. No quería arriesgarse a sufrir una caída si usaba la escalera que su desagradecido hijo no había arreglado a pesar de haberle prometido que lo haría, de modo que ¿podía Levi hacerle el favor de pasarse por la floristería para ayudarla? (Levi lo hizo. Supuso que eso era mejor que encontrarse a Laura con una cadera rota tres días después.) La noche anterior, sobre las once, se produjo otra llamada de Suzette Minor, la tercera en lo que iba de mes, que había oído ruidos raros y quería que Levi fuera a su casa para echar un vistazo (concretamente en la zona del dormitorio). Levi lo hizo, pero no con los resultados que ella esperaba. El numero erótico del picardías rojo y del «Agente, por favor, ayúdeme/Estoy asustada/Hala, qué fuerte eres» no funcionaba con él. Lo habían contratado para proteger y servir, pero ese «servicio» en concreto quedaba fuera de sus obligaciones.

La mayoría de las llamadas que recibía la policía de Manningsport se solucionaban comportándose como un buen ciudadano más que en su condición como agente de la ley. La verdad, ayudaba bastante que Levi fuera oriundo del pueblo y además un veterano de guerra condecorado, ya que estos recibían el amor incondicional de todo el universo. El pasado tendía a difuminarse cuando a alguien le concedían una medalla o dos... Ellis Mitchum parecía haber olvidado aquella vez que le dijo a Levi que su preciosa Ángela no iba a quedarse embarazada de una escoria como él. Nada le gustaba más a Ellis que invitarlo a una cerveza y contar batallitas de Vietnam (Ángela, por cierto, había acabado quedándose embarazada de un muchacho de Corning en segundo de bachillerato).

No. Levi ya no era una escoria que vivía en el aparcamiento de autocaravanas. Cuando llegó el momento de contratar a un policía que ayudara al jefe Griggs, la corporación municipal, en la que estaba incluido el viejo señor Holland, casi se puso de rodillas en el momento en que Levi entregó su solicitud para el puesto. Un año más tarde, el jefe se jubiló, y Levi ascendió al cargo. En ese momento era quien les daba las órdenes a su agente, Everett Field, y a Emmaline Neal, su auxiliar administrativa, que tenía cierta tendencia a analizarlo. El puesto también incluía un sueldo de diez mil pavos más al año, y como su hermana estaba en la universidad, agradecía el aumento.

Pero su condición de jefe también le obligaba a atender casi todos los avisos.

—¡Ay, jefe, por favor! —exclamó Nancy Knox, llorando—. ¡Va a matar a mi bebé! ¡Por favor, ayúdeme!

—De acuerdo, de acuerdo, déjeme echar un vistazo —dijo él. Se agachó y observó la situación. Hasta el momento no se había producido ningún asesinato. Todos parecían muy tranquilos. Incluso un poco adormilados—. Everett, vete al otro extremo del porche por si sale pitando.

—Sí, señor, jefe. Allá voy. Ahora mismo me pongo en el otro extremo del porche, sí, señor. —Everett se detuvo—. Esto, señor, ¿es el lado norte o el lado sur?

—Ev, tú rodea el porche y ya está —contestó Levi, intentado contener la impaciencia—. No dejes que se escape.

—Entendido, jefe. Me voy al otro lado y no dejo que se escape. —Levi oyó el clic que hizo la funda del revólver cuando Everett soltó la trabilla.

—¡Enfunda el arma! —le ordenó Levi—. Por el amor de Dios, Everett. Algún día vas a hacerle daño a alguien con eso.

—¡Mi pobre bebé! ¿Sigue con vida? —preguntó la señora Knox—. ¡No puedo mirar! ¡No puedo!

Levi miró de nuevo bajo el porche, donde un perro y una gallina estaban observándose mutuamente.

—Está viva, señora Knox. No se preocupe. Ven aquí, amigo. Ven, precioso.

El perro meneó el rabo y le miró con alegría, pero no se movió. Si no estaba equivocado, ese era el perro de Faith Holland, con su enorme cabeza y el collar de color verde fosforito. Los Knox vivían a algo más de un kilómetro de los Holland, en La Colina, y criaban gallinas que eran la causa de más de un siete por ciento de los avisos que recibía Levi. Estaban sueltas por la propiedad, lo cual suponía que a menudo llegaban a la carretera, y en una ocasión hicieron que un muchacho acabara en la cuneta tras dar un volantazo. La gente llamaba con frecuencia para quejarse.

La gallina parecía estar bien. El perro parecía encantado con la gallina, que ladeaba la cabeza y emitía unos sonidos muy graciosos. El perro movía el rabo y jadeaba y estaba lleno de tierra.

—Vamos, *Blue* —dijo Levi—. Vamos, amigo.

El perro le miró de nuevo con expresión alegre. Era un perro precioso, pero no podía ser más tonto. La gallina tampoco era precisamente Stephen Hawkins, la verdad. Podría haber salido de debajo del porche tan tranquila.

—Jefe, por favor. Por favor, salve a mi bebé.

Levi suspiró. Los Knox necesitaban niños, gatos, monos o lo que fuera.

—De acuerdo, voy a meterme debajo.

—Ese perro es un salvaje —sollozó la señora Knox.

—¿Quiere que pida refuerzos? —sugirió Everett.

—No, Ev —contestó Levi—. El perro es muy sociable. —Levi tuvo que arrastrarse por el suelo y usar los antebrazos para avanzar. A su sargento de instrucción le había encantado obligarlos a realizar ese ejercicio. Durante las cuatro veces que estuvo destinado en Afganistán, en ningún momento había tenido que poner en práctica dicho entrenamiento. Y allí estaba. Al final había resultado útil.

Lo llamaron al teléfono móvil. Todas las llamadas a la comisaría de policía eran desviadas a su móvil si estaba fuera atendiendo algún aviso.

—Jefe Cooper —dijo.

—Soy yo —dijo su hermana—. Estoy en casa. No lo soportaba ni un segundo más.

—Estás de broma.

—¡Es mi bebé! ¿Está muerta? —chilló la señora Knox.

—No está muerta —le aseguró Levi.

—¿Dónde estás? —quiso saber Sarah.

—Trabajando. ¿Por qué estás en casa? Las clases empezaron hace tres semanas, Sarah, y ya has regresado seis veces.

—Echo de menos mi casa, ¿te enteras? Siento mucho ser tan pesada, pero ¡odio ese lugar! Necesito un año sabático.

—No vas a tener un año sabático. Estás en la universidad y vas a graduarte. Ahora mismo estoy ocupado, así que hablaremos cuando llegue a casa.

—¿Qué estás haciendo?

—Rescatando a una gallina.

—Voy a tuitearlo ahora mismo. Mi hermano, el héroe.

Levi cortó la llamada. Un año sabático, ¡y un cuerno! Sarah tenía que volver a la universidad. Él mismo la llevaría en automóvil esa noche. Bueno, tal vez al día siguiente por la mañana. Y se quedaría en la universidad, le iría fenomenal y después se lo agradecería.

Tras arrastrarse un metro y medio más sobre la tierra (que parecía haber sido fertilizada por las gallinas de los Knox, de modo que... sí, en ese momento era un trabajo de mierda el que estaba haciendo), alcanzó por fin al perro. Pero al parecer la gallina había decidido que no había nada que temer, porque se acurrucó directamente contra el pecho de *Blue*. El perro pareció encantado con el gesto y apoyó el hocico encima de ella.

—Están haciéndose mimitos —anunció.

—¿Cómo? ¿Que la tiene en el hocico? —chilló Nancy.

—¡Mimitos! —gritó Levi a su vez.

—¡Jefe! —gritó Everett—. ¿Está en peligro? ¡He desenfundado el arma! ¿Necesita apoyo?

—¡Everett! ¡Enfunda el arma!

—Entendido, jefe.

Levi suspiró. No pasaba un día sin que se imaginara que encontraba la muerte por culpa de la ineptitud del agente Everett Field. El hombre era el único hijo de Marian Field, la alcaldesa de Manningsport, y básicamente había encontrado un trabajo para toda la vida. No era un mal muchacho, ni mucho menos, y sufría un caso grave de veneración al héroe respecto a él, pero desenfundaba el arma aproximadamente seis veces al día.

—*Blue,* amigo mío —dijo—, voy a apartarte de esta gallina, si no te importa.

El perro meneó de nuevo el rabo y Levi agarró la gallina, que estaba dormida. Acto seguido, se dispuso a arrastrarse de vuelta. Estaba cubierto de suciedad. Menos mal que su turno terminaría en breve. Aunque no dejaría de trabajar. Siempre había algo que hacer, un detalle que a Levi le parecía perfecto de un tiempo a esa parte.

—Aquí tiene —dijo, entregándole la gallina a la señora Knox—. Piense en instalar una cerca, ¿le parece bien?

—¡Ay, jefe, muchísimas gracias! —exclamó con una sonrisa—. ¡Es usted maravilloso! Pero ¿qué pasa con el perro? ¡Es malo! ¡Deberían encerrarlo!

El perro gimoteó desde debajo del porche, seguramente porque echaba de menos a su amiguita.

—Hablaré con la dueña —contestó.

—Jefe, ha sido un rescate espectacular —dijo Everett, que se acercó mientras él se limpiaba en la medida de lo posible—. Ha hecho un trabajo asombroso. De verdad.

Levi se contuvo para no poner los ojos en blanco.

—Gracias, Ev. Escúchame. Como vuelvas a desenfundar otra vez el arma, te la quito.

—Entendido, jefe.

Levi se agachó y miró al perro, que parecía triste.

—¿Quieres dar un paseo?

El perro salió volando de debajo del porche y siguió corriendo hasta el vehículo patrulla, donde comenzó a dar saltos de alegría.

—A lo mejor debería habérselo dicho antes —señaló Everett—. Así no tendría que haberse metido ahí debajo. Al hacerlo se ha ensuciado el uniforme.

—Gracias por decírmelo. ¿Por qué no te encargas de cerrar la comisaría esta noche, Ev?

Everett sonrió de oreja a oreja.

—¿De verdad?

—Claro.

Ya iría él a echar un vistazo después, porque Everett siempre se olvidaba de algo. Además, la comisaría de policía estaba a cuarenta y cinco segundos de distancia de su casa. Y de todas maneras estaría en la plaza del pueblo, porque esa noche se celebraba otro evento relacionado con el vino. Todos los fines de semana había algo, lo cual era estupendo. Bueno para el pueblo, bueno porque eso garantizaba el trabajo.

Aunque de momento necesitaba una ducha. Miró al perro. No le parecía adecuado llevar a un perro enorme y sucísimo a la casa de los señores Holland, donde tenía entendido que se alojaba Faith. Lavar perros. Otro elemento que añadir a la lista de obligaciones que conllevaba su trabajo.

Desde que su mujer lo dejó, hacía ya un año y medio, Levi vivía en el edificio de apartamentos Opera House. Sharon y Jim Wiles se habían gastado una fortuna y habían ganado otra al transformar el edificio en el único bloque de apartamentos que existía en el pueblo. Al mes de que Nina le informara como si tal cosa de que después de todo la vida matrimonial no estaba hecha para ella y volviera a alistarse en el Ejército, a la madre de Levi le diagnosticaron un cáncer pancreático fulminante y en fase terminal. Murió seis semanas más tarde. Sarah, que entonces estaba acabando segundo de bachillerato, se mudó con él.

Levi ejerció de hermano mayor, le pasó un brazo por los hombros y la dejó llorar a moco tendido. Le preparó emparedados de queso y tomate a la plancha, como solía hacer su madre. Él también la echaba de menos, pero había pasado ocho años fuera. Algo que le había enseñado su experiencia en el frente era que, para poder soportar las cosas espantosas de la vida, había que echarle la cremallera a los sentimientos, por decirlo de alguna manera. Lloró alguna que otra vez mientras velaba a su madre, sí, pero cuando los verdaderos recuerdos le invadían (como cuando su madre lo llevó a las cataratas del Niágara en quinto de primaria estando embarazada de Sarah para poder estar un día más juntos; o como cuando se echó a llorar el día que volvió a casa para siempre...). En fin, Levi trataba de pensar en otra cosa.

Había cuidado de su hermana de la mejor manera posible. La había matriculado en una buena universidad, había rellenado un sinfín de formularios y le había comprado lo que necesitaba. Después, la llevó allí, y le dijo que lo hiciera de maravilla y se convirtiera en médico o algo. Ella sería la primera persona de la familia en conseguir un título universitario, y estaba decidido a que se graduara aunque él tuviera que morir en el intento.

Algo que posiblemente sucediera.

—Apestas —señaló «la hermana pequeña» cuando entró con *Blue* pegado a los talones—. Y ¿de quién es ese perro? ¿Es nuestro? ¿Podemos quedarnos con él? —Miró a Levi de arriba abajo—. En serio. Dúchate. Que sea una ducha bien larga. ¡Levi, por favor! ¡Qué pinta más asquerosa!

La miró con expresión seria (un gesto que nunca funcionaba con ella, por cierto).

—El perro no es nuestro. Soy consciente de que estoy asqueroso. ¿Por qué estás aquí?

Sarah se limitó a soltar un largo suspiro.

—Es que... no me gusta.

—¿Por qué?

Sarah estaba matriculada en una universidad preciosa situada al norte del lago Seneca. Era un lugar que tenía su propio cine, unas enormes instalaciones de atletismo, flores por todas partes y preciosas residencias de estudiantes.

En serio, ¿de qué se quejaba?

—No lo sé. Tengo la impresión de que no acabo de entender cómo funcionan las cosas. Todo el mundo ha hecho amigos y es como si yo no encajara. Anoche me salté la cena porque no quería ir sola al comedor. Me siento como una fracasada.

—Sarah —dijo Levi, que se arrodilló junto a la silla donde estaba sentada—, no eres una fracasada. Solo tienes que sentarte al lado de alguien y empezar a hablar.

—¿Y ese consejo me lo ofreces gracias a tu experiencia personal? Porque la última vez que lo comprobé, solo tenías un amigo.

Levi no mordió el anzuelo.

—Eres lista, eres guapa y eres graciosa. Menos ahora mismo. Porque esto no tiene ni pizca de gracia. Y no tendrías que estar en casa. Creía que habíamos llegado a un acuerdo la última vez.

—Dúchate, colega. Lo digo en serio.

—Yo también estoy hablando en serio. Es imposible que te adaptes a la universidad si vienes cada tres días. Tienes que echarle narices.

Los ojos de su hermana se llenaron de lágrimas.

—Estoy cansada de echarle narices. Ya lo hice cuando murió mamá, lo hice durante el último curso del instituto y no quiero hacerlo más. Quiero... que me mimen.

Levi enarcó una ceja.

—Como no le eches un par, te alisto en el Ejército. Esa universidad es un paseo, hermanita. Tu residencia es tres veces más grande que...

—Ay, Dios, no me vengas con otra batallita sobre las penurias y los malos ratos que se pasan en el frente, ¿te parece bien?

—Sarah, en el frente no, en el Ejército. A ver si te enteras, ¿eh?

—Lo que sea. Vamos, Levi, no me des la tabarra. Es jueves. Solo tengo una clase mañana por la tarde. Puedo saltármela sin problemas.

—No, no puedes. Esta misma noche te llevo para allá.

—¡Levi! ¡Echo mucho de menos mi casa! ¡Por favor, déjame dormir aquí!

Levi se pasó una mano por el pelo y examinó las telarañas que se le habían quedado trabadas bajo el porche de los Knox.

—Muy bien. Te llevaré a primera hora de la mañana. Enséñame el horario para que compruebe que no estás mintiendo.

Sarah sonrió, consciente de que había ganado ese asalto.

—Claro. Pero dúchate o voy a acabar vomitando.

Levi se puso de pie.

—¿Quieres ayudarme a lavar al perro?

—No. Pero te agradezco la invitación.

Hizo ademán de alborotarle el pelo, pero Sarah lo esquivó.

—Levi. Dúchate.

Sabía que su hermana lo quería. Incluso se cambió el apellido a «Cooper» cuando tenía dieciséis años para asegurarse de que todos supieran quién es, o eso dijo. Aunque a veces Levi sentía deseos de matarla.

Llevó el perro al cuarto de baño (su propio cuarto de baño, gracias a Dios) y abrió el grifo de la ducha. El perro agachó la cabeza, parecía avergonzado.

—Ah, no. No me vengas con esas, acorralagallinas. ¿De quién fue la idea de meterse debajo del porche? —Se sacó el teléfono móvil del bolsillo y marcó desde la agenda de contactos—. Hola, señora Holland. Soy Levi Cooper.

—¡Cariño! ¿Cómo estás? ¿Sabes cómo echar a las ardillas voladoras del ático? Faith no quiere que pongamos trampas, y yo no quiero que ella vea cómo su abuelo se mata de una caída, aunque para serte sincera, últimamente le veo cada vez más atractivo a la viudez. Por cierto, la cañería que reventó el invierno pasado, ¿te acuerdas del nombre del fontanero que nos recomendaste? ¡Desde que Virgil Ames se mudó a Florida, no sé qué hacer! ¡A Florida nada menos! ¿Quién quiere vivir allí? Con tantos bichos y lagartos y caimanes y turistas.

—Bobby Prete podrá arreglarle la cañería, señora Holland —contestó—. Escuche, tengo al perro de Faith.

—Ah, sí, se escapó cuando Ned lo vigilaba.

—¿Puedo llevárselo?

—Déjalo con Faith, cariño. Está en la plaza del pueblo. Y eso me recuerda que tengo que arreglarme. Ha sido un placer hablar contigo.

Levi se quitó la camisa y la arrojó a la bañera para darle un buen enjuague antes de meterla en la cesta de la ropa sucia.

—Vamos, perro —le dijo a *Blue,* que estaba hecho un ovillo, fingiendo dormir—, es hora de afrontar las consecuencias de tus actos.

Capítulo 8

Seguramente hubiera quinientas personas, distribuidas por la plaza y las calles circundantes, reunidas para celebrar la decimoséptima edición de la «Feria anual del corcho y el cerdo», que sonaba demasiado pervertido, pero que en realidad consistía en degustaciones de cerdo asado y de vino. Quinientas personas, se fijó Faith, y parecía que al menos la mitad se moría por consolarla, a esas alturas, por el hecho de que la hubieran dejado plantada en el altar.

—Eras la novia más guapa que he visto —decía la señora Bancroft—. De verdad. Nos quedamos todos de piedra. Pero de piedra.

—Gracias.

—¿Lo has visto? ¿Está aquí?

—Todavía no lo he visto, señora Bancroft. Pero hemos quedado la semana que viene.

La señora Bancroft la miró fijamente, meneando la cabeza.

—Ay, pobrecilla mía, pobrecilla.

—¡Vaya! Allí está mi hermano. Discúlpeme, pero tengo que irme. —Dejó a la señora Bancroft y se acercó a las mesas de Blue Heron, donde se colgó del brazo de Jack—. ¿Me necesitabas con desesperación, querido hermano?

—No —contestó él, que le sirvió un catavinos a una mujer cuya camiseta proclamaba que era de Texas y que iba armada—. De hecho, creo que ni estamos emparentados. Además, ¿cuántas hermanas tengo? Parece que os multiplicáis.

—La señora Bancroft es la octava persona que me dice «pobrecilla» y que me pregunta si es muy duro volver a ver a Jeremy.

—Si es que das mucha pena —convino él—. ¿Cómo decías que te llamabas?

—¿Por qué hay tanta gente estorbándome? —preguntó la señora Johnson. El ama de llaves que llevaba tanto tiempo con los Holland se las apañaba para provocar el pánico con su precioso acento jamaicano—. Ya os podéis ir, niños. Como no os vayáis pronto, habrá trozos de cuerpos desperdigados por todas partes, y he lavado, almidonado y planchado este mantel esta misma mañana. Venga, si queréis seguir viendo, fuera. —Colocó las botellas de modo que quedaran perfectamente alineadas.

—Es una degustación de vinos, señora Johnson —dijo Jack—. No podemos irnos. —Se volvió hacia la texana que llevaba armas—. ¿Qué le parece? ¿Le sirvo otro? —le preguntó.

—Solo quiero un poquito más del blanco ese —contestó la mujer.

—Es un rosado —corrigió Jack.

Faith suponía que a su hermano le estaba costando aguantar el tipo y no echarse a llorar por cómo había llamado a su adorado vino. La mujer se lo bebió de un trago, sonrió y se alejó.

—Jackie —dijo la señora Johnson—, ¿desayunaste esta mañana? Te he traído un sándwich. No quiero que comas las porquerías que sirven aquí. —El comentario le costó una mirada asesina de Cathy Kennedy, la encargada del puesto de salchichas de la iglesia Trinity Lutheran. La señora Johnson le devolvió la mirada sin amilanarse hasta que Cathy sucumbió. Casi todos lo hacían.

El ama de llaves desenvolvió el sándwich y se lo puso a Jack en la mano.

—Sí, principito —dijo Faith—. Come. A lo mejor la señora Johnson te mastica la comida para que no tengas que esforzarte tanto.

—No seas tan asquerosa, Faith, y pórtate como una dama. Toma, Jackie. Cómetelo.

—¿Dónde está mi sándwich? —preguntó Pru, que se reunió con ellos en ese momento.

—¿No te preparé tortitas esta misma mañana? —preguntó el ama de llaves.

—Ay, Dios, oigo a Lorena —dijo Jack—. Prudence... esto..., ven a ayudarme con algo importantísimo. Faith se puede encargar de la degustación.

—Volved ahora mismo —Faith siseó. Fue inútil. Sus dos hermanos salieron corriendo y la dejaron a cargo del puesto de degustación con su ama de llaves, que chasqueó la lengua en señal de desaprobación—. Señora Johnson., ¿por qué no se casa con mi padre y nos hace felices a todos? —preguntó Faith. Aunque no podía asegurarlo, creía que la señora Johnson era viuda. Claro que la mujer no hablaba de su vida personal. Jamás de los jamases.

—No me tires de la lengua con los defectos de tu padre, el menor que tiene es su reciente mal gusto en cuestión de mujeres. —La señora Johnson miró fijamente a Lorena; su cara reflejó el desdén asqueado que sentía—. Son las cinco de la tarde y ella aparece con un vestido que enseña más de la mitad de esos pechos descolgados. Qué vergüenza.

—Estoy buscando una sustituta —murmuró Faith, incapaz de apartar la vista de Lorena, que llevaba un vestido varias tallas más pequeño de lo que necesitaba con escote palabra de honor y estampado de leopardo. El corpiño apenas le cabía, y las costuras de la prenda estaban a punto de reventar. Su padre, en cambio, lucía su habitual camisa vieja de Blue Heron, con la gorra, también de Blue Heron, sucia y unos *jeans* también manchados, y mantenía una conversación muy animada con Joe Withing, otro viticultor, pero de la zona del lago Keuka. Su padre seguramente no estuviera al tanto de que Lorena, y todos a su alrededor, suponían que tenía una cita.

—Será mejor que te des prisa, cariño —dijo la señora Johnson—. Tu padre... no es el hombre más espabilado del mundo.

—Lo sé. —Si algo no guardaba relación con las uvas, su padre no solía percatarse de las cosas. Así que era muy posible que, antes de enterarse de qué estaba pasando, Lorena se mudara a la casa, le cambiara el testamento y vendiera cuatro hectáreas a un promotor para que hiciera un parque acuático. Sin embargo, encontrar a la mujer perfecta sí que era un desafío. Su padre adoraba el recuerdo de su santa madre.

—¿Puedo probar el gewüztraminer? —preguntó un hombre.

—Por supuesto —contestó Faith, que volvió al presente—. Este vino obtuvo un 91 de *Wine Spectator,* y estamos muy orgullosos de él. Ha envejecido dieciocho meses, así que empieza a mostrar su potencial. Tiene un aroma estupendo, ¿no le parece? Fruta de la pasión, pimienta, un poco de madreselva, cierto regusto mineral en el cuerpo y una ligera nota final a lichi.

La señora Johnson resopló, y Faith tuvo que contener una sonrisa. Que sí, que sí, que se lo había inventado, porque todavía no había probado el vino. Ni siquiera sabía si el lichi era una fruta o no. Esas descripciones a veces eran muy tontas, pero parecía que, cuanto más ridícula fuera la descripción, mejores eran las ventas. Aun así, Honor la mataría si llegaba a oírla. Se tomaba las descripciones de los vinos muy en serio.

—Ah, sí —dijo el hombre—. Un toque mineral. ¡Me encanta!

En ese momento su perro se le acercó corriendo.

—¡Hola, precioso! —lo saludó, al tiempo que se inclinaba para alborotarle el pelaje húmedo—. ¿Dónde te has metido? ¿Has ido a nadar con Ned?

—Mi hermano y tu perro acaban de ducharse juntos —dijo una voz—. Suena pervertido, la verdad.

Faith levantó la vista.

—¡Sarah! ¡Cuánto tiempo sin verte! ¿Cómo estás?

Faith siempre había envidiado a Levi por tener una hermana pequeña; él siempre se había mostrado muy protector, y era una de sus pocas cualidades redentoras, o la única. Sarah tenía los ojos verdes, como su hermano, aunque en los suyos no se veía el rechazo más absoluto. Sí. Eso era. Levi era capaz de rechazar a una persona con solo una mirada. De hecho, lo estaba haciendo en ese momento.

—Vigila mejor a tu perro, Faith —dijo él, dignándose a dirigirle la palabra—. Tenía aterrorizadas a las gallinas de los Knox.

Claro. Como si *Blue* pudiera hacer eso.

—Ese palo —dijo en voz alta—. Capullo —articuló con los labios.

—¡Jefe Cooper! Qué alegría para mis ojos —dijo la señora Johnson, que recibió un beso de Levi en la mejilla.

Era muy raro verlo comportarse con buenos modales.

Faith se volvió hacia Sarah.

—Ya vas a la universidad, ¿no?

—Sí, acabo de empezar en Hobart.

—¡Estupendo! ¿Te gusta?

—La verdad es que lo odio.

—Hola, Sarah —la saludó Ned, que se acercó a ellos y rodeó a su hermana con un brazo—. Faith, he venido a sustituirte porque Honor dice que no sabes lo que haces.

—Hola, Ned. —Sarah se ruborizó. Ned era muy pero que muy mono.

—¿Qué tal las clases? —le preguntó él, y los dos empezaron a hablar de sus asignaturas y de los clubes. Hacían buena pareja, Sarah con el pelo rubio y Ned alto y de pelo oscuro. Y si bien Ned ya había terminado la universidad, eso daba igual. No tenía novia, al menos que Faith supiera, y eso que lo interrogaba a menudo sobre el asunto.

Levi también los observaba. Sin sonreír. Miró de reojo a Faith, frunció el ceño y volvió a fijar la vista en la pareja. Faith contuvo un suspiro. Ni que estuviera haciendo de casamentera. Solo estaba allí, de pie. Como una apestada, si lo pensaba bien.

Su padre se acercó y le dio una botella de agua.

—Asegúrate de beber bastante agua, preciosa —le dijo, con una expresión risueña en sus tiernos ojos azules—. Hace mucho calor para lo que estás acostumbrada.

Por desgracia, Lorena apareció a su lado.

—¡Por fin! —chilló ella—. ¡Algo decente que beber por aquí! ¡Blue Heron tiene los mejores vinos del mundo mundial! ¡No he dejado de beber agua sucia en todo el día! —Miró a su padre y le hizo un guiño exagerado, de modo que Faith tuvo que contenerse para no hacer una mueca.

Los viticultores de la zona eran un grupo muy unido. Había cierta rivalidad, claro, y a todos les gustaba ganar una medalla o conseguir una crítica estupenda. Pero lo que era bueno para un viñedo solía serlo para todos, de modo que la clase de publicidad que estaba haciendo Lorena no le hacía ganar puntos.

—Hola, Sarah —dijo su padre—. ¿Cómo te va, cariño?

—Bien, gracias, señor Holland.

—Levi —dijo su padre—, tú ya habías visto a Faith desde que volvió, ¿verdad?

De repente, Faith se dio cuenta de que Levi estaba muy cerca de ella, de que olía a jabón y de que tenía el pelo mojado. ¿Qué había dicho Sarah? ¿Que había bañado a *Blue*?

La miró con una expresión que alcanzaría un ocho en la escala del aburrimiento, algo que se había inventado en su primer año de instituto, cuando le preguntó si quería apuntarse con ella al programa de tutores en Corning. El uno era «Ah, eres tú». El diez era «Eres invisible». Y la mirada de ese día, el ocho, era «Ah, pero si sigues aquí».

—Sí, señor —le contestó Levi a su padre—. Le puse una multa por exceso de velocidad el otro día.

Desesperante. Claro que no había mencionado que la había pillado atascada en la ventana de un cuarto de baño. Su discreción le hizo ganar puntos.

Su padre la miró con sorpresa.

—¿Tú, cariño? Si sueles ir con mucho cuidado.

—No me di cuenta de que habían bajado el límite de velocidad, nada más.

—En fin, deja que yo te la pague —dijo su padre.

Goggy se abrió paso entre la multitud.

—Faith, mira lo que se ha puesto tu abuelo. Sabe que detesto esa camisa. ¡Es de poliéster! Y de 1972.

—Un clásico —comentó el aludido, aunque ya estaba sudando por el tejido, que no transpiraba.

—Levi —dijo Goggy al tiempo que le colocaba una mano en el brazo. Su musculoso, moreno y duro brazo. La luz resaltaba el tono dorado del vello que lo cubría. Faith carraspeó y apartó la mirada—.

Tenemos ardillas en el ático. ¡Hacen ruido todas las noches! Faith casi no puede dormir. —Eso le valió otra mirada asqueada de Levi.

—Goggy, tranquila. Subiré con unas cuantas trampas para capturarlas vivas.

—Ya me encargo yo —dijo Levi.

—Ay, gracias, cariño —repuso Goggy—. No quiero que Faith se caiga.

Pru regresó al puesto de Blue Heron, seguida por Abby, y le dio un puñetazo cariñoso a Levi en el hombro.

—Aquí está. La Viagra para mujeres.

—¡Mamá, por favor! ¡Que nos puede oír! —protestó Abby.

—¡Y tanto que sí, Pru! —convino Lorena—. Eso se merece un aplauso. ¿A que sí, Faith?

—Pues... no, a mí no me lo parece —murmuró ella.

—Lo siento, Sarah, no te había visto —dijo Pru—. No era mi intención comerme con los ojos a tu hermano delante de ti. Pero ¿qué quieres que te diga? Es monísimo. Levi, eres monísimo.

Abby puso los ojos en blanco.

—Sarah, ¿te apetece que nos vayamos? Mejor alejarnos de estos horripilantes adultos.

—Claro —contestó Sarah—. Te veo después, hermanito. —Le dio un beso en la mejilla a Levi, que lo aceptó como todo un hombre. Incluso sonrió.

Solo fue una sonrisilla, pero pilló a Faith por sorpresa. Sí, lo había visto sonreír a lo largo de los años. Le había dirigido un montón de miradas ardientes a Jessica... A ver, seguramente había practicado esas miradas delante del espejo. Pero en cuanto a ella, solo recibía la escala del aburrimiento.

Salvo el día que la dejó patidifusa y la besó. Cabía la posibilidad de que hubiera sonreído entonces. Y sí, le lanzó alguna que otra miradita ardiente. También hubo algo más. Una especie de... afán protector.

O no. Levi la miraba en ese momento sin rastro de sonrisa y con esa expresión aburrida que tan bien conocía... Un seis..., que acababa de pasar a ser un siete... y que se acercaba a un ocho. Enarcó una ceja, como preguntándole: «¿Qué pasa, Holland?».

—¡Johnny! —chilló Lorena—. ¿Qué tiene que hacer una chica para comer por aquí? Cómprame una salchicha, anda. ¡Me encantan las salchichas! ¿A que sí, Faith? ¡A las mujeres jóvenes nos encantan las salchichas!

—Menudo morro tiene al decir que es una «mujer joven» —dijo la señora Johnson con voz seca.

—¿Qué te apetece, Lorena? —preguntó su padre—. ¿Faith? ¿No? Señora Johnson, ¿y usted? ¿Quiere que le traiga las palomitas de maíz dulce que tanto le gustan? ¿Mmm? Me tomaré ese silencio como un sí. —Guiñó un ojo y se alejó, acompañado por Lorena y esa enorme delantera suya.

—¿Crees que se da cuenta de que le interesa? —preguntó Ned.

—Tu abuelo tiene un corazón de oro —contestó la señora Johnson—. Menuda mujer.

La siguiente persona que apareció en el puesto de degustación era una cara conocida.

—¡Hola, señora McPhales! —exclamó Faith, aunque sintió un nudo en la garganta—. ¡Qué alegría verla!

La señora McPhales fue la jefa de exploradoras del grupo de *scouts* de Faith durante un año, una de esas jefas duras que obligaban a las exploradoras a ganarse las medallas. Ned, que trabajaba en el cuerpo de bomberos voluntarios de Manningsport, le había contado que de un tiempo a esa parte iban mucho a su casa. Al parecer, había tomado el triste camino de la demencia. Ese día llevaba las zapatillas de estar por casa en vez de unos zapatos de calle. Faith rodeó la mesa y besó a la anciana.

—¿Qué le sirvo, señora McPhales? ¿Le apetece un poco de vino?

—Prefiero café, creo —contestó la mujer.

—Se lo traigo ahora mismo, querida. ¿Con leche y azúcar? —preguntó la señora Johnson. Era un ángel en cuanto se miraba más allá de la fachada omnipotente en plan Darth Vader. La señora McPhales asintió con la cabeza, y después pareció reconocer a Faith.

—¡Faith! ¿Cómo estás? ¿No te vas a casar pronto con el bueno de Jeremy?

—Pues no —contestó Faith—. Lo siento.

—¡Ah! ¡Es verdad! Es un soltero empedernido, según me han dicho.

—Eso creo —comentó Faith.

—Pobrecilla. La cabeza bien alta, Faith. Eres muy valiente, querida.

A Faith le pareció oír que alguien resoplaba. Ah, ya. Levi seguía allí. Brian, el hijo de la señora McPhales, se acercó, tomó a su madre del brazo y sonrió a Faith mientras se la llevaba.

En ese momento, a su lado, solo quedó Levi.

—Gracias por bañar a *Blue* —dijo, intentando mostrarse cordial—. Has sido muy amable. Innecesario, pero gracias.

—No lo sueltes de la correa. —Un cinco en la escala—. Tendré que multarte si lo dejas siempre suelto.

Un suspiro.

—Ha sido una vez, Levi.

—Asegúrate de que sea verdad. —Ni siquiera la miraba, estaba buscando a su alrededor a alguien más interesante con quien charlar.

Faith sintió que apretaba los dientes.

—Me he enterado de que te divorciaste, jefe.

Sus ojos se clavaron de nuevo en ella. Un ocho.

—Sí.

—¿Cuánto tiempo estuviste casado? —Colleen le había contado los detalles, claro, pero ¿por qué no torturarlo un poco?

Levi tardó en contestar, y a sus ojos verdes asomó el desdén.

—Tres meses —dijo al cabo de un rato.

—¿En serio? ¡Vaya! Qué poco tiempo.

—Sí, Holland —afirmó él—. Tres meses es poco tiempo.

—Seguro que desearías que alguien hubiera impedido tu boda. —Esbozó una sonrisa triste—. Habría sido lo justo, ya que a ti se te da tan bien hacérselo a los demás.

Levi la miraba de nuevo con las cejas enarcadas.

—¿Cuándo vuelves a San Francisco?

—Ya veremos.

—¿De verdad? ¿No tienes trabajo?

—Lo cierto es que me va muy bien. Y estoy encargándome de dos proyectos aquí, uno para Blue Heron y otro para la biblioteca, así que me quedaré al menos seis semanas. ¿No te parece estupendo? —Levi no contestó—. Anda, ahí está Julianne Kammer. Tengo que hablar con ella.

—¿Cuándo vas a ver a Jeremy? —le preguntó él.

—¡Anda! ¿Es asunto tuyo? Ah, claro, se me olvidaba. Eres el perro guardián de Jeremy. —Por supuesto que «iba a ver» a Jeremy. No era culpa suya que estuviera en Boston para asistir a una convención.

Levi se inclinó hacia ella y pudo oler su champú y sentir la calidez de su mejilla. Notó una sensación muy rara en el estómago.

—Madura, Faith —susurró él.

¡Qué hombre tan insoportable!

Faith se alejó para hablar con Julianne del patio de la biblioteca e intentó desentenderse de los ojos de Levi clavados en su espalda.

Durante su primera misión, Levi descubrió que la guerra era justo lo que prometía ser, a veces más aburrida que una ostra: una sucesión de días interminables sin nada más interesante o desafiante que hacer que limpiar el arma. Después regresaba al campamento, y un niño que había aceptado comida de sus manos el día anterior le lanzaba una granada al Humvee en el que viajaban. En una ocasión estalló un vehículo cargado de explosivos junto al campamento y mató a tres soldados, entre los que se encontraba uno que le había ganado cincuenta pavos a Levi la noche anterior.

Sin embargo, también había cosas buenas. Le gustaba la estructura, le gustaban sus compañeros, le gustaba la sensación de que, por retorcida que fuera la guerra, tal vez estuvieran haciendo algo importante. Servía en la 10ª División de Montaña, con base en Fort Drum, y eran los que sacaban el trabajo adelante. A veces era mejor no pensar en qué consistía, pero era un soldado, un eslabón en la cadena de mando, y hacía su trabajo. Cuando terminó su primera misión se alistó para otra. Ascendió a sargento, y después a sargento de segunda. Se reenganchó y le mandó el dinero extra a su madre.

Y un buen día, patrullando por una aldea espantosa donde la gente vivía en chozas y todos parecían mirarlo con unos ojos sin vida, una bala le pasó rozando la cabeza y destrozó una piedra. Oyó otro disparo y, antes de que Levi pudiera darse la vuelta, Scotty Stokes, un soldado que acaba de incorporarse a la unidad, cayó al suelo. Levi lo agarró por la espalda del chaleco y tiró de él hasta ponerlo a cubierto. Estaban aislados del resto de la unidad, y el soldado sangraba a chorros por la pierna, tal vez porque el disparo le había seccionado una arteria. Le hizo un torniquete lo mejor que pudo. Disparó y mató a uno de los atacantes, después cargó con el muchacho al hombro y echó a correr, rezando para que no les dieran a ninguno de los dos.

Lo consiguieron. El médico creía que Scotty perdería la pierna, pero un experto en cirugía ortopédica con manos mágicas consiguió salvársela. Scotty haría saltar todos los detectores de metales durante el resto de su vida, pero podría andar con las dos piernas que Dios le dio. Y Levi consiguió una estrella de plata, aunque en su opinión fue más cuestión de suerte que de estrategia o habilidad. Tal vez también cuestión de mucho entrenamiento. Aunque su madre y Sarah estaban muy orgullosas. Los Lyon también se comportaban como si hubiera salvado el mundo. Invitaron a su madre y a Sarah a cenar, los cuatro hablaron por Skype con él, y fue increíble.

Desde de que se marchó en aquel autobús Greyhound hasta que regresó a Manningsport Jeremy se mantuvo en contacto. Le mandaba mensajes de correo electrónico de vez en cuando, hablaban por Skype alguna que otra vez, siempre sonriendo, siempre dispuesto a contarle algo gracioso. Cosas de la universidad, del fútbol, de la vida en la residencia de estudiantes. Le costaba mucho imaginarse esos retazos de información, sobre todo porque nunca había estado en Boston y le resultaba imposible jugar en un estadio tan grande. Cuando Levi le describió las tormentas de arena en el desierto, Jeremy le mandó unas gafas de esquí estupendas y seis cajas de colirio. Elaine y Ted le enviaban caramelos y patatas fritas ecológicas; y, cómo no, su madre y Sarah le mandaban cosas todo el tiempo. Notas de parte de Sarah informándole de cómo les iba y largas cartas cargadas de preocupación de parte de su madre.

Todo el mundo le mandaba fotografías por correo electrónico, pero Jeremy fue más lejos y se las envió en papel. Levi las colgaba junto a su camastro: una foto de Sarah en Navidad, ya que los Lyon las invitaron a cenar; las vides cuajadas de racimos en otoño; las colinas cubiertas de nieve en diciembre; el agua del lago, oscura y profunda.

El hogar.

Cuando un vehículo se acercaba a toda pastilla hacia la garita, o te preparabas para que una mina te volase en pedazos, cuando las balas silbaban por la noche, el hogar era lo único que te hacía aguantar. Los días que el termómetro alcanzaba los cincuenta y cinco grados y el arma estaba tan caliente que necesitabas guantes para sujetarla, cuando el agua estaba igual de caliente que el café del McDonald's y tenías la lengua más seca que la suela de un zapato, esas fotos eran como trocitos del paraíso.

El nombre de Faith, que mencionaron a menudo al principio, dejó de aparecer cuando Jeremy empezó a estudiar medicina (¡había rechazado una oferta para jugar en la liga nacional de fútbol americano, por el amor de Dios!). Mencionó a uno de sus compañeros de estudios, un tipo llamado Steve, y Levi se preguntó si habría algo entre ellos. A decir verdad, tampoco le daba muchas vueltas al asunto. Si su amigo había salido del armario, ya se enteraría cuando el propio Jeremy quisiera contárselo.

Por fin, cinco años después de su primera misión en Afganistán, Levi consiguió los días de permiso suficientes para volver a casa. Había visto dos veces a su madre y a Sarah tras alistarse; en una ocasión fue un fin de semana largo en Nueva York, y en otra las sorprendió con un viaje a Disney World. Pero esta vez quería ir a casa. Se coló en una de las clases de Sarah, como en uno de esos momentos lacrimógenos que se veían en la CNN, y soportó un mitin improvisado en el que el director le dijo lo orgullosos que estaban de él... Eso a pesar de haber logrado que batiera el récord de castigos no hacía tanto tiempo. Su madre le preparó su cena preferida: rollo de carne al horno con puré de patatas, y lloró de felicidad mientras comían.

Y, por último, Levi llamó a Jeremy. Era octubre, y Jeremy había vuelto a casa para pasar el fin de semana desde el Johns Hopkins.

—Hola, amigo, ¿te apetece tomarte una cerveza? —le preguntó, y sonrió al oír que Jeremy soltaba un taco y lo ponía verde por no haberle avisado con antelación.

Unas cuantas horas después, Levi estaba un poco achispado por culpa de las cervezas a las que lo habían invitado. Connor O'Rourke había pagado una ronda a cuenta de la casa, y todos habían brindado por Levi. Lo abrazaron todas las mujeres del local, y Sheila Varkas, una chiflada en toda regla, no dejó de restregarse contra su pierna. Le agradecieron una y otra vez su servicio al país, le dieron palmadas en la espalda y le estrecharon la mano, y le dijeron lo orgulloso que estaba todo el pueblo de él. Fue... agradable. Fue estupendo, la verdad. El muchacho del aparcamiento de autocaravanas se había convertido en un héroe nacional y demás.

Y, por fin, Jeremy y él pudieron sentarse y hablar con tranquilidad.

—Bueno, dime cómo te encuentras de verdad, amigo —le dijo Jeremy con la misma expresión amable de siempre.

Levi observó cómo una gota condensada descendía por la botella.

—Voy tirando —contestó, sin levantar la vista.

Jeremy guardó silencio un minuto.

—¿Necesitas algo?

Dormir una noche del tirón. La guerra le había quitado esa capacidad. Un lavado de cerebro para quitarse las imágenes más horripilantes de la cabeza.

—No —respondió—. Pero gracias por todos los paquetes y demás. Sobre todo, gracias por las fotos.

Jeremy se inclinó hacia él.

—En fin, sé que no tengo ni idea de lo que es, que solo soy un imbécil que estudia enfermedades estomacales para convertirse en médico. —Levi esbozó una sonrisilla—. Pero si alguna vez necesitas algo, o quieres desahogarte o lo que sea, aquí me tienes. Y estaré aquí siempre, y también cuando vuelvas. ¿De acuerdo? Eres mi mejor amigo. Ya lo sabes.

Levi asintió con la cabeza y arrancó un trocito de la etiqueta. A lo mejor algún día le contaría a Jeremy algunas cosas que había visto... y que había hecho. Pero no en ese momento. Levantó la vista y volvió a asentir con la cabeza.

—Gracias.

Jeremy se repantingó en el reservado y sonrió, con esa sonrisa confiada que Levi recordaba de cuando jugaban al fútbol y hacían corrillos antes de una jugada, cuando Jeremy les decía cómo iban a sorprender y a dejar boquiabiertos a sus oponentes al remontar y ganarles el partido.

—Bueno... ¿hay forma de que tengas unos días de permiso el próximo mes de junio?

Levi se encogió de hombros.

—Es posible. ¿Por qué?

—Necesito que seas mi padrino. El ocho de junio. Faith y yo vamos a casarnos.

Levi ni parpadeó.

—La madre que...

—Sí. —Jeremy esbozó una sonrisa tímida—. Ha aceptado. Casi me da un pasmo, pero ha aceptado.

Sí, claro. Seguramente Faith Holland llevara planeando la boda desde el mismo día que conoció a Jeremy.

Su amigo empezó a parlotear sobre quién asistiría a la boda, y Levi levantó la mano de repente.

—Jeremy —lo interrumpió—. Un momento, ¿de acuerdo?

—Claro.

Abrir la boca o mantenerla cerrada. Esa era la cuestión. Levi echó un vistazo a su alrededor. La Taberna de O'Rourke estaba casi desierta. Había dos personas en la barra y otras dos en una mesa. Connor estaba detrás de la barra, haciendo cuentas.

—¿Qué pasa? —preguntó Jeremy.

—Vas a casarte —dijo Levi, en busca de confirmación.

Jeremy asintió con la cabeza. Levi se quedó callado, se limitó a mirarlo fijamente. A lo mejor llegó a enarcar una ceja. Jeremy tragó saliva antes de esbozar una sonrisa forzada.

—Sí, ¿qué pasa? —Se secó la frente, que de repente le estaba sudando, y fue el único indicio que le hizo falta. Si se encontraba tan nervioso, a lo mejor solo estaba esperando a que alguien sacara el tema.

—Supongo que siempre he tenido la impresión de que eras... —Levi dejó la frase en el aire, con la esperanza de que Jeremy la terminara.

—De que era ¿qué?

Mierda. Levi tomó una honda bocanada de aire y contuvo el aliento unos instantes.

—De que eras gay, Jeremy —dijo en voz muy, pero que muy baja.

La expresión de Jeremy no cambió durante un larguísimo segundo. Después, inspiró hondo.

—¡No! Esto... no lo creo. A ver, todo el mundo tiene... dudas. Pero solo porque... —Apartó la mirada—. No, no lo soy. No soy gay. —Su voz sonaba hueca.

Levi no replicó, porque... ¿qué podía decir, después de todo?

—Da igual si lo eres.

Jeremy le miró a los ojos y algo cruzó por su cara. Tal vez la verdad. Acto seguido, meneó la cabeza. Frunció el ceño y clavó la vista en la mesa.

—Quiero a Faith.

Claro. La verdad es que la Linda Princesita tenía bien atado a Jeremy. Levi miró a su amigo, que había sido siempre fiel, decente y constante. Soltó aire y asintió con la cabeza.

—Muy bien. Me he equivocado.

Una vez más, ese algo cruzó por los ojos de Jeremy, pero después adoptó una expresión alegre y sonrió.

—En fin, lo que sea. Si puedes ser mi padrino, sería fantástico.

—Claro. Si consigo el permiso, cuenta conmigo.

—¡Excelente! A Faith le encantará.

Lo dudaba mucho.

—¿Está por aquí?

—No, y lo siento. Se ha ido con sus hermanas a la ciudad a comprar los vestidos para la boda y toda la parafernalia. Un fin de semana de mujeres. La cuestión es que mis padres nos van a regalar su casa después de la ceremonia; me abandonan por San Diego, pero está bien. No me imagino a Faith viviendo con sus suegros, ¿y tú? —Jeremy siguió hablando sin desviarse de su papel de devoto novio.

Levi se dijo que no era asunto suyo. Si Jeremy quería casarse con Faith, podía hacerlo. Pero, mierda, era imposible no hacerse preguntas. ¿Cómo podía casarse con una mujer a la que no sabía besar?

Y era inevitable que se preguntara por qué Faith no se daba cuenta.

«Ya has dicho lo que tenías que decir, ahora cierra el pico», le ordenó su cerebro. «Compórtate como un buen amigo. Sé un buen padrino.»

Casi lo consiguió.

Capítulo 9

Faith se detuvo al llegar a la parte más alta de Rose Ridge y contempló el bosque. En otro tiempo, esa zona era un pastizal al que sus antepasados llevaban las vacas a pastar. En los cien años transcurridos desde entonces, los arces y los robles se habían adueñado del lugar, al igual que los helechos y el musgo. Ese día los atravesaba un frente frío que había traído nubes bajas sobre el lago y un viento gélido. La lluvia no tardaría mucho en hacer acto de presencia.

Allá abajo veía a Ned en Tom's Woods, conduciendo la cosechadora de uvas entre las hileras de vides chardonnay; podía oír el zumbido del motor cuando el viento amainaba. El aire olía de forma especial a finales de verano. Dulce con el olor de las uvas, pero también con una nota melancólica, mientras las hojas se preparaban para su preciosa muerte, y la tierra para el invierno.

Tal como acostumbraba a hacer siempre que regresaba a casa, se preguntó cómo era posible que se hubiera marchado. San Francisco le parecía un sueño lejano en comparación con lo que tenía delante.

Blue Heron era para los Holland el equivalente de Tara para Escarlata O'Hara. Ellos eran de esa tierra, y esa tierra los definía de una forma que no se alcanzaba a entender. La historia y la familia formaban parte del mismo suelo, y todos los Holland sentían ese vínculo en la médula ósea.

Su condición de benjamina de la familia había hecho que en muchas ocasiones Faith no encontrara un hueco en el negocio familiar. Jack era el genio de la química y de la elaboración del vino, capaz de hablar durante horas sobre levaduras y fermentación de azúcar hasta que la gente le suplicaba que lo dejara. Pru era la agricultora, la que caminaba por los campos, y era tan fuerte como un jugador de fútbol. Honor... bueno, todo el mundo sabía que Honor dominaba el mundo. Su hermana apenas se detenía para respirar. Todos los problemas le llegaban a ella, ya fuera el hecho de reponer género en la tienda de recuerdos, de marcharse con sus comerciales para hacer rutas de venta, o la organización de un evento benéfico para recaudar fondos. Manejaba el *marketing* y las ventas del viñedo, y ejercía su trabajo a la perfección.

Y después estaba Faith, la niña que no tenía un lugar específico cuando llegó. La única que no había orientado sus estudios hacia el mundo del vino. Si había muchos gallos en el corral empezaban los problemas.

Jugaba en ese lugar cuando era pequeña, se sentaba en el antiguo granero de piedra y fingía que era su casa. Allí celebraba tés con amigas imaginarias, construía casitas para las hadas y se tendía en la hierba, protegida por las rocas, mientras contemplaba el cielo azul y se preguntaba si podría domesticar a un halcón o a un cervatillo. En aquel entonces le parecía un entorno mágico, escuchaba las suaves pisadas de un unicornio o las de un *hobbit*. De todos los lugares que conformaban la propiedad, los viñedos y los pastizales, los bosques y las cascadas, ese era el más especial para ella.

Y ahora, por fin, podía contribuir a la empresa familiar. Algo que la hacía sentirse muy bien. El hecho de ser la benjamina no significaba que ese lugar no formara parte de su alma.

Blue le dio un golpecito con el hocico en una mano y dejó caer al suelo la pelota de tenis.

—¿Otra vez? —preguntó Faith. El perro no le contestó. Se limitó a mirarla, deseoso de que le tirara la pelota—. A por ella, muchacho —dijo, al tiempo que lanzaba la pelota hacia los árboles.

Faith había pasado la mañana en la biblioteca, fotografiando el patio adyacente al ala infantil, midiendo y tomando apuntes. Era un sitio pequeñito y precioso, y tenía la intención de hacer maravillas con él. Árboles ornamentales (ya estaba en contacto con el vivero para que donaran unos cuantos), un camino serpenteante, una corriente de agua en movimiento, porque le encantaba el borboteo del agua (¿a quién no?). El elemento decorativo principal sería algo muy especial, aunque aún no estaba segura de lo que iba a elegir. Primero tenía que pasar un poco de tiempo en ese espacio y sentir su energía para poder decidirse. Uno de sus clientes de San Francisco se reía de ella porque se tumbaba en el suelo cuando estaba con alguno de sus proyectos, pero, en fin, siempre la contrataba cuando había trabajo, de modo que estaba claro que funcionaba.

Esa misma mañana, Faith se había encontrado con diez o doce conocidas: Lorelei, la dueña de la panadería de la plaza; su antigua compañera de clase, Theresa DeFilio, y su ristra de niños, que la seguían como si fuera una preciosa hilera de patitos de pelo oscuro. También había visto a su antigua catequista, la señora Linqvist, que aún hacía que se sintiera culpable. A la mujer del entrenador del equipo de fútbol. A la novia que Jack tuvo en el instituto. A la enfermera del consultorio de Jeremy.

En cuanto a Jeremy, lo vería al día siguiente por la noche.

Faith respiró hondo de nuevo y, como de costumbre, ese olor maravilloso y dulzón (a uva y hierba) de los lagos Finger la tranquilizó. El olor de su hogar.

Blue había regresado, pero pasó corriendo por su lado, ladrando con alegría aun cuando tenía la pelota en la boca.

—Hola, Faith.

—¡Hola, Pru! ¿Qué haces aquí?

—He pensado que podía venir a echar un vistazo y ver lo que estás haciendo aquí arriba. —Arrojó la pelota de tenis de *Blue* hacia los árboles—. Ya era hora de que papá autorizara el proyecto. Los demás viñedos llevan años celebrando bodas. —Se quitó el sombrero y se pasó una mano por el pelo, salpicado de canas.

Guardaron silencio un instante, y la belleza del plomizo día se les antojó solemne en cierto modo.

—¿Cómo estás, Pru? Pareces un poco depre.

Su hermana suspiró.

—No sé. A lo mejor solo estoy cansada. El comienzo de la vendimia y todo eso. Papá me saca de quicio, como siempre. —Miró de reojo a Faith—. Además, tengo la impresión de que Carl y yo llevamos un tiempo viviendo en una especie de película porno. Sexo, sexo y más sexo a todas horas.

—¡Oh! ¡Qué emocionante! —Faith miró a su hermana a la cara—. ¡Ah! ¿No es emocionante?

—Al principio fueron solo insinuaciones sutiles, ¿sabes? Que si no me gustaría hacerme las ingles brasileñas o que si podíamos decir guarrerías. Y después... —Para espanto de Faith, a su hermana se le llenaron los ojos de lágrimas—. Mierda, Faith. No lo sé. Ese rollo de recuperar el erotismo, es como la canción esa... ¿La de ese cantante tan mono?

—Sí, sé a qué canción te refieres —contestó Faith con sequedad.

—¿Cómo se llama?

—Justin Timberlake.

—Sí. *Bring Sexy Back,* o algo así. En fin, que yo no me había dado cuenta de que el erotismo había desaparecido. Y ahora Carl quiere que sea creativa y eso. ¿Sabes lo que trajo la semana pasada de Costco? Ocho botes de nata montada, Faith. Ocho.

—Eso es mucho —comentó Faith. Había llegado la hora de abandonar los lácteos.

—Pero está teniendo el efecto contrario, ¿sabes? ¿Cómo te diría? Como si antes el amor que sentía fuera una lluvia torrencial y ahora se hubiera convertido en una llovizna porque, de repente, la brevedad en la cama a la que estábamos acostumbrados ya no es suficiente. Ah, y el otro día Abby nos pilló y ahora no me habla. La semana pasada me hice una mamografía, ¿sabes?

Faith la miró al instante.

—¿Todo bien?

—¡Sí! ¡Pero estaba deseando que llegara la hora de la cita! Era mi momento personal, solos yo y el radiólogo estrujándome las tetas. Sin necesidad de decirle guarrerías a Carl ni de ponerme orejas puntiagudas vulcanianas...

—¡Ay, Dios!

—... sin tener que lidiar con los niños, sin que papá me acribillara a preguntas y sin que Honor me diera la tabarra. Resulta que en la clínica iban con retraso, así que me pusieron una bata y pude sentarme en una silla tranquilamente a leer una revista. ¡Hacía años que no me lo pasaba tan bien! Incluso cuando estaba ya colocada, con la teta estrujada en ese chisme, le dije a la mujer: «No, no, tranquila, tómate todo el tiempo que necesites». ¡Y se lo dije en serio!

—¡Pru! —Faith abrazó a su hermana y *Blue,* que llegó jadeando, se unió al gesto de consuelo, lloriqueando mientras las empujaba con el hocico—. Cariño, a lo mejor necesitas un descanso lejos de aquí.

—¡Lo sé, Faith! —dijo de mala manera—. Pero no puedo. Estamos en plena vendimia, sin descansar ni un solo día hasta que acabemos, y después tenemos la cosecha para hacer el vino de hielo, y después llegan las dichosas fiestas, y la verdad, ¿por qué tuvo que nacer el Niño Jesús en diciembre? ¡Tenía todo el mes de marzo para elegir! Vamos, digo yo.

—En realidad, creo que Jesús nació en... ¿sabes lo que te digo? Que da igual. Deberías irte unos cuantos días. Sola. Ya me encargaré yo de llevar a Abby a donde quiera, preparé la cena para todo el mundo o lo que tú quieras que haga. En serio, Pru.

Su hermana se enderezó y se limpió las lágrimas con la manga de la camisa, tras lo cual acarició a *Blue* detrás de las orejas.

—Es una idea maravillosa —dijo—. Pero no puedo.

—Sí que puedes. Lo que pasa es que no quieres. Deja de hacerte la mártir, Pru.

—Por favor. Hablas como una californiana. Y hacerse el mártir es el lema de nuestra familia. —Su hermana se secó las lágrimas otra vez—. Vamos a cambiar de tema. Cuéntame lo que has planeado hacer aquí. Vamos. Uno, dos; uno, dos. Que no tengo todo el día.

—Claro. —Faith llevó a su hermana a la arboleda. El camino estaba cubierto de hierba, pero se veía. Una ardilla les echó la bronca desde la rama de un árbol, y de repente el olor a tierra mojada se intensificó. *Blue* abrió la marcha moviendo el rabo.

—Hace años que no subo aquí —comentó Prudence, que caminaba detrás de Faith—. Siempre estoy muy ocupada, supongo.

—¿Recuerdas el granero? —le preguntó Faith, que sujetó una rama para que no golpeara a su hermana.

—La verdad es que no.

—Bueno, pues aquí estamos.

Se habían detenido en un lugar que de momento no parecía gran cosa: enfrente de las paredes de piedra de un viejo granero que fue construido a principios de 1800 y que se quemó durante el mandato presidencial de *Teddy* Roosevelt. Tanto el tejado como el interior acabaron destruidos por el fuego, igual que la puerta de madera, cuya ausencia había dejado una gran separación entre las paredes.

Faith entró, seguida por Pru.

—¡Uf! —exclamó su hermana.

Estaban rodeadas por tres toscos muros de piedra. La hierba del bosque y el musgo se habían apropiado hacía mucho del suelo, y el liquen se extendía por las paredes. Pero lo mejor era, al menos eso pensaba Faith, que la pared orientada al lago se había derrumbado y por tanto el espacio contaba con unas vistas increíbles. Gracias a las empinadas colinas veían las copas de los árboles que crecían frente a ellas. Más allá se extendían los viñedos y los edificios blancos de Blue Heron (la Casa Nueva, la sala de degustación, la bodega donde el vino envejecía en tanques y barricas), y tras ellos más campos y zonas boscosas, y por fin Keuka, el lago Torcido.

—Bueno, ¿cómo va a funcionar esto para bodas y celebraciones? —quiso saber Pru.

—A ver, este sería el espacio principal. Tiene capacidad para unas setenta y cinco personas, más o menos. Tendría que nivelar el suelo, pero seguramente lo dejaría tal cual está, con hierba. Ahí fuera construiríamos una terraza en voladizo para que la gente pueda asomarse como si estuviera en la proa de un barco, a una distancia de tres a seis metros del suelo, según la pendiente del terreno. Es posible que haya que talar algunos árboles para ampliar las vistas.

—¿Y si llueve? —preguntó Pru.

—Esa es la parte mágica —contestó Pru—. Podemos conseguir materiales transparentes para el tejado, y si papá quiere algo muy refinado también se puede instalar un techo móvil y ponerlo o quitarlo dependiendo de la época del año o del clima. Una chimenea aquí para crear ambiente, una zona empedrada en ese lado para los cócteles. ¿A que sería precioso? Estarías bajo las estrellas, bailando en el aire, rodeada de toda esta belleza. —Miró a su hermana—. ¿Qué te parece?

—Increíble —contestó Pru—. ¡Madre mía, Faith! ¿Puedes hacer todo eso?

—¡Claro! Habría una zona de aparcamiento justo en la cima de la colina, ampliaríamos el camino de acceso hasta aquí y habría que reemplazar la puerta. Y en cuanto entres... ¡bum, estalla la magia!

—¿Aparcamiento? ¿Y una cocina? ¿Y la instalación eléctrica?

—Ya he hablado con el área de urbanismo del ayuntamiento, y la responsable cree que no habrá problema para obtener los permisos. Solo tenemos que excavar una zanja, poner tubos de PVC y tirar los cables desde la carretera. Es posible que podamos usar la vieja fuente. Allí, ¿ves dónde te digo? Donde estaba el cobertizo para ordeñar las vacas. En ese lugar se pueden colocar las instalaciones para el servicio de *catering*.

Y si todo acababa siendo tal como lo imaginaba, sería increíble, uno de sus proyectos más complicados como arquitecta paisajista. Por fin podría contribuir con algo a la empresa familiar. Su casita de piedra, donde jugaba de pequeña, transformada.

—¿Crees que a papá le gustará?

—Con tal de que te quedes en casa, a papá le daría igual que instalaras aquí el Superdome, Faithie. A mí me encanta —confesó Pru rodeándola con un brazo—. Mamá estaría orgullosa.

Algún día, esas palabras no le provocarían un dolor tan grande. Algún día.

La lluvia que amenazaba con hacer acto de presencia empezó a caer con suavidad.

—Vamos, te llevo —le dijo Pru—. He dejado la camioneta en el cementerio.

A medio camino entre el viejo granero y los edificios del viñedo se encontraba el cementerio familiar. Siete generaciones de Holland, desde el soldado que luchó en la batalla de Trenton con George Washington hasta la tumba más reciente: la de su madre.

Prudence quitó algunas flores marchitas de la lápida de su madre.

«Constance Verling Holland, 49 años. Hija, esposa y madre querida. Siempre con una sonrisa en su corazón.»

—¿Alguna vez vienes a hablar con mamá? —le preguntó Pru.

Faith parpadeó.

—Sí, claro —mintió.

—Yo también. Papá viene a todas horas, por supuesto. —Se enderezó—. Oye, gracias por haberme escuchado.

—No las merece. Para eso están las hermanas.

En ese momento, el teléfono de Pru vibró. Lo miró y pulsó una tecla.

—Hola, Levi, ¿qué pasa? —preguntó.

Al oír ese nombre, Faith sintió un escalofrío. Tendría que acostumbrarse, supuso. Ese hombre estaba en todas partes.

—¿Que ha hecho qué? ¿Dónde? ¿Se encuentra bien? Ajá, sí. De acuerdo, estaré ahí dentro de diez minutos. —Pru tenía la cara blanca.

—¿Qué ha pasado? —quiso saber Faith, con el corazón desbocado de miedo.

—Es Abby. Estaba saltando en las cascadas. Borracha. Con dos muchachos. —Pru miró a Faith—. Está bien, pero Levi tiene a los tres en la comisaría. ¿Conduces tú?

Al cabo de unos minutos se encontraban en la diminuta comisaría de policía. Allí estaba Abby, con los ojos cuajados de lágrimas y en actitud desafiante, sentada tras el escritorio de Levi. Gracias a Dios, parecía estar bien. Levi también estaba allí, así como Everett Field, a quien Faith solía cuidar cuando era pequeño. De los muchachos no había ni rastro.

—Cariño, ¿estás bien? ¿Eres idiota? ¡No me puedo creer que hayas hecho algo tan estúpido! —soltó Prudence.

—¿En serio, mamá? ¿Tú vas a llamarme idiota? ¿A quién le ha dado por el doctor Spock, eh? A papá y a ti, a vosotros. Eso sí que es estúpido.

—Es el señor Spock, ¿de acuerdo? —Se oyó una carcajada contenida a duras penas procedente de Emmeline, que cuando eran pequeñas iba un curso por delante de Faith en el colegio—. Y le estoy hablando a una menor de edad que se ha emborrachado y ha hecho algo estúpido y muy peligroso con dos muchachos. ¡Te tenía por una persona inteligente, Abby!

Faith miró a Levi, que parecía muy intimidante con el ceño ligeramente fruncido y los brazos cruzados por delante del pecho. Si flexionara los bíceps, la camisa le estallaría, detalle en el que no debería reparar en ese momento. Tras él, Everett imitaba la pose de Levi. Sin lograr el mismo efecto. Le sonrió y agitó la mano a modo de saludo; después recordó que era un agente de la ley y frunció el ceño de nuevo.

Según Levi, Adam Berkeley y Josh Deiner habían convencido a Abby para que les enseñara las cataratas situadas en la propiedad de los Holland. Josh había llevado un paquete de seis cervezas, así que era él quien se enfrentaba al problema más gordo, igual que el empleado de la tienda, que no le había pedido la documentación para comprobar su edad. Todos se habían tomado un par de cervezas y habían saltado de la roca al agua para nadar y hacer el tonto un rato, pero los vio un senderista despistado y supuso que eran menores de edad. La aparición de Levi los había asustado.

—Tengo ganas de vomitar —murmuró Abby, que tragó saliva. Levi le acercó la papelera con el pie sin que su expresión se inmutara.

—Sabes que el tío Jack se partió un brazo en ese sitio —siguió Pru—. ¡Y no sé qué pensabas hacer con esos dos muchachos!

—¡No íbamos a echar un polvo! —gritó Abby—. Si hubieran intentado hacerme algo, les habría mordido.

—Estás borracha. No me puedo creer que mi niña esté borracha —dijo Pru, con un hilo de voz.

—Y tú eres una adicta al sexo —le soltó Abby.

—Beber cuando se es menor de edad es un delito —le recordó Levi con un tono de voz sereno—. Abby, has cometido una estupidez al hacer lo que has hecho. Tu madre tiene razón. Dos muchachos y una muchacha. Es una estupidez. Y esa garganta es peligrosa. El año pasado un montañista se cayó y se partió el cuello. Tardamos horas en sacarlo. Se quedó tetrapléjico para siempre.

Los ojos de Abby se llenaron de lágrimas.

—Todo el mundo me odia —dijo, y al instante vomitó en la papelera, haciendo que Everett sufriera un solidario ataque de náuseas.

—Levi, ¿puedo llevarla a casa? —preguntó Pru, y Faith sintió que se le encogía el corazón. La pobre Pru parecía haber envejecido años.

—Por supuesto —contestó Levi—. Mañana me pasaré por allí.

—Muy bien, cariño —dijo Pru apartándole el pelo de la cara a Abby—. Vamos a llevarte a casa. Ya solucionaremos esto cuando estés sobria.

—Como si tú fueras tan perfecta —sollozó Abby—. Tita, ¿tú no hiciste ninguna estupidez cuando tenías mi edad?

«Pues sí, preciosa, ya te digo.» Faith carraspeó y no miró a Levi. Tenía la cara ardiendo.

—Claro que sí. Pero una cosa son las estupideces y otra poner en peligro tu vida. Vamos a casa para que te laves, y así podrás disfrutar de tu primera resaca.

—¿Me va a arrestar o algo? —quiso saber Abby, que miró a Levi.

—Vete a casa a dormir la mona, Abby —contestó él—. Los tres tendréis que hacer trabajos para la comunidad. Pero no vuelvas a hacer algo parecido nunca más, ¿entendido? No te conviene relacionarte con Josh Deiner.

—De acuerdo —murmuró mientras las lágrimas se deslizaban por sus mejillas—. Lo siento. Lo siento, mamá.

—Vámonos a casa. A tu padre le va a dar un ataque, que lo sepas.

El comentario provocó una nueva tanda de sollozos. Faith suspiró y levantó del suelo la mochila de su sobrina.

—Ha sido estupendo verte —susurró Everett con una sonrisa—. ¿Quieres que nos tomemos algo algún día?

—¡No! A ver, quiero decir... claro, pero no va a ser una cita romántica, ¿eh? Porque fui tu canguro cuando eras pequeño. —Faith sonrió con firmeza.

—¿Sabes? Soñaba contigo cuando...

—Ya basta, Everett —lo interrumpió Levi con voz serena.

—¡Sí, sí! ¡Lo siento, señor! —Ev la miró de nuevo—. Estás fantástica. —Se puso colorado. Faith fue incapaz de contener una sonrisa.

—Faith.

La voz de Levi la sobresaltó.

—¿Sí?

—Dale una charla. Es evidente que te adora.

Por primera vez, desde hacía mucho, parecía que Levi la miraba con una expresión que no era de desprecio. Y en fin, un hombre vestido con uniforme..., con esos brazos tan fuertes y musculosos... De repente, se le aflojaron las rodillas.

—De acuerdo. Gracias, Levi.

Y se le olvidó, aunque fuera por un instante, que Levi fue quien arruinó su boda y sacó del armario al hombre que amaba.

Capítulo 10

La naturaleza lo dio todo el día de la boda de Faith y Jeremy. El sol brillaba sobre el lago, tiñendo sus aguas de un azul oscuro e imposible, y parecía que cada flor y cada árbol estaban en su momento de mayor belleza cuando la limusina bajaba desde La Colina hasta la plaza del pueblo. Faith llevaba un vestido digno de Cenicienta. El corpiño, ceñido y con pedrería bordada, resplandecía a la luz del sol, y los cristales creaban un arcoíris en el interior del vehículo. La falda de tul era tan voluminosa que casi se tragaba a Abby, que parloteaba sin cesar por la emoción. Prudence estaba muy rara y muy guapa sin la ropa del trabajo, y tenía una mirada risueña. Sus dos hermanas iban vestidas de rosa, el color preferido de Faith, y Colleen, que era su madrina, llevaba un vestido de un tono algo más oscuro. Faith no había querido tener que elegir entre sus dos hermanas, de modo que le había tocado a Colleen.

—Niñas —dijo John Holland con los ojos llenos de lágrimas—. Estáis preciosas.

Faith se dio cuenta de que sujetaba el ramo con demasiada fuerza. No estaba nerviosa. Bueno, un poco. Pero no por casarse con Jeremy, claro que no. No, seguramente se trataba de miedo escénico. Al fin y al cabo, habría unas trescientas personas en la iglesia. Así que sí, tal vez fuera eso. En cuanto viera a Jeremy, los nervios desaparecerían.

La noche anterior la había llamado para decirle que Levi había sufrido un retraso en Atlanta y que no los vería hasta la hora de la ceremonia, pero que no se preocupara, que estaría allí.

—Me alegro —dijo Faith. La verdad era que no le habría importado que Levi se quedara tirado en un aeropuerto y se perdiera la boda.

No lo había visto desde el instituto y no le apetecía en absoluto enfrentarse a esa actitud despectiva y distante con que la trataba. Aunque claro, a esas alturas ya habían superado las cosas de la infancia. Después de todo, estaba a punto de convertirse en la esposa de su mejor amigo. Además, la víspera de su boda no iba a permitirse tener ni un solo pensamiento negativo—. Será estupendo verlo —añadió. Arriba la actitud positiva.

Jeremy no dijo nada.

—¿Cariño, estás ahí? —susurró ella.

—Solo quería decirte que siempre he deseado ser tu marido —contestó Jeremy con voz ronca.

—Ay, Jeremy —murmuró ella—. Te quiero mucho.

Eso era lo que debería estar pensando en esa preciosa mañana de junio. No en las mariposas que tenía en el estómago. A lo mejor echaba de menos a su madre, porque ¿qué mujer no querría que su madre estuviera presente el día de su boda, para exclamar de alegría, para llorar un poco... y para tranquilizar a la novia si se daba el caso?

Algo rugió desde un lugar profundo y oscuro de su interior.

Ah, no. Ni hablar. No y no. Solo era miedo escénico. Era, con diferencia, la mujer más afortunada del mundo.

«Siempre he deseado ser tu marido.»

¡Vamos! ¡Debería guardar esas palabras en una caja de seguridad en el banco! Nada podía salir mal si un hombre decía algo así. Era material matrimoniable de primera categoría.

La limusina se detuvo delante de Trinity Lutheran, la iglesia de piedra a la que todos los miembros de la familia Holland habían asistido durante generaciones. Los turistas que paseaban por la plaza del pueblo se detuvieron para mirar a la comitiva nupcial, que se apeaba en ese momento de los vehículos.

—¡Estás preciosa! —gritó una mujer.

El fotógrafo le hizo una fotografía cuando se agachó para besar a Abby en la mejilla. Una foto que ese mismo año ganaría un premio en un concurso nacional de fotografía.

Y después, del brazo de su padre y mientras Colleen le atusaba la falda de tul, Faith entró en la iglesia para casarse con el hombre al que había querido desde que se conocieron, como si fuera el héroe de una película, cuando la llevaba inconsciente en sus brazos. Bueno, eso parecía un poco tétrico, pero no lo había sido. Había sido maravilloso, o eso le habían dicho.

Y allí estaba, de pie frente al altar, tan guapo con el esmoquin, tan alto y tan viril. Le estaba sonriendo a alguien, tal vez a uno de sus pacientes, porque medio pueblo se había pasado a su consulta, sin importar que acabara de terminar su período de residencia. Levi había llegado a tiempo, se percató. Parecía mayor vestido con el uniforme de gala. Era más bajo que Jeremy, y tenía la parte delantera del pelo un poco de punta. Parecía muy serio. Seguro que estaba cansado después del largo viaje. No pudo evitar pensar que sería más agradable si pudiera fingir una sonrisa. Al fin y al cabo, era el día de su boda, y ese hombre parecía estar en un funeral.

En ese momento empezó a sonar el Canon de Pachelbel en re mayor y Pru comenzó a avanzar por el pasillo. Honor se volvió y, haciendo un gesto poco característico en ella, la abrazó.

—Te quiero —susurró, y empezó a andar, seguida de Colleen y Abby.

El Canon de Pachelbel llegó a su fin y empezó la marcha nupcial.

El corazón de Faith latía al triple de lo normal. Intentó mantener los ojos en Jeremy. Sintió que sus labios esbozaban una sonrisa, pero al cuerno con todo si no se sentía... mal.

«Solo estoy nerviosa», mintió su cerebro.

Parecía que el pueblo entero estaba allí, mirándola. El doctor Buckthal, su neurólogo, y su mujer. Theresa DeFilio, una de las muchachas más agradables del instituto, con un bebé en brazos y su guapo marido al lado. Jessica Dunn, que estaba bostezando. Laura Boothby, que había hecho un trabajo asombroso con las flores. Ted y Elaine, muy sonrientes. Connor O'Rourke. La señora Johnson y Jack, sentados en primera fila. Mucha gente. Demasiada.

Cuando el reverendo White preguntó que quién entregaba a esa mujer, su padre contestó:

—Su madre y yo —y los asistentes suspiraron al unísono con la agridulce belleza de sus palabras. Su padre la besó en la mejilla con los ojos llenos de lágrimas y estrechó la mano de Jeremy mientras se inclinaba para abrazarlo con el otro brazo—. Cuida bien a mi niña —dijo antes de alejarse para ocupar su asiento.

Jeremy tenía las palmas de las manos sudorosas.

—Estás preciosa —susurró, esbozando algo parecido a una sonrisa. Su mirada la abandonó y se clavó en algún punto situado por encima de su cabeza.

No estaba nervioso. Estaba aterrado.

Faith sintió que la envolvía una emoción flotante, algo similar a las auras que precedían a sus ataques epilépticos, pero distinta. Oía su propia respiración mejor que las palabras del sacerdote o que las lecturas, la de Jack y la de Anne, la prima de Jeremy. La boda pareció ralentizarse hasta alcanzar un tinte infinito. Durante el ensayo no le había parecido tan larga. La verdad, ¡era la boda más larga de la historia! ¿Por qué no habían llegado ya a la parte del intercambio de votos? Era incapaz de mirar a Jeremy, de modo que se concentró en los lectores, en el reverendo White, en el ramo.

A lo mejor se trataba de la epilepsia. Intentó poner en orden su defectuoso cerebro, grabar en la memoria todo lo que iba sucediendo. «Disfruta del día», eso era lo que todos le habían dicho, pero, caray, parecía que estaba a punto de caer al oscuro abismo epiléptico. Había tomado la medicación religiosamente. Llevaba tres años sin sufrir un solo ataque. «Por favor, que no sea eso. Ahora no.»

El ataque no se produjo, pero el mal presentimiento no la abandonó en ningún momento.

El sacerdote estaba hablando sobre el matrimonio y sobre lo serio que era que dos personas se comprometieran a pasar la vida juntas. Faith no podía concentrarse. Solo quería pronunciar los votos y convertirse en la esposa de Jeremy. Quería prometerle que lo querría todos los días de su vida, porque eso haría. Él era el hombre de su vida. Unos cuantos minutos más y todo sería oficial. Por favor, que acabara ya todo aquello. ¿Era normal sentirse de esa forma, no podían avanzar hasta la parte en la que los invitados tiraban el arroz?

El reverendo White por fin dejó de parlotear. Miró a los congregados y Faith lo imitó. Todos esos rostros sonrientes, su padre tan orgulloso, sus abuelos sonriendo de oreja a oreja. Ya casi estaba. Casi. Miró a Jeremy otra vez. Tenía la cara empapada de sudor y las manos húmedas y calientes alrededor de las suyas.

—Antes de que comencemos con los votos —dijo el reverendo—, ¿alguien sabe de algún motivo por el que estas dos personas no deban contraer matrimonio? Si así fuere, que hable ahora o que calle para siempre.

El corazón de Faith latía tan rápido llegados a ese punto que tenía la impresión de que las distintas naves de la iglesia se habían reducido y estaban casi sobre ella.

Nadie habló.

El reverendo sonrió.

—Eso pensaba. En ese caso...

—Jeremy... —dijo una voz que casi ni se oyó. Pero no. Alguien había hablado, porque Jeremy dio un respingo.

Era Levi.

—Jeremy, venga ya.

¿Qué? ¿De qué estaba hablando? Parecía muy serio con ese uniforme. Muy... autoritario. ¿Por qué había tenido que llegar? ¿Por qué no se había retrasado su avión?

Jeremy respiraba con dificultad. Sudaba copiosamente y tenía la frente llena de gotitas. Se lamió los labios y tragó saliva, tras lo cual abrió la boca para hablar.

—No —susurró ella.

—Faith... —dijo Jeremy, apretándole tanto las manos que se las estaba aplastando.

—No. —Faith se obligó a sonreír—. Te quiero.

El dolor se reflejó en sus ojos, esos ojos que antes siempre la miraban con una sonrisa.

—Cariño, yo... Yo... tengo que hablar contigo.

Un murmullo se alzó entre los invitados, y por el rabillo del ojo Faith vio que su padre se había quedado boquiabierto por la sorpresa. Elaine (Elaine, que la quería como a una hija) se aferraba con fuerza al brazo de Ted.

A Faith le temblaban tanto las piernas que hasta el tul de la falda se estremecía.

—Jeremy, vamos a acabar con esto y ya está —murmuró.

—¿Hay algún problema? —preguntó el reverendo White, frunciendo el ceño de modo que sus pobladas cejas se juntaron.

—¡No! —contestó Faith, y su voz restalló en la iglesia. ¡Ay, Señor! Iba a desmayarse—. Ningún problema.

Jeremy tragó saliva de nuevo con los ojos llenos de lágrimas.

—Faith... —repitió, y en ese momento sí que le fallaron las rodillas.

—Vámonos —terció Levi, que tomó a Faith del brazo—. Abajo, los dos. —La alejó del altar, si bien le costó avanzar por el peso de la cola del vestido. Jeremy los siguió.

Había una escalera justo junto al altar.

—¿Qué narices estáis haciendo? —preguntó Pru, y en ese momento los invitados empezaron a hablar y el eco de sus voces reverberó por la iglesia.

Bajaron la escalera, ya que era imposible zafarse de la mano de Levi. Era un abusón. Lo estaba echando todo a perder.

—Jeremy —chilló ella mirando hacia atrás. Su prometido no la miró a los ojos.

Levi abrió la puerta situada a los pies de la escalera. El sótano de la iglesia era oscuro y olía como a tiza. Había cuatro o cinco sillas plegables juntas. Para el Grupo de Estudio de la Biblia o las reuniones de Alcohólicos Anónimos o algo. Levi le soltó el brazo y después alejó a Jeremy de ella. La dejó sola.

—¿Qué está pasando aquí? —preguntó la voz de su padre, gracias a Dios, que llegó con Colleen, con sus hermanas y con Jack, y con los padres de Jeremy. Su padre se acercó a ella y la rodeó con un brazo, y ella se dejó caer contra su hombro—. ¡Levi, les estás arruinando la boda!

¡Sí! Se suponía que era el padrino, no el destructor de la boda. ¿Cómo se atrevía? En fin, siempre había deseado que Jeremy tuviera otro amigo. Jamás le había gustado Levi Cooper. Era demasiado... reservado. Y se lo tenía muy creído. Y ella nunca le había caído bien, sobre todo después de aquel beso tan tonto.

—Esperaos un segundo —dijo Levi.

Jeremy y él estaban hablando. Jeremy con un deje aterrado en la voz. El tono de Levi era más tranquilo y sosegado. Después, Jeremy asintió con la cabeza. Levi le dio un apretón en un hombro, asintió con la cabeza y se volvió hacia el grupo.

—Jeremy y Faith necesitan estar un rato a solas —anunció. Sus ojos se detuvieron... no en Faith, sino en el señor y la señora Lyon.

—¡Oh! —exclamó Elaine con un hilo de voz—. ¡Ay, Dios mío!

—¿Faith? —dijo su padre—. ¿Quieres que nos quedemos?

Faith miró a Jeremy, que la quería. Que la había llamado la noche anterior para decirle que ser su marido era lo único que siempre había querido.

—No hace falta. No pasará nada, papá.

—Estaré justo detrás de esa puerta —le aseguró él—. Llama si me necesitas.

Todos se marcharon, despacio, mirándola según lo hacían. Faith se dejó caer en una silla metálica y Jeremy se sentó frente a ella. Y Levi, ese imbécil, se alejó un poco y se mantuvo erguido con las manos entrelazadas a la espalda y los ojos clavados en el suelo, como si fuera un muro de piedra.

—¿Tiene que quedarse? —susurró Faith.

—Me gustaría que lo hiciera —le contestó Jeremy, que también susurró—. Si te parece bien.

Faith lo miró a los ojos, que eran tan oscuros que parecían negros, y que siempre le habían parecido tan felices... con ella, con la vida. La sonrisa parecía ser su expresión natural, y todo el mundo hablaba de ella. De esa sonrisa tan grande que siempre estaba ahí.

En ese momento, había desaparecido.

Faith tuvo la impresión de que el mundo estaba a punto de llegar a su fin.

—Faith —dijo Jeremy, y se le quebró la voz—, quiero que sepas que te quiero, que te quiero mucho. —Respiró hondo y clavó la vista en el suelo—. Pero no puedo casarme contigo.

—¿Por qué? —le preguntó ella, con voz aguda—. ¿Estás enfermo? No me importa, siempre estaré a tu lado, en eso consiste, en la salud y en la enfermedad...

Jeremy alzó la vista y clavó los ojos en los suyos.

—Soy gay.

Esas dos palabras parecieron flotar a su alrededor unos segundos, sin sentido alguno, antes de que se clavaran en su cerebro. Faith respiró hondo, se echó hacia atrás y empezó a hablar. Necesitó unos cuantos intentos. Su boca insistía en hacer una serie de ruidos extraños y sus labios parecían incapaces de articular palabra. Al final, cejó en el intento, sacudió la cabeza y lo intentó de nuevo.

—No, no lo eres. No eres gay.

—Lo siento mucho. —Parecía... mayor.

—¡No tienes por qué sentirlo! No es necesario. Porque no eres gay. No lo eres. Es imposible que lo seas.

Jeremy titubeó, con la vista clavada en el suelo, y juntó las manos, sin rastro de tensión en ellas. Esas preciosas manos de médico que tenía. Debería llevar una alianza en el dedo anular de la mano izquierda a esas alturas. La habría llevado si el dichoso Levi hubiera mantenido la boca cerrada.

Jeremy tomó una honda bocanada de aire.

—No... nunca lo he reconocido. Y la verdad, pensé que podría... A ver, durante mucho tiempo, la verdad es que no lo tuve claro. No lo sabía. Pensé que esas emociones desaparecerían y contigo... era como la prueba que demostraba que no era...

—¡Para! Cierra la boca, Jeremy. Dios mío. —Muy bien, estaba hiperventilando un poco—. No eres gay. —Tomó aire para calmarse—. En la vida he conocido a un hombre que tenga un gusto tan atroz como tú para elegir ropa. ¿Te acuerdas de aquellos *jeans* anchos que creías que te sentaban tan bien? ¡Eran horribles! No tienes estilo alguno. De no ser por mí y por Banana Republic...

—Faith, yo...

—¡No! ¡Además, bailas fatal! ¡A ver, que hicieron falta seis clases de baile para que aprendieras el paso básico, Jeremy! Y... y además... ¡jugabas al fútbol! Eras un gran jugador. ¡Jeremy, jugabas al fútbol! ¡Eras el *quarterback*!

Jeremy le puso las manos en las rodillas, sobre su precioso vestido, sobre esa tela tan voluminosa y su cara, tan feliz y hermosa, le pareció triste y vieja en ese momento. ¡Ay, Dios!

—Lo sé —reconoció con un deje emocionado en la voz—. Y cuando te conocí, pensé que de alguna manera había encajado por fin. De verdad que te quería...

—¡Me quieres! ¡No uses el verbo en pasado! —gritó con la voz muy aguda—. ¡Dijiste que querías ser mi marido! ¡Me lo dijiste anoche por teléfono, Jeremy!

—Baja la voz —dijo Levi.

Faith se volvió al punto.

—¡Cierra la boca, Levi! —protestó—. Si tienes que estar presente, por lo menos cierra la boca. —El hombre clavó los ojos en el suelo y la obedeció.

Faith tomó una bocanada de aire y después otra, tras lo cual miró a Jeremy a los ojos.

—Sé que me quieres —siguió, ya más tranquila—. Lo sé sin el menor asomo de duda. ¿Cómo es posible que me digas todo esto? —Bajó la voz—. ¿Es que Levi te ha tirado los tejos o...?

—¡No! ¡Por Dios, no! —le aseguró Jeremy—. Levi no tiene nada que ver con esto. Faith, eres la única persona con la que he estado en la vida. La única.

—¿Ves? Entonces no eres gay. No lo eres. ¡Llevamos acostándonos desde el segundo año de universidad!

De repente, cayó en la cuenta de algo terrible. Que tal vez salir con un hombre que aseguraba quererte pero que había esperado dos años para quitarte la ropa interior... Mierda.

—Faith..., cuando estamos... juntos —explicó Jeremy en voz muy, muy baja—. Tengo que... mmm...

Justo en ese momento se abrió la puerta y entró Peg, la tía abuela de Jeremy.

—Tengo que ir al tocador de señoras —dijo—. No os preocupéis, no escucharé ni una sola palabra. Faith, querida, estás preciosa. Y, Levi, ¿te llamas así? ¡Me encantan los hombres de uniforme! Gracias por servir al país, corazón.

—Mmm... de nada —respondió Levi—. Gracias por su apoyo.

Por el amor de Dios. Todo era tan raro que bien podía tratarse de una pesadilla. ¿Y lo mejor? Que tal vez lo fuera. Faith rezó para que lo fuera. La tía abuela en el baño. Jeremy asegurando que era gay... «¡Venga ya!», se dijo. Debía de ser un sueño. «Por favor, Señor. Que me despierte en mi cama y que esto sea un sueño, y que Jeremy y yo aún sigamos casados. Así le contaré lo que he soñado y nos partiremos de risa. Por favor.»

Sin embargo, había detalles. El olor a tiza, las sillas tan frías. El brillo de los zapatos de Levi, su corte de pelo militar.

La cabeza gacha de Jeremy.

La tía abuela Peg salió por fin del baño.

—¡Nos vemos arriba! —se despidió agitando la mano con alegría.

—¿Qué estabas diciendo? —preguntó Faith. Su voz era más brusca, más adusta—. Cuando estamos juntos, ¿qué es lo que tienes que hacer, Jeremy?

Él torció el gesto.

—Tengo que... pensar en otras cosas. Aunque creo que eres guapa y...

—¿En qué cosas? —quiso saber ella—. ¡Creo que merezco saber lo que tienes que imaginarte!

—Faith, seguramente esto no sea... —empezó Levi.

—¡Cállate, Levi! ¿En qué cosas, Jeremy?

Él parecía destrozado. Hecho polvo por completo.

—Tengo que imaginarme a Justin Timberlake.

¡Oh!

Muy bien, la frase era para dejar de piedra al más pintado. El intento de demostrar la heterosexualidad de Jeremy acababa de sufrir un importante revés con esa confesión.

—¿A Justin Timberlake?

—*Rock Your Body*. El vídeo.

Faith se percató de que tenía la boca abierta. La cerró. La canción de Justin Timberlake resonaba en su cabeza, burlándose de ella. Veía las dichosas sudaderas blancas con capucha que se habían puesto tan de moda.

Ay, no.

Su cabeza era un hervidero de pensamientos que apenas quedaban registrados. Debía de tener el maquillaje hecho una pena por culpa de las lágrimas. Le picaba el cuerpo por culpa del vestido. Ya no bailarían antes de empezar el banquete. No iban a casarse.

—¿De verdad eres gay? —preguntó, susurrando.

Él la miró a los ojos y asintió con la cabeza. Su prometido también tenía los ojos llenos de lágrimas, y aunque pareciera una locura, quería consolarlo.

—Creía que... que no lo era —afirmó—. Quería una esposa, a ti, quería niños, quería una vida como la de mis padres, pero... Sí, lo soy. —Se tapó los ojos con una mano y agachó la cabeza.

Desde la primera vez que lo vio, Faith supo que Jeremy era especial, amable y maravilloso. Lo había querido desde aquel primer segundo. Jeremy no la había decepcionado jamás, en ningún momento. Jamás la había menospreciado, jamás le había hablado de mala manera ni la había mirado con desdén.

Jeremy Lyon era, sobre todo, un hombre bueno. Muy bueno.

Sin pretenderlo, Faith extendió un brazo y le acarició el suave pelo negro, cortado para ese día.

Él levantó la vista, y su tristeza fue tan evidente que Faith sintió que se le encogía el corazón. El mismo corazón que Jeremy acababa de partirle.

—No pasa nada —murmuró—. No hay ningún problema, cariño.

—Lo siento mucho —le dijo él de nuevo—. Lo siento muchísimo, Faith.

Se inclinó hacia delante hasta que le rozó la cabeza con la suya, y siguieron así sentados un rato más, o tal vez fuera una hora, escuchando los sollozos de Jeremy y el suave golpeteo de sus lágrimas al caer sobre su vestido. La realidad del futuro cayó sobre ella, y su peso le resultó casi insoportable al principio. Su preciosa boda no iba a celebrarse. No habría luna de miel en Napa, no remolonearía en la cama con ese hombre tan guapo. Ay, Dios, el peso le estaba oprimiendo el pecho con más fuerza. No habría niños de pelo oscuro corriendo por los campos de Blue Heron... No compartiría la vida con Jeremy, el único hombre que había visto en ella algo que era especial, distinto y valioso.

Jeremy había sido la prueba de que estaba perdonada. Pero ya no tenía nada. Ya no tenía nada.

—Supongo que deberíamos suspender la boda, ¿no? —dijo, y él soltó una especie de carcajada que bien podía ser otro sollozo, se puso de pie y la estrechó entre sus brazos, presionándole la cara contra uno de sus musculosos hombros, y ella lo abrazó tan fuerte como pudo, con un nudo doloroso en la garganta por los sollozos que no iba a permitirse, porque eso destrozaría a Jeremy, y lo quería demasiado como para hacerle algo así. Era el amor de su vida.

—Me iré del pueblo —dijo él, y se le quebró la voz—. Puedo... puedo mudarme. No me quedaré aquí, Faith. No te haré eso.

Pero era el médico del pueblo. Elaine y Ted le habían prestado dinero para que comprara el antiguo consultorio del doctor Wilkinson. Ella lo había ayudado a decorar las salas de espera, le había comprado las emblemáticas láminas de Norman Rockwell, se había suscrito *online* a un montón de revistas para que recibiera los últimos números. A los seis meses de abrir la consulta ya estaba pensando en contratar a otra enfermera, así de popular era.

Faith negó con la cabeza al instante.

—No. No te irás a ningún lado. No hagas nada. A ver... ¿sabes?, de momento no vamos a hacer nada, ¿me escuchas? —Comenzaba a respirar de forma superficial—. Vamos a... a... Ya hablaremos después. —El pánico amenazó con abrumarla, con aflojarle las rodillas y ahogarla. Si seguía allí un solo segundo más, perdería el control—. Todo saldrá bien, pero... creo que debería irme —logró decir, mirándolo al pecho. Se arriesgó a mirarlo una vez más a la cara y, por Dios, tuvo la impresión de que le estaban arrancando el corazón de cuajo.

—Faith, me encantaría que las cosas fueran de otra manera —susurró Jeremy—. Lo siento muc...

—Tengo que irme —le interrumpió. Respiró hondo y se mordió el labio con fuerza. Logró decir con un hilo de voz—: Adiós. —Una palabra que condensaba todo un mundo de dolor.

Primero salió al brillo del sol, que en ese momento le pareció una afrenta, y después entró en la oscuridad de la limusina. A su alrededor se cernía una piadosa negrura, gracias a Dios, y después su padre llegó junto a ella y la abrazó. Y sus hermanas, y la señora Johnson, que le dio un apretón en una mano sin decirle nada. Jack se había hecho cargo de los invitados, dijo alguien, y Jeremy estaba hablando con sus padres.

Todavía llevaba el ramo.

Nadie dijo nada mientras regresaban a casa. *Blue,* el cachorro de golden retriever que había adoptado del refugio de animales unos meses antes (porque iba a casarse y por tanto podía tener su propio perro), la recibió con alegría, dando saltos y poniéndole las patas en el vestido, ¿qué más daba a esas alturas? Subió la escalera. El fotógrafo le había hecho una fotografía en ese mismo sitio una hora antes, en su vieja vida.

Sus damas de honor, sus antiguas damas de honor, la seguían de cerca.

—A ver —dijo Honor ya en el dormitorio de Faith—, deja que te ayude a desvestirte.

—Creo... creo que me gustaría estar sola —dijo Faith. Huy. Qué rara le parecía su propia voz.

Las tres intercambiaron una mirada.

—No irás a suicidarte o algo por el estilo, ¿verdad? —le preguntó Pru.

—Por el amor de Dios, no. Pero quiero... quiero estar sola un rato.

Sorprendentemente, la obedecieron, y al salir cerraron la puerta sin hacer ruido. Faith se dejó caer en la cama. La voluminosa falda de tul la rodeó como si fuera la pelusilla de un diente de león. Allí estaba su gran maleta roja, preparada para la luna de miel, con los billetes para San Francisco asomando por el bolsillo lateral.

El reloj de Hello Kitty marcaba el paso del tiempo desde el tocador. Oía la voz ronca de su padre a través de la ventana abierta. Estaba hablando con alguien. La señora Johnson no paraba de dar golpes en la cocina. «Terapia antiestrés en la cocina», lo llamaban cuando estaba enfadada. Del otro extremo del pasillo le llegaban los sollozos de Abby, pobrecita. Jeremy ya no sería su tío, aunque llevaba meses llamándolo así. Presumiendo de ello.

Faith se movió sobre el colchón para ver su imagen en el espejo. Tenía la máscara de pestañas corrida, y los ojos enrojecidos. No había ni rastro de la barra de labios. Estaba blanca como la pared. Pero el peinado aguantaba bien.

Además, llevaba dos meses haciendo dieta para adelgazar, aunque Jeremy le aseguraba que le gustaba tal y como era. Jeremy, que era gay. A los gais les gustaban las mujeres con curvas. Bingo. Debería haberse dado cuenta.

Esa mañana era la mujer más feliz de todo el estado de Nueva York y casi del universo. Todo el mundo lo creía, sobre todo ella. En ese momento, a las 12.44 de la tarde, era la mujer que no sabía que su prometido era gay.

¿Cómo era posible que no se hubiera dado cuenta? Mantenían relaciones sexuales. ¡Con mucha frecuencia! Bueno, sí, a lo mejor no con tanta frecuencia. No tanto como a ella le habría gustado o como sus amigas parecían hacerlo con sus novios, pero estaban en la universidad, ¿sí o no? ¡En distintos estados! Y después cursaron los estudios de posgrado, ¡también en distintos estados! Y después, el año anterior... Bueno, que no lo habían hecho con mucha frecuencia.

Justin Timberlake.

La madre que lo trajo.

Y ella creyendo que eran felices durante todo ese tiempo. Y también, durante todo ese tiempo, su maravilloso, dulce y considerado Jeremy había guardado ese secreto.

Bueno. Levi lo sabía. Suponía que a él sí se lo había contado.

Se puso de pie y empezó a quitarse el vestido de novia. Era imposible. Todos esos dichosos botoncitos forrados de tela y las cintas... Se suponía que debía ser Jeremy quien se lo desabrochara despacio, con cariño y, en fin, sí, había pensado que una vez casados y buscando un embarazo el sexo sería estupendo y no algo tan solo pasable, había pensado que su vida sexual despegaría. Nunca había estado mal. ¡Había sido correcta! Pero estaba convencida de que el matrimonio la habría mejorado.

Había estado en ese mismo lugar desnuda con Jeremy Lyon, totalmente enamorada, creyéndolo cuando le decía que era preciosa y perfecta, mientras él pensaba en Justin Timberlake bailando con una sudadera con capucha. Y aunque la imagen era muy apetecible, la verdad, el hombre al que ella quería no debería haber estado pensando en eso para olvidarse de ella. Además, Justin Timberlake no estaba tan bien. Era muy normalito. ¿Cómo se atrevía a meterse en la cabeza de Jeremy mientras hacían el amor?

Oyó la vibración de su teléfono móvil. «Goggy», anunciaba la pantalla, mostrando una foto de su abuela con el ceño fruncido. Faith dejó que saltara el buzón de voz. Al cabo de un minuto sonó el aviso de que tenía un mensaje de texto. Miró.

«Atiende el dichoso teléfono.»

La foto de su abuela ceñuda apareció de nuevo un segundo después.

Sería más fácil hablar con su abuela que eludir sus llamadas. Goggy era un trozo de granito cuando se lo proponía.

—Hola —la saludó Faith.

—Vete de luna de miel —le dijo Goggy con firmeza—. Sal del pueblo una temporada.

Faith guardó silencio. En ese momento no se imaginaba ni poniéndose de pie sola, mucho menos subiéndose a un avión y volando a la otra punta del país.

—Hazlo, Faith —insistió su abuela con un deje más suave—. Aléjate un tiempo de casa, ve mundo.

Las palabras le parecían muy familiares y se le clavaron justo en el corazón.

—Tienes los billetes, ¿verdad? Úsalos. Vete a San Francisco, cariño, y aléjate de todo esto.

Lo que le lanzaba su abuela era un salvavidas en toda regla.

—De acuerdo —susurró.

—Yo te llevo al aeropuerto —se ofreció Goggy con voz triunfal, aunque era de las que jamás pasaban de sesenta y cinco kilómetros por hora en la autopista.

—Tranquila. Tú quédate aquí. Se lo diré a otra persona. Y, Goggy... —Se le quebró la voz—. Gracias.

—Te llamaré mañana por la noche, cariño.

Goggy tenía razón. No podía quedarse allí. Jeremy no podía marcharse y ella no podía quedarse. Jeremy era su vecino, aunque estuviera a un kilómetro y medio de distancia. Lo vería a todas horas.

Y ahora mismo esa idea le resultaba insoportable.

A eso había que añadirle que Manningsport tenía 715 habitantes. Todo el mundo sabía a esas alturas que Faith Holland era tan tonta que ni siquiera se había dado cuenta de que su prometido era gay.

«No, no tenía ni idea», dirían. «No, teniendo en cuenta cómo lanzaba la pelota ese muchacho... pero, claro, yo no me acostaba con él. Je, je, je».

El estado catatónico en el que se había sumido se esfumó de repente. Agarró la maleta, abrió la puerta y corrió escaleras abajo con el vestido siseando al rozar las fotografías familiares, algunas de las cuales dejó torcidas.

Justin Timberlake. Odiaba a Justin Timberlake.

Justo cuando llegó a la planta baja, alguien llamó con suavidad a la puerta. La abrió, sin aliento.

Ah. El otro hombre al que odiaba. Levi Cooper, el destructor de bodas.

—Tú —alcanzó a decir.

Aún vestía el uniforme, y llevaba el pecho lleno de condecoraciones y medallas. Don Héroe.

—Jeremy me ha pedido que venga a ver cómo estas.

—Llévame al aeropuerto —le ordenó.

Él enarcó las cejas y arrugó un poco la frente.

—No sé yo si...

—Haz lo que te digo, Levi —insistió.

—Escucha, seguramente no estés...

—Chitón. Llévame y punto.

Su padre apareció en el porche.

—Faith, cariño, estaba a punto de subir a verte. ¿Cómo estás, cielo? Esto ha sido un mazazo, no sé qué...

—Papi, me voy a San Francisco ahora mismo, ¿me oyes? Te llamaré cuando aterrice.

—Espera un segundo, preciosa, respira —dijo, y miró a Levi. ¿Por qué? ¿Por qué mirar al hombre que había arruinado su boda y había guardado el secreto de Jeremy, eh?—. Creo que deberías quedarte aquí con tu familia, nena. Es un día muy, muy duro, pero lo superaremos.

—Me voy a San Francisco. Tengo los billetes —dijo ella.

—Faith...

—Yo... yo... yo... tengo que salir de aquí, papá —balbuceó, y empezó a hiperventilar de nuevo—. Me voy a San Francisco y ya está. ¿Te acuerdas de Liza? ¿Mi amiga de la universidad? Vive allí, así que no estaré sola. La llamaré. Es muy simpática. ¿Te parece bien? Luego hablamos.

—Faith, a ver, no creo que esto sea una buena idea.

—Papi, necesito salir de aquí. Me voy.

—Muy bien, muy bien. Tranquilízate. Pero... si quieres irte, espera un minuto, haré la maleta y me iré contigo. ¿De acuerdo?

—No. Me voy sola. Ahora mismo. Tengo que salir de aquí o me vendré abajo, maldita sea, papá.

Su padre la miró, sorprendido.

«Sí, papi», pensó de forma irracional. «No me toques las narices ahora mismo.»

—Bueno, pues yo te llevo al aeropuerto. No seas tonta, cariño.

—No. Me lleva él. ¿Verdad? —le preguntó a Levi, a quien miró entornando los párpados, deseando que las miradas pudieran matar.

Levi carraspeó.

—¿Le parece bien, señor Holland? —preguntó él, dirigiéndose a su padre.

—No le preguntes a él —le soltó Faith—. Te he dado una orden, soldado. Obedécela.

—Cuidado —murmuró Levi.

—Faith, él no tiene la culpa —terció su padre. Cuando se volvió para mirarlo, levantó las manos a modo de defensa—. Cariño, de verdad, creo que deberías tomarte por lo menos un par de días...

—Te llamaré cuando aterrice. —Besó a su padre en una mejilla, y el horrible peso volvió a abrumarla de nuevo—. Te quiero, papi —susurró—. Siento mucho todo esto. Te devolveré el dinero. —Las lágrimas amenazaron con aparecer otra vez. «No, no. Ahora no.» A la botella y con el corcho puesto. Ya se derrumbaría más tarde.

Bajó los escalones del porche a la carrera y se pisó el bajo del vestido. Lo desgarró. ¿Y qué? Pensaba quemar el dichoso vestido junto con su sudadera blanca con capucha (regalo de Jeremy, ¡uf!).

Allí estaba el vehículo de Levi, un modelo barato de alquiler con matrícula de Michigan. Se subió, metió el absurdo vestido como pudo y le dio unas palmaditas en la cabeza a *Blue* al ver que el animal quería subir con ella. Deseó poder llevárselo. Un momento. Podía llevárselo. El doctor Buckthal le había asegurado que algunos perros podían percibir un ataque inminente, y había registrado a *Blue* como perro de asistencia, más bien porque quería tener la oportunidad de poder llevárselo consigo a todas partes que por la certeza de poder necesitarlo. El caso era que lo había registrado como tal.

—Espera un momento —dijo, y regresó a la casa.

Allí estaban sus hermanas, con Coll y con la señora Johnson, murmurando, preguntando y hablando, pero para ella todo no era más que ruido de fondo. Registró el cajón del archivador donde guardaba los documentos de *Blue* y... *voilà*. Una vez tuvo lo necesario, soltó los demás papeles. Todo el mundo hablaba a la vez, le ofrecía consejos, le daba palmaditas en la espalda e intentaba abrazarla, pero eran como pájaros que revolotearan en torno a su cabeza a los que espantó con una mano.

—A ver —dijo con voz trémula—. Me marcho a California unos días. A lo mejor hago la luna de miel sola, no lo sé. Pero os quiero a todos y siento mucho este... fiasco. Os llamaré, pero ahora mismo tengo que salir de aquí.

—Faithie, déjame llevarte al aeropuerto —dijo su hermano con un deje tan cariñoso que otra vez se le llenaron los ojos de lágrimas.

—Iré contigo —se ofreció Pru.

—No. Ya está todo arreglado. Pero gracias. —Al hacerse con la correa de *Blue* pensó que podría alimentarlo a base de hamburguesas hasta que pudiera comprarle comida para perros, y después salió de la casa. Levi la esperaba en el interior del vehículo.

Blue se metió en la parte trasera de un salto y empezó a mover el rabo. Menos mal que el perro no podía hablar, porque, la verdad, si alguien más le decía algo agradable o cariñoso, perdería los papeles.

Levi Cooper no sería amable con ella. De eso estaba segurísima.

El muy cabrón se puso al volante, arrancó el motor y se despidió de su padre agitando la mano. Ella lo imitó, un tanto mareada por el subidón de adrenalina.

Volaría a San Francisco y se hospedaría en el Mark, donde Jeremy y ella habían reservado cuatro noches, el regalo de bodas de Elaine y Ted. Liza iría a verla y juntas se beberían el champán de la luna de miel y, caray, a lo mejor también hacían el recorrido turístico por las bodegas del valle de Napa.

No miró a Levi y él no habló. Una lástima que no se hubiera quedado así de calladito en el altar.

Faith clavó la vista en el paisaje, sumida en una especie de neblina amarga. Algunas personas se percataban de que llevaba un enorme vestido blanco y de que Levi iba con su uniforme de gala y los saludaban tocando el claxon. Tenía la impresión de que su cara era una máscara esculpida en piedra.

Tras una eternidad, más o menos, llegaron al aeropuerto Buffalo-Niagara, un lugar que poseía una extraña belleza, y entraron. La gente los felicitó. Ella no dijo nada. Por primera vez desde la muerte de su madre no intentó ser amable con los demás. Se limitó a enseñar su identificación y su billete para pasar por el control, si bien el personal encargado de la zona de embarque la miró con extrañeza. Supuso que era la primera novia plantada en el altar que veían.

—Mi prometido ha resultado ser gay —le dijo a uno. *Blue* ladró y meneó el rabo.

—Ah, ¡uf! —exclamó la mujer—. ¿Y usted no lo sabía?

—No. Pero él sí —contestó, señalando a Levi con un gesto de la cabeza.

Después se puso sus preciosos zapatos, aferró la maleta por el asa (¡mierda, cómo pesaba!) y se dirigió a la sala de espera de la puerta correspondiente a su vuelo, que solo estaba a unos diez metros de distancia. Tomó asiento. Miró el reloj. Siete horas hasta que despegara su avión. A lo mejor sufría un ataque para pasar el tiempo. El estrés se los provocaba a veces. Sería mejor que quedarse sentada ahí, pensando en Jeremy. Solo de recordar su nombre se le escapó un sollozo.

Levi estaba hablando con alguien.

«No tienes autorización para pasar, capullo», pensó. «Así que ahí te quedas.»

Pero no. Le estaba contando al personal un montón de cosas, ya que hasta ella llegaron retazos de la conversación: «Boda cancelada, su amigo, no quiero que espere sola».

¡Su amigo! Menuda tontería. Sin embargo, don Héroe logró pasar a la sala de espera de viajeros. ¿Quién iba a rechazar a un hombre vestido con uniforme que había vuelto a casa de permiso tras luchar contra el terror en el frente? Se acercó a ella con expresión resignada en los ojos y los labios apretados formando una línea recta.

Antes de que llegara a su lado, Faith ató la correa de *Blue* a la pata de la silla, se levantó y se marchó al servicio de señoras, arrastrando la maleta tras ella. El retrete para minusválidos era el único lo bastante amplio como para poder moverse con ese absurdo vestido. Dobló el brazo para alcanzar los botones de la espalda y le dio un tirón a la tela, después tiró más fuerte y rompió unas cuantas cintas. Acto seguido, se lo bajó como pudo, saltando y apoyando el hombro en la pared. Se quitó el corsé blanco y las medias, y después se quitó los preciosos zapatos blancos que asomaban tan monos por el bajo del vestido. Había guardado en la maleta un sinfín de prendas íntimas preciosas, conjuntos de braguita y sujetador monísimos, camisones de seda cortos. También había guardado ropa muy bonita para el día, vestidos divinos para las cenas románticas que Jeremy y ella ya no celebrarían.

Se puso unos pantalones elásticos de deporte, un top ajustado y las zapatillas deportivas. Había planeado hacer ejercicio durante la luna de miel para no recuperar el peso perdido, para no ser una de esas mujeres que se abandonaban nada más acabarse la boda. Ah, no. Ella no.

Después levantó el vestido del suelo como pudo y cerró el aseo de un portazo. Se detuvo un instante para decidir si tiraba el vestido a la basura o no. ¿Qué se hacía con un vestido de novia cuando a una la dejaban plantada en el altar? Sí, a ver, Martha Steward, Miss Manner o Amy Dixon, ¿qué se hacía? Desde luego que no se guardaba para una hija, cuando no habría hija alguna en un futuro cercano, teniendo en cuenta que su prometido era gay.

Recordó haber llamado a Jeremy después de comprarse el vestido. Su padre las había llevado a todas a Corning, a una tienda preciosa de vestidos de novia, y nada más verla probarse el primero se le llenaron los ojos de lágrimas. Llamó a Jeremy para decirle que ya estaba comprado y él le dijo, con esa voz tan cariñosa y tierna, que sabía que sería la novia más guapa de la historia porque tenía el mejor corazón del mundo. (¡por Dios! ¿Cómo había podido pensar que era hetero?) Después llamó a la madre de Jeremy, le contó todos los detalles y Elaine se emocionó tanto que se echó a llorar.

Ay, señor. Ya estaba otra vez haciendo esos ruiditos tan raros, como si se estuviera ahogando.

No tiró el vestido a la basura. No pudo. En cambio, salió del servicio con el vestido debajo de un brazo y arrastrando la maleta con el otro. Levi tenía la vista clavada en la puerta mientras hablaba por teléfono. Con Jeremy, seguro. Porque entre esos dos no había secretos. Colgó cuando ella se acercó.

—Haz algo con esto —le dijo a Levi al tiempo que le tiraba el vestido al pecho y seguía caminando hasta la hilera de duras sillas de plástico donde la esperaba su perro.

En cuestión de seis horas y cuarenta y tres minutos estaría fuera de Nueva York.

Levi se sentó a su lado y dejó el vestido debajo de la silla.

—¿Te traigo algo?

—No, gracias. ¿Cuánto hace que lo sabes? —No lo miró.

Levi guardó silencio durante un minuto o dos. Al final, Faith le dio una patada en el pie y lo miró echando chispas por los ojos. Parecía aburrido. ¿Cómo se atrevía a estar aburrido? ¡Menudo cabrón!

—Supongo que siempre lo he sabido.

Blue se puso de espaldas en el suelo, haciéndoles saber que estaría encantado de recibir unas caricias en la barriga cuando les apeteciera.

—En serio. Lo supiste nada más conocerlo.

—Pues sí.

—¿Cómo? —exigió saber, mirándolo a la cara—. ¿Intentó besarte o algo así?

—No.

—Pero lo supiste.

—Ajá.

—¿Y nunca dijiste nada?

Levi se encogió de hombros.

—Se lo pregunté en una ocasión. Me dijo que no lo era.

—¿En serio? Bueno, y ¿yo qué, Levi? Alguna vez pensaste en decirme algo a mí, ¿eh?

Levi se dignó a mirarla, si bien esos ojos verdes parecían inexpresivos.

—La gente cree lo que quiere creer.

—Pues ¿sabes qué te digo? —preguntó, alzando la voz—. Que deberías haberlo intentado. ¡Quiero a Jeremy! ¡Lo quiero! Lo quiero tanto que esto me está matando. ¿Lo entiendes?

Blue ladró dándole la razón. *Blue* también quería a Jeremy. Estupendo. Otra víctima de la guerra.

—Te creo —respondió él—. Pero, si te parece, podrías bajar un poco la voz, ¿sí?

—¿Por qué? ¿Te avergüenzas de mí? ¿Estoy montando una escena? ¿Sabes lo que se siente cuando te arrancan el corazón? ¿Tienes la menor idea? ¡Mi vida entera ha desaparecido! ¡Tú me la has quitado! Porque tenías que decirlo, ¿verdad? ¡Tenías que abrir la boca!

Y entonces empezó a llorar con tanta fuerza que apenas podía respirar. Se llevó las manos al pelo e inclinó la cabeza. Los sonidos que salían de su boca le parecían ajenos y espantosos. ¿Cómo iba a olvidarse de Jeremy? ¿Qué tipo de vida podría tener sin él? Ya lo echaba tanto de menos que era como si alguien le hubiera atravesado el corazón con un hierro candente. *Blue* le dio un empujoncito y ella enterró la cabeza en su cuello.

Sintió que Levi le pasaba un brazo por los hombros, pero lo apartó de un empujón. ¡Como si fuera a permitirle que la consolara…!

—Te odio —logró decir, aunque las palabras salieron entrecortadas por los sollozos.

—Sí, bueno, a veces se gana y a veces se pierde —susurró él, que cruzó los brazos por delante del pecho y suspiró.

—Vete.

—Le he dicho a Jeremy que me quedaría.

Porque, claro, Jeremy no querría que estuviera sola en el aeropuerto. Porque incluso en ese momento intentaba cuidar de ella. Incluso en ese momento, Jeremy la quería. Y era gay.

Las lágrimas no tenían fin, parecían salir de sus ojos cada vez que respiraba, como si estuvieran golpeándola en el pecho. *Blue* se las lamía, lloriqueando. La gente seguro que pensaba que estaba loca como una cabra. Y la verdad es que se sentía así. Sus pensamientos racionales apenas quedaban registrados en su mente. Tenía la impresión de que la pena y el asombro la estaban arrastrando y apenas era capaz de respirar.

Levi se levantó, seguramente para pedirle un tranquilizante a alguien, y volvió con un rollo de papel.

—No he encontrado pañuelos —dijo mientras volvía a sentarse.

Blue se había dado por vencido y estaba durmiendo con la cabeza apoyada en sus pies. Faith aceptó el rollo de papel y se sonó la nariz. Después, cortó un poco más de papel y se enjugó los ojos. Las lágrimas seguían cayendo.

Y Levi la observaba con esos ojos que tenía y que siempre parecían mirarla con aburrimiento.

—A ver, Faith, sé que esto es duro para ti, pero ¿preferirías estar casada con un hombre que es gay? —le preguntó con serenidad.

—¡Sí! En el caso de Jeremy, ¡sí! No me has hecho ningún favor, que lo sepas.

—Sí, bueno, no estaba pensando en ti —señaló él, que miró hacia el ventanal.

—No. Estabas ejerciendo de mejor amigo, alejando a Jeremy del altar durante su boda. Bien hecho, Levi. Fenomenal. A lo mejor te dan otra medalla y todo.

—Faith —dijo—, permíteme hacerte una pregunta. ¿Qué estabas pensando durante la ceremonia? Porque tenías la cara tan blanca como el vestido y Jeremy estaba sudando la gota gorda. Era un desastre en potencia. Y de haber seguido adelante, él jamás te habría abandonado.

—Habríamos conseguido que funcionara.

—Menuda estupidez. Los dos habríais estado aprisionados.

—Ya puedes cerrar la boca. —Le dolía la mandíbula de tanto apretar los dientes.

—Algún día te alegrarás de no haberte casado con él.

—Ahora mismo, Levi, tengo unas ganas horrorosas de darte una patada en las pelotas. Cállate. Ya.

Y por fin Levi la obedeció. A Faith le ardían los ojos por culpa de las lágrimas, que no paraban de caer. El trozo de papel con el que se había limpiado antes estaba lleno de maquillaje.

Pronto se iría. Pronto estaría lejos del horrible Levi, lejos del pueblo donde todo el mundo estaba hablando de ella, lejos de Jeremy y de sus preciosos ojos y de su alegre cara.

No supo bien cuándo se quedó dormida. Solo sabía que le ardían los ojos y que sentía la cabeza muy pesada. En un momento dado se dejó caer sobre la silla y sintió algo bajo la mejilla. Una mano en su hombro.

Se despertó desorientada. Alguien le estaba zarandeando un hombro con suavidad.

—Es hora de irse, Faith —le dijo una voz.

Levi. Sí. Tenía la cabeza en su regazo. Se incorporó torciendo el gesto. Tenía la impresión de que le habían dado una paliza con un palo de golf. *Blue* estaba de pie, moviendo el rabo.

—Lo he sacado hace una hora —añadió Levi.

—Los pasajeros que van en primera pueden embarcar —anunciaron por megafonía—. Vuelo 1523 de American Airlines directo a San Francisco. Pasajeros de primera clase, por favor, embarquen.

Gracias a Dios. Faith se levantó, se colocó el top y se pasó una mano por la cabeza. Se le había olvidado soltarse el pelo. Todavía llevaba el complicado recogido que le habían hecho esa mañana.

Levi se puso también de pie, y ella logró levantar la vista hasta su barbilla.

—Dile que estoy bien, ¿de acuerdo? —le pidió mientras agarraba la correa de su perro con fuerza.

—¿Quieres que le mienta? —preguntó él con el asomo de una sonrisa en los labios.

Faith no se la devolvió.

—Ajá —confirmó, y tras asir la maleta, echó a andar hacia la puerta de embarque.

—¿Faith?

Se volvió para mirar a Levi.

Él había fruncido el ceño y tenía una expresión muy seria.

—Siento mucho que las cosas no hayan salido como querías.

Dijo el hombre que había arruinado su boda.

—Cuídate, Levi —dijo con voz cansada—. Que no te hagan daño en el frente.

Y con esas palabras, su perro y ella embarcaron en el avión.

Capítulo 11

Faith se detuvo en la puerta de Hugo's, se retocó el pelo, se humedeció un poco los labios resecos pasándose la lengua e intentó desentenderse de los calambres que la asaltaban desde que se despertó a las cuatro de la mañana.

Allí estaba. Podía verlo a través de la puerta de cristal del restaurante, de pie junto al puesto del *maître,* esperándola. Su pelo brillaba tanto como el ala de un cuervo, igual que el de su madre. Estaba de espaldas a ella, hablando con alguien. Ah, mierda, era Jessica Dunn. Estupendo. Nadie mejor que Jessica para que se sintiera poco atractiva, porque ella seguramente ni había oído hablar de las combinaciones moldeadoras de microfibra de Slim-Nation.

Faith se había arreglado para la ocasión, por supuesto. Una no se reencontraba con su prometido gay sin estar fabulosa. Su vestido más mono de San Francisco, de color amarillo intenso, con un corte fantástico y flores de tul en el bajo. En San Francisco era la misma imagen del sol. En ese momento, al ver a Jessica vestida con unos *jeans* ceñidos de color negro y un jersey del mismo color y escote de pico Faith se sentía como una maestra de educación infantil gordísima. En fin. Al menos llevaba los zapatos de entrar a matar.

«Ahora o nunca, Faith», le ordenó su cerebro, con la voz de la señora Linqvest, que a menudo contaba historias del dolor de Eva al dar a luz para aterrorizar a los niños. Faith abrió la puerta, y sintió el tirador helado en la húmeda palma de la mano.

Jeremy se dio la vuelta y adoptó una expresión tierna.

—Hola —murmuró él.

—Hola, desconocido —dijo ella, aunque la voz le salió falsa. Después, lo abrazó y, ay, Dios, fue maravilloso. Habían pasado tres años y medio separados, pero lo recordaba todo sobre él: lo bien que encajaban, con su mejilla contra el hombro de Jeremy; los fuertes músculos de su espalda; el suave roce de su pelo contra la mejilla; el aroma a Old Spice... Claro que, ¿cómo podía ser gay y usar Old Spice? ¿O eso era una pista?

Lo había querido con toda su alma. Era el mejor hombre que conocía... y el hombre que le había mentido durante años. Que había permitido que creyese que lo tenían todo.

Se apartó y lo miró con una sonrisa algo temblorosa en las comisuras. Jeremy también tenía los ojos vidriosos.

—Estás incluso más guapa que antes —le aseguró él con la voz un tanto trémula.

Esas palabras hicieron que el nudo que tenía en la garganta fuera todavía mayor.

—Y tú no has cambiado en absoluto. —Pero sí que había cambiado un pelín. En sus ojos veía cierta tristeza, y también unas minúsculas patas de gallo, que aumentaban aún más su apostura.

—Hola, Faith —dijo Jessica con un deje impaciente en la voz, como si ya se hubiera cansado de la reunión.

—Hola, Jess. Me alegro de verte.

Jess enarcó una ceja. De verdad que Levi y ella eran la pareja perfecta. Incluso podrían montar un negocio: Miradas de superioridad, SA.

—Vamos, os he reservado vuestra antigua mesa.

Los condujo por el restaurante hasta la mesa situada junto a la ventana. Jeremy le apartó la silla, como en los viejos tiempos. Jess les ofreció las cartas como si estuviera repartiendo los Oscar, y después preguntó si ya sabían lo que querían beber.

—¿Qué tal una botella del riesling seco de Fulkerson? —preguntó Jeremy—. ¿Te queda alguna?

—Pues sí.

Jeremy miró a Faith con una sonrisa.

—Nos quitaron la medalla de platino el año pasado. No les digas a mis padres que he pedido una botella. Me matarían.

Un ramalazo de ira la recorrió por entero. Ese hombre la había dejado plantada en el altar y en ese momento quería bromear sobre vinos como si fueran coleguitas. En el lago, las luces de las embarcaciones se mecían con las olas. El rumor de las conversaciones de los otros comensales conseguía que el silencio entre ellos fuera menos incómodo.

Parecía que sus lecciones acerca de vestir bien habían dejado huella en Jeremy: tenía el aspecto de un modelo de Ralph Lauren, con un jersey rojo de cuello en pico sobre una camisa color crema y unos *jeans* oscuros lavados a la piedra. Llevaba el pelo algo más corto que antes, y le sentaba bien.

—Bueno. Levi me ha dicho que te ha visto un par de veces —comentó él.

—Sí. El bueno de Levi —dijo Faith, que consiguió eliminar el deje sarcástico de su voz—. ¿Seguís siendo amigos?

—Ah, sí. —Jeremy se colocó la servilleta en el regazo y después inspiró hondo—. Estaba nerviosísimo por la idea de verte —confesó—. Me he despertado a las cuatro de la mañana.

Así que se habían despertado a la misma hora. Qué curioso.

—Ha pasado mucho tiempo —señaló ella, que se secó las manos húmedas en la servilleta sin que él se diera cuenta.

Jeremy apretó los labios.

—Supongo que me preguntaba qué sentirías. No sabía si me darías una bofetada o si me tirarías la bebida a la cara.

—¡Hola, doctor Lyon! —lo saludó una mujer entrada en carnes con el pelo rosa—. ¡Tengo la rodilla mucho mejor! Como para no estarlo, ¡con todo el líquido que me sacó de dentro!

—Ah, estupendo, Dolores. Me alegro de oírlo.

—¡Doscientos centímetros cúbicos! ¡Creo que tengo el récord! —exclamó la mujer, encantada.

—Es posible. —Jeremy miró a Faith—. Lo siento. ¿Por dónde íbamos?

—Estábamos hablando de tirar bebidas y de bofetadas —contestó ella—. Gracias por las ideas.

Jeremy esbozó una sonrisa torcida y se frotó el mentón.

—¿Podemos dejar atrás el tema? ¿Me odias?

—No, Jeremy. Claro que no. Te lo dije después de la boda. Unas cuantas veces. Muchas veces, en realidad.

—Sí, cierto —convino él—. Pero eso fue al principio. Supuse que con el paso del tiempo, te... no sé. Te enfadarías. Nunca querías verme cuando volvías al pueblo, así que...

Se produjo una larga pausa.

—Tenía que olvidarme de ti —adujo ella en voz tan baja como pudo—. No porque te odiase. Sino porque te quería.

A Jeremy se le volvieron a llenar los ojos de lágrimas y asintió con la cabeza.

—¡Hola, Doc! —gritó alguien—. ¡Ay, Dios, estás con Faith! ¡Hola, Faith, cariño!

—Hola —saludó Faith. Era evidente que encontrarse en público no había sido buena idea—. No tengo ni idea de quién es —murmuró.

—Joan Pepitone —murmuró Jeremy—. La madre de Frankie, *la Mole*.

—¿Vais a reconciliaros? —preguntó la madre de Frankie.

—No, señora Pepitone —contestó él—. Solo estamos cenando.

—Muy bien —susurró la mujer—. Os dejaré solos, tortolitos.

—Da igual —aseguró Faith—. No era nada...

—¡Aquí está! —anunció Jessica, y le plantó a Jeremy la botella de vino en la cara para que pudiera ver la etiqueta.

Jeremy asintió con la cabeza y Jess empezó a descorchar la botella.

Había veces en las que Faith detestaba con todas sus fuerzas el ritual que rodeaba al vino. Jeremy examinó el corcho, que no estaba deshecho. Jessica le sirvió lo justo para que lo catara. Jeremy lo hizo girar en la copa y lo olió antes de asentir con la cabeza. Jess le sirvió a Faith una copa antes de hacer lo propio con Jeremy, y después empezó a recitar los especiales de la casa.

—Jess, si no te importa, te avisaremos cuando estemos listos para pedir, ¿de acuerdo? —dijo Jeremy, sonriéndole.

—Claro, hombre —contestó ella—. Tomaos todo el tiempo del mundo. —Dirigió a Faith una mirada que no era ni mucho menos tan agradable como la que había dirigido a Jeremy y por fin se fue. No usaría más de una talla treinta y cuatro, por si no era lo bastante odiosa de por sí.

Faith enderezó los cubiertos, y después bebió un sorbo de vino mientras le sonreía con incomodidad a Jeremy. Él le devolvió el gesto. Era todo sonrisas, todo el tiempo.

—Jeremy —dijo en voz baja, con la vista clavada en el plato—. Creo que lo peor de todo fue que dejaras que las cosas llegaran tan lejos.

Él se quedó callado, haciendo girar el vino en la copa, mirándolo como si se tratase de la piedra de Rosetta.

—Nunca me imaginé una vida en la que no fuera hetero —confesó él—. Te quería. ¿Cómo podía ser gay si te quería? —Suspiró—. Debería haber hablado contigo. Es que... y que sepas que admito la ironía que encierra el asunto... Es que no quería hacerte daño. Cuando por fin me permití reconocer que no teníamos una relación normal...

—Supongo que con eso te estás refiriendo a Justin Timberlake, ¿no? —lo interrumpió ella. Odiaba todas las canciones de Justin Timberlake por una cuestión de principios.

Jeremy tuvo la decencia de parecer abochornado.

—Ya. En esos momentos, creía que... —Suspiró—. Creía que... en fin, tú parecías contenta. Creí que daría igual que siguiéramos como habíamos estado hasta el momento.

Faith tardó en asumir sus palabras.

—Así que como yo era tan tonta que no me daba cuenta de lo que iba mal, era lícito fingir ser hetero. —Una rabia cegadora brotó en su corazón.

La expresión de Jeremy cambió.

—¡No! ¡Nada más lejos de la realidad, Faith! Es que... si tú eras feliz, yo también lo era. Porque te quería. Y te sigo queriendo. Ojalá me creyeras.

La rabia desapareció.

—Te creo —aseguró.

Se quedaron sentados en silencio unos minutos. Qué curioso que nunca se hubiera sentido incómoda con Jeremy. Jamás.

—¿Fue duro? —le preguntó ella—. Me refiero a lidiar con la sorpresa de la gente —matizó. Habían hablado del tema durante las primeras semanas, pero él siempre le había quitado hierro al asunto, más preocupado por ella. Además, los dos querían asegurarle al otro que se encontraban bien.

—Fue duro no estar contigo —contestó él—. Cada vez que sucedía algo bueno, eras la primera a quien quería contárselo. Y cada vez que pasaba algo malo... En fin, en un par de ocasiones me descubrí marcando tu número antes de acordarme de que ya no estábamos juntos.

—Yo también —le aseguró ella con voz temblorosa. ¡La leche! Buscó un pañuelo de papel en el bolso, pero Jeremy ya le estaba ofreciendo el suyo de tela—. Es todo muy sensiblero, ¿verdad? —preguntó temblándole la voz, y los dos soltaron una carcajada. Se secó las lágrimas e intentó no mirarlo a la cara.

El murmullo de las conversaciones y el ruido de los cubiertos a su alrededor mitigaban el silencio.

Faith tenía una losa en el pecho. Se sentía como un conejo aplastado en el arcén, como un puercoespín tieso. De acuerdo, esa imagen era penosa. En ese mismo momento, el puercoespín tieso estaba resucitando y mirándola con expresión reprobatoria, diciéndole «solo estaba durmiendo, imbécil»..., pero algo así, sí. Durante ocho años ininterrumpidos había adorado a Jeremy Lyon. Durante los últimos tres podría decirse, y con razón, que él seguía siendo el hombre más importante de su vida.

Había llegado el momento de cambiar la situación. Ella había ocultado algunos secretos, incluso a Jeremy. Y tal vez fueran tan importantes como los de él.

—Ahora me doy cuenta de que estuvo muy mal mentirte, Faith —dijo Jeremy, con la vista clavada en la mesa—. Te usé para ser la persona que quería ser, no la persona que era en realidad, si entiendes lo que quiero decir. Eso es de lo que más me arrepiento.

—Puede que yo también hiciera algo parecido —admitió ella.

—Pero nunca me mentiste.

—Tal vez no. —Claro que tal vez sí lo hiciera.

Jeremy la miró a la cara con expresión solemne.

—Tengo la fantasía —comenzó él— de que me perdonas. De que volvemos a ser amigos de verdad. Todo lo que sentía por ti, Faith... No era mentira. Estaba loco por ti. —Se le quebró un poco la voz—. Te he echado muchísimo de menos.

En fin, mierda. No podía dejarlo así, con la incertidumbre. Faith extendió el brazo y tomó sus fuertes manos mientras los recuerdos agridulces la recorrían como un río. Su cara al verla vestida para el baile de graduación, cómo se inclinaba un poco hacia ella cuando estaba hablando, como si temiera perderse una sola de sus palabras. Cómo la recibía con flores en el aeropuerto cuando volvía a casa de la universidad, y cómo la abrazaba tan fuerte que la levantaba del suelo, arrancándoles suspiros emocionados a algún que otro espectador.

—Claro que podemos ser amigos, Jeremy —dijo—. Claro que sí.

A lo mejor era lo que necesitaba para retomar su vida. Durante tres años y medio había sido incapaz de mantener una relación seria. A lo mejor estar allí, con Jeremy, era la última pieza del rompecabezas, lo único que le faltaba para hacer borrón y cuenta nueva.

—¿Sabéis ya lo que vais a pedir? —Jessica había vuelto y era evidente que no toleraría más cháchara hasta que los comensales hubieran pedido.

Pidieron y comieron, charlando de temas cotidianos. Ted y Elaine pasaban casi todo el año en San Diego. Lyon's Den estaba en manos de un gerente y había salido en un artículo de *The Times*. La consulta de Jeremy iba viento en popa. Veía a pacientes recién nacidos y a pacientes de más de noventa años; y saltaba a la vista que estaba dedicándose a su vocación. Faith lo puso al día de las novedades de la familia Holland y de sus proyectos para el granero y la biblioteca.

Había llegado el momento de hacer la pregunta incómoda. Faith se dio cuenta de que encogía los pies dentro de sus dolorosos zapatos para entrar a matar.

—¿Estás viendo a alguien? —le preguntó, y la cara de Jeremy adoptó otra vez esa expresión algo tristona.

—No. Esto... no. Yo... en fin... tuve un amigo en la ciudad hace un año, pero se acabó. La relación a larga distancia era demasiado dura. —Miró hacia la ventana—. Estoy muy ocupado, así que no sé cómo voy a encontrar a alguien. A lo mejor a través de una web de citas. No lo sé. Sigo pensando que alguien aparecerá el día menos pensado. Tal vez. O tal vez mi destino sea seguir soltero, que tampoco pasaría nada. No quiero darte pena. Soy muy feliz.

—Pues sí que das pena —le dijo Faith—. Te pareces a Bob Cratchit después de morir el pequeño Tim: «Soy un hombre feliz».

Jeremy sonrió.

—¿Qué me dices de ti, Faith? ¿Alguien especial?

—He salido con hombres de vez en cuando —contestó. «Sigo sin acostarme con un hetero, aunque desde luego es algo que me gustaría tachar de la lista de deseos.»

—Pero ¿nada serio? —quiso saber Jeremy, y Faith se dio cuenta de que deseaba que le dijera que sí.

Negó con la cabeza.

—Cuesta mucho encontrar a un buen hombre. —Titubeó un momento antes de hablarle de su última cita, la que tuvo con Clint y en la que su hijo la llamó «puta», y cuando terminó los dos reían con tantas ganas que lloraban de risa.

—Es maravilloso estar contigo de nuevo —comentó Jeremy mientras se secaba las lágrimas.

—Lo mismo te digo — respondió ella, y el corazón le dio un vuelco. Sí que quería a Jeremy, y siempre lo haría. Podían ser amigos. Amigos de verdad, sinceros el uno con el otro en esa ocasión. Porque los hombres como Jeremy... sencillamente ya no existían.

—Hola.

Faith dio un respingo. La leche, era Levi, como una monja enfadada que diera clases en primaria y que estuviera a punto de darles un reglazo en la mano. Seguía de uniforme, con revólver y todo. La miró con un cinco en la escala del aburrimiento, recorriéndola con la mirada y desechándola en un nanosegundo.

—¡Levi! Siéntate, amigo —lo invitó Jeremy al tiempo que le soltaba la mano a ella—. Faith y yo estábamos poniéndonos al día.

—Ya veo. —Hizo una pausa—. Faith.

—Levi. —Imitó su tono solemne, aunque él no pareció darse cuenta. Jeremy sonreía de oreja a oreja.

—Siéntate. ¿Te apetece algo de comer?

—Sí, siéntate, Levi —dijo Faith, que entrecerró los ojos un poquito de nada. No se sentaría. La detestaba demasiado.

Se sentó. Al lado de Jeremy, claro, para así poder dirigirle mejor esa mirada de «por Dios, qué aburrida eres», la número siete. Faith le sonrió, y se aseguró de fruncir la nariz como una princesa Disney. Su expresión alcanzó de inmediato el nueve y medio en la escala. Ya estaba tamborileando en la mesa con los dedos, siempre nervioso y picajoso cuando ella estaba presente. Bien. Que le picara. Que sufriera una plaga de pulgas, sí, o un sarpullido galopante.

—Mi abuela te ha preparado unos *brownies*, Levi —dijo con voz dulce al tiempo que ladeaba la cabeza y se colocaba un mechón de pelo detrás de la oreja—. Ya que fuiste tan atento con lo de las ardillas voladoras.

—Vive para servir —comentó Jeremy con una sonrisa. Levi lo miró con sorna, expresión que desapareció de su cara en cuanto volvió a mirar a Faith.

—En fin, es una gran admiradora tuya, Levi. Si alguna vez buscas novia, estoy segura de que mi abuela dejaría a mi abuelo por ti. —Otra sonrisa radiante, que no consiguió arrancarle reacción alguna, aunque Jeremy se echó a reír.

Jessica se acercó a la mesa.

—Hola, Levi, ¿qué tal? —le preguntó, alborotándole el pelo al jefe de policía.

—Hola, Jess.

—¿Quieres algo de comer?

—No, gracias, no voy a quedarme —contestó Levi.

«Gracias a Dios por los pequeños favores», pensó Faith.

—Bueno, ¿habéis... vuelto? —preguntó ella, con la vista clavada en Jessica.

—Ni de broma. —Jess resopló—. Cortamos en el instituto.

—En fin, como siempre cortabais y volvíais... —comenzó Faith.

—En fin, la gente cambia —replicó Jessica, con una sonrisa que no contrarrestó del todo la sequedad de su voz.

—Además, siempre fue algo físico —dijo Levi al tiempo que le guiñaba un ojo a Jess, con una sonrisilla torcida en los labios—. ¿Verdad, Jess?

«Vaya, vaya», pensó Faith. El capitán Testosterona no había perdido impulso, tuvo que admitir para sus adentros. Esa experiencia equivalía a media hora de preliminares: ojos verdes con los párpados entornados y expresión elocuente, esa media sonrisa prometiendo una atención total y absoluta... Claro que ella no estaba... Ni que ella fuera a... ¿cuál era la pregunta?

—¿Faith? ¿Quieres postre? —preguntó Jessica.

—¡Ah! Esto... no... Estoy servida —contestó con voz cantarina, con la esperanza de que nadie se fijase en su cara colorada.

—Tengo que irme —anunció Levi poniéndose de pie. Le dio un puñetazo a Jeremy en el hombro, se inclinó para besar a Jessica en la mejilla y después miró a Faith. Por el amor de Dios, no pensaría besarla, ¿verdad? ¿Debía ofrecerle la mejilla por si las moscas? Claro que Jessica estaba allí, y si quería besarla, tendría que...

Sí, daba igual. Ya se iba.

—¡Adiós, Levi! —se despidió alegremente—. ¡Siempre es maravilloso encontrarse contigo!

A Faith no se le escapó que Jessica puso los ojos en blanco mientras se alejaba. En fin, ¿a quién le importaba? Jessica y Levi eran las dos únicas personas a las que nunca podría caerles bien.

—¿Por dónde íbamos? —preguntó Jeremy, y Faith se concentró de nuevo en él.

Cuando llegó a casa esa noche, tuvo la desgracia de encontrarse a sus abuelos despiertos.

—Tu abuelo se niega a acostarse —anunció Goggy cruzando los brazos por delante de su voluminoso pecho. Parecía una paloma rosa muy cabreada envuelta en la bata de franela que Faith le regaló por Navidad.

—Y tu abuela igual —dijo Pops desde la sala de estar—. ¿Qué tal tu cita, cariño? —Entró en la cocina y se inclinó para besarla en la mejilla.

—Eso, ¿cómo te ha ido? —preguntó Goggy, que le dio un apretón en la mano, ya que no quería ser menos en cuanto a muestras de afecto.

—No era una cita —repuso Faith, que vio la bandeja de *brownies* que Goggy había hecho antes. Tomó uno, no porque tuviera hambre, sino porque Goggy los había horneado para Levi—. Pero me he alegrado de ver a Jeremy de nuevo.

—Pues son para el jefe Cooper —le recordó Goggy, con un tono de reproche.

—Lo sé, pero tienen tan buena pinta que no me he podido resistir —adujo Faith.

—Voy a traerte un poco de leche, cariño. —Más tranquila, Goggy se abalanzó sobre el armario en busca de un vaso. Su abuelo también intentó hacerse con un *brownie*, pero Goggy le dio un manotazo—. ¡Son para Levi! ¡No para ti! —lo reprendió—. Faith, cariño, ¿quieres otro?

—Bueno, Pops, son las nueve y media —dijo Faith—. ¿Qué haces despierto? —Su abuelo, como buen hombre de campo que era, solía acostarse sobre las ocho—. ¿Te sientes bien?

—¿Sabes lo que le pasa? —soltó Goggy—. Es la mujerzuela esa, la alemana de *Pasarela a la fama*. ¡Se pone en ridículo por una alemana que tiene cincuenta años menos que él!

—¿Y qué? Puedo mirar. Todavía no estoy muerto.

—Qué pena, ¿no? A ver cuándo me haces un favor y te...

—A ver, vosotros dos —los interrumpió Faith en voz alta, y se callaron—. Es evidente que no me necesitáis para que os cuide. Voy a buscarme un sitio donde quedarme hasta... En fin. —«Hasta que me vaya», estuvo a punto de decir.

Sin embargo, nunca había sido su intención quedarse en California para siempre. El tiempo pasaba para todo el mundo. Abby se iría a la universidad dentro de dos años; sus abuelos ya eran mayores, aunque seguían llevándose como el perro y el gato.

—¿Quién ha dicho que no te necesitamos? ¡Claro que te necesitamos! —aseguró Goggy—. Deberías quedarte con nosotros.

—Ya es mayorcita, Elizabeth —dijo Pops—. Puede hacer lo que quiera. Además, ¿no fuiste tú quien la mandó a California?

—¿Y qué más da? ¡Tenía que alejarse de aquí! Le habían partido el corazón, viejo chocho. No me refería a que se quedara allí para siempre. ¿Le dije que hiciera eso? ¡No! Esta es su casa.

—En fin, a lo mejor quiere extender las alas un poquito sin que tú te metas en sus asuntos —protestó Pops.

—De acuerdo, se acabó —dijo Faith—. Nada de peleas.

—No nos estábamos peleando, claro que no —replicó Goggy—. Estábamos discutiendo.

—Ya. Vamos a ver *Pasarela a la fama,* ¿os parece bien? Pero pienso mudarme.

—No sé qué decirte. ¿Una chica soltera sola? Alguien podría colarse en casa y rebanarte el cuello mientras duermes —dijo su abuela.

—Muchas gracias por ofrecerme esa imagen, Goggy.

—Deberías casarte. ¡Ay! ¿Sabes quién está soltero? ¡Levi! —Goggy chasqueó la lengua con gesto triunfal—. ¡Esa mujer suya lo dejó! Seguro que se siente solo. ¡Podrías casarte con él! ¿Es luterano?

—No lo sé, pero sí sé que no es mi tipo —contestó Faith sin inmutarse—. Vamos. Ya escucho a Heidi Klum.

Condujo a sus abuelos a la sala de estar y se sentó entre ellos en el sofá. Casarse con Levi. Sí, claro.

Capítulo 12

—No entiendo por qué necesitabais que yo os trajera —comentó el padre de Faith mientras estaban entrando en el aparcamiento.

—Porque necesitamos que nos proteja de los hombres desagradables, señor Holland —adujo Colleen—. Aunque si se casara conmigo no me vería obligada a asistir a la «Noche de tiro para solteros».

—Por favor, papá. Las dos nos sentiremos mejor si tú estás aquí. Y Coll, deja de proponerle matrimonio a mi padre, si no te importa.

El plan era introducir a su padre en el mundo de los solteros de cierta edad y demostrarle que existían mujeres que no eran tan... en fin, carnívoras como Lorena. Dos días antes, Honor había pillado a esa mujer en el dormitorio de su padre manoseando la colección de botes de perfume antiguos de su madre. Cuando Honor se lo echó en cara, Lorena le aseguró que se había despistado al volver del cuarto de baño, lo cual no explicaba por qué estaba haciendo una lista. El asunto concluyó con una llamada de Honor a Faith en la que le comunicaba que si no estaba dispuesta a hacer el trabajo lo haría ella.

Pero Faith lo estaba intentando. Lo único que quería era que su padre encontrara a una mujer agradable, aunque no dejaba de asombrarle que después de diecinueve años y medio alguien como Lorena hubiera logrado atravesar sus defensas. Esa noche había apostado por una ruta más personal, incapaz de imaginarse a su querido padre con AbuelitaBuenorra o con SigoMuyViva, las últimas usuarias registradas en «eCompromiso/AmorMaduro».

Y por eso había elegido la «Noche de tiro para solteros» («¡Desde los 21 hasta los 101!», decía alegremente el anuncio) en Corning, porque así su padre saldría del pueblo y estaría más relajado... Solía ruborizarse y murmurar cuando se encontraba con mujeres que mostraban interés (salvo en el caso de Lorena, seguramente porque no se había percatado de sus intenciones). Y sí, ella misma había pensado en el fondo de su mente que a lo mejor, solo a lo mejor, podía encontrar a un hombre dulce y maravilloso. Uno que quizá se pareciera a Jake Gyllenhaal. O a Ryan Gosling. Se quedaría con cualquiera de ellos. O con los dos. ¿Por qué no? Una mujer tenía derecho a soñar...

En cuanto a la parte armamentística de la velada... en fin. Por la zona no había muchas actividades enfocadas a los solteros, a menos que se le prendiera fuego a una bala de heno para que el cuerpo de bomberos voluntarios de Manningsport se viera obligado a apagarlo, cosa que hizo Suzette Minor la semana anterior. Según Ned, Suzette consiguió que Gerard Chartier la invitara a salir, así que a lo mejor lo de provocar un incendio tenía su aquel. Sin embargo, la «Noche de tiro para solteros» encerraba una verdad metafórica, pensó Faith. Se apuntaba, se disparaba y se podía dar en la diana o fallar. «Nos conocimos con una Glock. Ella hizo diana y supe que era la mujer de mi vida».

—Poned vuestras mejores caras, amigos —dijo Colleen al salir del vehículo. Su padre dijo algo entre dientes, pero la siguió hasta el interior mientras se quitaba la gorra y se pasaba una mano por el pelo canoso.

—Papá, que no se te olvide que tienes que hablar si se te acerca una mujer —le recordó Faith—. Sé simpático.

—Deberíamos haber traído a Lorena —comentó su padre—. Creo que quiere casarse otra vez.

—Desde luego, señor Holland —dijo Colleen—. Le ha echado el ojo a usted, ¿no lo sabe?

—Yo no diría tanto —respondió él con una sonrisa agradable.

—¿Se la ha llevado ya a la cama? —preguntó Colleen.

—¡Coll! ¡Venga ya!

—Yo... Bueno, ah... Nosotros no... En fin, es muy simpática y... esto... Vamos allá, niñas. —Abrió la puerta del establecimiento, Zippi's Gun & Hunting, y las invitó a pasar.

La galería de tiro estaba abarrotada de gente. Y había muchas personas con el pelo canoso.

—Hola —saludó un hombre, fijándose en el canalillo de Colleen, que estaba bien a la vista, como de costumbre.

El desconocido tendría unos setenta años, y Colleen le sonrió con timidez. Su amiga había dicho en más de una ocasión que tenía todo lo necesario para convertirse en una mantenida o en una mujer florero.

Faith reconoció el mérito de los organizadores: al menos habría algo más que hacer aparte de las típicas conversaciones/interrogatorios que solían darse en las reuniones de solteros. Podían matarse unos a otros, por ejemplo. Intentó no suspirar mientras Colleen se alejaba.

Sus padres habían crecido juntos, habían sido amigos de infancia y habían empezado a salir en cuarto de secundaria, después de que su padre tomara el zapato de su madre en un baile organizado por la parroquia (los muchachos se alinearon a un lado de la sala y las muchachas al otro. El párroco les dijo a las muchachas que debían lanzar un zapato y que después tenían que ir en busca del chico que lo había atrapado y bailar con él). Su madre admitió que le había lanzado el suyo a John Holland con premeditación y alevosía.

Tal vez sus padres no fueran el mejor ejemplo.

Colleen regresó.

—Ya tengo tres números de teléfono —anunció—. Son todos muy carcas. Dos de ellos ni siquiera tienen perfil en Facebook.

—¿Y qué esperabas, si estás tanteando el grupo con las prótesis de cadera?

—¿Has visto a alguien que te guste? —le preguntó Colleen, que echó un vistazo a su alrededor. Un hombre que llevaba un mono sin camiseta debajo las miró con cara de salido, pero Colleen se limitó a reír y dijo—: Ni de broma, amigo. ¡Puaj! No lo mires, Faith. Creo que no lleva calzoncillos.

La mayoría de las asistentes eran mujeres mayores de cincuenta años. Estaba claro que Colleen y ella destacaban entre la multitud. Había... unos... sí, siete hombres, sin contar a su padre. Que, por cierto, se acercó a ellas en ese momento.

—Cariño, ¿qué hago? —le preguntó—. Ya me han pedido el teléfono dos mujeres.

—¡Estupendo! —exclamó Faith dándole unas palmaditas en el brazo—. Muy halagador. Tal vez deberías quedar con una de ellas para tomar café. Estoy segura de que serán agradables.

—Ni hablar. No me interesa salir con mujeres.

—Papá, Lorena te está acechando como si fuera un tiburón blanco. Me da que ella cree que está saliendo contigo.

Su padre la miró con cara de despiste.

—No. Es una mujer muy simpática. Buena persona. Muy alegre.

Faith guardó silencio un momento.

—Papá, todos estamos convencidos de que va detrás de tu dinero.

—No tengo dinero. Pero tengo cuatro hijos.

—Estaba catalogando los botes de perfume de mamá.

—Ah, eso. A tu madre le encantaban. Para mí siempre han sido trastos que acumulan polvo, pero... —Su mirada de ojos azules se puso tierna al recordar, y Faith sintió que se le encogía el corazón.

Tenía que encontrarle a alguien. Su padre se lo merecía.

Una mujer se acercó a ellos. Bien vestida y con la edad apropiada. Faith asintió sutilmente con la cabeza y se volvió para decirle a su padre:

—Papá, si crees que Lorena es simpática, a lo mejor deberías darles una oportunidad a otras mujeres que no hablen de tangas con tu nieta adolescente.

—¿Eso ha hecho? —preguntó él, horrorizado.

—Pregúntale a Abby.

—Dele una oportunidad a alguien, señor Holland —sugirió Colleen—. A ver lo que encuentra. Ah, ese hombre me ha echado el ojo. Ahora mismo vuelvo. —Se alejó a la carrera hacia otro septuagenario, este con andador, agitando su lustrosa melena.

—¡Hola! Soy Beatrice —se presentó la mujer que se había fijado en su padre. Atractiva, alegre y sonriente. Una candidata, en otras palabras. Pero habló con Faith, más que con su padre—. ¡Eres preciosa! Me encanta el pelo rojo.

«Bien jugado», admitió Faith. Directa a la hija.

—Me llamo Faith, y este es mi padre, John. Es viudo.

—Oh, lo siento mucho —aseguró Beatrice con un brillo encantador en los ojos—. Yo estoy divorciada, tengo tres hijos y cuatro nietos.

Su padre no habló, así que Faith le dio un codazo en las rodillas.

—Ah, oh, yo... Esto, hola. John. John Smith.

—Papá... —murmuró Faith.

—Yo también tengo varios hijos —dijo su padre, que ya estaba empezando a sudar.

Faith se alejó discretamente, fingiendo no darse cuenta de la mirada suplicante de su padre.

Se encontró con Colleen cerca de la mesa de los refrescos.

—Era impotente. A ver, por favor. Estoy dispuesta a aguantar ciertas cosas, pero ¿eso? No. Dice que tiene una dolencia cardiaca que le impide tomar Viagra, así que se acabó el cortejo. ¡Anda, Faith, mira! Si la cara delantera está la mitad de bien que la trasera, creo que hemos encontrado a tu alma gemela. Eso, amiga mía, es un trasero en condiciones. ¿Estás de acuerdo?

—No sabes cuánto.

El hombre no era viejo ni llevaba andador. Dos puntos. *Jeans* (sí, le había mirado primero el trasero, ¿qué mujer no haría lo mismo si fuera lo primero que el hombre le enseñara?), una camiseta verde de manga corta con las mangas ceñidas a unos brazos divinamente musculosos. Hombros anchos y fuertes. Pelo corto rubio oscuro.

El hormigueo que la lujuria empezaba a provocarle en sus partes femeninas fue interrumpido por una gélida sensación. El hombre se dio la vuelta. Ajá.

—¡Dios mío, es Levi! —exclamó Colleen—. ¿Qué está haciendo aquí? ¡No me digas que también viene a estas patéticas actividades para solteros!

—Odio tener que decirlo, pero nosotras también estamos aquí...

—Lo sé, pero he visto en primera persona a ese hombre defendiéndose de hordas de mujeres que lo persiguen por el pueblo.

Faith la miró de reojo. Colleen admitía sin tapujos que... le gustaba el sexo.

—¿Levi y tú habéis... alguna vez...?

—Ah, no. Demasiado joven para mí.

—Coll, es de nuestra edad.

—Lo sé, Faith. No, me gustan amaestrados.

—Qué mal suena eso.

—Domesticados.

—Peor todavía. —Faith sonrió.

—De acuerdo, pues ya paro. ¡Oye, Levi, ven aquí, amigo mío!

—No, Colleen. No. Sabes que jamás... Hola, Levi.

—Señoras...

Colleen le puso una mano en el brazo.

—Levi, estamos buscando a alguien para echar un polvo.

—Colleen... —protestó Faith.

Su amiga pasó de ella.

—¿Nos puedes buscar a los hombres más buenorros que haya? Me gustan de cincuenta o cincuenta y cinco como mucho. No me importa que tengan barriguita cervecera. Si les falta una extremidad lo tolero, siempre y cuando la hayan perdido en algún acto heroico. No me interesa ningún imbécil que se haya cortado la mano talando.

—Perfecto —dijo Levi—. ¿Ya le has dado un repaso a toda la población masculina de Manningsport, Coll?

—No seas malo. ¿Conoces a alguien que pueda ser el alma gemela de Faith?

—Solo he venido para acompañar a mi padre —murmuró ella.

—Pero eso no impide que te hayamos mirado el trasero —añadió Colleen.

—¿Y tú, Levi? —preguntó Faith, que sintió cómo se le ruborizaban las mejillas, la garganta y el pecho—. ¿Estás buscando a la señora Cooper número dos?

Levi la miró un buen rato sin pestañear. Un nueve en la escala del aburrimiento, que transmitía: «Así que esto es el infierno».

—Soy el instructor —contestó.

Vaya por Dios.

—Hola, Levi —lo saludó su padre, tras haberse librado de Beatrice, la de los ojos voraces—. ¿Qué tal estás?

—Bien, gracias. Me estaban diciendo que está usted...

—Mejor no decir nada —sugirió él.

—Por mí, estupendo —afirmó Levi—. Tengo que empezar.

—Claro, claro, haz tu numerito, guapetón. —Colleen le dio un guantazo en un hombro y se acercó a Faith mientras Levi se alejaba—. Si tuviera veinte años más, lo montaría como si fuera un toro Brahma.

—Colleen, qué graciosa eres —dijo su padre, que rio entre dientes.

—Si yo llego a decir eso te habría dado un infarto fulminante —señaló Faith.

—Cierto —reconoció su padre. Al menos, parecía más relajado.

—Bueno, gente —dijo Levi—. Bienvenidos a... —Miró el portapapeles que llevaba en la manos y suspiró—. Prácticas de tiro para solteros. —Sus ojos se clavaron en Faith, y aunque los separaban cinco metros de distancia, ella se percató del desdén con que la miraba—. Soy Levi Cooper, vuestro instructor de tiro esta noche. ¿Alguno de vosotros está familiarizado con las armas?

Levi había sospechado que este trabajo no sería buena idea. De vez en cuando se encargaba de las prácticas en esa galería de tiro, así que cuando Ed, el dueño, lo llamó, aceptó. El sueldo eran cuatrocientos dólares, y ya que los libros de texto de Sarah costaban tanto como un poni, una cantidad así por dos horas de trabajo no estaba nada mal.

Lo que tenía claro era que no imaginaba encontrarse con los Holland. Ni con Colleen. Ella, al menos, era graciosa. Faith, en cambio... saltaba a la vista que le había picado algún bicho. Por algún motivo, les estaba diciendo a todas las asistentes que él también estaba soltero.

—¡Oh, Levi es maravilloso! —Había oído que le decía a una mujer que se parecía muchísimo a su sargento de instrucción—. Muy sensible. Y es un héroe de guerra, además. Lo sé. Fuimos juntos al instituto. Claro, le encantan las mujeres mayores.

—Empezad a hacer parejas —les ordenó Levi—. Faith, amiga mía, ¿por qué no te acercas? —La verdad es que era justo que la emparejara con el hombre del mono que había decidido no ponerse camiseta esa noche.

—Madre mía, qué guapa eres —dijo el hombre.

—Y tú deberías ponerte una camiseta —le soltó ella al instante—. En serio. ¿De acuerdo? La próxima vez, ponte ropa. —Sonrió al desconocido, que la miró con la cara de tonto de un hombre enamorado. O borracho. Mandíbula laxa y ojos vidriosos.

—Faith, tienes experiencia disparando armas, ¿verdad? —le preguntó Levi.

—Sí. Dámela, Levi. Esta noche me siento con el dedo suelto.

—¿También sabes disparar? —le preguntó el descamisado—. La mujer perfecta.

Levi estuvo a punto de sonreír mientras caminaba de un lado a otro de la fila, explicándoles a los novatos cómo tenían que sostener el arma y qué tipo de retroceso debían esperar. Colleen tenía a un vejestorio comiéndole de la mano y la verdad es que el tipo no se quejaba en absoluto. Una mujer no quería ponerse los cascos protectores porque se despeinaría. Qué santa paciencia...

—No tengo ni idea de armas —confesó una mujer, que lo agarró de un brazo para poder restregarle mejor las tetas—. ¿Puedes ayudarme a colocarme?

—Claro. Es así. —Le demostró cómo tenía que ponerse: las piernas un poco separadas, los brazos extendidos al frente con los codos un poco flexionados y las manos rodeando el arma—. Mantén los pulgares juntos y este dedo sobre el gatillo. ¿Lo has entendido?

—¿Puedes ponerte detrás de mí y abrazarme para asegurarnos de que lo estoy haciendo bien? —Se removió, emocionada.

—No, señora. Lo siento.

La mujer frunció el ceño.

—¿Por favor? ¿Por favor, por favor? Me llamo Donna, por cierto.

—Lo siento, señora. Tenemos ciertas normas.

—Esa mujer dice que eres exmilitar —murmuró con voz ronca señalando a Faith con la barbilla—. No te voy a engañar. Eso me pone mucho. —Le pasó un dedo por la parte inferior de las espadas cruzadas que conformaban el tatuaje de su división, la 10ª de montaña, y a Levi le pareció tan repugnante que hasta sintió un escalofrío.

—Debo seguir. —Miró al compañero de la mujer, que se estaba pinchando en el dedo para comprobar su nivel de azúcar en sangre—. Buena suerte, señor.

Todavía se sobresaltaba un poco por los disparos. Otra razón de peso para estar ahí. Tenía que inmunizarse.

Tras las prácticas de tiro, los participantes tenían que sentarse y hablar entre ellos a intervalos de ocho minutos, y después debían cambiar de pareja. Como si hicieran falta ocho minutos para saberlo. Nina, su exmujer, pilotaba el helicóptero que recogió a su unidad durante una escaramuza que no estaba saliendo como debía y, tras diez segundos de conversación, ya sabía que acabarían en la cama. Tres días después estaba pensando en boda, niños y en una preciosa casa cuando regresaran a su país.

Pero claro, Nina lo abandonó a las trece semanas de haberse casado.

Bueno... La práctica de tiro estaba terminando. Dentro de una hora, Levi podría cerrar con llave y marcharse a casa, donde con suerte dormiría mejor que la noche anterior, aunque no era muy recomendable seguir oyendo el eco de los disparos en los oídos antes de irse a dormir. A lo mejor horneaba unas galletas para Sarah.

Se detuvo para comprobar los progresos de una pareja que parecía estar pasándoselo bien, le dio un consejo al hombre para que afinara la puntería y siguió. John Holland se encontraba en el siguiente puesto de tiro. Aunque no estaba disparando. Estaba acorralado, prácticamente pegado a la pared.

—Tócalas —le decía la mujer que lo había pedido como pareja—. Son exactamente iguales que las de verdad. Pensé: «Carla, ¿de verdad quieres tener unas tetas viejas y caídas el resto de tu vida?». Me las regalé cuando cumplí sesenta años. Doble implante. Copa D. De aceite de cacahuete. Vamos, pellízcalas.

—Hola, John —lo saludó Levi—. ¿Podría ayudarme un momento?

El hombre aprovechó la oportunidad sin pensárselo.

—Gracias, muchacho —susurró—. Maldita sea, echo de menos a mi mujer.

—No se rinda todavía. —Echó un vistazo al portapapeles—. A ver... sí, esta señora parece agradable. —Se acercaron a una mujer que estaba disparando con buena puntería—. Por Ellen me haría lesbiana —le estaba diciendo al hombre con el que estaba emparejada—. Tiene un trasero estupendo.

La cara de John se puso todavía más blanca de lo que ya estaba.

—Vamos a dejarlo —dijo Levi.

—Ha sido idea de mi hija, yo no... Creo que me voy a casa. ¿Ves a Colleen o a Faith?

Levi echó un vistazo por los puestos de tiro. Faith estaba en el último. El descamisado estaba haciendo alarde de todo su encanto. En cuanto se percató de que la estaba mirando, Faith le hizo disimuladamente un gesto obsceno con la mano.

—Creo que se lo está pasando fenomenal. Y Colleen también. ¿Qué le parece si yo las llevo de vuelta?

John asintió con la cabeza.

—Fantástico, Levi. Gracias. —Y con eso, salió hacia la puerta como un rayo.

Un poco después, tras guardar en sitio seguro las armas, las gafas protectoras y los cascos, los solteros se sentaron en la zona de la tienda. Las paredes estaban llenas de rifles, y la munición y las pistolas se guardaban en vitrinas cerradas con llave. Habían llevado sillas metálicas. Los solteros estaban sentados por parejas. Parecía la hora de visita de una cárcel, si no fuera por los teléfonos.

—¿Has visto a mi padre? —le preguntó Faith cuando pasó por su lado.

—Se ha ido —le contestó sin detenerse. La oyó chillar y se volvió para mirarla—. Yo os llevaré a Colleen y a ti a casa.

—O yo —ofreció Joe, *el Descamisado*.

Levi se apoyó en la pared y miró su teléfono móvil. Cuatro mensajes de texto de Sarah.

«Tengo 0 amigos. ¿Puedes venir a x mí?»

«Me encuentro mal», era el segundo.

«No seas idiota, no puedes obligarme a seguir aquí», era el tercero.

El cuarto decía solo: «T odio».

Levi suspiró y se fue al pasillo para llamarla. Saltó el buzón de voz. La verdad, ¿para qué quería un teléfono si solo lo usaba para enviar mensajes de texto?

—Sarah, corta el rollo, anda. Ya vendrás a casa el 12 de octubre, que es fiesta. Necesitas hacer amigos que sean humanos. —Hizo una pausa y se la imaginó en una fiesta con una pipa para fumar hierba y una bolsa llena de éxtasis—. O estudiar un poco más. Tienes que subir las notas. ¿De acuerdo? Tengo que irme. —Guardó silencio un momento—. Adiós.

Diez segundos después recibió un mensaje de texto.

«T sigo odiando. No eres el más indicado para dar consejos. Vive tu vida y deja d obsesionarte conmigo. Necesitas echar un polvo.»

«Inapropiado», le contestó.

La verdad, le encantaría dejar de obsesionarse con ella, pero su hermana le enviaba mensajes o lo llamaba por lo menos diez veces al día. ¿Haría mal si la estrangulaba? Seguramente.

Se frotó los ojos. La verdad es que ambos necesitaban algo en sus vidas. Los dos últimos años, entre que Nina le había abandonado y el cáncer de su madre... habían sido duros. Sarah y él se habían unido más precisamente por eso. Pero cuando una familia quedaba reducida a dos personas había momentos malos, porque Sarah no tenía otro hombre sobre el que llorar.

La puerta se abrió. Era Colleen.

—Oye, jefe. Vuelve para acá. Déjame practicar contigo.

—Te veo muy lanzada, O'Rourke.

—Ya quisieras tú, Cooper.

—Desde luego —confirmó él.

—Oooh, ¿quieres que me lance? No me lo repitas dos veces. —Enarcó las cejas y sonrió.

—Eres capaz, lo sé —dijo Levi. Le gustaba Colleen, era una de las pocas personas que no le había tratado de forma diferente desde que regresó a casa. Y el hermano de ella era otro. Y Jeremy. Y Faith, puestos a pensarlo. Aunque Faith parecía más borde de lo que recordaba. Mejor así que cuando se comportaba como la Linda Princesita.

Colleen lo precedió al volver a la tienda y señaló una de las sillas metálicas vacías.

—Siéntate y ponte guapo —le dijo Colleen, que tomó asiento en la otra silla—. Vamos a fingir que no nos conocemos. Se supone que debemos hacernos tres preguntas cada uno. Yo seré la primera.

—Cómo no —murmuró él.

—¿Cuál es tu comida preferida?

—Las hamburguesas con queso que preparan en la Taberna de O'Rourke —contestó.

—¡Oh, buena respuesta! —exclamó aplaudiendo—. ¿Cuál es tu color preferido?

Una pregunta muy femenina. ¿Tenía un color preferido? ¿El azul? ¿El rojo?

—El verde —contestó.

—Muy bien. Y la última, ¿cuál es tu postura preferida? —Lo miró con cara de salida y Levi se limitó a sonreír—. Bueno, me darás al menos un punto por haberlo intentado —añadió ella—. Iba a escribirlo en el servicio cuando regresara al restaurante. ¿Cuándo vas a empezar a salir con mujeres, Levi?

—Tres preguntas como máximo.

El teléfono o el reloj de alguien pitó, y todas las mujeres se levantaron y se cambiaron de sitio. Colleen le envió un beso. Él asintió con la cabeza a modo de respuesta. La siguiente mujer era la que le había acariciado el tatuaje. Sus preguntas fueron: «¿Crees en el amor a primera vista? ¿Alguna vez le has dado una azotaina a una mujer? ¿Cuál es tu color preferido?». Él respondió: «No, no y rojo».

—Muy bien, pregúntame lo que quieras —le dijo ella.

Levi suspiró.

—Mmm... ¿Cómo te llamas?

—Donna. Ya te lo dije antes. —Le regaló una enorme sonrisa y pegó los brazos por delante para resaltar aún más su arrugado canalillo—. ¿Quieres venir conmigo a casa y poner en práctica lo de la azotaina?

Por el amor de Dios.

—Creo que me toca preguntar. Esto... ¿Cuál es tu color preferido?

—¡Rosa! Ahora mismo llevo ropa interior rosa. ¿Quieres verla?

—Sigue siendo mi turno. ¿Qué opinas sobre las conversaciones de paz en Oriente Próximo?

—Creo que todo el mundo debería llevarse bien, ¿no te parece? ¿Quieres ir a algún sitio?

Por suerte, el temporizador avisó de otro cambio de turno.

—Un placer conocerte —dijo Levi.

Faith se sentó frente a él. La cosa iba mejorando.

—¡Madre mía! —exclamó, dirigiéndose a la mujer que acababa de marcharse—. ¡Creo que le gustas! Lo he pillado mirándote el trasero.

—Cierra la boca, Faith —murmuró él.

—¿De veras? —preguntó la mujer, que se dio una palmada en el trasero y le guiñó un ojo a Levi.

—Creo que has encontrado a una amiga —dijo Faith—. Faltaría más. Con lo amable que eres...

—¿Tienes tres preguntas?

—Pues sí, las tengo. Aunque no quiero salir contigo, claro está.

—Sí, lo recuerdo.

Eso le dolió. Un rubor rosado apareció en sus mejillas (y en su cuello... y en el pecho. Allí estaba otra vez esa impresionante delantera, cubierta por un jersey rojo con el escote de pico. No había nada como una pelirroja vestida de rojo). La vio desdoblar un trozo de papel.

—¿Has estado alguna vez en la cárcel?

Muy bien, al menos no le estaba preguntando una tontería como su color preferido.

—No.

—¿Tienes algún hijo y si la respuesta es afirmativa, estás involucrado en su vida?

—No tengo ningún hijo.

—¿Con cuántas mujeres te has acostado? —lo miró con gesto elocuente—. Si es que sabes contar hasta una cifra tan alta, claro.

El número no era tan alto como su reputación aseguraba, la verdad.

—Paso. ¿Siguiente pregunta?

—¿Puedes darme tu número de la Seguridad Social para comprobar tus datos?

—No entiendo cómo sigues soltera. —La miró con una ceja levantada y ella dobló el papelito resoplando.

—No frunzas el ceño, Levi Cooper. Este tipo de preguntas son las que marcan la diferencia. ¿A quién le importa si te gusta pasear a la luz de la luna, si prefieres las películas antiguas, si estás casado o si vives en el sótano de tu madre?

En eso tenía razón.

—Odio las películas antiguas —admitió.

—Yo también. Son tan sensibleras... Prefiero una buena peli de miedo.

—Me gustan las películas de terror, no vivo en el sótano de mi madre, no estoy casado y no soy gay —dijo.

De repente, una corriente eléctrica pareció vibrar entre ellos. Faith debió de sentirla también, porque se ruborizó y su mirada se hizo más amable.

«Necesitas echar un polvo», le recordó su cerebro.

Mierda. No con Faith Holland y sus problemas. Por mucho que a su cuerpo le gustara la idea.

—«Dizcúlpeme» —dijo una voz infantil. Levi dio un respingo al notar algo en la oreja. Era Donna, la madre que la parió, con un títere en una mano. Un cerdo que lo estaba saludando—. ¿Te gustan los animalitos? ¡A mí me encantan! —Su voz adoptó el tono normal al añadir—: Hago guiñoles en fiestas infantiles. Me encantan los niños, ¿sabes? Me encantaría tener unos cuantos.

Faith lo miró con una sonrisa, el temporizador sonó y ambas mujeres buscaron una nueva pareja.

Faith no encontró a su futuro marido. La verdad es que no esperaba encontrarlo, pero sí había conseguido tres números de teléfono para su padre. Al día siguiente investigaría un poco. La noche no había sido tan desastrosa.

Levi condujo casi todo el rato en silencio durante el trayecto de vuelta a casa. Le dijo que fuera por la ruta 54 en vez de tomar Lancaster Road, pero él no preguntó por qué; se limitó a murmurar algo y a obedecerla.

En fin, la verdad era que podría jurar que había pasado algo entre ellos aunque solo fuera durante un segundo. A lo mejor. Fuera lo que fuese, real o imaginado, se había evaporado casi al instante.

—Ha sido una idea estupenda —dijo Colleen—. Papito rico, allá voy.

—Me siento mal porque mi padre se ha ido —comentó Faith.

—Yo me siento mal porque no me dejas casarme con él —le soltó Colleen—. ¿No crees que sería una madrastra estupenda?

—Estaría muerto a la semana —contestó Faith.

—Levi, ¿has encontrado a alguien? La mujer de los tatuajes estaba buenorra.

—O la de los muñecos de guiñol —añadió Faith, sin poder contenerse—. Un poco pervertida.

—Yo era el instructor —les recordó él.

—Bueno, pues deberías buscarte a alguien agradable —le dijo Colleen—. Estaré atenta por si veo alguna.

—No, gracias.

Colleen soltó un suspiro exagerado.

—Faith, la pérfida de su mujer le rompió el corazón cuando lo dejó. Tenemos que ayudarle.

—¿Ah, sí? —dijo ella—. Parece estar bien solo.

—Exacto —confirmó él, que miró por el retrovisor.

Bonitos ojos. Levi Cooper tenía definitivamente los ojos bonitos.

En cierto modo, deseó que Levi dejara primero a Colleen. El porqué se le escapaba, pero la idea de quedarse a solas en el vehículo con Levi Cooper le provocó un cosquilleo en las rodillas.

Pero no. La Casa Vieja era la primera en la ruta, y efectivamente, Levi tomó el camino de entrada. Se despidió de Colleen, le dio las gracias a Levi por haberla llevado a casa y se quedó de pie, mirando cómo se alejaba el automóvil, celosa aunque pareciera extraño por el hecho de que Colleen estuviera tres minutos más en el vehículo con el jefe McÑam.

Capítulo 13

—Faith, como eres la nueva, ¿por qué no empiezas tú, cariño? —preguntó Cathy Kennedy, la directora del Grupo de Estudio de la Biblia para mujeres.

—Creía que me tocaba a mí —protestó Carol Robinson, una de las caminantes a las que Faith casi había atropellado cuando volvió al pueblo unos días atrás. De verdad, las seis andaban a toda leche, como si quisieran acabar en el hospital.

—En fin, Faith es nueva, así que creo que deberíamos dejar que hablara ella.

Faith sonrió. Indudablemente, Cathy sería una candidata a novia de su padre. La noche anterior, Lorena «la del estampado de leopardo» había cenado en casa de nuevo, y Faith recibió la orden de presentarse ante Honor, que se encontraba en una cata de vinos en el Red Salamander. Cómo no, Lorena había registrado inocentemente el escritorio de la sala de estar mientras su padre leía el periódico, ajeno por completo a todo. Cuando Faith le preguntó si podía ayudarla a buscar algo, Lorena le dijo que había perdido un pendiente en su última visita.

—Esa mujer va a desplumar a tu padre —farfulló la señora Johnson cuando Faith entró en la cocina, y golpeó una olla para dejar clara su postura.

Pues eso. ¿Qué mejor lugar para encontrar a una mujer agradable que en una reunión del Grupo de Estudio de la Biblia? Solo una de las tres candidatas de la «Noche de tiro para solteros» no había sido descartada; a una no le gustaban los niños, y otra parecía tener problemas con el juego. La número tres seguía bajo investigación, pero vivía un pelín lejos.

—Vamos por... A ver que lo compruebe... Sí, Éxodo, capítulo cuatro, versículo veinticinco. Vamos, Faith —la animó la señora Kennedy.

—Gracias, señora Kennedy —dijo Faith, que miró su Biblia—. Esto... de acuerdo, allá vamos. Entonces Séfora, tomando un pedernal afilado, cortó el prepucio de su hijo... ¡Por Dios! Será broma, ¿no...? Y lo arrojó a sus pies, diciendo: «Esposo de sangre eres para mí». ¿Me he equivocado de versículo? —Asustada, miró a las mujeres que la rodeaban.

—¡Perfecto! —exclamó Cathy—. ¿Os parece que lo comentemos?

—¿Lloraba el niño? —preguntó Carol—. Le cortas el prepucio con una piedra y lo tiras al suelo, yo quiero saber qué hacía el niño.

—A lo mejor no era un bebé —comentó Lena Smits—. A veces, los niños tenían quince o dieciséis años cuando se lo hacían.

—Lo dudo mucho —replicó la señora Corners—. Mi nieto no deja ni que lo abrace. Dudo mucho que me dejara circuncidarlo con una piedra.

—Yo también lo dudo —dijo Faith, que tuvo que contener una arcada.

Seguro que Dios se daría cuenta de lo altruista que estaba siendo, haciendo de casamentera entre adultos y encima asistiendo a una reunión del Grupo de Estudio de la Biblia, y la recompensaría no solo con una madrastra estupenda, sino también con un buen marido y varios niños monísimos. «Cuando quieras, machote», pensó ella.

Y hablando de matrimonio..., la última vez que estuvo en el sótano de la iglesia Trinity Lutheran lucía un vestido de novia.

En fin. Era una tontería llorar por lo que pudo haber sido. No estaba allí para rememorar su boda fallida. Estaba allí para escoger a una mujer.

Cathy Kennedy, desde luego. Llevaba viuda mucho tiempo. Janet Borjeson también era soltera, aunque Honor había refunfuñado cuando Faith la mencionó. El caso... Anotó sus nombres en los márgenes del libro del Éxodo.

—¿Qué te parece, cariño? —preguntó Goggy.

Faith dio un respingo.

—Esto... ¿qué me parece la circuncisión? —En fin, ¿tenía algo de malo aquello de «Dejad que los niños se acerquen a mí»?

Goggy frunció el ceño.

—No, cariño. Barb está pensando en reducirse el pecho. Tiene dolores de espalda desde hace años. —La aludida asintió con la cabeza.

Primero prepucios y luego tetas.

—Yo digo que adelante. Según tengo entendido, se quedan muy levantaditas.

—Exacto —dijo Barb—. Gracias, Faith. ¡Eres estupenda! Lo sabes, ¿verdad? —Sonrió—. Por cierto, mi nieto está soltero, cariño. ¿Quieres que le dé tu número?

Faith reprimió un escalofrío. El nieto de Barb la había acompañado a la iglesia y era la viva imagen de un asesino en serie: andaba arrastrando los pies, tenía una calvicie galopante y la mirada furtiva y fija de Mark Zuckerberg.

—Ah, muy amable por tu parte, pero no. Esto... no, no, gracias.

—Sigue con el corazón destrozado por lo de Jeremy Lyon —anunció Carol Robinson.

—No es verdad —la desmintió Faith—. Somos amigos.

—¿Cómo ibas a superar algo así? —preguntó Cathy—. Y encima es médico. ¿Sabes que tiene la virtud de conseguir que me ría durante mi revisión anual de ya sabéis qué?

El tema se centró en las tiernas manos de Jeremy, y después se pusieron a hablar de las nuevas zapatillas deportivas que Carol había comprado con un descuento del setenta por ciento en una de sus excursiones a las tiendas de saldos.

Al cabo de una hora más o menos, que pareció transcurrir discutiendo de nietos ingratos y de prótesis de rodilla, y no de Moisés en el desierto, la reunión por fin llegó a su término.

—Ha debido de traerte unos recuerdos espantosos —comentó Carol—. Este es el mismo sitio donde Jeremy cortó contigo, ¿no?

—Pues sí, señora Robinson. Gracias por recordármelo. —Mantuvo la mirada clavada en Cathy, con la esperanza de sacar a colación el nombre de su padre.

—¡Pobrecilla! ¡Ha debido de ser espantoso! ¿De verdad no tenías ni idea?

—Pues no. Menuda sorpresa, ¿eh? ¿Qué me dice de Séfora? Una mujer interesante.

Carol no se dio por enterada.

—Entiendo que no quieras salir con Bobby McIntosh, pero buscas marido, ¿verdad? Tu abuela me lo ha dicho.

—No, no. La verdad es que no. En fin... más o menos, pero... no. —Faith le lanzó una mirada elocuente a su abuela, pero Goggy estaba muy ocupada conversando sobre la esponjosidad de las barritas de limón de Norine Pletts y diciendo que unas delicias así solo podían proceder de la panadería de Lorelei, Sunrise Bakery, mientras que Norine se limitaba a esbozar una sonrisilla enigmática. ¡Ah, vaya por Dios! Cathy Kennedy acababa de salir por la puerta.

—En fin, el hijo de mi cuñado está soltero. ¿Te doy su número? ¿Quieres que le diga que te llame? Tiene un problema glandular, así que suda mucho, pero es muy amable. Le diré que te llame. ¡Estupendo! Muy bien, adiós.

—Lo que usted diga, señora Rob... —Sin embargo, Carol ya se alejaba andando a toda prisa.

Faith se acercó a Goggy, que seguía interrogando a Norine acerca de sus métodos de repostería.

—En fin, si no usas polvos de hornear, Norine, ¿cómo es posible que te queden tan esponjosos? Atrévete a contestar eso.

—Es una receta familiar —contestó Norine, que miró a Faith con una sonrisa.

—¿Goggy? Voy a empezar a descargar, ¿de acuerdo? Nos vemos cuando hayas acabado. Pero tómate el tiempo que necesites.

Goggy adoptó una expresión trágica al mirar a sus compañeras luteranas.

—Ah, claro. ¿Sabéis que me abandona? Se... se va de casa. Podría quedarse con nosotros, pero no, esta gente joven y su necesidad de espacio... —Soltó un suspiro lastimero, provocando un coro de murmullos de desaprobación.

—¡Adiós, señoras! Gracias por dejarme que las acompañara. —La desaprobación se convirtió en abrazos, palmaditas y consejos para que mirase al cruzar la calle y para que cerrase con llave por las noches para que no le rebanaran el cuello.

Salió del sótano de la iglesia y parpadeó al recibir la luz del sol.

Era una de esas tardes perfectas de finales de septiembre, despejada y fresca, con el olor penetrante del follaje otoñal y de la sopa de calabaza que preparaban en el pequeño restaurante del otro lado de la plaza flotando en el aire. Una fila de niños en edad preescolar, todos sujetando, o sujetos, a una cuerda, cruzaba la calzada. Era miércoles, y si bien había gente que deambulaba por la calle, curioseando los escaparates de Presque Antiques y de Unique Boutique, el ambiente estaba bastante tranquilo.

Dos días antes le había preguntado a Honor si sabía de algún apartamento disponible. Cinco segundos después, Honor tenía a Sharon Wiles al teléfono. No solo había un apartamento disponible, sino que era el piso piloto, el único de todo el edificio que no habían alquilado y que estaba amueblado. ¿Cuándo le gustaría mudarse a Faith? Tenía que reconocerle el mérito a su hermana: Honor conocía a todo el mundo y sabía todo lo que sucedía en el pueblo.

En la parte trasera tenía dos maletas, unas cuantas cajas llenas de utensilios de cocina sin los cuales Goggy decía que no podría vivir y a *Blue*, sentado, con su asquerosa pelota de tenis en la boca y la cabeza ladeada, como si quisiera hipnotizarla para que le lanzase la pelota.

—¡Hola, precioso! —exclamó Faith—. ¿Te gusta tu pelota? ¿Está babosa y buena? ¿A que sí?

Blue estaba encantado y meneó el rabo. A Sharon Wiles no le había hecho mucha gracia la presencia de *Blue*, pero no pudo negar que era precioso, que estaba muy bien adiestrado y que, sí, técnicamente era un perro de asistencia. A ver, así podía entrar en restaurantes.

Faith levantó una enorme caja de la parte trasera y echó a andar hacia el edificio Opera House con el perro pegado a los talones. Su nuevo domicilio estaba oportunamente situado junto a la plaza, justo enfrente de la panadería de Lorelei, Sunrise Bakery. Además, había una nueva chocolatería a la que Faith quería mostrarle su apoyo. Pero antes tenía que mudarse, ponerle sábanas limpias en la cama, preparar un poco de café y colgar la ropa.

Goggy también iría; quería asegurarse de que el apartamento estaba bien limpio.

Durante un segundo, Faith se imaginó a su madre ayudándola a mudarse. En su cabeza, Connie Holland había envejecido de maravilla y vestía unos *jeans,* una camiseta de manga corta y unas zapatillas Converse. Se reirían cambiando los muebles de sitio, cosa que a su madre le encantaba. Después, comprarían unas galletas en la panadería y hablarían. Tal vez de Jeremy. Faith se había preguntado miles de veces si su madre se habría dado cuenta.

Y todo eso habría sido posible, se recordó Faith a sí misma, de no haber sido por su culpa.

—Vamos, *Blue* —dijo al abrir la puerta. Subió la amplia escalera hasta el tercer piso, seguida de cerca por el perro con la pelota en la boca. Su apartamento era el 3º A, que tenía vistas a la panadería. «Gracias, Señor que estás en los cielos», pensó. Se despertaría con el olor a pan recién hecho. Sujetó la caja como pudo mientras rebuscaba las llaves en el bolsillo.

La puerta del 3º C se abrió y apareció Levi Cooper vestido de uniforme. Frunció el ceño al verla.

—¿Qué haces aquí? —le preguntó él.

Blue se abalanzó sobre el jefe Gruñón y soltó la pelota. Al ver que Levi no entendía lo que le decía, el perro recogió la pelota una vez más y la dejó caer. Repitió el proceso, sin importarle que Levi mirase a Faith como una pitón miraría a un roedor. Cualquier relación relámpago que hubieran establecido en la «Noche de tiro para solteros» había sido, evidentemente, producto de su imaginación.

—Levi. Qué agradable sorpresa. ¿Somos vecinos? —Faith habló con voz alegre y cantarina, pero sentía que empezaba a arderle la piel del pecho. A ver: no tenía muchas opciones, pues el Opera House era el único bloque de apartamentos del pueblo, pero eso ya era demasiado.

—¿Te mudas? —quiso saber Levi.

—¿Te has dado cuenta? Increíble. ¿Cómo lo has sabido? Toma, sujeta esto, anda. —No esperó respuesta, se limitó a dejarle la caja en las manos.

—Te mudas.

—Parece ser que tienes poderes mentales. Es alucinante, de verdad. Deja de fruncir el ceño, por favor. Vas a necesitar bótox antes de que te des cuenta.

Blue seguía con el juego de la pelota en un intento por hacer comprender al humano imbécil. Faith abrió la puerta y recuperó la caja.

—Nos vemos, vecino.

Entró en el coqueto apartamento, soltó la caja y echó un vistazo por la mirilla. Había desaparecido.

Así que Levi Cooper vivía en el 3º C. Muy bien. Era un país libre y tal. Seguramente ni se verían. Algo que le parecía estupendo. Bueno, sí, en fin, se verían de vez en cuando.

No sabía muy bien qué sentir al respecto.

Blue olfateaba los rincones. Era lógico. Ese sería su nuevo hogar, al menos de momento. Sharon había dejado que lo alquilara por meses, dado que conseguir ingresos, por pocos que fueran, era mejor que no conseguirlos.

Y el apartamento era precioso. El suelo era de tablas de abedul antiguas, cepilladas incontables veces en ciento cincuenta años de uso, pulidas hasta relucir en ese momento. La parte correspondiente al teatro se encontraba en el quinto piso. Faith suponía que el tercer piso había sido una zona de trabajo para confeccionar o almacenar los disfraces. Desde las ventanas frontales no solo podía aspirar los deliciosos aromas de la pastelería, sino que también tenía una vista magnífica del lago Keuka y de una frondosa zona verde.

La cocina tenía encimera de granito y una isla, así como un botellero incorporado. Había un pequeño despacho donde podría colocar el ordenador y acosar a posibles parejas, tanto para su padre como para ella. Y trabajar, claro. Además del granero y del patio de la biblioteca le habían pedido que diseñara algo para un viñedo que estaba al otro lado del lago y para dos residencias particulares.

La puerta se abrió y entró su abuela, con una diminuta caja en las manos, y Levi, con dos cajas mucho más grandes.

—¡Mira a quién me he encontrado! —exclamó Goggy, encantada—. ¡Levi Cooper, nuestro jefe de policía!

—Sé quién es, Goggy —dijo Faith—. Gracias, Levi.

—De nada —repuso él mientras soltaba las cajas en la mesa—. ¿Puedo ayudaros en algo más?

—¡Ay, te has portado de maravilla! —dijo Goggy—. ¿A que se ha portado de maravilla, Faith?

—De maravilla maravillosa.

—Pues que paséis un buen día —les deseó él, que miró a Goggy con una sonrisa. A ella no, por supuesto.

Y se fue.

—Gracias por acompañarme —dijo Faith, que abrazó a la anciana.

—Ay, cariño, me encanta que me necesiten —repuso su abuela, cuyas arrugadas mejillas adquirieron un precioso rubor—. Gracias por pedírmelo. Como sabes, nunca tuve una hija.

—Lo sé. —Faith sonrió todavía más. A Goggy le gustaba hablar de cosas más que sabidas como si estuviera revelando una novedad—. ¿El abuelo y tú estaréis bien sin mí?

Goggy abrió el grifo del agua caliente y empezó a llenar el fregadero. No le gustaban los lavavajillas.

—Estaremos bien —le aseguró—. Ha sido agradable tener a alguien que rompiera la monotonía.

El sentimiento de culpa aplastó sin miramientos el corazón de Faith.

—Me pasaré a veros todos los días —afirmó.

—Ah, no tienes por qué. Lo entiendo —dijo Goggy. Abrió la primera caja y empezó a sumergir la cristalería en el agua jabonosa—. Te envidio. No me habría importado tener un apartamento nuevo y vivir sola. Empezar de cero.

Faith la miró, sorprendida. Ese comentario no era el que se esperaba escuchar de una anciana de ochenta y cuatro años. O tal vez era justo lo que se esperaba de alguien así.

—¿Qué se siente al estar casada durante tanto tiempo? —quiso saber Faith al tiempo que abría otra caja.

—Ah, pues no sé —contestó Goggy—. A veces tengo la sensación de que tu abuelo no sabe quién soy en realidad. Seguro que se cree que aprendió todo lo que tenía que aprender durante la primera semana de nuestro matrimonio y que no ha habido cambios desde entonces. ¡Pero sí que los ha habido! A veces, quiero hablarle de un libro que he leído o de algo que alguien ha dicho en la iglesia, pero no me presta atención.

Faith musitó algo para mostrar su solidaridad.

—Os casasteis muy jóvenes, abuela —dijo. Sus abuelos se conocieron apenas un mes antes de casarse. En aquel entonces, esas cosas eran habituales.

—¿Me lo dices o me lo cuentas? —ironizó Goggy.

—Seguro que fue amor a primera vista.

Goggy resopló.

—Nada de eso, cariño. Él tenía tierras y nosotros teníamos un poco de dinero, él acababa de volver de la guerra y nuestras familias estaban de acuerdo.

—¿Lo querías?

El semblante de Goggy se endureció.

—¿Y qué es el amor? —Frotó un vaso con tanta fuerza que Faith dudó de que durara mucho.

—¿Quieres sentarte, Goggy? —preguntó ella—. Vamos a tomarnos un café mientras hablamos.

Su abuela la miró con expresión cariñosa.

—Sería estupendo, cariño. De un tiempo a esta parte, nadie cree que tenga algo interesante que decir. Solo tú.

Faith preparó café, agradecida por lo rápida que era su cafetera Keurig. Puso la taza delante de Goggy y se sentó a su lado.

—Estaba prometida con un chico que murió en la guerra —confesó Goggy, y Faith casi se atragantó con la sorpresa. Su abuela le dio unas palmaditas en la espalda—. Se llamaba Peter. Peter Horton.

Peter, siguió Goggy, era un muchacho que vivía en su misma calle, el hijo del lechero. Su madre era inglesa, lo cual le daba un aire muy cosmopolita. Llegaron a un acuerdo: Peter iría a la guerra, «porque eso es lo que la gente hacía, Faith, fueras rico o pobre. Incluso los actores de Hollywood fueron a la guerra». Y, a su vuelta, se casarían.

Murió en Francia, y a Goggy le dio todo un poco igual desde entonces. John Holland, ¿por qué no? Sí, quería tener hijos. Y no había tantas alternativas para las mujeres en aquellos tiempos.

—Pero sigo pensando en él, Faith —admitió Goggy en ese momento, en voz baja y con un deje apagado—. A veces, estoy haciendo la colada o subiendo la escalera, y me pregunto si me reconocería siquiera. Me pregunto si habríamos sido felices. Creo que sí. Me traía flores que había recogido en el campo, me escribía poemas y me lanzaba miraditas en la iglesia.

—Parece maravilloso —repuso Faith, que se secó las lágrimas con una servilleta. Sintió una opresión en el pecho al saber que una vez cortejaron a Goggy con tanta dulzura y tanto amor.

—Lo era. —Goggy se quedó callada un minuto—. Tu abuelo nunca se esforzó mucho. Yo era algo seguro. —Su abuela la miró de reojo y extendió el brazo para darle un apretón en la mano—. Así que en cierto modo entiendo lo que debes de sentir por Jeremy. El amor de tu vida no será el hombre con quien terminarás, y siempre los compararás.

—En fin, ojalá que no —repuso Faith—. Lo siento muchísimo, Goggy. Qué historia más triste. ¿Por qué no me la has contado antes?

—No sé —contestó su abuela—. Nadie quiere oír las batallitas de una vieja. —Goggy suspiró antes de ponerse en pie con las fuerzas renovadas—. Vamos a limpiar. Este sitio parece limpio a primera vista, pero esos armarios pueden esconder una legión de gérmenes.

Faith se despertó a las tres de la madrugada con una idea en la cabeza.

El primer evento en El Granero de Blue Heron sería una fiesta de aniversario para sus abuelos. Podría tener el lugar listo a tiempo, o al menos en gran parte, y les organizaría una gran celebración. Tal vez así Goggy y el abuelo recordaran los buenos tiempos. Un poco de amor. Seguro que no se podía aguantar casado más de sesenta años sin querer a tu cónyuge.

Pobre Goggy. Debió de ser durísimo pasar de un amor idílico a algo tan práctico como su matrimonio con el abuelo, sin dejar de preguntarse cómo habría sido su vida si Peter hubiera vuelto a casa de la guerra. Su padre también llevaba pasados muchos días sin su madre, con una vida totalmente distinta a la que había imaginado.

Deseó poder llamar a Jeremy y escuchar su amable voz. A lo mejor su abuela tenía razón... A lo mejor nunca encontraría a alguien a quien amar o que pudiera compararse con su primer amor. Como Goggy. Como su padre.

«Vaya por Dios», pensó. Parecía que se había echado a llorar.

Blue resopló y meneó el rabo, dormido. La misteriosa luz de la luna entraba en su habitación, bañándola con su blanco resplandor. De la cocina le llegaba el zumbido del frigorífico. Salvo eso, todo estaba en silencio.

Bien podría levantarse y comprobar los plazos para la remodelación del granero. Fue descalza a su despacho y *Blue* la siguió, siempre fiel, con la pelota en la boca, aunque se la tiró a los pies cuando se sentó al escritorio, como si llevaran años viviendo en el apartamento y no unas cuantas horas. Faith le frotó el pelo con los pies, ganándose un gruñido satisfecho del animal.

Nunca se estaba solo del todo con un perro. Desde luego que no. Encendió el ordenador y, en ese momento, se percató de algo.

El apartamento olía a chocolate.

Qué agradable. Y un poco raro. ¿Habría abierto ya la panadería? Mientras el ordenador arrancaba se acercó a las ventanas para comprobarlo. No, el escaparate de la panadería estaba a oscuras.

Se acercó a la puerta y la abrió un poco. El pasillo estaba a oscuras, pero se veía luz por debajo de la puerta del 3º C, y el olor del chocolate era más fuerte. *Blue* también asomó la cabeza antes de sacar la lengua y relamerse.

Levi estaba horneando algo.

Estaba horneando algo a las 3.17 de la madrugada.

Capítulo 14

Dos semanas después, lo único que quería Levi era entrar en su apartamento sin que el enorme perro de Faith intentara montarle la pierna en el pasillo, servirse una cerveza y ver la victoria de los *Yankees*. Habían sido dos días larguísimos. Estaba intentando enseñar a Everett, pero el muchacho tenía un colador por cabeza. Fuera como fuese, lo había dejado al mando esa noche, por mala idea que pareciera.

—Llámame si hay algo de lo que no estés seguro, ¿de acuerdo? —le recordó—. Y no se te ocurra desenfundar el arma. Si me entero de que lo has hecho sin mi expreso consentimiento, estás despedido. Me da igual quién sea tu madre.

Everett sonrió de oreja a oreja.

—Entendido, jefe. No se preocupe por nada. —Intentó poner los pies en el escritorio, no atinó y se cayó de la silla.

Levi contuvo un suspiro.

—Te llamaré más tarde para ver cómo vas.

—Estás obsesionado con el control, ¿no te lo ha dicho nadie? —le preguntó Emmaline al tiempo que se ponía el impermeable. En la mesa tenía un libro titulado *Toma las riendas de tu vida: Cómo pasar de un trabajo sin futuro a la carrera de tus sueños.*

—¿Buscas otro trabajo, Em? —quiso saber él.

—Busco quedarme con el tuyo. —Le lanzó una de sus típicas miraditas, a caballo entre la sorna y la irritación.

Levi le sujetó la puerta y agachó la cabeza para protegerse del pésimo tiempo. Aunque solo estaban en octubre, la temperatura había caído en picado de repente y la llovizna se había convertido en un aguacero. La acera ya estaba muy resbaladiza. Por suerte para él, su camino de vuelta a casa eran unos cincuenta metros. Acompañó a Emmaline, que vivía justo a mitad de camino, en una preciosa casita junto a la biblioteca. Estaban haciendo algo allí... Ah, ya. Faith Holland estaba en el patio.

—Gracias por acompañarme a casa. Ahora, largo. Fuera. Déjame. Pírate —dijo Emmaline mientras abría la puerta—. Y no te obsesiones con Everett. Necesita experiencia. Si sigues revoloteando a su alrededor como mamá gallina, nunca aprenderá.

—¿Nunca has pensado en presentarte a la presidencia? —le preguntó él.

—Pues sí, pero no soy muy fotogénica. Intenta descansar esta noche, jefe.

Una noche solo. Sería algo que le habría encantado en otras circunstancias. Sarah se presentó el martes, diciendo que se sentía mal. Mal por estar lejos de casa, sí, pero sin enfermedad física alguna. Además, había hecho autostop. ¡Y tenía a un poli de hermano! Dijo que, como no había conseguido arrancar su vehículo, se subió a la furgoneta del repartidor de Hostess. Todo eso hizo que Levi le echara un sermón sobre los peligros de hacer eso y sobre la idiotez de decir que no quería ir a la universidad.

—¿Qué vas a hacer si te quedas aquí? —le preguntó con sequedad mientras la llevaba de vuelta al día siguiente—. ¿Vas a servir mesas? ¿Vas a hacer de camarera en alguno de los viñedos? ¿No quieres algo distinto, Sarah?

Ella contestó volviendo la cara hacia la ventanilla mientras las lágrimas resbalaban por su rostro, y eso hizo que Levi se sintiera como un gusano asqueroso. Ni siquiera se despidió de él cuando la dejó en la puerta de su residencia.

Después hubo un accidente en la ruta 54... Sin muertos, pero, por el amor de Dios... se trataba de Josh Deiner, el mismo niñato que había emborrachado a Abby Vanderbeek. El accidente acabó con la retirada del carné del muchacho, que se había puesto hecho una fiera, porque era un niño rico que no estaba acostumbrado a tener que cumplir las normas.

Y luego se encontró con Faith Holland, que vivía enfrente de su puerta. Era... una distracción. Solo la había visto en unas cuantas ocasiones, pero tras cada una de ellas le había costado reponerse.

—¡Hola, jefe! Una noche espantosa, ¿verdad? —le dijo Lorelei mientras cerraba la puerta principal de la panadería.

—Pues sí. Conduce con cuidado, ¿de acuerdo?

—Dalo por hecho. —Esbozó una sonrisa deslumbrante antes de sacar las llaves de su enorme bolso morado.

Levi esperó hasta que se subió a su vehículo y después la vio alejarse por la calle. Se le fue un poco de atrás al dar una curva, pero vivía a poco más de un kilómetro del pueblo, no en La Colina, donde la carretera estaría en peores condiciones.

Abrió la puerta del edificio Opera House. Si había algún accidente esa noche, tendría que salir, no le quedaría más remedio. Ev no estaba capacitado para lidiar con esas cosas todavía. Nada más pensarlo cayó en la cuenta de que nunca había descansado más de dos noches seguidas desde que lo contrataron.

Tal vez la marcha de Nina no fuera tan rara, después de todo.

Desterró esas ideas. Su mujer no se había ido porque trabajara demasiado; se había largado porque era piloto de helicópteros y una yonqui de la adrenalina.

Levi abrió el buzón de bronce repujado, donde encontró facturas y una película de Netflix, y subió la escalera. La puerta de Faith estaba abierta. Titubeó un momento, casi con la esperanza de que saliera y... mierda, ¿hiciera qué? No lo sabía. Solo sabía que le quedaba por delante una noche que se le antojaba larguísima.

Algo se le pegó a la pierna. *Blue*, ese bicho tonto.

—Vuelve a casa, amigo —le dijo al perro.

Entró en su apartamento, pero el perro abrió la puerta con la cabeza, seguramente esperando pasar un tiempo a solas con su pierna. Levi se puso unos *jeans* y una camisa de franela y colgó el uniforme. La vida en el ejército lo había convertido en un obseso de la pulcritud, algo que a su madre y a Sarah les había hecho mucha gracia, ya que siempre fue el típico adolescente desorganizado. Pero eso se acabó. El apartamento estaba como los chorros del oro, sobre todo con Sarah viviendo en otra parte. Él siempre limpiaba la habitación de su hermana cuando se iba, porque bien sabía Dios que ella era incapaz de hacerse la cama.

Llamó a Lorelei. Había llegado a casa sana y salva, pero, sí, la carretera era peligrosa y él era un cielo por comprobar que estaba bien.

Levi colgó el teléfono y abrió el frigorífico, del que sacó un botellín de la Pale Ale de Newton's mientras sopesaba sus opciones de cena. Muchas sobras. Cocinar para una sola persona no era fácil. Además, tenía un recipiente lleno de salsa y albóndigas. Se las preparó a Sarah el martes, porque eran su comida preferida. Que no quisiera que abandonara la universidad no quería decir que no adorase a su hermana pequeña.

Oyó un golpe contra la puerta. *Blue* otra vez. El perro era precioso, pero no podía ser más tonto. Estaba gimiendo en ese momento. Oyó otro golpe.

Levi abrió la puerta y clavó la vista en el perro.

—¿Qué pasa?

Blue lo miró y gimió.

—Holland, tu perro se ha escapado —dijo. La puerta seguía abierta de par en par.

No obtuvo respuesta.

—¿Faith? —Entró en el apartamento—. Holland, ¿estás en casa? Ay, mierda.

Faith estaba de pie junto a la encimera de la cocina, dándose tirones del jersey. Parecía confusa y descoordinada.

Si no le fallaba la memoria, estaba a punto de sufrir un ataque.

—¿Faith? ¿Estás bien?

Ella no se volvió. El perro ladró una sola vez y Faith perdió el equilibrio. Levi se la pegó al cuerpo para que no se golpeara la cabeza contra la encimera y la bajó al suelo con cuidado. La pobrecilla ya se estaba sacudiendo, con los músculos rígidos y la mandíbula encajada. La tendió de costado por si vomitaba. Tenía los ojos abiertos y la mirada perdida, y por puro instinto, miró la hora. 18:34:17. Cronometrar la duración del ataque por si duraba más de cinco minutos: eso decía el protocolo. No era técnico de emergencias por su cara bonita.

Había visto a Faith sufrir ataques en cuatro o cinco ocasiones cuando estaban en el instituto. De alguna manera, le resultaba más aterrador en ese momento, siendo un adulto responsable. Faith tenía los dedos extendidos, rígidos, y arqueaba la espalda por culpa de los espasmos.

Blue no dejaba de ir de un lado para otro, jadeando y gimiendo.

—Tranquilo, amigo —dijo Levi, sin apartar una mano del hombro de Faith mientras esta sacudía los brazos y las piernas—. Se pondrá bien.

18:34:42. Seguía en pleno ataque. ¿Qué más podía hacer? «Habladle con voz tranquila a la víctima», solía decir la enfermera, y toda la clase sabía quién era la víctima.

—Estás bien, Faith —dijo—. Te vas a poner bien.

18:35:08.

—Vas de maravilla, Holland. No te preocupes. Tu perro está aquí. —En fin, menuda tontería acababa de decir—. Yo también. Estoy contigo.

Curioso lo silencioso que era el ataque, solo se oía el roce de los zapatos de Faith contra el suelo, la lluvia que golpeaba la ventana y el sonido de sus jadeos.

—Aguanta, Faith.

Mierda. Tenía que ser una putada que el cuerpo y el cerebro se rebelasen contra tu voluntad de esa manera. Los músculos de Faith se tensaron y se contrajeron bajo su mano, y la vio extender el brazo derecho delante de la cara, como si se protegiera de un golpe.

—No te preocupes, cariño. Ya casi ha pasado. —Claro que no tenía ni idea de si era verdad o no.

18:35:42. A lo mejor debería llamar a su padre; como miembro del cuerpo de bomberos voluntarios, Levi sabía que era una tontería llamar al 911. Le pondrían una mascarilla de oxígeno, pero más para sentirse ellos bien que porque ella la necesitara. No, estaba respirando sin problemas, aunque jadeaba un poco. No veía signos azulados, ni en la cara ni en los labios. El doctor Buckthal trabajó a jornada completa en los servicios de emergencia el año anterior, porque Marcus Shrade sufrió un traumatismo craneoencefálico a causa de un accidente de tráfico y tenía ataques epilépticos varias veces al año. El médico les dijo que un ataque terminaba cuando terminaba. Con suerte, pronto. Una forma cojonuda de ejercitar los músculos.

De acuerdo, se estaba tranquilizando. 18:36:04. Dejó de agitar los brazos y las piernas, y Levi se percató de que la tensión comenzaba a abandonarla, de que prácticamente se fundía contra el suelo a medida que los impulsos cerebrales se calmaban y sus músculos podían relajarse. *Blue* se tumbó junto a ella y le apoyó la cabeza en una pierna.

—¿Faith? ¿Estás bien? —Le apartó el pelo de la cara. Ya no temblaba, pero seguía ida por completo. En estado postictal, así se denominaba, con la vista clavada al frente. El perro empezó a menear el rabo—. Estás en tu apartamento, Holland. Has tenido un ataque, pero te encuentras bien. —La vio parpadear y tragar saliva, pero no le contestó. Se sacó el teléfono móvil del bolsillo y buscó el número de los Holland—. Hola, John, soy Levi Cooper. Faith acaba de tener un ataque epiléptico. Ha durado alrededor de minuto y medio.

—¿Lo has presenciado entero? —preguntó John, con la voz tensa por la preocupación.

—Sí, señor. ¿Debería hacer algo en concreto?

—¿Está despierta?

Levi se dio cuenta de que estaba acariciándole el pelo a Faith, y los mechones pelirrojos eran más sedosos de lo que habría creído posible.

—¿Faith? ¿Cómo vas? —Ella tragó saliva y lo miró—. Tengo a tu padre al teléfono. ¿Quieres hablar con él?

Faith parpadeó.

—¿Mi padre?

—Sí. Está volviendo en sí, señor. —Sostuvo el móvil junto a la oreja de Faith, y ella estiró el brazo, aunque le temblaba un poco.

—Hola, papá —dijo ella—. Esto... no... no lo sé. —Cerró los ojos y frunció el ceño—. Estoy bien. Creo que Levi... No lo sé. De acuerdo. Está aquí.

Levi recuperó el teléfono.

—¿Debería hacer algo? —preguntó.

—Voy ahora mismo para allá —dijo su padre.

—Las carreteras se encuentran en muy mal estado. —Hizo una pausa—. Puedo quedarme con ella o llevarla al hospital si es lo que cree que debería hacer.

—No quiero ir a ninguna parte —aseguró Faith—. Estoy cansada.

—Dice que está cansada —comunicó Levi.

John suspiró al otro lado del teléfono.

—¿Están muy mal las carreteras?

—Lo bastante como para quedarse en casa. ¿Qué necesita?

—Dormir un poco. Que alguien le eche un ojo. Eso suele funcionar. Mierda, hace mucho que no tenía uno así.

Faith parecía haberse quedado dormida.

—Puedo quedarme con ella un rato —se ofreció Levi—. Vivo en la puerta de al lado.

Su padre titubeó.

—¿Estás seguro?

—Totalmente, señor.

John volvió a suspirar.

—De acuerdo. Te lo agradecería mucho. Y si me llamas cuando se despierte, te lo agradecería más todavía. Suele dormir un rato y parece un poco ida, pero, salvo eso, está bien. Seguramente se haya saltado alguna dosis de la medicación que debe tomar. Pero si tiene otro ataque, llámame enseguida.

—Desde luego. Le tendré informado.

—Gracias, hijo. Eres un buen hombre.

Levi dejó el teléfono móvil en la encimera.

—¿Faith? ¿Estás despierta?

—Estoy cansada —contestó ella sin abrir los ojos.

—Voy a levantarte en brazos, ¿de acuerdo?

—Primero tengo que perder cinco kilos.

Estuvo a punto de sonreír.

—Me las apañaré.

Le pasó los brazos por debajo del cuerpo y la levantó. De acuerdo, no era ligera como una pluma, le había dicho la verdad. Pero olía de maravilla, un olor cálido y dulce. Faith le apoyó la cabeza en el hombro y el pelo le rozó la barbilla.

El perro entró en otra habitación, sin dejar de menear el rabo, y Levi lo siguió. La dejó en la cama deshecha y le quitó los zapatos.

—Gracias, Levi —murmuró ella con voz distante.

La cubrió con la colcha. *Blue* se subió a la cama y le apoyó la cabeza en la cadera. Faith extendió un brazo para acariciarlo sin abrir los ojos.

—Estaré fuera si me necesitas —le dijo Levi.

—Muy bien. —Tenía los ojos cerrados, y sus pestañas hacían sombra sobre sus mejillas.

Levi extendió la mano para apartarle otra vez el pelo de la cara, pero se contuvo. Ya estaba despierta. Más o menos.

Fue a la sala de estar. El apartamento de Faith era muy parecido al suyo, pero tenía un dormitorio menos. Sin embargo, a diferencia del suyo, el de Faith parecía... acogedor; algo muy raro, ya que había vuelto para quedarse solo un breve período, al menos que él supiera. Fuera como fuese, una de las paredes estaba pintada de un rojo fuego y había una manta roja y morada en el sofá. En una librería había más de veinte libros, algunas fotos y otros recuerdos. Una revista femenina estaba abierta sobre la mesita auxiliar, y junto a ella había una enorme taza roja con un girasol pintado. En la encimera de la cocina había un jarrón con flores amarillas. El botellero estaba lleno, se percató. Algo normal si tu familia era dueña de un viñedo.

Una ráfaga de viento lanzó una cortina de agua contra la ventana, sobresaltándolo. Siempre le había sorprendido lo inocente que podía sonar un disparo, como fuegos artificiales. O como la lluvia.

Había llegado el momento de hacer algo útil. Recogió la taza y fue a la cocina. El lavavajillas estaba lleno de platos limpios. Con cuidado de no hacer ruido, lo vació y averiguó dónde iba cada cosa antes de limpiar la encimera. Dobló la manta del sofá. Encendió el televisor, buscó el canal YES Network y vio que habían cancelado el partido de los *Yankees* debido a la lluvia. Estuvo cambiando de canal un rato antes de apagar la tele. Sacó el teléfono móvil y llamó a Everett.

—¿Cómo va todo, Ev?

—¡Estupendo, jefe! A ver... hemos recibido una llamada pidiendo ayuda para cambiar la batería de un detector de humos... Era Methalia Lewis, pero he tenido suerte porque tiene el mismo modelo que yo, así que he podido darle instrucciones sin problemas.

El orgullo en la voz de Everett era más que evidente.

—Buen trabajo.

—¡Gracias, jefe!

—Si surge algo más, llámame.

—Entendido, jefe Cooper. Cambio y cierro.

Parecía que la buena gente de Manningsport estaba demostrando tener sentido común hasta el momento al quedarse en casa.

Comprobó cómo seguía Faith, que estaba durmiendo abrazada al perro. A lo mejor tenía hambre cuando se despertara. Regresó a la cocina y miró en el frigorífico. Una botella de vino blanco, una caja con una tarta de chocolate Pepperidge Farm, unos rollitos de canela de Pillsbury Dough y un tarro de alcachofas. Al parecer, la cocina no era su fuerte. Fue a su apartamento, sacó las albóndigas y la salsa, así como unos *linguini,* y regresó al apartamento de Faith. Ya llevaba dormida alrededor de una hora.

¿Qué hacer? Levi se acercó a la estantería. Había un monito de peluche con botones por ojos y un lazo rosa. Un jarroncillo rojo, un pollo metálico. Era totalmente incapaz de imaginarse coleccionando semejantes objetos. Un muñeco articulado de Derek Jeter. Había una foto enmarcada de su familia en la boda de Pru y Carl. Parecía que Faith había sido la niña encargada de las flores. Tendría unos nueve o diez años en la foto y llevaba un ramo en las manos. Pru tenía el mismo aspecto, salvo por las canas, y lo mismo le pasaba a Carl, aunque había engordado con el paso de los años. La señora Holland era una mujer despampanante, con el mismo pelo que Faith, y miraba con una sonrisa a la novia mientras abrazaba a su marido. Jack parecía intimidado y Honor estaba muy guapa. Un golden retriever estaba sentado junto a Faith.

Dejó la foto en su sitio y se fijó en la siguiente. Faith con una amiga delante del Golden Gate en un día de niebla, las dos riendo a carcajadas. Otra mostraba a Faith con botas de trabajo, *jeans* y una camisa de franela, delante de una fuente.

Y allí estaba una foto de Jeremy y ella. Los dos en la playa, abrazados el uno al otro. Curioso que tuviera esa foto a la vista.

La soltó y miró su siguiente recuerdo: un cuenco de cristal con guijarros de playa. Allí, en lo alto, había un trocito de cuarzo rosa del tamaño de un centavo y con forma parecida a la de un corazón. Frunció el ceño, lo tomó entre los dedos y lo sostuvo a contraluz.

—Alguien me lo dio después de morir mi madre. Me lo encontré en la taquilla del colegio.

Faith se había puesto los pantalones de un pijama (rojos con cachorros de dálmata) y una sudadera de Viñedos Blue Heron.

Blue corrió hacia él e intentó montarle la pierna.

—*Blue,* suéltalo —le ordenó Faith, y el perro obedeció.

Levi soltó el cuarzo.

—¿Cómo te sientes?

Ella tomó una honda bocanada de aire y ladeó la cabeza.

—Estoy bien. Un poco tocada. Así que he sufrido un ataque, ¿eh?

—Sí.

Se puso colorada.

—Siento que hayas tenido que verlo.

—Deberías alegrarte, Holland. Podrías haberte dado un golpe en la cabeza contra la encimera de no ser por mí. —Se cruzó los brazos por delante del pecho y enarcó las cejas con expresión expectante.

Ella esbozó una sonrisilla.

—Vaya. Te ha tocado ser el héroe otra vez.

—La verdad es que tu perro vino a buscarme. No dejaba de golpear la puerta con la cabeza.

—¿De verdad? —Faith se arrodilló y abrió los brazos, y el perro se acercó para lamerle la cara—. *¡Blue!* ¡Qué bueno eres! ¡Bien hecho! —Le dio un beso en la cabeza y miró a Levi con una sonrisa—. Técnicamente es un perro de asistencia, pero nunca lo había puesto a prueba. Supongo que es más listo de lo que creía. Sí, claro que sí, señor *Blue*. ¡Eres muy listo!

Faith parecía tan... feliz. «Deslumbrante como una moneda nueva», solía decir la madre de Levi, y el dicho encajaba a la perfección. Levi carraspeó y apartó la vista.

—Todas estas cosas... ¿Eso quiere decir que te vas a quedar? —preguntó al tiempo que señalaba la estantería.

—Mi compañera de piso me mandó una caja llena de cosas. Puede que sea indicio de que su tortolito se va a mudar definitivamente. Y también hay cosas de casa de mi padre. Los libros y demás.

No había contestado a la pregunta.

—¿Tienes hambre? —le preguntó él.

—Me comería una vaca.

—Bien. He traído la cena.

—Una niñera con múltiples talentos. —Faith sonrió.

Una alarma lejana empezó a sonar en algún rincón de su cerebro. Faith tenía el pelo alborotado y el maquillaje corrido por debajo de los ojos. La sudadera ancha no le sentaba nada bien; de hecho, parecía un trozo de carne, pero se las apañaba para irradiar una imagen muy *sexy*.

—Llama a tu padre —le ordenó al tiempo que volvía a la cocina para calentar el agua y preparar la pasta.

Fue imposible no enterarse de la conversación.

—Hola, papi, estoy bien —dijo ella, y Levi se preguntó si las mujeres alguna vez superaban la necesidad de llamar a sus padres «papi» en vez de «papá» como todo hijo de vecino.

Durante una semana, Nina creyó estar embarazada, aunque no lo habían buscado, y Levi se sorprendió de lo mucho que le gustaba la idea. Se imaginó que era una niña desde el principio. Sin embargo, fue una falsa alarma, y cuando Levi sugirió que deberían olvidarse de los métodos anticonceptivos e intentarlo de verdad, Nina se cerró en banda. Le dijo que se iba a reenganchar dos semanas después.

—Estoy muy bien, no te preocupes —dijo Faith—. Lo sé, lo sé. Se me olvidó comprar más, pero han sido dos días como mucho... Lo sé, papá. Lo siento muchísimo. No, no vengas, está lloviendo a mares. Menos mal que ya hemos acabado la vendimia, ¿a que sí? Sí, está aquí. Claro. Yo también te quiero. —Fue a la cocina y le dio el teléfono a Levi—. Quiere hablar contigo.

—Hola, John.

—Levi, me preguntaba si podrías echarle un ojo esta noche —dijo John, y era evidente que la preocupación seguía presente en su voz—. Se ha saltado la medicación un par de días, y si tiene otro ataque no debería estar sola.

Levi titubeó. La alarma volvió a sonar en su cabeza.

—Claro. Sin problemas.

—Siento mucho ponerte en un compromiso, pero tienes razón, las carreteras parecen pistas de patinaje. He intentado salir de casa y he acabado patinando hasta el jardín.

Con una camioneta con neumáticos gastados que pasó su última revisión en los años noventa era lógico.

—No se le ocurra venir, señor. Está todo controlado.

—¿De verdad no te importa?

—En absoluto.

John suspiró.

—Te debo una. Los hijos... hacen que te salgan canas. Muy bien, Levi. Gracias de nuevo.

Levi colgó.

—Parece que acaban de ampliarme el horario de niñera. Vamos a tener una fiesta de pijamas.

—¡No! —Faith se puso como un tomate—. No tienes que quedarte. De verdad que no hace falta, Levi. Estoy bien. Solo me he saltado la medicación un par de días, pero ya he empezado a tomarme de nuevo las pastillas, así que estaré bien. ¿Ves? Las tengo aquí mismo. —Abrió un armarito y agitó un bote de pastillas—. Puedes volver a casa. Nunca he tenido dos ataques en el mismo día.

—Me quedo.

Faith suspiró con resignación.

—Muy bien, so mandón. ¿Quieres una copa de vino?

—-¿Si no quiero, me vas a ofrecer un trozo de tarta o unos rollitos de canela?

—¡Jefe Cooper! ¿Has curioseado en mi frigorífico? —Volvió a sonreír—. No te preocupes. Yo haría lo mismo en tu apartamento. Lo que la gente tiene en el frigorífico dice mucho de ella.

—De verdad...

—Ajá. Seguro que el tuyo está inmaculado. Tendrás comida de los cuatro grupos alimenticios y sobras guardadas en táper.

Levi agitó las albóndigas y la salsa.

—Tienes toda la razón.

—¿Lo ves? Encaja con tu personalidad obsesiva.

—¿Y qué dice el tuyo de ti? Tienes una tarta a medio comer, vino, rollitos de canela industriales y un bote de alcachofas sin abrir.

Ella sonrió.

—Dice que salgo mucho, que suelo tomar alguna que otra decisión equivocada, que disfruto de la vida y que me gusta la espontaneidad. ¿Quieres vino o no?

—No, gracias. Anda, vamos a comer.

Se sentaron a la mesa de la cocina mientras *Blue* les lanzaba miraditas esperanzadas con la cabeza apoyada en las patas.

—Gracias por todo, Levi —dijo Faith, que lo miró ruborizada de nuevo.

—No tenía nada mejor que hacer en una noche como esta. —Las palabras sonaron muy mal. Faith se puso más colorada si cabía.

La vio probar la comida.

—¿Te has asustado? Jack me grabó una vez, así que sé qué pintas tengo.

Levi la miró un segundo y vio la expresión preocupada que asomó a sus ojos.

—No ha sido nada del otro mundo. Eso sí, parece... incómodo.

—No lo es. O si lo es, no me acuerdo. Son como... lagunas.

De modo que no recordaría que la había llamado «cariño». Seguramente era algo bueno.

Faith no dijo nada más, salvo que las albóndigas estaban deliciosas. La lluvia y el vendaval seguían azotando la calle, y si bien antes habían hecho que se sobresaltara, en ese momento se sentía... a salvo.

Cuando Faith y él estaban en sexto tuvieron a un profesor malísimo de ciencias. ¿Era el señor Ormand? En fin, odiaba a los niños. Todos los días elegía a un estudiante para despedazarlo, burlándose del pobre por contestar mal a una pregunta o por saltarse algún paso en el laboratorio. Daba igual que suspendiera o sacara un sobresaliente; si alguien era listo, también se burlaba.

—Supongo que se lo sabe todo, ¿no, señorita Ames? ¡Es usted un genio! ¡Escuchad todos, tenemos a un genio entre nosotros! ¿A que es emocionante?

Y un día, Faith levantó la mano y pidió que repasaran el tema que entraría en el examen de ciencias, y el señor Ormand le dijo algo como:

—A lo mejor podría leer el libro de texto, señorita Holland, ¿no le parece? A lo mejor eso la ayudaría. —Lo dijo con su habitual deje sarcástico.

Para absoluto asombro de todos, Faith le replicó con el mismo tono:

—O a lo mejor usted podría enseñar para variar, señor Ormand, ¿no le parece? En vez de quedarse ahí sentado quejándose de lo tontos que somos.

Todos jadearon a la vez y Faith fue enviada al despacho del director. Sin embargo, cuando estaba saliendo de la clase, Levi le susurró:

—Bien hecho, Holland.

También le guiñó un ojo. Faith lo miró, y él creía que estaría asustada, ya que era la primera vez que él recordaba haberla visto castigada. Pero no, ella sonrió y, durante ese segundo, creyó que tal vez Faith llevara un diablillo dentro. Tal vez no era tan santa y tan buena como siempre parecía. Además, ya tenía tetas. Otra cosa a tener en cuenta.

Poco tiempo después, la madre de Faith murió en un espantoso accidente de tráfico. El orientador fue a clase y les dijo que no hicieran preguntas, pero que el padre de Faith quería asegurarse de que todos supieran que ella también iba en el automóvil, que tuvo un ataque de epilepsia y que, por suerte, no recordaba nada del suceso.

Cuando su tutor les dijo que le escribieran una carta, Levi fue incapaz. ¿Qué se le decía a una niña que se despertaba atrapada en un vehículo con el cuerpo maltrecho y sin vida de su madre? ¿«Lo siento»? Todo le parecía patético y que se quedaba corto. El tutor lo fulminó con la mirada, de modo que escribió unas cuantas líneas, se guardó el papel en el bolsillo sin que nadie se diera cuenta y luego pasó una hoja en blanco.

Cuando Faith regresó a clase unas cuantas semanas después, era un fantasma de la niña mona y descarada que le había plantado cara al malvado profesor. Antes había sido popular, pero la muerte de su madre la catapultó a la estratosfera. Todos la rodearon, peleándose por sentarse a su lado, por darle sus chucherías, por conseguir que fuera a su casa después de clase y por elegirla en primer lugar para cualquier equipo en clase de gimnasia.

Levi no había hecho nada de eso. No había ido al funeral de su madre, no la había escogido para su equipo y no le había dado el pésame. Por alguna razón, era incapaz de hacerlo. Solo había... pasado de ella. Era un adolescente, y los adolescentes no se caracterizaban por su increíble sensibilidad.

Sin embargo, un día, cuando estaba pescando en el arroyo que había detrás del aparcamiento de autocaravanas, vio que algo brillaba en la orilla. Lo llevó a clase al día siguiente y después, tras salir de la hora de detención a la que lo castigó el señor Ormand por no hacer los deberes, cuando los pasillos estaban desiertos y se aseguró de estar solo, sacó el pequeño tesoro del bolsillo, lo envolvió en un trocito de papel marrón del baño y metió la piedrecita de cuarzo rosa a través de las rendijas de ventilación de la taquilla de Faith.

Una piedra que ella había conservado durante casi veinte años.

Sentía una opresión muy rara en el pecho.

—¿Quieres ver la tele? —preguntó él al tiempo que recogía el plato de Faith.

—Claro. ¿Te apetece una película? Ya tengo Netflix.

—¿Qué tienes?

—Una peli de zombis. Se supone que es muy *gore*.

La miró, sorprendido.

—¿Qué pasa, a ver? —preguntó ella—. No puedo ver solo comedias románticas.

Si no se equivocaba, Netflix acababa de mandarle una película de zombis muy sangrienta ese mismo día.

—Me parece bien —contestó él, que se dispuso a recoger la cocina.

—Serías un ama de llaves estupendo —dijo ella, que se sentó en el sofá con la manta.

—¿Además de niñera y cocinero?

—Ajá. —Volvió a sonreírle mientras él se sentaba en el sillón azul, muy incómodo, al menos al principio.

Sin embargo, a Faith le gustaba hablar mientras veía la película y, como descubrió, no hacía falta que él le contestara.

—Esa chica está muerta. Te apuesto diez pavos a que muerde al poli buenorro. Y allá vamos. Diez pavos, Levi. ¡Venga ya! ¿Se esconde debajo de la cama? ¿Es que nunca ha visto una peli de terror? Siempre te encuentran ahí debajo.

Y mientras la lluvia azotaba los cristales, aunque poco a poco fue amainando, y mientras los zombis mataban a todo el mundo con grandes chorros de sangre y fuego, Levi llegó a la conclusión de que era una de las mejores noches que había pasado desde hacía mucho tiempo.

Cuando Faith se despertó por la mañana, *Blue* no era el único que estaba en su dormitorio con ella.

Levi Cooper, jefe de policía y niñera prodigiosa, estaba sentado en un sillón junto a la cama. Había seguido las palabras de su padre al pie de la letra; aunque ella había discutido y, sí, protestado un poco, él había arrastrado el sillón de todas maneras y montado guardia como un buen soldado.

Un soldado cansado, por cierto. Estaba dormido, con la cabeza apoyada en el respaldo del sillón y los brazos cruzados. Y menudos brazos. Notó que sus partes femeninas hicieron la ola mientras lo observaba. La mitad inferior de un tatuaje se le veía en la curvatura del músculo: «10ª División de montaña». El pelo, rubio oscuro, lo tenía alborotado y algo de punta por delante.

Ay, Dios. Levi Cooper estaba... ¡uf, para comérselo entero! Llevaba tiempo intentando quitarse esa idea de la cabeza. Durante más de un decenio no se había permitido ni una sola vez pensar en lo atractivo que era, pero vete a saber cómo lo había conseguido. Qué. Bueno. Estaba.

Incluso dormido fruncía un poco el ceño. Pero tenía las pestañas largas, increíblemente bonitas, y su boca era... Ya, que sí, que era una boca preciosa, carnosa y expresiva y... En fin, que tenía que dejar de pensar en esas cosas. La había visto en pleno ataque epiléptico, ¡ay, mierda!, y había sido tan amable de hacerle un favor. O de hacerle a su padre un favor, técnicamente hablando. Así que obsesionarse con lo bueno que estaba... no iba a conducirla a ninguna parte. Porque sabía qué pinta tenía durante un ataque (¡gracias, hermanito!): se parecía a uno de los zombis de la peli de la noche anterior, tiesa y presa de temblores; seguro que hasta babeó para estar más sensual todavía, con los ojos abiertos de par en par, aterrada, mientras chillaba como un cerdito para ponerle la guinda al pastel.

Faith miró a *Blue,* que la observaba desde su parte de la cama.

—Quieto —le susurró antes de destaparse.

Fue al cuarto de baño y se miró en el espejo. Dio un respingo. Tenía el pelo enredado, el maquillaje de un ojo convertido en una plasta cuarteada, la máscara de pestañas desparramada por los párpados y una marca en la mejilla cortesía de la almohada. Se recogió el pelo en una coleta y se frotó la cara con ganas antes de lavarse los dientes. Ya. Al menos, estaba limpia. Ah, la sudadera. Bonito detalle. Y no nos olvidemos del pijama de perritos. Casi se podían oír las vibraciones de la música porno de fondo.

En fin. Se trataba de Levi, al fin y al cabo. No iba a pensar en nada porno, no con ella de protagonista.

No.

Era curioso, porque hacía mucho tiempo que no había tenido un ataque. En dos ocasiones, los tuvo delante de Jeremy; la primera vez, cuando la llevó en brazos a la enfermería del instituto; y la segunda, cuando fue a verla a la universidad. Siempre la había tratado como una princesita delicada, casi como si la epilepsia la hiciera más atractiva, algo que no le había importado en absoluto, la verdad.

Levi, en cambio... Levi no parecía afectado ni para bien ni para mal. Podría haber conseguido que se sintiera como una imbécil la noche anterior, y tenía capacidad para lograrlo, desde luego. Pero, por algún motivo, la noche anterior había sido... entretenida.

—Claro, Faith —le susurró a su reflejo—. ¿Por qué no vas teniendo más ataques? Serán los preliminares perfectos para pasárselo bien: la epilepsia.

—¿Estás bien?

Dio un respingo al oír la voz de Levi.

—¡Sí! Estoy bien. ¡Gracias! Salgo enseguida. —Se quitó la coleta y se ahuecó el pelo. Puso los ojos en blanco: era una causa perdida en ese momento.

Abrió la puerta y se lo encontró de pie delante de ella.

—¿Siempre espías a las mujeres en el cuarto de baño? —preguntó al tiempo que salía al pasillo.

—¿Te encuentras bien? —repitió él mirando el reloj.

—Estoy bien. Te lo agradezco de nuevo, Levi. Le diré a mi padre lo bien que te has portado.

Levi la miró con los ojos entrecerrados, pero tal vez hubiera un brillo guasón en sus ojos. Nada de sonrisa, claro. Al fin y al cabo, era Levi Cooper.

—Nos vemos —dijo él.

—De acuerdo. Gracias de nuevo. Perdona las molestias.

Levi no se movió, se limitó a mirarla de forma impasible.

Después, se acercó y la besó.

Faith no lo habría creído de no tener pruebas, pero allí estaba: besándola, sin lugar a dudas, con los labios firmes y... ah, se le daba de maravilla, y también era maravilloso sentir sus fuertes y musculosos brazos abrazándola y pegándola contra su cálido cuerpo. Le colocó una mano en la nuca y le enterró los dedos en el pelo, y Faith entreabrió los labios por la sorpresa. Y, madre del amor hermoso, empezó a besarla con lengua, saboreándola, y ella se pegó a él por puro instinto. Ah, sí, pero instinto total. Le rodeó la estrecha cintura con los brazos y le acarició los tersos músculos de la espalda, sintiendo la ardiente piel debajo de la camiseta de algodón mientras Levi le seguía devorando la boca.

En un abrir y cerrar de ojos dejaron de besarse y ella empezó a jadear como si hubiera ido corriendo hasta el granero. Tardó un poco en enfocar la vista. Le temblaban las piernas.

A Levi no parecía haberle afectado. De hecho, parpadeó. Dos veces.

—No me había imaginado que pudiera hacer esto —dijo, mirándola con el ceño fruncido.

—Bueno, en fin, ya sabes... podrías hacerlo de nuevo —pidió ella con la respiración agitada.

Levi se apartó.

—Creo que no. —Se pasó una mano por el pelo y se lo dejó todavía más alborotado.

—¿Perdona? —preguntó ella.

—Eso mismo. Que no ha sido buena idea. Un error. Está claro que no debería haberlo hecho. Lo siento, Holland.

Lo miró boquiabierta un minuto. No, lo había dicho en serio. Muy en serio, a juzgar por su cara.

Hombres. Eran todos unos... ¡hombres! ¿Es que no iba a encontrar a un solo hombre normal en la vida? ¿Eh?

—Largo —le ordenó, empujándolo—. ¡Adiós! Gracias por todo, capullo. Y que sepas que...

—¿Qué?

—Nada. Fuera. —Lo empujó hasta la puerta, que abrió antes de despedirse con la mano—. Adiós.

Levi salió al pasillo y *Blue* lo siguió, tras lo cual se colgó de la pierna de ese hombre espantoso. A dueña salida, perro salido.

—¡*Blue*, ven aquí! —le ordenó. El perro la obedeció y ella miró de nuevo a Levi, cuyo gesto seguía siendo impasible—. Que tengas un buen día.

Después, le cerró la puerta en las narices. La abrió y la volvió a cerrar, por si no había captado la indirecta.

Capítulo 15

La buena noticia era que las obras del granero avanzaban de maravilla.

El arboricultor ya había ido y había quitado cinco árboles para ampliar la vista lo justo. Faith había contratado los servicios de Paisajismo Lago Torcido y el de un mampostero irlandés encantador (casado, qué pena) para que se encargaran de la zona del aparcamiento, del muro que discurriría a lo largo del camino y del muro de contención. Samuel Hastings, un carpintero menonita, y su hijo, serían los encargados de construir la terraza de madera que sobresaldría por la pendiente de la colina. La instalación eléctrica ya estaba hecha y las cosas marchaban a buen ritmo.

Faith estaba haciendo gran parte del trabajo ella misma, lo cual no solía ser habitual. Siendo la diseñadora, la mayoría de su labor se llevaba a cabo delante de un ordenador, calculando cosas como el coeficiente de escorrentía y el grado de erosión del suelo. Pero ese proyecto se estaba llevando a cabo en casa, y el granero era como un hijo. Faith quería participar en todo, desde el proceso de filtrar la arena hasta ayudar a levantar los muros de piedra, pasando por cavar hoyos o por desenterrar raíces. Quería escuchar los golpes de martillo retumbando por la colina.

Había trabajado mucho. Había pasado mucho tiempo en la biblioteca, resistiéndose a mirar hacia el otro lado de la plaza, donde estaba la comisaría de policía. En el otro viñedo. En el propio granero.

En cuanto a Levi, tres días antes la había saludado con la cabeza cuando se cruzaron en la Taberna de O'Rourke. Ella lo había mirado echando chispas por los ojos. Él había guardado silencio.

—Debes de ver mucho a Levi —comentó Jeremy, que parecía estar leyéndole el pensamiento.

—La verdad es que no —le aseguró ella mientras echaba en el suelo una palada de gravilla procedente de una carretilla para marcar el camino de entrada al granero.

Jeremy había ido a verla a la hora del almuerzo y le había llevado un delicioso sándwich cubano del establecimiento de Lorelei. La relación entre ellos seguía siendo un poco incómoda desde su primer encuentro, pero, en fin, era un buen hombre. Y le había traído comida, así que...

—Ah —exclamó Jeremy—, creía que vivíais justo enfrente el uno del otro.

—Así es. —Su tono debió de indicarle que el asunto le provocaba un disgusto supremo, porque Jeremy cambió de tema.

—Esto va a quedar increíble —dijo al tiempo que señalaba con su propio sándwich—. Ya le he dicho a Georgia que empiece a correr la voz para que la gente se entere. Tenemos un montón de solicitudes para celebrar bodas, pero ya sabes. Una carpa no es nada comparada con esto.

—Gracias, ca... colega. —Había estado a punto de decir «cariño». La fuerza de la costumbre.

Jeremy agarró la pelota de tenis y la lanzó hacia los árboles usando su fuerza de *quaterback*. *Blue* echó a correr alegremente en su busca. Faith se preguntó si el perro se acordaría de Jeremy, capaz de lanzar la pelota más lejos que nadie.

—Uno de mis pacientes me preguntó ayer por ti —dijo Jeremy—. Quiere darle una sorpresa a su mujer instalando un jardín acuático, y le dije que para ti sería coser y cantar.

—Gracias —constestó ella mientras echaba más gravilla y la aplastaba contra el suelo—. Espero que me llame.

—¿Has pensado en quedarte aquí para siempre? —quiso saber Jeremy—. Imagino que tendrías un sinfín de clientes. —Le ofreció la bolsa de patatas fritas y ella se comió unas cuantas.

—Quiero quedarme —admitió—. Ya llevo aquí un mes y me resulta difícil pensar en la posibilidad de regresar a California. Veo a mi padre y a mis abuelos casi todos los días, ceno con Pru y con los niños un par de veces a la semana. Colleen y yo nos vemos a todas horas... Me pregunto cómo es posible que lleve tres años viviendo sin toda esa gente. —«Incluido tú», pensó. Sin embargo, la amistad de Jeremy, esa nueva fase de su relación... también se estaba convirtiendo en algo importante—. Eso sí, en San Francisco tenía una vida bastante agradable —añadió—. No puedo olvidarlo. Finalicé un trabajo en agosto y supuestamente querían ampliarlo en breve. Así que ya veremos.

Jeremy lanzó la pelota de nuevo en dirección a los árboles. *Blue* era incansable.

—Estás distinta —comentó—. Pareces... firme.

—Cambia de adjetivo, rápido. —Sonrió mientras echaba otra palada de gravilla al camino.

—Lo siento. —Jeremy sonrió—. Segura de ti misma.

—Mejor, mejor.

—¿En qué estás pensando? Pareces un poco distraída.

«Estoy pensando en Levi, Jeremy. Quiero matarlo. O eso, o esposarlo al radiador, arrancarle la ropa con los dientes y tirármelo.»

—Bah, son cosas del trabajo —mintió.

El recuerdo del beso había pasado unas mil y pico de veces por su cabeza, normalmente a las tres de la mañana. Esa semana el olor de las galletas de chocolate había llegado dos veces a su apartamento y le había resultado enloquecedor. Tan cerca y tan lejos, enfrente del pasillo y horneando. Una imagen demasiado amable como para ahondar en ella. Casi tanto como descubrirlo sentado junto a su cama, dormido, con el pelo alborotado, con esas largas pestañas y con esos preciosos brazos.

Ese era su problema: se enamoraba de hombres no disponibles emocionalmente. Levi había sido amable con ella una noche, le había dado un beso de mala muerte (bueno, en realidad había sido fantástico) y solo con eso ya estaba hecha un lío.

Hundió la pala en la gravilla con más fuerza de la necesaria. Se lo tomaría como un entrenamiento físico.

—Me han dicho que Colleen y tú fuisteis a una reunión para solteros —comentó Jeremy, que titubeó—. ¿Estás... interesada? En salir con alguien aquí, me refiero. ¿O es que ya estás con alguien?

—No. Qué va. No estoy con nadie. Ni de broma. —Bueno, tampoco hacía falta ser tan enfática—. ¿Por qué?

—En fin —dijo él, al tiempo que le lanzaba la pelota a *Blue* una vez más—, a lo mejor es que estoy tratando de aliviar la conciencia, pero... ¿te gustaría que te concertara una cita?

—Me encantaría —contestó al instante.

—¿En serio? —preguntó Jeremy.

—Desde luego. ¿Lo conoces bien?

—No mucho. Es mi contable. —Jeremy hizo una pausa—. Es muy guapo. Y es honrado.

—¡Me lo quedo! Dame su número y lo llamaré ahora mismo.

Jeremy parpadeó varias veces y le pasó su número de teléfono.

Cinco minutos después, Faith tenía una cita para esa misma noche. A lo mejor ese hombre ni era gay, ni estaba casado ni le parecería un tremendo error besarla.

No estaría mal que así fuera.

Blue y Faith se detuvieron en la Casa Vieja, aunque se arrepintió nada más pisar el vestíbulo trasero de sus abuelos.

—Es un vale de descuento —estaba diciendo Goggy, con un deje mordaz.

—Me gusta llamarlo «cupón» —replicó Pops en tono desafiante.

Ay, Señor. A lo mejor podía salir a hurtadillas, sin que se percataran de su presencia. Miró a *Blue,* que había fruncido el ceño al notar que los abuelos discutían.

—Nunca los hemos llamado así —dijo Goggy—. ¿Por qué cambias ahora? Me parece absurdo. Demasiado pretencioso.

Faith se dio media vuelta para marcharse, sigilosa como un ninja.

—Cupón —dijo de nuevo su abuelo—. Faithie, preciosa, ¿eres tú? ¡Pasa, cariño!

La pillaron.

—¡Hola, chicos! ¡Hala, galletas! ¿Puedo comerme una?

—Por supuesto —contestó Goggy—. Cómete tres. Cariño, ¿tú qué dices: «cupones» o «vales de descuento»? ¿Mmm? ¿A que son vales de descuento?

—Lo he oído de las dos formas —contestó Faith, que decidió mantener una postura neutral en esa espantosa e importante discusión. Mudarse había sido lo mejor, decididamente. Le dio un mordisco a la galleta. Madre mía, galletas de canela. Con tres no tendría ni para empezar.

—A ver, soy francocanadiense —dijo Pops—. En el norte lo llamamos cupón.

—¡Tus padres vinieron de Utrecht! Un tío abuelo tuyo vivió en Quebec durante un año. ¡Eso no te hace francocanadiense!

—Cupón. —Su abuelo sonrió y le guiñó un ojo a Faith. Era un granuja encantador—. ¿Cómo va el granero?

—No es por nada, pero va a quedar precioso.

—Por supuesto, ¡lo estás haciendo tú!. —Goggy le acercó el plato de galletas.

Sus abuelos habían ido en avión a San Francisco para presenciar la inauguración del parque Douglas Street y se habían quedado atónitos y orgullosos al ver su trabajo (y también se habían preocupado por la posibilidad de que alguien le rebanara el cuello en la gran ciudad).

El teléfono sonó y Goggy se apresuró a contestar.

—Ah, Betty, hola —dijo al tiempo que echaba a andar hacia el salón.

—Bueno, Pops —dijo Faith—. Quería hablar con vosotros sobre vuestro aniversario.

—¿Qué aniversario? —preguntó él mientras se servía una copa del sauvignon blanc con el que el viñedo había ganado una medalla de plata el año pasado.

—Vuestro aniversario de boda. El mes que viene hará sesenta y cinco años que os casasteis.

—Y todavía sigo en el mundo, unido a tu abuela por los grilletes del matrimonio. —Le guiñó un ojo y le sirvió una copa a ella también. Galletas y vino... Parecía que los siete kilos que le sobraban no se irían a ninguna parte.

—Sí, bueno, pero la quieres, claro —comentó ella.

—El amor... ¡bah! —replicó—. El amor es para la gente joven.

—¿Cómo puedes llevar sesenta y cinco años casado y no querer a tu mujer? —Sonrió con la esperanza de animarlo.

—No lo sé —contestó su abuelo, al tiempo que le daba una galleta al perro, que se la tragó sin masticar—. ¿Porque me han echado una maldición?

—Eres un viejo malísimo, eso es lo que eres —contestó ella, que le enderezó el cuello de la camisa—. Admítelo, Pops. Adoras a Goggy.

—Adoro este vino, eso es lo que adoro. ¿Te gusta?

Faith probó el vino.

—Limón, madreselva y un toque sutil a nubes tostadas.

—Esa es mi chica.

—En cualquier caso, he pensado que vuestro aniversario sería la mejor manera de inaugurar el granero. Un acontecimiento de la familia Holland y, además, tan importante. Sé que a Goggy le encantará.

—¿Quieres organizarnos una fiesta de aniversario?

—¡Claro que sí! Los árboles todavía estarán preciosos, podríamos invitar a todos vuestros amigos y compañeros, y sería la mejor forma de que conocieran el sitio: «El Granero de Blue Heron», del antiguo y amable clan Holland. ¿Qué te parece?

—Me parece que deberían concederme un Corazón Púrpura[1] y una semana de vacaciones solo. Eso es lo que me parece.

---

1   N. del T.: Condedoración de las Fuerzas Armadas de los Estados Unidos con el perfil del general George Washington, otorgada en nombre del Presidente a aquellos que han resultado heridos o muertos en servicio después del 5 de abril de 1917.

Al recordar la trágica historia del primer amor de su abuela, Faith suspiró.

—Pops, creo que sería muy importante para Goggy. Un matrimonio largo es motivo de orgullo y...

—Y de terror —concluyó él.

—Y Goggy se merece una noche especial. ¿No crees?

—Ah, no sé. No nos suelen gustar ese tipo de cosas.

—¿Qué cosas? —preguntó Goggy, que regresó a la estancia.

—Ya era hora —refunfuñó su abuelo—. Me muero de hambre. Ya son las cinco y diez.

—Le estaba diciendo al abuelo que sería maravilloso organizar una fiesta para celebrar vuestro aniversario —dijo Faith con firmeza.

—¿Y qué le parece a él? —preguntó Goggy tras una breve pausa, como si su marido no estuviera sentado a medio metro de distancia.

—¿Para qué queremos una fiesta? —protestó su abuelo—. Es un gasto innecesario.

—Me encantaría —dijo Goggy al instante—. ¡Qué buena idea, cariño! Qué detalle que se te haya ocurrido. —Echó una mirada asesina al abuelo y después le sonrió a Faith—. ¿Quieres quedarte a cenar? Estás muy delgada.

¡Ay, las abuelas!

—No, Goggy, pero gracias. La verdad es que tengo que irme. Tengo una cita.

La noticia alegró mucho a su abuela, que tenía la impresión de que necesitaba más bisnietos, y rápido, y suscitó algunos murmullos por parte de su abuelo, que comenzó a quejarse sobre la naturaleza malvada de los hombres.

Faith los besó a los dos y se fue a casa. Había quedado con Ryan Hill en la Taberna de O'Rourke, lo que le permitiría a Colleen echarle un ojo, y a ella pedir los nachos grandes. Dos pájaros, un tiro y un posible marido.

Pero antes, pensó Faith al entrar en el pueblo, se tomaría un café *macchiato* en la panadería de Lorelei. Ató a *Blue* a la farola y entró en el establecimiento, donde se encontró al instante con la sólida espalda del jefe de policía de Manningsport, que estaba pidiendo un café.

—Un café, por favor, Lorelei. Con nata. Sin azúcar.

—Enseguida, jefe —respondió Lorelei con su habitual sonrisa.

—¿Seguro que quieres nata? —preguntó Faith, que alzó la voz algo más de la cuenta. El jefe insoportable se dio media vuelta y le asignó un cuatro en la escala del aburrimiento («¿cómo te llamabas?»). Sin embargo, eso no evitó que sus traicioneras rodillas se aflojaran—. Porque tal vez creas que quieres nata, pero después pruebas el café y te das cuenta de que en realidad no te gusta. La nata puede no ser buena idea. O ser un grave error.

—No lo será —le aseguró él, que le dirigió una mirada extraña.

—Madre mía. Hoy te veo muy decidido, Levi. ¿De veras estás seguro? Porque si al final resulta que no te gusta el café, puedes herir sus sentimientos.

—¿De qué estás hablando? —le preguntó él.

—Indecisión. Impulsividad. Tonterías.

El cuatro subió a un seis («es increíble que tenga que hablar contigo»). Lorelei le puso el café a Levi.

—Aquí tiene, jefe. Ah, hola, Faith. ¡No te había visto! ¿Cómo estás? ¿Qué te apetece hoy?

Al cuerno con el café. Sí, a lo mejor sufría un coma diabético, pero necesitaba refuerzos.

—Un cruasán de chocolate y un chocolate pequeño, por favor.

—¡Ahora mismo!

—¿Qué te parece si también pides un trozo de tarta de chocolate? —sugirió Levi—. ¿Y con una barrita de caramelo para acompañar?

—¿No hay delincuentes que necesiten ser apresados por la justicia en algún lugar, Levi? ¿Mmm?

Todavía estaba mirándola, con el ceño levemente fruncido.

—¿Esto es por lo del otro día? —le preguntó.

—¿Qué otro día? —le soltó ella.

—A ver —dijo—, aquel... momento... fue un error. Y lo siento.

—A las mujeres nos encanta escuchar eso. No, en serio. Es muy halagador.

—No trato de halagarte. Te estoy diciendo la verdad. Fue una metedura de pata de la que me arrepiento.

—Si sigues así, a lo mejor acabo desmayándome.

Lorelei había preparado su pedido y le dio la cuenta. Faith le dio un billete de cinco.

—Gracias, Lorelei —dijo mientras se llevaba el chocolate y el cruasán—. Jefe Cooper. Que tengáis un buen día.

Levi no se molestó en contestar, pero su enfado era palpable.

Y le resultó la mar de satisfactorio.

Capítulo 16

Dos horas más tarde, Faith entró en el cálido caos que se montaba un viernes por la noche en la Taberna de O'Rourke y fue directamente hacia Colleen, la portadora de toda la información.

—Está aquí —dijo Coll—, en el tercer reservado al fondo; monísimo, buenos modales y un poquito de acento sureño. —Su amiga sonrió y le sirvió una cerveza a Wayne Knox. Parecía que el cuerpo de bomberos voluntarios estaba celebrando una «reunión». Gerard, su sobrinito Ned, Jessica, *la Facilona* y Kelly Matthews estaban todos apiñados en un extremo de la barra, partiéndose de risa.

—¿Qué tal estoy? —le preguntó Faith.

Colleen se inclinó sobre la barra y le dio un tironcito a la camisa de Faith para que enseñara más canalillo.

—Ya está. Enseña la mercancía, nena. ¿A que tengo razón, gente?

Los hombres del cuerpo de bomberos le dieron la razón con gusto.

—Es imposible fallar con las tetas —dijo Everett Field.

—Te cuidé de niño —le recordó Faith.

—Lo sé. No dejo de pensar en eso. —Gerard Chartier, su compañero de miradas lascivas, le dio una sonora palmada en la espalda.

—Ve —le dijo Coll—. Jeremy ya está allí, hablando con él.

—¿Jeremy está aquí?

—Sí. Levi y él suelen venir los viernes.

—¿Su cita semanal? —preguntó Faith, incapaz de reprimirse.

—Deja que te diga que Levi está ahora más cañón que nunca —comentó Coll—. ¡Menudos brazos! La verdad es que cada vez que viene con una camiseta de manga corta tengo un orgasmo. Aquí tiene su cóctel de vino blanco, señora Boothby. —Pasó de la mirada desaprobatoria de la florista—. Tu padre también está aquí —siguió Colleen—, hablando de hombres que...

—¡Para el carro! Ni se te ocurra pasarte de la raya. —Faith se dirigió al otro lado de la barra, donde estaba su padre hablando con... ay, mierda, con Levi—. Hola, papá. Estás estupendo. —Y era verdad: para empezar, se había duchado, y llevaba una camiseta de *rugby* en vez de su eterna camisa de franela desgastada.

—Hola, preciosa —la saludó su padre al tiempo que la abrazaba.

—Hola, Faith —dijo el jefe de policía.

—Hola, Levi. —Era sorprendente lo mucho que podía molestarle hasta que pronunciara su nombre.

—Me he enterado de que tienes una cita —comentó su padre.

—Pues sí —dijo—. Con suerte no será un error. Ni una mala idea. Ni una metedura de pata.

Levi suspiró y clavó la vista en un punto indeterminado.

—Seguro que no —la animó su padre—. En fin, pásatelo bien, cariño. Estaré aquí si me necesitas.

—Gracias, papá. —A continuación, preguntó, bajando la voz—: ¿Has venido solo?

—Estoy esperando a Lorena.

—Ah. —Intentó no hacer una mueca. De momento, había analizado y descartado a las mujeres de «eCompromiso/AmorMaduro», y sus esfuerzos por hablarle a Cathy Kennedy de su santo padre habían caído en saco roto—. Muy bien, en fin... hay más peces en el mar, papá.

—¿Qué clase de peces?

—Peces que no se ponen sujetadores con estampado de leopardo debajo de camisas transparentes y que no preguntan tu saldo del banco —contestó, refiriéndose a la conversación de la cena del domingo que hizo que la señora Johnson se pusiera a gruñir. Su padre parecía totalmente perdido—. Da igual, papá. Pero no te cases sin consultármelo primero.

Su padre se echó a reír.

—Mira lo que dice, Levi. La mitad de las veces no tengo ni idea de lo que está hablando.

—Te entiendo —aseguró Levi.

«Ahh», pensó.

—En fin, mi cita me espera.

—Diviértete —dijo Levi.

—Sí, cariño, ¡diviértete! —la animó su padre—. Estoy deseando tener más nietos. Tenlo muy presente. —Le pellizcó la barbilla—. Levi, ¿no tengo las hijas más guapas del mundo?

—Desde luego —contestó el aludido, que le lanzó una miradita a Faith, deteniéndose un nanosegundo en su delantera—. ¿Tienes la lista? —añadió.

Faith no se dignó a contestar..., pero sí, la tenía en el bolso. Tomó una honda bocanada de aire para tranquilizarse y fue al tercer reservado. Allí estaba Jeremy, guapísimo a más no poder, hablando con quien suponía que era Ryan.

—¡Faith! —Jeremy se puso de pie de un salto y la besó en la mejilla con una sonrisa cariñosa y deslumbrante, como si hubieran pasado años desde la última vez que se vieron en vez de unas pocas horas—. Estás preciosa, como siempre. Te presento a Ryan Hill, mi contable.

Ryan era monísimo. «¡Bien hecho, Jeremy!», pensó. Hoyuelos, pelo rubio como la miel y ojos azules. Se puso de pie y le estrechó la mano mirándola con una sonrisa.

—Encantado de conocerte, Faith. —¡Y sí que tenía acento sureño! ¡Colleen había acertado! ¡Ay, Dios!

—Os dejaré a solas —dijo Jeremy—. ¡Pasadlo bien! —Esbozó una sonrisa alegre y se fue a la barra.

—Un tipo estupendo —dijo Ryan.

—Desde luego —convino Faith.

—Bueno, me ha dicho que estuvisteis comprometidos, ¿es verdad?

—Sí —admitió Faith, que se alegró de que hubiera salido el tema—. Nos conocimos en el instituto, antes de que... esto... de que saliera del armario.

La camarera, una de las numerosas primas O'Rourke, se acercó y le llevó una copa de riesling blanco de Blue Heron a Faith, por cortesía de Colleen, que la saludó con la mano desde detrás de la barra. Ryan le preguntó por las especialidades de la casa y Faith le recomendó los nachos grandes, que no había catado desde el martes, de modo que tenía un mono espantoso.

—Me parece estupendo —dijo Ryan—. Si te gustan, seguro que a mí también.

¡Ay, ese encanto sureño!

Hasta que llegó la comida, charlaron amigablemente del trabajo, de la universidad y de donde crecieron, y no saltó ninguna alarma. De hecho, Faith estaba sintiendo cierta vidilla, sí, sí. Ryan era guapísimo, y eso, sumado a la recomendación de Jeremy, hizo que sintiera esperanzas por primera vez desde Clint Bundt, el mentiroso mayor del reino. No; a todas luces, Ryan era el mejor candidato desde el gay de Rafael (que acababa de mandarle un mensaje con los posibles entrantes que estaban catando para su boda, pues querían su opinión).

Desde luego que era mejor que Levi, *el Insoportable.*

No. No volvería a pensar otra vez en Levi esa noche, ni en broma.

Como si le hubiera leído el pensamiento, Levi la miró desde la barra, y esos indolentes ojos verdes hicieron que ciertas partes de su cuerpo se tensaran y comenzaran a arder.

Mierda. Colleen tenía razón. Levi Cooper era la personificación del sexo. El sexo contra la pared, en el suelo, en la mesa, en... en cualquier superficie imaginable... Sexo sucio, sudoroso, cegador... Claro que Faith no tenía experiencia personal en el asunto. Pero se lo imaginaba. Con todo lujo de detalles, por cierto. Sobre todo, cuando miraba al hombre en cuestión.

¡Oh, oh! Se había quedado un pelín boquiabierta, y seguramente también un poco colorada. Se obligó a mirar a su cita, que sonreía con amabilidad.

«Eso, tú concéntrate en este hombre tan agradable al que pareces caerle bien, Faith.»

—Bueno —dijo ella—, mejor ir al grano. Soy la pequeña de cuatro, tengo dos hermanas y un hermano. Mi padre está sentado en la barra allí mismo, así que no te pases. Me encantan mi trabajo, mis abuelos, los helados Ben & Jerry's, y mi perro, que es, y tengo que decírtelo para que no queden dudas, el mejor perro del mundo entero.

—Me muero por conocerlo —repuso Ryan—. Siga, señorita Faith, por favor.

Sonrió al escucharlo.

—En fin, en mi tiempo libre me gusta salir a comer y hago pilates. —Bueno, tenía la intención de hacerlo cualquier día—. Y me encantan las pelis violentas de terror y las comedias románticas. Me gustaría muchísimo tener una relación seria y formal con un hombre que no esté casado, no sea un padre pésimo, tenga trabajo y no sea gay. ¿Qué tal vamos?

—¿Bromeas? —preguntó Ryan con otra sonrisa fantástica que dejaba al descubierto sus hoyuelos—. Casi estoy enamorado de ti.

—Tírate otra, mentiroso —dijo Faith. ¡Sí, Jeremy! Sonrió y con el rabillo del ojo vio a Levi. Los estaba mirando. «¡Eso es! Chúpate esa, jefe», pensó mientras apuraba el vino—. Te toca, Ryan.

—No tan rápido. Jeremy me ha dicho que tienes una lista —comentó él. Tomó uno de los nachos y se lo acercó a Faith a la boca. Mmm. ¿Ya le daba de comer? ¿Era asquerosillo o un encanto?

«Un encanto, Faith, guapísimo», se dijo. Aun así, era un poco raro, porque la nata agria estaba chorreando un pelín. Pero daba igual. Era una buena señal. O eso esperaba.

—Pues sí que tengo una lista —reconoció Faith al tiempo que se limpiaba la boca—. Es un poco... maquiavélica.

—Suena divertido. —Ryan le lanzó una mirada ardiente.

—¿De verdad?

—Ajá. Desembucha, nena.

—Ah... claro, claro, sin problemas. —Hizo una pausa—. ¿Ahora mismo?

—Claro.

—Muy bien. —Abrió el bolso y sacó la lista manoseada—. Solo son cosas así generales, que lo sepas, para asegurarme de que no tengo que salir corriendo del bar.

Otra sonrisa con hoyuelos.

—Por favor, no lo haga, señorita Faith.

Era monísimo.

—Muy bien... ¿Has estado alguna vez en la cárcel?

—Todavía no.

—¡Hurra! De momento tienes un sobresaliente. Siguiente pregunta: ¿Tienes algún hijo y, en caso afirmativo, pagas su manutención?

—Nada de hijos. Todavía no.

Otra respuesta excelente. El «todavía no» implicaba que quería tenerlos en el futuro. Estaba rozando la matrícula de honor.

—De acuerdo, última pregunta importante, y luego podremos hablar de paseos a la luz de la luna, películas antiguas y...

—Me encantan las películas antiguas. Y los paseos a la luz de la luna.

En fin, nadie era perfecto.

—¿Con cuántas mujeres te has acostado?

Ryan tuvo que pensarse la respuesta.

—Bueno... ¿diez?

¿Diez? ¡Diez! Parecían muchas. Claro que si se tenía en cuenta que tenía treinta y dos años (gracias, Google) y que podría haber tenido su primera experiencia alrededor de los diecisiete (porque con esos hoyuelos era imposible que saliera virgen del instituto), eso dejaba un margen de quince años para que un soltero heterosexual mantuviera relaciones sexuales. De modo que, concluyó Faith con unos cálculos rápidos, se obtenía una media de 0,667 mujeres por año. Que sonaba raro, pero que a lo mejor no eran tantas. Aunque sí parecían muchas.

—Tuve novia formal justo al terminar la universidad —dijo él con su adorable acento sureño—. Supuse que nos casaríamos, ya sabes. Pero me dejó. Me partió el corazón. —La miró con expresión de cachorrito perdido—. Desde entonces, no he conseguido encontrar a la persona adecuada.

Muy bien, de acuerdo, eso era soportable. Más o menos. Pero... diez.

—Ninguna enfermedad, por cierto —añadió él.

Por supuesto, Faith iba a necesitar confirmación médica. ¿Debería pedirle ya el nombre de su médico o mejor esperaba un poco? Tal vez sería mejor esperar.

Le lanzó una miradita a Levi, que ya no la estaba mirando. Muy bien. Que pasara de ella.

—Gracias por contestar a las preguntas, Ryan. La verdad es que has sido muy tolerante.

—De nada. Oye, ¿quieres que nos quitemos de encima nuestro primer beso? —Sonrió—. Sé que así podremos relajarnos, ya que no estaremos preocupados por cómo será.

—Esto... muy bien. —Otra miradita a Levi. Puestos a pensarlo, pues sí. Que la viera besando a otro. Se inclinó sobre la mesa, tras apartar los nachos, porque no quedaría nada bonito tener la delantera manchada de guacamole, y le dio a Ryan un beso rápido en los labios antes de sentarse de nuevo.

¿Había sentido algo? Demasiado rápido para saberlo. Volvió a mirar a Levi, que estaba levantando el vaso de cerveza. Mierda. Su brazo sí que le hacía sentir algo.

—Ha sido muy agradable —dijo Ryan—. Una ligera quemazón por culpa de los jalapeños, pero me ha gustado. Dulce con un toque picante.

—Así soy yo —dijo Faith.

Ryan adoptó una expresión bastante lasciva.

—¿En serio?

—En fin, tampoco es que lo sepa de verdad, pero... se podría decir de mí, más o menos, a lo mejor. —Nerviosa, se llevó un nacho a la boca. Hannah O'Rourke, aunque bien podría ser Mónica, le llevó otra copa de vino, bendita fuera.

—Bueno, yo también tengo una lista —anunció Ryan.

—¿Sí? ¡Estupendo! —Almas gemelas. Hacía que se sintiera menos rara.

—¿Estás preparada?

—Claro. —Apoyó la espalda en el respaldo y sonrió—. Dispara. —Siguió comiendo nachos.

Ryan sonrió.

—¿Te gusta que te azoten?

Un trocito de jalapeño se le fue por el conducto equivocado y se atragantó.

—¿Perdona? —Tosió, y siguió tosiendo y tosiendo, antes de beber un sorbo de vino—. Esto... no sé qué decirte. Nunca me han... azotado.

—¿Eso quiere decir que eres virgen en cuanto a los azotes? —Ryan se humedeció los labios.

—Yo... En fin, creo que ese libro que se leyó todo el mundo el año pasado, ya sabes... Puede que diera una impresión equivocada. A ver, eso de que las mujeres queremos que nos traten con violencia. No. Descartado.

—¿Qué me dices de las esposas?

—Uf... pues tampoco tengo mucha experiencia. Ni quiero tenerla. —¡La leche! ¿No había manera de conseguir que esa cita no se fuera por el inodoro más rápido que su jersey negro? Se devanó los sesos buscando una solución, pero estaba en blanco.

—¿Te gusta ser sumisa? ¿Tendrías algún problema en llamarme «amo»?

—No y sí. No me va ese rollo, Ryan. ¿Te importa que cambiemos de tema?

—Oye. —Otra vez esa expresión de cachorrito—. Yo te he contestado. Es lo justo.

Faith tomó una honda bocanada de aire. Sería maravilloso levantarse e irse. Podría hacerlo. Sin embargo, no tenía ganas de ver la cara que pondría Levi si lo hacía.

—Muy bien. Sigue.

—¡Estupendo! —Ryan dio unas palmadas como un crío—. ¿Te gustaría que te encerrase en mi vestidor durante doce horas sin más alimento que un vaso de agua?

—¿Los hombres tienen vestidores? Porque me parece algo muy femenino. Y no. Me moriría de hambre.

—Entiendo. Supongo que podría pasarte unas lonchas de mortadela por debajo de la puerta.

—¿Mortadela? Necesitaría mucho más.

—¿Con algo de queso?

—No —contestó Faith—. Necesitaría *pizza* artesana con gambas, mostaza y *pesto* del Red Salamander, una botella de chardonnay y al menos un tarro de helado de cacahuete Ben & Jerry's.

—Entiendo.

—Además, no dejaría que me encerrases en ninguna parte. Te daría una patada en los huevos como lo intentaras siquiera, amigo.

—¡Ah! ¡Alucinante! —Ryan sonrió de oreja a oreja. Por Dios y todos los santos del cielo...—. ¿Y si me disfrazo de El Zorro sin nada debajo de la capa?

—No te parecerías en nada a Antonio Banderas. Tendría que rechazarte. Supongo que me echaría a reír. —Jeremy pagaría por esto, ya lo creo que pagaría. Hablando del adorado médico del pueblo, ¿dónde se había metido?—. ¿Hannah? ¿Nos traes...?

Ah, mierda. Levi la estaba mirando con un gesto burlón en la cara. Y aunque Ryan era un pervertido sin imaginación, al menos le tiraba los tejos.

—Da igual —le dijo a la muchacha. Clavó la mirada en Ryan «el de los hoyuelos pervertidos»—. Siguiente pregunta.

—¡Muy bien! De acuerdo, supongamos que eres mi chacha y que estás de rodillas en el suelo de la cocina cuando yo entro. ¿Qué dirías?

—Diría: «¿Por qué está el suelo tan sucio? ¿No sabes comer pegado a la mesa?».

—Y yo diría: «Quítate el uniforme, Cenicienta guarrilla, y utiliza mejor tus habilidades».

Faith entrelazó los dedos.

—Y yo diría: «¡No, señor, no lo haré! Le conmino a que vaya al mercado y me compre la lejía exprés que le pedí la semana pasada».

Ryan parecía un poco desconcertado.

—Esto... y yo diría: «¡Obedece, zorra!».

—No, no, eso no puede ser —protestó Faith—. Verás, soy la chacha, no una zorra. Ya he perdido la motivación de mi personaje. Hay que cambiar la escena.

—No lo haces bien, Faith —repuso Ryan, con un tono malhumorado en la voz.

—Y tú eres un pervertido sin imaginación —le soltó—. ¿Lo de la chacha es lo mejor que se te ha ocurrido? Menudo plomo.

A Ryan le vibró el teléfono móvil.

—Tengo que contestar —refunfuñó.

—No te cortes —le dijo. Alguien se dejó caer en el asiento junto a ella—. ¡Hola, Pru! —exclamó Faith—. ¿Qué tal?

—Estupendo. Quiero hacerte una pregunta. ¿Interrumpo algo?

—En absoluto. —Ryan murmuraba algo al teléfono, cubriéndose la boca con la mano para que no se pudieran oír sus palabras.

—Muy bien, la cosa es que... Carl me está mandando mensajes guarros.

—Madre mía. Esto... ¡Madre mía!

—Mira. «¿De qué color llevas las bragas?» ¿Le digo la verdad? Porque creo que son las que tienen ardillitas montadas en trineos. ¿O me invento algo?

—Bueno... lo que tú creas mejor —contestó Faith. Iba a necesitar más vino. Y pronto.

—Dile que llevas un tanga rojo, y que quieres que te lo quite con los dientes —sugirió Ryan, que hizo una pausa en su conversación telefónica—. O, mejor todavía, dile que no llevas bragas. Y que te gustaría jugar a amos y sirvientas cuando llegues a casa.

Prudence lo miró boquiabierta.

—¿Es tu cita? —le preguntó a Faith.

—Me temo que sí.

—Tengo que irme —dijo Ryan—. Mi madre tiene un tapón de cera en el oído. Faith, ¿qué me dices? ¿Te vienes? Lo del oído será solo un momento y es más fácil con dos personas, porque hay que inmovilizarla.

—Voy a pasar —contestó Faith—. Buena suerte.

Ryan dejó unos cuantos billetes sobre la mesa y se fue refunfuñando sobre las mentiras de las novelas eróticas.

Pru estaba mandando un mensaje.

—El erotismo es agotador —dijo su hermana—. «Llevo un tanga» —escribió—. «Ven a buscarlo, hombretón». ¿Sabes lo que echo de menos, Faith? La regla. Al menos, cuando la tenía, me libraba unos cuantos días. Y cuando una mujer añora su regla, sabes que el final se acerca. —Su teléfono móvil sonó e hizo una pausa para leer el mensaje—. Ah, mierda. Mira esto.

Le pasó el móvil a Faith por encima de la mesa para que pudiera leerlo: «Menudo trauma tengo. Ten más cuidado cuando le das a enviar, por el amor de Dios. Acepto regalos para compensar el daño psicológico sufrido. Bss, tu hijo, Ned».

—Creo que tendré que divorciarme de Carl si la cosa sigue así —dijo Pru—. Muy bien. Tengo que ir a tirarme a mi marido. Siento que tu cita fuera un capullo. Hablamos mañana. —Su hermana la besó en la mejilla y se fue.

Faith se levantó del reservado. Parecía que Jeremy se había marchado, pero Levi seguía en la barra, y su padre, y también estaba Jack. Por cierto, su padre parecía estar pasándoselo bien... ¡y con una mujer! ¡No, con dos! ¡Qué emocionante! Cathy Kennedy, la que elegía versículos de la Biblia tan raros pero que era bastante agradable, y otra mujer a quien no conocía. Levi dijo algo, dejando que una sonrisa le asomase a la cara. Sintió un cosquilleo en sus partes íntimas.

—¡Preciosa! ¡Ven! —la llamó su padre. ¡De qué buen humor estaba! Al menos uno de los dos estaba teniendo suerte con el sexo opuesto esa noche. Se acercó a él, que la rodeó con un brazo, y miró con una sonrisa de oreja a oreja a su posible madrastra.

—Cariño, te acuerdas de la señora Kennedy, ¿verdad?

—Claro que sí, papá. Me alegro de verla de nuevo, señora Kennedy. Me lo pasé muy bien en el Grupo de Estudio de la Biblia el otro día.

—Llámame Cathy, cielo. Te presento a mi mujer, Louise.

¡Vaya tela! ¿Todos los buenos tenían que ser homosexuales?

—Encantada de conocerte, Louise —saludó Faith mientras intentaba no suspirar.

—¿Vas al Grupo de Estudio de la Biblia? —dijo Jack entre dientes.

—Con Goggy —respondió ella de la misma forma.

—¿Quieres que te deje la casa en el testamento?

—Creo que me la he ganado, ¿no te parece?

—¿Verdad que era un versículo la mar de interesante? —preguntó la señora Kennedy—. A ver, estuvimos hablando de los rituales de sangre en el Antiguo Testamento. La circuncisión, los sacrificios humanos y ese tipo de cosas.

—Me voy a hacer creyente —aseguró Jack.

—Este versículo en concreto hablaba de la circuncisión con un pedernal —añadió Faith, lanzándole una mirada elocuente a su hermano—. Me pregunto por qué desaparecen algunas tradiciones. A ver, si el pedernal funcionaba en aquel entonces... ¿por qué cambiar algo que ya funcionaba?

—¿Qué tal la vendimia este año, John? —preguntó la señora Kennedy, y su padre se lanzó a su tema preferido.

—¿Qué tal la cita, hermanita? —quiso saber Jack.

—Maravillosa —contestó, ya que Levi la podía oír—. Un hombre encantador. —Pero Levi no la estaba mirando; en cambio, se había puesto de pie y tenía los brazos abiertos porque su hermana se estaba acercando. Sarah Cooper soltó la mochila y se fue derecha a su hermano para abrazarlo con fuerza.

—Gracias a Dios que ya estoy en casa —dijo Sarah—. Creía que me iba a estallar la cabeza.

—¿Por pasar una semana entera en la universidad? —preguntó Levi.

—Mira, soldadito, no tienes ni idea de lo duro que es.

Cuando Sarah apoyó la cabeza en su hombro y Levi la besó en la coronilla, el gesto fue tan inesperado, tan dulce y tan natural que Faith se descubrió... derritiéndose. Levi tal vez fuera insoportable, pero quería a su hermana. Jack, en cambio, solo hacía cosas como grabar en vídeo sus ataques epilépticos y esconderse en su armario con un cuchillo cuando ella tenía nueve años.

—No te imagino abrazándome en público —le dijo a Jack.

—Yo tampoco —dijo su hermano—. Eres insoportable a más no poder.

—No, de eso nada —repuso Faith con una sonrisa—. Soy tu hermana preferida.

—Solo porque vivías a más de tres mil kilómetros de distancia —dijo Jack—. Ahora mismo lo echaría a suertes.

—Bueno, aunque quisieras abrazarme, no te dejaría, porque hueles raro y no sabes comer en público y... ¡Ay!

Jack la estrechó en un abrazo de oso, levantándola del suelo.

—Por Dios, pesas un montón —gruñó él—. Deja de comer galletas de las *scouts*.

—Cierra la boca y suéltame —le ordenó, al tiempo que le daba una colleja.

Su padre los miraba con cara risueña.

—Te pareces muchísimo a tu madre —dijo.

Esas palabras, que pretendían ser un cumplido, borraron la sonrisa de Faith.

—Gracias —repuso Jack—. Me lo dicen a menudo. —En ese momento se percató de que Colleen lo miraba con una sonrisa y se quedó de piedra.

—No te asustes, Jack —dijo Colleen—. Solo muerdo cuando me lo piden.

—En fin, me voy a casa —anunció su padre—. Jack, ¿has terminado? —Le revolvió el pelo a Faith—. Buenas noches, cielo. Ah, hola, Sarah, ¿cómo estás?

—Hola, señor Holland —saludó la muchacha—. Bien, ¿y usted?

—Yo también me voy —dijo Faith, con el alma en los pies. Otra cita penosa. En fin, ¿qué se le iba a hacer? Al menos no había perdido mucho tiempo comprobando sus antecedentes. Volvería a casa, se acurrucaría con *Blue,* llamaría a Jeremy para contárselo todo y luego hablarían sobre cómo compensarla por lo que le había hecho—. Buenas noches a todos.

—Esto, Faith... —la llamó Sarah—. Bueno... ¿tienes un momento? ¿Puedo hablar contigo? De San Francisco y tal.

Faith miró a Levi, que hablaba por teléfono, y después a Sarah.

—Claro, cariño.

—¿Tu sobrino? ¿Ned? —Sarah se ruborizó—. Me ha estado contando que has estado allí unos cuantos años. ¿Te gusta?

¡Estaba coladita, qué gracia!

—Me encanta la ciudad. Es preciosa.

Levi se guardó el teléfono móvil en el bolsillo.

—Sarah, tengo que atender un aviso. ¿Vienes?

—¿Qué ha pasado ahora? —preguntó la muchacha—. ¿Otra gallina debajo del porche?

—Pues es una zarigüeya en el sótano de los Hedberg. El perro se ha vuelto loco y ha hecho que el gato salga espantado por la ventana, así que ahora temen que un coyote se lo coma.

—¿Es que no hay control de animales en el pueblo? —quiso saber Sarah.

—Sí, lo hay, pero el hombre ya es mayor y son más de las diez.

—Creo que paso. Nos vemos en casa. —Se volvió hacia Faith—. Bueno, ¿te gusta la experiencia de vivir lejos de aquí? Yo no me imagino viviendo en otro sitio. A ver, sé que a ti te... bueno..., que te dejaron plantada en el altar. A lo mejor te fuiste porque... ay, Dios mío. Lo siento, no quiero traerte malos recuerdos ni nada. —Hizo una mueca.

—No, no, tranquila. Lo sabe todo el mundo. —Por desgracia.

—Faith, ¿puedo hablar contigo un momento? —preguntó Levi.

Levi no esperó respuesta, se limitó a tomarla del brazo y a tirar de ella. El mero roce hizo que un ramalazo de calor le recorriera el brazo. La camisa verde de franela que llevaba Levi hacía que sus ojos parecieran más oscuros, y, por Dios, tenía unas manos muy grandes y masculinas. Muy... viriles. Colleen decía que las manos grandes solían indicar que...

«Esos pensamientos impuros te mandarán derechita al infierno», le dijo su conciencia con la voz aguda de la señora Linqvest.

—Voy a decirte una cosa —empezó Levi.

—Jefe Cooper, señor, sí, señor.

—Sarah tiene muchísima morriña. Está intentando por todos los medios dejar la universidad para volver a casa. Me gustaría mucho que tuviera estudios superiores. Así que si vais a hablar sobre la vida fuera, te agradecería que la animaras a irse. No quiero que acabe aquí empantanada porque nunca aprovechó otra oportunidad.

Levi se pasó una de esas grandes manos por el pelo, y la guarrilla que Faith llevaba dentro gimió. Recordaba ese pelo, lo suave y sedoso... «Hablo en serio», dijo la señora Linqvest. «Basta ya.» Levi se metió las manos en los bolsillos y la tela de la camisa se tensó contra esos fuertes y musculosos brazos.

Faith carraspeó.

—No, lo entiendo. Todo el mundo debería vivir lejos de casa, al menos temporalmente.

La miró a los ojos.

—Exacto.

Las pestañas de Levi eran maravillosas: largas, rectas y rubias.

—Ve en busca de esa zarigüeya —dijo Faith. En cierto modo, tenía una leve connotación sexual: «Sí, Levi, lánzate a por esa zarigüeya. Atrápala para que no se escape». La señora Linqvest ya había sacado la regla—. Me quedaré con tu hermana. Podemos volver juntas a casa.

—Gracias.

Esa palabra hizo que sintiera un calor que le aflojó las rodillas.

—De nada —dijo, con la voz un poco ronca.

Acto seguido, Levi se dio la vuelta y se fue, despidiéndose con la mano de alguien que le deseó buenas noches.

Cuando Levi por fin zanjó el tema de la llamada (sacaron a la zarigüeya gracias a un agujero en los cimientos de piedra, agujero que taparon de forma provisional con la ayuda del joven Andrew, y encontraron al gato sano y salvo, para alivio de las Hedberg), la Taberna de O'Rourke estaba casi desierta.

—¿Mi hermana ha vuelto a casa? —le preguntó a Colleen, que estaba limpiando la barra.

—Faith dijo que darían un paseo por la orilla del lago —contestó ella—. No sé si seguirán por allí.

—Gracias.

Levi salió por la puerta trasera y atravesó el aparcamiento de donde había sacado a Faith por la ventana. Parecía que había pasado una eternidad. No le importaría volver a verla con ese sujetador negro, desde luego. O sin él.

Mierda. No debería estar pensando en eso de nuevo. Faith era... En fin, no era su tipo. Era demasiado... demasiado, nada más. Demasiado complicada. No debería haberla besado aquella mañana. Había sido una estupidez de las gordas. Desde luego que no lo había planeado, pero bastó un beso para que sintiera un deseo feroz, potente y casi irrefrenable. Su boca era suave... toda ella era suave, como una cama en la que dejarse caer; y su olor, tan delicioso como una tarta haciéndose en el horno. Y cuando la oyó hacer aquel ruidito casi perdió la cabeza. Se apartó, porque si hubiera seguido besándola un segundo más le habría hecho el amor contra la pared.

Y esas cosas, esas cosas se salían un poco de... de madre.

Faith era, ante todo, la ex de Jeremy. Fueran cuales fuesen las circunstancias, Jeremy era su primer amor, y no le hacía gracia ser el plato de segunda mesa de su mejor amigo. Tampoco le gustaba la abrumadora sensación de perderse en el momento, de quedarse en blanco. Había sentido algo parecido doce años antes, cuando la besó, un beso que echó por tierra el sentido común, la lealtad y todo lo importante.

Y por último... ella ni siquiera se iba a quedar en el pueblo. John Holland le había dicho que esperaba que Faith se quedase en Manningsport. Pero la verdad era que tenía su vida en California. En otra ocasión ya se enamoró de una mujer que lo había abandonado. No pensaba repetir a ciegas la experiencia.

Claro que no estaba enamorado de Faith Holland.

La orilla del lago era en realidad un parquecito: un poco de hierba verde y algunos árboles ornamentales, unos cuantos bancos, un embarcadero y una minúscula playa de arena en la orilla del lago. El cielo estaba cuajado de estrellas, pero no había luna, de modo que sus ojos tardaron un momento en acostumbrarse a la oscuridad tras dejar atrás el resplandor anaranjado de las farolas. Localizó a Sarah y a Faith, sentadas en un banco, hombro con hombro, con la vista clavada en el agua oscura. Le daban la espalda, así que no lo vieron acercarse.

Se detuvo al oír la risa de su hermana Sarah. Hacía tiempo que no la oía reír.

—No, de verdad, sé muy bien cómo te sientes —decía Faith—. Mi madre también murió cuando yo era pequeña.

—¿Cuántos años tenías?

—Doce.

—Uf, menuda putada.

—Sí. Un accidente de tráfico.

—Así que no pudiste despedirte de ella.

—Eso es.

Sarah meditó sus palabras.

—Al menos yo sí tuve eso.

—Da igual, las dos cosas son duras, las mires por donde las mires. Es durísimo.

—¿Sigues pensando en tu madre? —preguntó Sarah.

—Ya lo creo —contestó Faith—. Todos los días.

Levi también. Todos los días pensaba en su madre en algún momento, en su energía o en su absoluta falta de autocompasión. Incluso cuando estaba de morfina hasta las cejas los hacía reír, a Sarah y a él.

Sintió un nudo muy raro en la garganta.

—Hay días que estoy tan triste que creo que no puedo ni salir de la cama —dijo Sarah con un hilo de voz—. Lo único que quiero es ver a mi madre, pero tengo que ir a clase y prestarle atención a un montón de cosas, y me parece todo muy vacío y sin sentido, porque lo cambiaría todo por pasar otro día con ella. —A su hermana se le quebró la voz, y Faith la rodeó con un brazo.

—Lo siento, cariño —dijo ella. Nada más, solo eso. Le acarició el pelo con suavidad, sin presionarla, y apoyó la cabeza contra la suya. Se limitó a acariciarle el pelo y a dejar que llorase.

—Sé que debería superarlo —continuó Sarah—. Ya ha pasado más de un año.

—Bueno, es que nunca llegas a superarlo —le aseguró Faith—. Solo aprendes a sobrellevarlo. Y la única manera de conseguirlo es haciendo las cosas que haces siempre. Te levantas de la cama. Vas a clase. Intentas ser normal, y enseguida todo ese dolor que llevas dentro se... se mitiga.

—Eso mismo dice Levi —dijo Sarah al cabo de un momento.

—Supongo que no siempre es un imbécil.

—Pero casi siempre lo es.

—Sí, en eso te doy toda la razón. —Había un deje risueño en la voz de Faith.

—Es que... la siento más cerca cuando estoy aquí —explicó su hermana—. Por eso no quiero estar en la universidad.

Levi sintió una punzada en el pecho. ¿Por qué no se lo había dicho a él? ¿Por qué insistía en quejarse de las clases y de la falta de amigos si ese no era el verdadero problema?

Aunque tal vez supiera la respuesta.

Porque no se lo había permitido.

—¿Alguna vez hablas con ella? —preguntó Sarah.

—Claro —contestó Faith.

Estaba mintiendo, pensó Levi.

—¿Y alguna vez te contesta? A ver, ¿crees que su espíritu o algo te acompaña?

Faith se quedó callada unos segundos.

—Sí, lo creo.

Otra mentira. Le estaba diciendo a Sarah lo que quería oír.

—¿Y tú? —preguntó Faith.

—Desde luego. Levi me mira raro cuando se lo digo, pero a veces la siento a mi lado.

—En fin; es un hombre. Tienen la cabeza muy dura. —Otra vez ese deje risueño, y Levi sintió que esbozaba una sonrisa.

—De piedra —dijo Sarah.

—De cemento armado.

—Exacto. —Sarah se enderezó y se sonó la nariz—. ¿Echabas de menos tu casa cuando te fuiste?

—Ya lo creo. Echaba tanto de menos este sitio que me dolía. Estuve con dolor de estómago varias semanas.

—¡Cómo te entiendo!

—Pero, Sarah, si te quedas aquí y desaprovechas la oportunidad de vivir en otro sitio y de crecer como persona, aparte de ser la hermana pequeña de Levi... ¿no te preguntarás siempre qué te has perdido?

«Buena chica, Faith», pensó él.

—Supongo. A ver, teóricamente sí quiero ir a la universidad y todo eso. Vivir en otro sitio, al menos un tiempo. Pero es difícil.

—Lo sé, cariño. —Faith se quedó callada un minuto—. Pero ya sabes lo que dicen, que todo lo que merece la pena en la vida es difícil.

—Sí. Levi lo repite todos los días. —Sarah extendió los brazos por encima de la cabeza—. Debería volver a casa. —Se dio la vuelta y, al verlo allí, soltó un chillido—. ¡Dios! ¡Levi! ¡No aparezcas así de repente como un asesino en serie! ¡Avisa la próxima vez!

—Acabo de llegar, no te sulfures —le dijo—. ¿Listas para volver a casa?

Faith se levantó y se sacudió la falda.

—Jefe, ¿qué tal la zarigüeya?

—Traviesa —contestó. La camisa blanca de Faith relucía en la oscuridad—. ¿Os acompaño a casa?

—¿Qué te gusta hacer en San Francisco? —preguntó Sarah, que empezó a andar de espaldas para poder mirar a Faith a la cara mientras recorrían Lake Street. Faith le habló del tiempo, de las flores, de la comida y de las vistas. Hizo que pareciera el mejor lugar del mundo—. A lo mejor paso allí un semestre —continuó—. Mi universidad tiene varios programas de intercambio con otras universidades.

Vaya.

—Es una ciudad fantástica —aseguró Faith—. Desde luego que harías bien en mirarlo. Y si todavía vivo allí podríamos vernos.

Ya habían cruzado la plaza del pueblo, que estaba muy tranquila con las tiendas cerradas.

—Mirad allí arriba —dijo Faith, y allí que vieron, gracias a la luz encendida de su apartamento, a su perro recortado contra la ventana, con las patas apoyadas en el alféizar—. ¡Hola, *Blue!* Subo enseguida —le dijo.

Levi abrió la puerta para que pasaran, y el pelo de Faith le rozó la barbilla, envolviéndolo con su aroma. La siguió escaleras arriba. Unas piernas estupendas.

—Gracias por hablar conmigo —dijo Sarah mientras Levi abría la puerta de su apartamento.

—Cariño, me lo he pasado estupendamente, de verdad —le aseguró Faith.

—Siento haber sido un muermo.

—De eso nada. ¿Estás de broma? —Sonrió, abrió la puerta y el perro salió al pasillo, saltando de alegría.

—¡Hola, bonito! —exclamó Sarah agachándose para acariciarlo. El perro le lamió la barbilla y gimió—. ¡Ay, pero qué lindo eres! —Le rascó las orejas antes de enderezarse—. ¡Buenas noches! —Tras decir eso, entró en el apartamento.

Levi no la siguió. En cambio, esperó a que se cerrase la puerta y se quedó mirando a Faith, que había metido la mano en el apartamento para sacar la correa de *Blue*. Se inclinó, enganchó la correa al collar, ofreciéndole una panorámica de su impresionante canalillo, y se enderezó.

—¿Qué querías, Levi? —preguntó ella con un suspiro.

Y, en ese momento, que lo partiera un rayo si no la estaba besando de nuevo, pero allí estaba, con la boca pegada a la suya mientras a Faith se le escapaba un chillido de sorpresa. Le tomó la cara entre las manos, y aunque una parte de su cerebro funcionaba lo suficiente como para decirle que estaba siendo idiota, el resto de su persona lo apoyaba al cien por cien. Los labios de Faith eran dulces y sumisos y, sí, le estaban devolviendo el beso.

Acto seguido, ella le dio un buen empujón y tuvo que retroceder, aunque estaba como abotargado, casi ido.

—A ver, ¿de qué vas, Levi? ¿Vas a besarme por sorpresa cada vez que te dé la gana? —preguntó, susurrando.

Blue se abalanzó sobre ella como si fuera la mejor idea que hubiera oído nunca, golpeando la pared con la cola. Faith le dio una palmadita al perro, pero echaba humo. Y Levi no podía culparla.

—Lo siento —dijo él.

—Mira que eres desconcertante —dijo ella—. De verdad. A ver, tengo la impresión de que no me soportas, pero después de mi ataque fuiste superamable y atento, luego me besaste y después pasaste de mí...

Mierda, la estaba besando otra vez. Aunque solo fuera para cerrarle la boca. Y le gustaba que esa boca estuviera ocupada con algo que no fuera echarle un sermón. Dulce, cálida y acogedora. La pegó a su cuerpo y ella no se resistió. Al contrario: le enterró las manos en el pelo y le devolvió el beso mientras emitía otra vez ese gemidito tan ronco. Después, lo soltó.

—Ya está bien —susurró ella contra su boca.

La obedeció. Los ojos de Faith se veían más azules que nunca, los tenía abiertos de par en par y ella parecía un poco aturdida.

—Gracias por hablar con mi hermana —susurró él, obligándose a retroceder.

—De nada —repuso ella al cabo de un segundo, mientras se lamía los labios.

Dios, ojalá no lo hiciera. Porque le entraban ganas de hacerlo a él en su lugar. La vio tragar saliva.

—Esto... tengo que sacar al perro a pasear.

—De acuerdo.

Faith se alejó por el pasillo, aunque se detuvo para mirarlo por encima del hombro. Y como no sabía qué decirle, él se limitó a mirarla fijamente, a admirar ese delicado paquete, con sus ridículos zapatos de tiras, el pelo que él mismo le había alborotado y su perro contento.

Cuando ella bajó la escalera, Levi se apoyó contra la pared y se preguntó qué narices estaba haciendo.

Capítulo 17

—¿Seguro que no quiere una caja entera? —preguntó Faith—. Una caja de botellas de vino es un gran regalo. Las fiestas están a la vuelta de la esquina y sus amigos sabrán que se acordó de ellos cuando estuvo aquí de visita. —Sonrió y se apoyó en el mostrador de la preciosa sala de degustación de Blue Heron.

—No puedo resistirme a una mujer bonita —contestó el hombre—. Claro que sí. ¿Por qué no? Es el mejor riesling que he probado en mi vida.

—Le diré a mi padre que ha dicho usted eso —dijo Faith—. Lo hará feliz durante toda la semana. ¿Y el cabernet que le ha gustado? El que ha comentado que tenía regusto a mora y una nota de tabaco. Por cierto, tiene un gran paladar.

—De acuerdo. Una idea fantástica. Pero ese me lo quedo yo.

—Me gustan los hombres que saben cuidarse —comentó Faith, guiñando un ojo al cliente mientras le entregaba la nota de pedido a Mario, que acto seguido llevó las cajas hasta el automóvil del hombre.

Los años de práctica habían enseñado a Faith que coquetear mientras atendía la sala de degustación obraba maravillas. Honor solía reprenderla por hacerlo, pero nadie consiguió superar sus ventas hasta que Ned cumplió la mayoría de edad. En ese momento, su sobrino estaba atendiendo a un grupo de cincuentonas vestidas con zapatillas deportivas y sudaderas a juego de un cegador rosa intenso que las proclamaba como «Zorras Fi Beta».

Llevó al fregadero la copa que había usado el cliente para degustar los vinos.

—Acabo de venderle cuatro cajas a un hombre —murmuró mientras pasaba junto a su sobrino—. Chúpate esa, cariñín.

—Señoras —dijo Ned—, aquí mi tía me cree incapaz de vender tanto vino como ella. Ayúdenme a demostrarle que se equivoca. Apiádense de mí.

—Acabas de prostituirte —susurró Faith dándole unas palmaditas en un hombro.

—He aprendido de la mejor —contestó él.

Era divertido estar de nuevo en la sala de degustación, sobre todo con Ned. Ese era el territorio de Honor. Trabajaba en un despacho enorme situado en la parte posterior, desde donde controlaba las ventas, el departamento de publicidad y la distribución, y todo lo hacía de maravilla. Pero siempre que Honor estaba cerca, Faith se sentía un poco fuera de lugar. Esa mañana, sin embargo, su hermana la había llamado diciendo que Chipper Reeves se había torcido un tobillo y que si podía hacerle el favor de cubrir el turno de la tarde. Aunque eso significaba dejar durante un día su trabajo en el granero no quiso negarse. Honor rara vez le pedía un favor.

—¡Gracias, hermosas damas! —exclamó Ned mientras las Zorras se marchaban—. Ocho cajas, por cierto —añadió, dirigiéndose a Faith.

Empezó a limpiar la encimera con un paño, aprovechando el descanso entre clientes.

—Sí, pero mi ratio *per capita* es mucho mayor. Supongo que no eres tan guapo como crees, Neddie, precioso.

—Eso es imposible —replicó él—. Tengo espejo, que lo sepas.

—Y hablando de cosas guapas... —dijo Faith.

—Buena transición, tita.

—Gracias. Hablando de cosas guapas, ¿Sarah Cooper y tú? ¿Algún motivo de preocupación? ¿Tengo que darte la charla sobre el sexo seguro y recordarte que su hermano mayor es un veterano condecorado capaz de derribar un objetivo situado a cuatro mil quinientos metros?

—¿Lo dices en serio?

—No, es como eso que se dice en las pelis. Pero es de esas personas a las que es mejor no cabrear, no sé si me entiendes.

—La habilidad de Levi con las armas fue un motivo de preocupación al principio —reconoció Ned con sensatez acariciándose la barbilla—. Pero ese trasero tan precioso de Sarah no tardó en dejarme sin capacidad para pensar con coherencia y...

—No me puedo creer que hayas dicho eso. Ahora tendré que matarte. Y eso me duele.

—... y está embarazada de trillizos. Felicítame.

Faith lo miró sin hablar.

—Está bien, está bien —se rindió Ned—. La verdad es que a veces nos mandamos mensajes de correo electrónico y somos amigos en el «Apalabrados» y jugamos a veces.

—Eso me parece más normal en ti —admitió Faith—. ¿Eres uno de los motivos por los que está deseando regresar a casa?

—Ah, no creo. Está colada por mí, ¿acaso te extraña? —Se agachó para esquivar el guantazo de Faith—. A ver, que sí, que me gusta, pero todavía es un poco joven.

—¿Ves? Justo cuando creo que debería ahogarte metiéndote la cabeza en un cubo de agua, vas y sueltas algo sensato. —Faith hizo una pausa—. Pero no dejes que las cosas lleguen demasiado lejos, ¿de acuerdo? Podría acabar sufriendo mucho.

—Y esta perla de sabiduría ¿proviene de los pedazos rotos de tu propio corazón, tita, o...?

—¿Sabes lo que te digo? Que voy a por el cubo. —Se volvió justo cuando una pareja entraba en la sala de degustación—. ¡Hola! Bienvenidos a Blue Heron.

—¿Faith? —la llamó Honor, que se encontraba en el pasillo por el que se accedía a la oficina.

—Yo me encargo, tía —se ofreció Ned—. ¿Qué puedo hacer por ustedes?

Faith siguió a su hermana y dejó atrás la sala de conferencias y los despachos de su padre, de Jack y de Pru (que rara vez se usaban).

Honor se sentó tras su precioso y ordenadísimo escritorio, un mueble de nogal y roble fabricado por los mismos carpinteros que ella había contratado para levantar la terraza del granero.

—¿Cómo van las cosas? —le preguntó su hermana con energía.

—Estupendamente. Mmm, ¿y tú, cómo estás?

—Bien. ¿Le has encontrado ya una mujer adecuada a papá?

Faith resopló.

—Eso suena... En fin, da igual. La verdad es que no. Estoy en ello. Precisamente hoy voy a presentarle a una jardinera, y la semana que viene he organizado una cita con una mujer con perfil en «eCompromiso».

—Bien. No queremos que alguien como Lorena lo desplume.

Faith sintió el extraño impulso de defender a la mujer.

—A ver, Honor, a lo mejor es uno de esos casos en los que los polos opuestos se atraen. A papá parece caerle bien.

—Faith, acaba de pedirle un préstamo de diez mil pavos. Para hacerse un implante de pecho en México.

—¿En México?

—Conoce a un tipo. —Honor enarcó las cejas.

—Bueno, a lo mejor deberíamos dejar que papá decida por sí mismo. Es su dinero.

Honor suspiró.

—Faith, ¿sabes lo que cuesta mantener este sitio? Te lo explicaré brevemente. Dos años malos seguidos y estaremos en números rojos.

Faith se mordió el labio inferior.

—De acuerdo.

—Así que, ¿te importaría ponerle un poco más de empeño? —sugirió Honor, al tiempo que pulsaba una tecla en su elegante Mac.

Faith no sabía muy bien qué más podía hacer, salvo recurrir a eBay.

—Yo... de acuerdo. Le pondré más empeño.

—No te veré hasta el día de la fiesta —le dijo Honor, que comenzó a teclear como una loca—. Tengo que pasar un par de días en la ciudad. —Solo había una ciudad si una persona era del estado de Nueva York. O de Jersey, ya puestos. O de Connecticut.

—Muy bien —dijo Faith—. A ver, muy bien para ti, que te vas a ir durante un par de días.

Honor emitió un sonido evasivo.

—¿Te gustan? Los viajes de trabajo —le preguntó Faith.

Su hermana dejó de teclear y alzó la vista.

—Sí. Me gustan —contestó—. Es agradable... en fin. —Meneó la cabeza y Faith sintió la punzada de arrepentimiento que a menudo sentía cuando estaba con su hermana.

—¿El qué es agradable? —le preguntó.

Su hermana se encogió de hombros.

—¿Ser tú misma?

Honor la miró, sorprendida.

—Exacto.

Faith sonrió.

—No ser solo una Holland, un miembro de la familia Holland que vive en un lugar donde todos lo saben todo de ti.

—Sí. —Honor la miró un segundo y después sonrió.

Faith sintió una oleada de amor tan intensa que estuvo a punto de abrazar a su hermana. En cambio, le devolvió la sonrisa con un nudo en la garganta.

—¿Puedes guardar un secreto? —le preguntó Honor.

¡Madre mía!

—Claro.

Su hermana titubeó.

—Yo... Bueno, estoy con alguien. La cosa empieza a ponerse seria.

—¿Cómo? —Gritó Faith, que se tapó la boca con las dos manos al ver la cara de su hermana—. ¡Honor! —susurró—. ¡Madre mía! ¡No sabía nada! ¿Quién es? ¿Cómo es?

—Es... «el hombre». Ese hombre al que todos los mortales admiran desde lejos.

Por el amor de Dios. Honor se estaba poniendo colorada.

—¿Pero tú sí puedes acercarte? —sugirió.

Su hermana se mordió el labio y suspiró.

—Ya te digo.

—Así que es... ¿el hombre de tu vida?

Su respuesta fue otra sonrisa soñadora.

—¿Has pensado en presentárselo a la familia?

Honor asintió con la cabeza. Estaba muy guapa con esa expresión tontorrona de enamorada.

—Vendrá a la celebración del aniversario.

—¡Madre mía! ¡Madre mía! Entonces la cosa va en serio, si vas a soltar al kraken y demás... —Aunque adoraba a su familia, en masa podía ser algo aterrador.

—Ajá.

Faith sonrió.

—Qué bien, Honor. Me alegro muchísimo por ti.

—Pero no digas nada, ¿de acuerdo? Ni a papá, ni a Jack ni a nadie. De momento, eres la única persona a la que se lo he contado.

Faith se quedó pasmada. Honor, confiando en ella.

—No diré ni una sola palabra.

—Gracias, Faithie.

Hacía mucho tiempo que Honor no la llamaba así.

Su hermana pareció salir del trance.

—Tengo que volver al trabajo. Nos veremos a la vuelta. Si necesitas ayuda con la fiesta, dímelo. —Guardó silencio un instante—. El otro día subí al granero y es precioso, Faith.

¡Y, además, un cumplido! Fuera quien fuese ese hombre, tendría que darle las gracias.

—Gracias —dijo con la voz un poco ronca—. Bueno, que tengas un buen viaje. Llámame si quieres. Ya sabes, para hablar.

—Si tengo un rato, lo haré. —Honor sonrió y comenzó a teclear de nuevo.

Faith salió del despacho y regresó por el pasillo a la sala de degustación, que en ese momento estaba vacía. Vio a Ned por la ventana, metiendo una caja de botellas de vino en el vehículo de la pareja. Bien. Un rato de tranquilidad.

Esa había sido, con diferencia, la conversación más íntima que había mantenido con Faith en diecinueve años. Tal vez, puesto que su hermana tenía algo más en su vida aparte de su trabajo en el viñedo y de vigilar que su padre comiera y estuviera bien, acabaran por unirse un poco. A lo mejor, solo a lo mejor, la perdonaría por fin por lo de su madre.

Honor jamás hablaba del accidente. Su padre fue quien la abrazó en el hospital, quien la acunó y quien le dijo que ella no era la culpable, que no había podido evitar el ataque epiléptico. Jack se mostró muy atento y cariñoso, y dijo que al menos ella no había muerto, y Pru, que en aquel entonces era una veinteañera, hizo lo que pudo para asumir el papel de madre. Todos parecieron reconocer el terrible coste de haber estado a solas en el automóvil con su madre muerta; Faith tuvo pesadillas durante un año, incluso se orinó en la cama un par de veces, y estuvo meses sin hablar mucho. No tuvo que hacer tareas escolares durante el resto del curso. Todo el mundo fue amable con ella, salvo Honor, cuyos ojos la miraban con un mensaje que ella entendía muy bien. «Has matado a nuestra madre.» Algo que era cierto, aunque Honor no supiera hasta qué punto.

Pero su hermana era una buena hija. Una mártir, sí, que fue una roca para su padre. Faith podía ser la niña de los ojos de papi, pero Honor era la preferida de mamá, siempre la más madura, la más adulta de los cuatro, a pesar de ser la tercera. Su madre y ella habían compartido un vínculo especial, y después de que su madre muriera, parecía como si Honor fuera incapaz de estar en la misma habitación que Faith.

Aunque quizá hubieran llegado a un punto de inflexión. Tal vez, solo tal vez, pudiera lograr que su hermana la quisiera de nuevo.

Cuando acabó con sus obligaciones en la sala de degustación, Faith espió a su padre, que estaba probando el vino casero que le había traído Gerard Chartier para que le diera su opinión.

—No está mal —dijo su padre—. Estupendo con un bistec poco hecho.

Blue los rodeó y dejó en el suelo la gastada pelota de tenis a modo de sugerencia. Su padre la recogió y la arrojó sin abandonar en ningún momento la conversación sobre los distintos tipos de levadura que Gerard podía usar. Su padre llevaba el mismo aspecto de siempre. Con su gorra de béisbol, su vieja camisa de franela y las manos manchadas de color lila. No era el hombre más apuesto del mundo, pero la verdad es que era el mejor.

—Veo que mi princesita ha llegado —dijo al final.

—Hola, princesita —la saludó Gerard con una sonrisa.

—Hola, Gerard —contestó ella—. Dime, ¿has salvado alguna vida últimamente?

—No, pero puedo bajarte en brazos por una escalera si quieres —se ofreció.

—No me tientes. Papá, ¿tienes un segundo? Quería enseñarte el granero.

—Claro que sí, cariño. Nos vemos, Gerard. —Su padre recogió la asquerosa pelota de *Blue* y la sostuvo en alto—. ¿A quién le gusta esta pelota? ¿Te gusta tu pelota? —preguntó, haciendo que *Blue* se quedara petrificado por la emoción. Su padre lanzó la pelota más allá del almacén, y el perro corrió a por ella, la atrapó tras un rebote y regresó de inmediato—. Podría jugar para los *Yankees* —comentó.

—Es incapaz de lanzar aunque le vaya la vida en ello —dijo Faith—. Esto... ¿te ha comentado Levi lo bien que se portó *Blue* durante mi ataque? —le preguntó. Sí, era un intento poco sutil de sacar su nombre a colación, pero nadie era tan crédulo como su querido padre a la hora de sonsacarle información. No había vuelto a ver a Levi desde que la besó la otra noche. Tampoco lo había oído en el pasillo. Había estado a punto de escuchar con un vaso pegado a la pared, a punto.

—Me lo ha contado, sí. Me dijo que *Blue* fue a buscarlo. Es buen chico o no, ¿eh? ¿Quieres mucho a Faithie? ¿La quieres mucho? ¿Sí?

Había algo en *Blue* que convertía a todo el que trataba con él en un imbécil feliz, pensó Faith mientras su padre se metía la pelota de tenis en la boca.

—Papá, qué asco.

Su padre se sacó la pelota de la boca y la lanzó colina arriba.

—Bueno, por fin voy a verlo—dijo, y le echó un brazo por los hombros mientras seguían caminando.

—No habrás venido a fisgar, ¿verdad?

La última semana de un proyecto era cuando las cosas por fin tomaban forma, y Faith quería sorprender a su padre.

—No, preciosa. Tengo tres hijas. Se me da estupendamente asumir órdenes.

Subieron la colina, dejaron atrás las vides con sus hojas doradas y llegaron al cementerio. Su padre se quitó la gorra y colocó una mano en la lápida de granito de su mujer.

—Hola, Connie —dijo con tanto amor que Faith sintió que se le llenaban los ojos de lágrimas—. Todos te echamos mucho de menos, cariño. —Miró a Faith.

—Hola, mamá —saludó ella con actitud obediente. «Lo siento muchísimo», era su pensamiento habitual, el que llevaba clavado en el corazón. Esperó a que su padre quitara un par de hojas secas de la tumba. Su cara tenía la expresión apenada y triste de siempre. «Por favor, ayúdame a encontrarle pareja», suplicó. Claro que, ¿querría eso su madre? Creía que sí, pero no era experta en lo que su madre habría deseado.

Su padre se enderezó y siguieron colina arriba, hablando sobre las uvas que se dejarían en las vides para preparar el vino de hielo. Según predecía, se alcanzarían los ocho grados bajo cero para el Día de Acción de Gracias.

—Será un invierno frío —aseguró.

—A los agricultores malolientes se os da muy bien predecir este tipo de cosas —comentó, arrancándole una sonrisa a su padre—. Bueno, pues aquí estamos. ¿Listo para quedarte boquiabierto?

Su padre había estado en el lugar hacía dos semanas para ver los progresos; en aquel entonces los mamposteros estaban levantando los muros de piedra de la zona del aparcamiento y Samuel colocaba la barandilla alrededor de la terraza. Desde aquel momento, se habían completado tanto el camino como los arriates, y ese día, Jane Gooding, una viverista ecológica de Dundee, estaba sembrando las plantas. Faith quería echar un último vistazo antes de que excavaran los hoyos y tal vez reordenar algunas cosas antes de dar el visto bueno para la colocación definitiva.

Y sí, había investigado a Jane Gooding y tenía posibilidades de convertirse en una cita para su padre. La mujer tenía unos cincuenta y cinco años, era una entendida en plantas, y tenía un máster en botánica, además de su titulación en jardinería y floristería. Hacía mucho que se había divorciado, había salido con algunos hombres, tenía una hija mayor, era extrovertida y atractiva.

En otras palabras: era la mujer perfecta.

Jane estaba descargando las plantas de la parte trasera de su camioneta. Cuando Faith se acercó se detuvo para saludarla con la mano.

—¡Hola! —exclamó con una sonrisa. Su rostro tenía unas arrugas atractivas, y al colocarse un mechón de pelo detrás de la oreja se manchó la mejilla de tierra.

Era el tipo de mujer que le gustaba a su padre. Seguro que no llevaba un tanga con estampado animal.

—Hola, Jane —saludó ella.

Su padre contemplaba boquiabierto el granero.

—¡Cariño! Esto es asombroso. ¡Y todo ha sido tan rápido!

—Me alegro de que te guste —dijo, emocionada por el orgullo de su padre—. Jane, te presento a mi padre, John Holland. Papá, Jane Gooding, la dueña de Dundee Organic Gardens.

—Encantado de conocerte —dijo su padre al tiempo que le estrechaba la mano a la mujer—. Tienes unos viveros impresionantes. He pasado por delante muchas veces, pero nunca he entrado.

—Bueno, pues que no se repita —replicó Jane—. La próxima vez que pases por delante, párate. Haremos un recorrido para que lo veas todo. —Le sonrió y después miró a Faith—. Ya está todo aquí. ¿Estás lista?

—Ya te digo. Papá, ¿tienes tiempo para ayudarnos?

—Claro, preciosa. ¡Todavía no me lo creo! Bien hecho, cariño.

El objetivo de Faith con el granero había sido que pareciera lo más natural posible, sin artificio alguno. Los arriates que rodeaban el edificio estaban bordeados por piedras grandes y toscas. Una vieja rueda de carreta oxidada, una reliquia encontrada en el granero, estaba apoyada en el tronco de un arce de doscientos años, y seis viejos cántaros para ordeñar se alineaban a lo largo de los cimientos de piedra. Había siete variedades distintas de helechos y musgo, todas autóctonas, aguardando en macetas para ser trasplantadas. A lo largo de las paredes de piedra se plantarían mil bulbos de narcisos distribuidos en grupos, que estarían maravillosos cuando florecieran en primavera, y habían plantado una preciosa glicinia ya crecida junto a la puerta de entrada, que Samuel había reconstruido y dejado preciosa. Faith la había pintado de un azul lavanda el día anterior.

Su antigua casita de juegos estaba divina. Había evitado que el granero se convirtiera en un montón de piedras y había creado un lugar precioso que sería el origen de muchos recuerdos felices. Sin embargo, se le formó un nudo en la garganta al recordar la época en que se sentaba sobre el musgo y fingía servir té en los cascabillos de las bellotas o trataba de domesticar a una ardilla o dejaba un círculo de margaritas como regalo para las hadas. Fue una época feliz.

En fin. Su padre y Jane parecían haber congeniado a las mil maravillas, se percató. La jardinería. Mucho mejor que un evento para solteros.

Se puso a trabajar. Siempre se había sentido como una comadrona cuando plantaba algo, cuando sacaba la planta del contenedor, liberaba las raíces y la colocaba con cuidado en el hoyo que después rellenaba con la tierra. El fuerte olor de la tierra húmeda en las manos y, en ese momento, la satisfacción de ver su diseño hecho realidad... No podía compararse con nada. El sol le daba en la cabeza y el sudor empezó a humedecerle la camiseta pese al frescor del aire. El sonido de las palas y los trinos de los pájaros convertían la tarde en un momento perfecto.

Tres horas después habían acabado.

—Ha sido rápido —comentó su padre.

—Pues sí —dijo Faith, que miró a Jane, y esta sonrió—. Eso es porque no estuviste con nosotras la semana pasada, preparando el suelo con el sustrato. Esa es la parte más dura.

—Es precioso, cariño. Tus abuelos se quedarán pasmados.

—Espera a verlo por la noche, papá. La luz es lo mejor, creo.

—Bueno, debo irme —dijo Jane—. Ha sido un placer conocerte, John. Supongo que te veré en la fiesta, ¿no?

—Desde luego. Y lo mismo digo, ha sido un placer —comentó, y se ruborizó un poco, aunque le estrechó la mano y después la agitó a modo de despedida cuando ella se subió a su camioneta—. Así que ¿va a venir? —le preguntó a Faith.

—Claro. Papá, siempre hay que invitar a los trabajadores que han participado en un proyecto. Es un gesto elegante.

—Ah, ¿ahora somos elegantes?

—Sí. Y eso significa que tendré que elegir la ropa que te pondrás el sábado.

La fiesta tenía posibilidades de ser fantástica, pensó Faith mientras daba los últimos toques. Goggy y Pops tal vez suavizarían un poco su actitud al recordar los viejos tiempos. Su padre tenía una especie de cita con una mujer muy agradable. Honor le contaría algún secretillo sobre su nuevo amor. Tal vez consiguiera que Jack bailara con Colleen, aunque las probabilidades eran mínimas. Pero puesto que había acertado con Jane, a lo mejor su siguiente proyecto sería su hermano.

Y puede que Levi bailara con ella. La idea hizo que se le aflojaran las rodillas al recordar sus fuertes músculos y el calor que irradiaba su cuerpo. Seguramente no sucediera, pero la idea era agradable.

Salió del trance y guardó la pala en el cobertizo. Pasara lo que pasase, la celebración del aniversario de sus abuelos sería una noche especial. Una noche mágica.

El sábado por la noche, Faith se contenía (a duras penas) para no estrangular a su abuelo.

—Cállate ya y cómetelo —le ordenó su abuela—. Es comida de la que se sirve en una fiesta. No seas tan insoportable.

Quería estrangularlos a ambos.

—Tú sí que eres insoportable —dijo su abuelo—. No sé cómo llevo sesenta y cinco años aguantándote.

—Nada de peleas, niños —dijo Ned—. Esta fiesta es en vuestro honor. No nos obliguéis a llevaros ya a casa. Abuelo, es una gamba. Envuelta en *prosciutto,* nada más.

—¿Qué narices es *prosciutto*? —preguntó su abuelo.

—Es como el beicon, pero con más grasa —contestó Faith—. Te va a encantar.

Bueno, a lo mejor la noche no iba a ser mágica. Al menos, de momento no lo era. Aunque lo mismo lo lograba... si drogaba a sus abuelos.

La familia Holland se había reunido en el granero para disfrutar de una cena especial previa a la fiesta, ya que durante la celebración solo se servirían entremeses, y sus abuelos no se saltaban una comida como Dios manda por ningún motivo. Ni Pru. Ni su padre. Ni Jack. Honor estaba allí, pero su hombre misterioso no, y cuando Faith le preguntó por él en voz baja, su hermana le respondió con una mirada gélida. La señora Johnson también estaba enfadada con ella, porque la había invitado a la cena en vez de pedirle que la preparara, y eso era una especie de insulto para ella.

—Esta noche estás muy guapo, Pops —dijo Faith mientras le peinaba con un dedo los pelos más largos de las cejas.

—Gracias, cariño. A lo mejor hasta invito a mi niña a bailar, ¿qué te parece?

—Si la niña soy yo, la respuesta es sí. Pero que no se te olvide —añadió, susurrando— que Goggy y tú tenéis reservado el primer baile.

Su abuelo hizo una mueca.

—Tienes que bailar —insistió ella con firmeza—. Y tienes preparado el discurso, ¿verdad?

—Pues sí —respondió él—. Lo tengo aquí. —Se dio unas palmaditas en el bolsillo de la americana.

—Hola, hola, hola —dijo una voz. Era Jane, la jardinera, ataviada con un vestido de algodón largo de un tono marrón verdoso—. Vaya —dijo—. ¿Llego demasiado pronto?

—La fiesta empieza a las siete —respondió Pru, que levantó la voz más de lo necesario.

—No, no pasa nada —dijo Faith—. Ven y acompáñanos.

—Volveré luego —dijo Jane—. Qué vergüenza.

—En absoluto. Nos encanta que estés con nosotros. —Le presentó a toda la familia, un gesto que suscitó una mirada recelosa de Goggy, que no veía nada de malo en el hecho de que su hijo siguiera siendo viudo durante unos decenios más, y también de Abby, que estaba enfurruñada porque había tenido que ponerse algo «menos provocativo», en palabras de Pru. Carl no estaba, aunque Faith había aprendido la lección y no había preguntado por el motivo.

—Me alegro de volver a verte —dijo su padre con una tímida y encantadora sonrisa.

—Lo mismo digo, John —dijo Jane, que ladeó la cabeza y le devolvió la sonrisa. Jane y John. Qué bonito.

—Por favor, siéntate —la invitó su padre, ofreciéndole una silla.

—Gracias. —Ella echó un vistazo a su alrededor—. Mmm... ¿esto es todo? —preguntó al tiempo que miraba las gambas y la pasta que Faith había encargado al servicio de *catering*—. Lo siento. Soy vegetariana. En realidad, soy crudívora.

¿Vivir sin hamburguesas de queso? Qué triste.

—De acuerdo. Esto... te buscaré algo. —La empresa de *catering* seguro que tenía algún plato vegetariano.

—Querida, ¿qué significa «crudívora»? —preguntó Pops, echando mano de todo su encanto (con tal de mortificar a Goggy).

—Que solo como alimentos crudos —contestó Jane.

—¿Por qué? —quiso saber la señora Johnson—. ¿Está enferma?

—Ah, no. Es una opción personal. Para llevar una vida sana —respondió Jane mientras Faith interceptaba la bandeja de las *crudités* que pasaba uno de los camareros—. Gracias, Faith. Esto es perfecto. —Se sirvió una enorme ración de zanahorias *baby* y empezó a comérselas como si fueran palomitas, haciendo un ruido espantoso al masticar. Después se sirvió un poco más, y añadió una cucharada de tiras de apio.

Su boca trabajaba más rápido que una trituradora de madera, pensó Faith.

—¿Come usted alimentos crudos? Eso no debe de ser bueno —sentenció Goggy.

Jane detuvo un instante la masacre vegetal.

—No como carne. Solo me alimento de verduras y frutas crudas.

—¿Y el pan? —quiso saber Abby.

—Nada. El gluten es veneno para mí. —Se sirvió otra cucharada de zanahorias y siguió comiéndoselas a dos carrillos, soltando trocitos naranjas por la boca mientras masticaba—. Deberías probarlo. Ya no tengo problemas con los mocos. Y jamás me estriño.

Su padre tenía expresión de «tierra, trágame», y Ned estaba muerto de risa. Faith se percató de que Jane tenía una buena dentadura. La bandeja de las *crudités* era supuestamente para veinte personas, pero a la velocidad que iba Jane, se la ventilaría entera, y luego seguiría con la mesa, que por suerte no tenía gluten.

—Faith —dijo Pru tras apurar su copa de vino—, ¿dónde están Colleen y las bebidas fuertes? Dijiste que habría barra libre, ¿verdad?

Sí, ¿dónde estaban Connor y Colleen? Faith le echó un vistazo al teléfono móvil. No tenía mensajes. Les envió un mensaje de texto preguntándoles si necesitaban ayuda. La hora de empezar se acercaba. Se disculpó con los demás y empezó a colocar los centros en las mesas, cubiertas con manteles de color azul claro.

Prudence se acercó a ella con una gamba en cada mano.

—El sitio está precioso —dijo. Llevaba unos pantalones de vestir y unas botas de trabajo y un jersey blanco escotado. Tenía un enorme chupetón morado en la base del cuello.

—Gracias —dijo Faith—. Bueno, ¿van bien las cosas con Carl?

Su hermana se encogió de hombros.

—Sí y no. Lo he echado de casa.

—¿Qué? ¿Por qué?

—Lo hicimos la otra noche, ¿sabes? Sexo del bueno, del de siempre, nada raro. Por fin. Y después me dijo que quería grabarnos mientras...

—¿Cómo?

—Exacto. Así que de momento está en casa de su madre. Supuse que lo mismo así le vería las orejas al lobo.

Faith asintió con la cabeza, como si lo entendiera.

—Esto... tienes un chupetón muy grande, ¿Lo sabes?

—¿En serio? Mierda. Supongo que debería haberme mirado en el espejo. En fin, ¡has hecho un trabajo estupendo! —Se sirvió otra copa de vino y se la bebió como si fuera agua.

El pinchadiscos le preguntó dónde debía colocarse y Faith le señaló un rincón. Después, tras contestar dos preguntas más del encargado del *catering*, ajustó el foco situado debajo del arce, colocó bien la puerta, que sobresalía un poco, y encontró la dentadura inferior de su abuelo en una galleta pegajosa de nueces. Recuperó la dentadura mientras Goggy sufría un ataque de ansiedad porque Pops estaba comiendo nueces a pesar de que el gastroenterólogo le había prohibido explícitamente que lo hiciera. Mientras Jane se comía la mitad de su peso en forraje, Faith le preguntó a la señora Johnson si tenía más verduras, algo que hizo que el ama de llaves la mirara echando chispas por los ojos mientras protestaba diciendo que la gente había evolucionado hasta el punto de poder cocinar lo que comía. Faith lo interpretó como un sí, y corrió hasta la Casa Nueva para asaltar el frigorífico. Tras cortar pimientos, zanahorias y brócoli, limpió la cocina a la velocidad de la luz, porque la señora Johnson detestaba que le dejaran su zona de trabajo hecha un desastre. Acto seguido, regresó a toda prisa a La Colina, aunque llevara zapatos de tacón, y se las arregló para que no se le cayera ni una sola tira de pimiento.

Mágica. Sí, ya. Estaba sudando, ¿eso era mágico? Y los invitados comenzaban a llegar poco a poco.

Honor se acercó a ella.

—Lorena ha venido —dijo—. Creía que ibas a encargarte del asunto.

—No la he invitado. Supongo que ha sido papá.

—Échale un ojo a ese vestido, Faith.

Lorena estaba besando a su abuelo en la mejilla, inclinada sobre el anciano, una postura que a él no parecía importarle en absoluto. Y la cuestión era que el vestido de Lorena... Esa mujer debía de pesar unos noventa kilos y como poco tendría sesenta años, pero por algún motivo que iba en contra de la naturaleza y de las leyes divinas, había decidido ponerse un vestido negro de neopreno ceñidísimo. Con la espalda descubierta. Eso sí, llevaba bragas blancas de abuela, que quedaban claramente a la vista.

Faith soltó el aire de golpe.

—Es... Desde luego hay que felicitarla por su... confianza en sí misma. A lo mejor papá debería pagarle los implantes. Madre mía.

A Honor no le hacía ni pizca de gracia.

—Faith, dijiste que le encontrarías pareja. La otra mujer, la jardinera, no para de hablar de la frecuencia con la que hace caca y aquí está Lorena, vestida como Lady Gaga. ¿Es que no puedes hacerlo mejor? —Antes de que Faith pudiera contestar, su hermana se alejó.

Faith suspiró y se acercó a Lorena para saludarla.

—¡Hola, cariño! —gritó Lorena—. ¡Mira quién está aquí! —añadió, mirando furiosa a Jane, que estaba sentada junto a su padre.

Jane dejó de masticar.

—Soy una amiga —contestó, mirándola de arriba abajo.

—¿Una amiga? ¿De quién una amiga? —quiso saber Lorena, cuya expresión se puso amenazadora.

—¿Que de quién soy amiga, quieres decir? —Jane esbozó una sonrisa forzada y se llevó a la boca otra tira de apio.

—Pelea de gatas —murmuró Ned mientras pasaba junto a Faith con el teléfono en la mano.

La próxima vez que le apeteciera celebrar una fiesta, le pediría a Pru que la atara a un sillón con cinta americana.

Y eso que la velada ni siquiera había empezado.

Capítulo 18

Levi se puso la americana del traje, la que solía reservar para bodas y funerales. Todo el pueblo estaba invitado a la fiesta de aniversario de los abuelos Holland, incluido el jefe de policía. No había visto mucho a Faith desde la noche que la besó. El fin de semana anterior se había celebrado la festividad del 12 de octubre, y entre que Sarah estaba en casa y que había muchísimos turistas, además de la exhibición aérea en el lago, la degustación de vinos en la plaza del pueblo y el desfile de botes de madera, no había tenido un minuto libre. Claro que tampoco habría sabido qué hacer de tenerlo, la verdad.

El lunes por la noche llevó a Sarah de vuelta a su residencia, aunque se pasaron por un establecimiento de Target para comprarle cosas que le dieran un toque más acogedor a su habitación, como cuadrantes y tonterías femeninas de ese estilo. Después invitó a Sarah y a su compañera de habitación a cenar. Parecía que se llevaban bastante bien.

Cuando se despedía de su hermana intentó decirle algo de su madre, algo parecido a lo que Faith le había dicho, pero como no se le ocurría nada que sonara bien, acabó dándole cincuenta pavos y diciéndole que estudiara mucho. Volvió a Manningsport, e intentó reducir la montaña de papeleo que le esperaba en la comisaría, aunque fueran las diez de la noche.

Pensó en Faith.

Sí, era... deliciosa. Él era un hombre, heterosexual además, y ella tenía un cuerpo de infarto y vivía al otro lado del pasillo. También olía bien. Y aunque en otra época la considerase un cachorrito desesperante, era... algo más.

Eso no significaba que quisiera salir con ella. No estaba seguro de querer salir con nadie en ese momento. No llevaba ni dos años divorciado.

Debería dejar de pensar en ella.

Subió por la carretera de La Colina y enfiló el camino de entrada de Viñedos Blue Heron, donde una hilera de vehículos recorría el largo camino de tierra que bordeaba uno de los campos de labor. Había un flamante letrero muy elegante con el logotipo del viñedo en oro y azul: «El Granero de Blue Heron, 600 m», rezaba. Como de costumbre, le sorprendía toda la tierra que poseían los Holland.

Al llegar a la cima, descubrió la zona dedicada al aparcamiento. Unos muros de piedra lo delimitaban, y parecía que llevaban allí desde siempre, aunque estaba casi seguro de que eran nuevos.

—¡Oye, Levi! —Jeremy se acercó desde el campo. Como vivía al lado, habría ido andando.

—Hola, Jer. ¿Cómo te va?

—De maravilla, amigo. ¿Y a ti?

Levi se enteró gracias a Emmaline de que Faith y Jeremy habían estado en la Taberna de O'Rourke la otra noche, partiéndose de risa. La noticia le provocó un aguijonazo de celos. Una estupidez, claro. Porque esos dos tenían un pasado en común. Todo el mundo lo sabía.

Aunque eso no evitó el aguijonazo.

La gente se dirigía a un sendero flanqueado por dos arces, iluminados desde la base por dos pequeños focos que derramaban su luz, cálida y dorada, sobre las hojas amarillas. El sendero era bastante ancho, con un muro de piedra en un lado y lamparitas de cobre para alumbrar el camino. Se oyó el trino de un zorzal y, un poco más lejos, el ulular de un búho. A lo lejos, se oía el rumor del agua al correr.

De repente, Levi reconoció el lugar. Ya había estado allí antes. Doce años atrás, Faith y él habían almorzado a unos cien metros de allí, sobre la cascada.

—¿Has estado alguna vez aquí? —preguntó Jeremy, como si fuera uno de esos dichosos adivinos o algo así—. Hay un sitio muy bonito para darse un chapuzón.

Ah. Así que Jeremy también había estado allí. En fin, claro. Era él quien salía con Faith.

—No lo sé. Tal vez —contestó. En ese momento doblaron un recodo en el sendero y los dos se detuvieron en seco.

—Madre mía —murmuró Jeremy.

La estructura que se alzaba delante de ellos era moderna y antigua a la vez: el viejo granero de piedra, coronado por un techo acristalado que relucía por las suaves luces de su interior. A su alrededor, habían iluminado los árboles desde su base: abedules y arces plateados; hayas y nogales. Había parterres de flores, pero no eran demasiado formales ni estudiados. Tenía un aire... mágico. Parecía sacado de un cuento de hadas.

—¡Levi, Jeremy! ¡Qué alegría que hayáis venido! —John Holland los saludó en la enorme puerta del granero, que estaba iluminada por farolillos de cobre. Dos mujeres lo flanqueaban: una lucía lo que parecía un saco de papel marrón; la otra llevaba... ¡uf! Mejor no mirar. Ya. Lorena Creech, la que llevaba rondando al padre de Faith unas cuantas semanas.

—Entrad, tenéis que ver lo que ha hecho Faith. ¡Phyllis! ¿Cómo estás? Espero que el paseo no haya sido demasiado para ti.

—Es increíble —dijo Jeremy al traspasar la puerta del granero.

El interior era todavía más bonito si cabía. Lámparas fabricadas con botellas de Blue Heron estaban colgadas de la pared gracias a unos soportes de hierro. Más botellas de vino, con el cuello cortado, adornaban las mesas, llenas con lo que parecían flores silvestres. La gente deambulaba por el granero, exclamando al señalar los detalles.

Faltaba la pared más alejada del granero, donde se había instalado una terraza de dos alturas en la cima de la colina. Allí había más mesas, y los presentes admiraban las vistas, que alcanzaban más allá de la línea de árboles, por los campos de labor, hasta llegar al lago.

—¡Levi! He pillado a un conductor que pasó junto a mi casa a más de noventa y nueve kilómetros por hora —rugió la señora Nebbins, que tenía su propio radar de pistola y lo llamaba unas tres veces a la semana—. ¿Cuándo vas a poner un radar en mi calle?

—Estuve allí ayer mismo —contestó Levi.

—En fin, tienes que poner más multas. O unas cadenas con pinchos. Seguro que eso hace que la gente no corra tanto.

—Phyllis, cada día estás más guapa, y mira que es difícil —dijo Jeremy al besarla en la mejilla.

—Ay, Jeremy, ¡qué mentiroso eres! —dijo ella—. ¿Has visto a Faith? ¿Es duro? ¿Sigue enamorada de ti? Seguro que la pobrecilla todavía está enamorada de ti. Mira, tengo la rodilla fastidiada otra vez y los ejercicios que me dijiste no me sirven para nada, así que he dejado de hacerlos.

—¿De verdad? ¿Cuánto tiempo los has estado haciendo?

—Dos días.

—No me fastidies —repuso Jeremy—. Vamos, sigue quejándote, tengo toda la noche. Pero quiero ver la terraza. —Se llevó a la anciana cascarrabias y miró a Levi por encima del hombro con una sonrisa en la cara. Lástima que fuera gay. Tenía una mano increíble con las mujeres.

Levi aceptó un vaso de agua con gas y deambuló por el granero. Olía a madera recién cortada, a hierba y a comida. Lorelei, la dueña de la panadería, estaba decorando una tarta de chocolate con unas flores, pero lo saludó con la mano y le sonrió. Colleen se hacía cargo de la barra, hecha de piedra y con una enorme plancha de madera encima. Suzette Minor, la de los ruidos misteriosos y los picardías transparentes, se lo comió con la mirada por encima de la copa. ¿Dónde estaba Gerard? Que él supiera, estaban saliendo. Levi la saludó con un gesto de cabeza, se volvió y se dio de bruces con Faith.

—Cuidado —dijo él, que le sujetó del brazo para que no perdiera el equilibrio. Sintió su piel fresca y suave bajo los dedos.

Faith se puso colorada, y el rubor le subió desde el escote del vestido rojo (¡piedad!) por el cuello hasta llegar a la cara.

—Levi —susurró ella.

Esa noche llevaba el pelo recogido y unos pendientes largos de oro en las orejas. Al mirarlo, Faith se mordió el labio, y el gesto le provocó una descarga eléctrica en salva fuera la parte.

—Hola. —Se dio cuenta de que seguía sujetándola y la soltó—. No te he visto últimamente.

—No.

Fue como si el aire crepitara a su alrededor. Volvió a captar ese aroma a tarta recién hecha y, no por primera vez, Levi se imaginó haciéndole el amor a Faith contra la pared.

—¡Faith! Tu abuelo acaba de mancharme con su bebida —dijo la señora Holland, que rompió el hechizo—. ¿Y has visto a Lorena? ¡Vaya pintas! ¿Es que no tiene espejo? Ah, Levi, hola, cariño. Faith, ¿tienes algo con lo que secarme?

—Esto... Sí, claro, Goggy. —Se alejó con la anciana. Si mirase por encima de su hombro, pensó Levi, la pared sería una posibilidad muy real.

Faith miró, haciendo como que se colocaba un mechón detrás de la oreja.

En ese momento, su padre se acercó a ella, y Faith asintió con la cabeza mientras decía algo. Terminó con su abuela, le dio un beso en la mejilla y procedió a buscar a un camarero, al que dirigió hacia una persona. Sirvió una copa de vino y se la dio a la señora Robinson, incluso se rio de lo que decía la mujer.

Y aunque era más que evidente que estaba haciendo un millar de cosas a la vez, que se ocupó de al menos seis personas en un minuto, lo miró una vez más. Y, después de un segundo, sonrió.

En esa ocasión, el aguijonazo lo sintió en el pecho. Faith Holland, sonriéndole, no muy lejos del lugar donde la besó por primera vez tantos años antes.

—Tiene un don natural para estas cosas, ¿verdad? —dijo Jeremy con evidente orgullo en la voz, después de volver de la terraza—. ¡Y el diseño! Impresionante. Honor me ha dicho que ya tiene reservado el sitio para celebrar siete bodas el año que viene.

—¡Hola, Levi; hola, Jeremy! —Abby Vanderbeek se acercó a ellos, así como Helena Meering. Helena acababa de sacarse el carné de conducir y ya se había ganado una multa y un buen sermón del jefe de policía, lo cual solo consiguió que se echara a reír como una tonta—. ¿Queréis comer con nosotras? —les preguntó.

Helena sonrió y se acarició el pelo con ese gesto tan raro que hacían las jovencitas.

—Veo que no ha venido acompañado, jefe Cooper.

—No te pases, Helena —contestó él—. ¿Dónde están tus padres?

—Es que pareces muy solo, nada más —protestó Helena—. Además, los hombres de nuestra edad son muy inmaduros, un auténtico muermo.

—Yo seré vuestra cita, señoritas —se ofreció Jeremy.

—¿No eres gay? —preguntó Helena.

Abby se colgó del brazo de Jeremy.

—Los gais son las mejores citas, Helena. Todo el mundo lo sabe.

Faith, se fijó Levi, acabó sentada con Jeremy y su sobrina, así como con dos miembros más de la familia Holland. Levi decidió sentarse con la agradable familia Hedberg. Andrew, que tenía alrededor de nueve años, sufría una desgraciada fijación con la carrera militar de Levi y lo interrogó sin compasión.

—¿Ha matado alguna vez a alguien? —preguntó el niño.

—Andrew —lo regañó su madre.

—Solo les disparo a los malos —contestó Levi, con la que era su respuesta para salir del paso—. Deberías acercarte a la comisaría, Andrew. Te dejaré sentarte en la parte trasera del vehículo patrulla.

—¿De verdad? —preguntó el niño—. ¡Viva!

Levi se disculpó con la familia y fue en busca de otro vaso de agua con gas a la barra. En ese momento, alguien silbó, y todos se volvieron hacia la parte delantera de la estancia, donde se encontraba Faith, micrófono en mano, con un aspecto delicioso.

—Os doy las gracias a todos por venir —dijo—. Mi padre es demasiado tímido como para hablar... —empezó y el comentario le arrancó una carcajada a los presentes—, así que me ha pedido que yo haga los honores. Empezaré diciendo lo felices que estamos todos porque hayáis podido venir esta noche para celebrar el sexagesimoquinto aniversario de mis abuelos. —Se oyó una sonora tanda de aplausos.

—¡Dios los bendiga! —gritó Lorena, la del desafortunado vestido con la espalda descubierta—. ¡Ojalá sigan bailando el mambo! ¡Un viva para los abuelos! ¡Hurra!

Levi tendría que asegurarse de que no conducía esa noche.

Faith esbozó una sonrisa dolorosa.

—Ah, muy bien, Lorena... El caso es que también queríamos que vierais esto, El Granero de Blue Heron, que estará disponible para celebrar eventos especiales de todo tipo. En el siglo XIX formaba parte de la vaqueriza, pero ardió en 1912, cuando mi bisabuela mandó a mi bisabuelo a dormir aquí un día que discutieron. Supongo que el bueno de mi bisabuelo volcó una vela y el resto es historia. Según cuentan, fue un milagro que saliera vivo, y podéis estar seguros de que no volvió a hacer enfadar a mi bisabuela. —El público se echó a reír de buena gana.

Levi miró de reojo a Jeremy, que estaba sentado a unas pocas mesas de él. Su amigo sonreía con la vista clavada en Faith, y con la expresión de un hombre enamorado.

—Le estoy muy agradecida a mi padre por haberme dado la oportunidad de convertir este espacio en algo distinto, y no hay mejor manera de inaugurarlo que con el aniversario de mis abuelos. Así que os doy las gracias a todos. Y ahora, sin más preámbulos, a mi abuelo le gustaría dedicarle unas palabras a su preciosa mujer.

Los invitados corearon un «ahh» al unísono antes de aplaudir mientras el viejo señor Holland se acercaba a Faith.

—Gracias, cariño —dijo con una carcajada—. Supongo que no todo el mundo puede decir que lleva sesenta y cinco años casado. Pero yo sí. —Hizo una pausa y miró a los presentes con una sonrisa—. ¿En qué me he equivocado?

Se oyeron carcajadas.

—La gente me dice: «John, no sé cómo lo haces». Y yo les digo que solo tienen que mirar a mi mujer. ¡Tiene la cara de un santo! ¡Pero de un san bernardo!

Levi miró a la señora Holland, que parecía tener ganas de matar a alguien y que sí, se parecía al perro en cuestión.

Faith se acercó rápidamente a su abuelo y le susurró algo al oído, pero el anciano se limitó a menear la cabeza y apartarse unos pasos de ella.

—Faithie quiere que baile con mi mujer —explicó el hombre—, pero no entiendo cómo. ¡Ella es un pato mareado y yo llevo en los pies los grilletes del matrimonio!

—¡Yo bailaré contigo, cariño! —gritó Lorena. Ese vestido ceñido de neopreno... por el amor de Dios. Lorena se acercó al anciano—. ¡Poned algo de música! —ordenó.

El pinchadiscos obedeció, y los primeros acordes de *SexyBack* comenzaron a sonar por los altavoces.

—¡Esto ya es otra cosa! —exclamó el señor Holland y, para absoluto espanto de Levi (y supuso que para el espanto de todo ser vivo), Lorena empezó a restregar su trasero plano y viejo contra el abuelo de Faith, que apretó los puños como buen blanco y empezó a mecerse al son de la canción de Justin Timberlake, una que a Levi siempre le había encantado. Hasta ese instante.

Faith volvió a tomar la palabra con cara de susto.

—Cortad la música, por favor. Lorena, vuelve a sentarte, anda. ¿Podrías irte a... tu sitio? Gracias. —Le quitó el micrófono a su abuelo—. Muy bien, gracias, Pops. Vuelve a tu asiento. —Se apartó el pelo de la cara e intentó sonreír—. Esto... en fin... Nunca está de más tener sentido del humor, ¿verdad? ¿Papá? ¿Quieres decir algo?

Su padre negó con la cabeza.

—¿No? ¿Seguro? Muy bien. Esto... ¿Goggy? ¿Qué me dices tú?

—¿Alguien conoce a un buen abogado matrimonialista? —preguntó su abuela en voz alta y firme.

Faith dio un respingo.

—De acuerdo. Bien. —Inspiró hondo—. ¿Sabéis qué? Me he alojado un par de semanas con mis abuelos y os quiero contar algo. Puede que no sean... la pareja más romántica del mundo, pero sí se cuidan el uno al otro. —Hizo una pausa y miró a sus abuelos—. Puede que el abuelo no le regale flores a Goggy, pero todas las noches saca su taza, le pone la bolsita de té y le echa una cucharadita de azúcar, para que por la mañana ella solo tenga que añadir el agua.

Levi solía dejarle preparado el café a su mujer. Era la misma idea, supuso.

—Y... bueno... mi abuela —continuó Faith— prepara la cena todas las noches. Se asegura de que mi abuelo controle su colesterol y cosas así.

—En noches como esta me pregunto por qué —comentó la señora Holland, que consiguió arrancar carcajadas.

—Así que a lo mejor mis abuelos no son el mejor ejemplo para ilustrar el amor. Pero han trabajado esta tierra toda la vida, nunca han vendido ni un metro, aunque pasaran una mala racha, aunque perdieran toda la cosecha por una tormenta o un año lloviera tanto que las uvas se pudrieran en las vides. —Miró a su padre—. Criaron a mi padre y le ayudaron a criarnos a mis hermanos y a mí después de la muerte de mi madre. —Hizo otra pausa—. Tal vez el amor no consista solo en un ramo de rosas de vez en cuando. Tal vez sea arrimar el hombro cuando cuesta más, cuando estás enfadado, cuando estás cansado. —Los presentes se quedaron callados—. Goggy, Pops, he escogido una canción especial para vosotros. *And I love you so*, de Perry Como; tu preferida, Goggy. —Faith levantó la copa—. Así que, amigos, esto... por mis abuelos. Feliz aniversario a los dos.

—¡Muy bien dicho! —exclamaron varios invitados.

El pinchadiscos puso la canción. El anciano matrimonio se quedó en su sitio.

—Ahora es cuando tenéis que bailar, Pops. Goggy...

No se movieron.

De repente, Lorena Creech se puso de pie de un salto y volcó la silla.

—¿Qué dices? —chilló, señalando a la mujer del vestido con forma de bolsa de papel—. ¡Tú no eres su acompañante! ¡Soy yo!

Sí. Desde luego que pensaba quitarle las llaves para que no condujera, ya lo creo.

—Señor —dijo Faith—. Sí que está movida la noche. Esto... disfrutad de la música, por favor. —Le hizo un gesto al pinchadiscos, que subió el volumen, y después soltó el micrófono y salió del granero.

Pobrecilla, haberse dado semejante palizón para que unos adultos que no sabían comportarse le aguaran la noche. De todas formas, unas cuantas parejas salieron a la pista de baile.

Levi se acercó a la mesa de los Holland.

—¿Qué quieres decir con eso de que no estamos saliendo? —le preguntó Lorena al padre de Faith—. ¡Pues claro que estamos saliendo!

—Siento mucho la confusión —dijo John con una mueca—. No estamos saliendo. Lo siento.

—Ya lo creo que deberías sentirlo —comentó la señora Johnson—. Tus hijos llevan semanas advirtiéndote de lo que tramaba esta mujer, pero ¿les has hecho caso? No, claro que no.

—Tiene demasiado buen gusto para quedarse contigo —murmuró la mujer de la bolsa de papel. Lorena se puso roja de ira.

—¿Tiene forma de volver a casa, señora Creech? —preguntó Levi mientras intentaba no mirarla directamente—. No quiero que conduzca.

—Llamaré a un taxi, don Estirado. Y no te preocupes, nunca conduzco si he bebido.

—Yo nunca bebo —repuso la otra mujer con voz remilgada.

—¡No, seguro que no! —exclamó Lorena—. ¡Estás demasiado ocupada hablando de tu producción de mocos! Se acabó, me voy. John Holland, me has partido el corazón.

—Lo siento mucho —se disculpó el aludido mientras se secaba el sudor de la frente—. Ah... Jane... no salgo con nadie. Lo siento.

—Por el amor de Dios —protestó la mujer de la bolsa de papel, soltando la servilleta en la mesa—. ¿Y por qué me has invitado? Yo también me voy. Qué forma de perder el tiempo.

—Al menos te han dado de comer, ¿no? —preguntó la señora Johnson—. Aunque no ha sido bonito verte devorar kilo y medio de verduras crudas, que lo sepas. Y, John, eres un imbécil con las mujeres. Qué vergüenza.

Las dos mujeres se fueron y el pinchadiscos, en las nubes, puso la canción de Perry Como por segunda vez. Levi se acercó a hablar con el matrimonio Holland.

—A ver, señores —dijo—. Faith se ha matado con esta fiesta. ¿Por qué no bailan y le demuestran lo mucho que aprecian su esfuerzo? —Les dirigió su mirada de jefe de policía más seria.

—¿Quién querría bailar con él? —exclamó la señora Holland.

—La artritis me está matando —aseguró su marido.

—Pues mejor moverse un poco —replicó Levi—. Por Faith, si no se les ocurre otro motivo. Los adora.

Se hizo un breve silencio.

—De acuerdo. Hagámoslo ya —dijo la señora Holland—. Tiene razón. Faith ha organizado todo esto para nosotros, ingrato.

—No soy un ingrato. Me encanta lo que ha hecho.

—Pues demuéstrenlo —les ordenó Levi—. En la pista de baile.

—Muy bien. Mi sufrimiento continúa —dijo el señor Holland con un suspiro. Se levantó y ofreció una mano que la señora Holland aceptó.

La canción empezó por tercera vez, y mientras el matrimonio Holland se colocaba en posición, Levi habría jurado que sonreían.

Faith había desaparecido.

La joven había dado con un sitio bajo la terraza donde estaba casi segura de que nadie la encontraría. La hierba estaba fría y húmeda, pero ¿qué más daba? Mejor esconderse allí debajo y acabar con manchas de hierba que regresar a la fiesta. Si daban con ella, le clavaría un tenedor a alguien en el ojo.

Le dio un buen trago a la botella de vino que había confiscado.

Aunque sabía que era una tontería, se permitió imaginar cómo habría sido la noche de estar su madre presente. Habría apoyado la cabeza en el hombro de su padre y le habría susurrado algo para hacerlo reír. No habría necesidad de ninguna Lorena ni de ninguna loca del crudivorismo, y, de alguna manera, su madre habría obrado su magia con Goggy y con Pops, habría ayudado a Honor a relajarse, habría hecho reír a Pru, habría bailado con Jack y a lo mejor, solo a lo mejor, también habría tenido algunas palabras para ella.

El dolor la envolvió como una pesada capa, ahogándola. No se merecía echar de menos a su madre, pero, por Dios, bien que lo hacía.

—Hola.

Faith dio un respingo.

—Hola, Levi —lo saludó, y se secó las lágrimas con disimulo. Su dolorido corazón se aceleró al verlo.

—¿Estás bebiendo sola? —preguntó él.

—Sí. Creo que esta noche está permitido.

Levi se sentó a su lado.

—Así que ha sido... —Dejó la frase en el aire.

—¿Aterrador? —sugirió ella, tras lo cual bebió otro sorbo—. Porque, a ver, ¿qué otra palabra valdría?

—Memorable. —Su voz tal vez indicara una sonrisa, pero estaba demasiado oscuro como para confirmarlo.

—Memorable... Me gusta más tu palabra.

—¿Estabas llorando? —preguntó él en voz baja.

Por algún motivo, aquella pregunta le provocó otro nudo en la garganta.

—Un poco.

Levi no contestó. De hecho, no abrió la boca, y la verdad, era bastante agradable que estuviera allí, sentado junto a ella. De repente, sintió mucho frío. Y se preguntó cómo reaccionaría Levi si pegara un hombro desnudo al suyo.

—Que sepas que están bailando —anunció el jefe de policía al cabo de un minuto.

Lo miró a la cara.

—¿En serio?

—Sí.

—Ah. Bien. —Se miró las manos de nuevo. La máscara de pestañas no estaba hecha a prueba de lágrimas.

Desde arriba les llegaba la enternecedora voz aguda de un joven Michael Jackson. Se oían pasos más o menos al ritmo de la música, lo que indicaba que la gente estaba bailando.

—Este sitio es precioso, Faith —dijo Levi y, de repente, ella sintió mariposas en el estómago porque... En fin, porque él había salido a buscarla.

—Gracias —susurró, y volvió la cabeza para mirarlo a la tenue luz. Mierda. Levi Cooper trajeado. No creía haberlo visto antes con un traje, salvo el uniforme. Tenía las manos unidas por delante y la miraba—. ¿Te lo estás pasando bien? —preguntó.

—Ahora sí.

Aquellas palabras le provocaron una sensación bastante rara en las entrañas.

—Estás muy guapo, Levi.

Era verdad. En sus ojos verdes vio una expresión claramente risueña. Al menos, eso le parecía. Levi se inclinó de modo que sus hombros se rozaran, y el gesto la calentó por completo.

—Y tú estás preciosa, Faith —murmuró él.

—Gracias.

La miró un buen rato antes de extender una mano para tocarle los sedosos mechones que le rozaban la nuca, con tiento, mientras un ligero ceño le arrugaba la frente, como si nunca hubiera tocado esa parte del cuerpo femenino antes. Faith tragó saliva cuando sintió que se le ponía el vello de punta y que se le derretían los músculos. Levi miraba el punto que tocaba, y sus pestañas atrapaban parte de la luz procedente del exterior. La escala del aburrimiento no existía en ese momento.

La boca de Levi estaba muy cerca. Podía inclinarse y besarlo, sentir esa presión perfecta, ese emocionante momento en el que el beso sería más apasionado y ella sentiría las caricias de su lengua.

Sí, si conseguía reunir el valor necesario, podría besar a Levi Cooper, el hombre al que conocía de toda la vida, el hombre al que nunca le había caído bien.

Sin embargo, no se movió, hipnotizada como estaba por las dulces caricias en su nuca. Levi podría seguir acariciándola toda la noche, que ella se quedaría allí sentada sin ganas de nada más.

Aunque sí tenía ganas de otra cosa.

—Vamos —dijo Levi. Se puso de pie y la tomó de la mano para ayudarla a levantarse, tras lo cual la sacó de debajo de la terraza y la condujo a la entrada del granero—. Mira eso. —Se colocó detrás de ella, sin tocarla, pero lo bastante cerca como para sentir su calor.

Sus abuelos estaban bailando. Michael Jackson había dejado de sonar, y los Rolling Stones cantaban en ese momento *Beast of Burden*. Su padre bailaba con Honor; Colleen lo hacía con el anciano señor Iskin; Pru con Ned y Abby con Helena, y las dos chicas estaban riendo.

Y Goggy y Pops también estaban bailando. Bailaban y sonreían mientras hablaban.

Faith se dio cuenta de que comenzaba a sonreír. Lo había logrado. Parecía... maravilloso. Incluso mágico.

—¿Te apetece largarte? —le preguntó Levi, derramando su cálido aliento contra su nuca.

La fiesta duraría al menos una hora más. Los empleados de la empresa de *catering* lo limpiarían todo. Ya estaba todo pagado y ella regresaría al día siguiente, de todas formas. Su trabajo había terminado, en otras palabras.

Y Levi Cooper la estaba invitando a irse con él, y había una expresión prometedora en sus ojos... De repente, quiso desesperadamente hacer algo al respecto.

—Muy bien —susurró ella.

Capítulo 19

Todo eso de la seducción... era más fácil pensarlo que hacerlo.

Llevaban dieciocho minutos en casa y el único que había visto algo de acción era *Blue,* que se había pegado a la pierna de Levi en cuando lo vio aparecer por la puerta. Por suerte, le había pedido a Eleanor Raines, la vecina de abajo, que sacara a pasear a la bestia. Ellie hacía todo lo posible por complacerlo porque lo adoraba, así que ya no necesitaba salir esa noche. Menos mal que el perro estaba en el piso, porque la conversación brillaba por su ausencia.

Levi estaba sentado en el sofá, tras haberle puesto fin con éxito al calentón (al de *Blue,* claro) y, en ese momento, estaba rascándole las orejas al animal mientras el perro lo miraba con gesto de adoración y la pelota de tenis en la boca. Faith se había apoyado en la encimera de la cocina mientras se bebía un vaso de agua helada.

A lo mejor había malinterpretado las intenciones de Levi. ¿Era posible que él no supiera que quería... mmm que se la llevara a la cama?, se preguntó. Y si lo sabía, ¿qué hacía allí sentado en el sofá? ¿Qué hacía la gente en esos casos? ¿Debería decírselo sin más? ¡Dios, qué nerviosa estaba! El corazón se le iba a salir por la boca, le temblaban las manos y tenía un nudo en la boca del estómago. ¿Dónde estaba la sensación agradable de antes? ¿Eh?

¿Qué hacer, qué hacer? Jeremy y ella habían hablado largo y tendido sobre el tema antes de hacerlo, pero era obvio que entre ellos no existía la típica dinámica entre un hombre y una mujer.

El caso es que Levi la había besado. Dos veces. Tres, si contaba el beso de hacía diez años o así. Y, además, le había acariciado el cuello.

Y su hermana lo había llamado un rato antes y él había desviado la llamada al buzón de voz.

Muy bien. Iría directa al grano. Más o menos. En cierto modo.

—Que empiece la fiesta, ¿te parece? —dijo alguien, y comprendió, mierda, que era su propia boca la que había pronunciado las ridículas palabras.

Levi la miró en silencio.

—¿De verdad?

—Cállate, Levi —le soltó con la cara sonrojada—. ¿Quieres hacerlo o no? ¡Por Dios! Parezco una salida. ¿Sabes qué? Que te vayas. Sin rencores. De todas formas, hay un maratón de *America's Next Top Model*.

Blue ladró y empezó a menear el rabo con alegría. Era su programa preferido.

Levi se puso de pie y Faith sintió que su ritmo cardíaco se triplicaba. Ah, sí, se estaba acercando. ¿A ella o a la puerta? Ay, Señor, que era a ella. Creyó ver lo que parecía una sonrisa jugueteando en sus labios, o a lo mejor solo se lo imaginaba, y sus ojos la miraban con esa expresión tan erótica, con los párpados entornados. Le quitó el vaso de la mano y lo dejó en la encimera. El simple roce de esos dedos contra los suyos le provocó un cosquilleo en las rodillas, que se le aflojaron al instante. Aspiró el olor de su jabón... ¿Ivory era la marca que usaba, quizá? A saber. El caso era que olía bien.

«Concéntrate, Faith, concéntrate. Tienes delante de ti a un hombre heterosexual. Haz algo al respecto.»

No lo hizo. Pareció quedarse petrificada. Bueno, tenía una cutícula seca que debería quitarse. ¿Y si se ponía a ello? Sería divertido. Más fácil que lo que estaba pasando. En realidad, no sabía lo que estaba haciendo y punto. Tal vez ver *America's Next Top Model* era la mejor opción, después de todo.

Levi colocó las manos en la encimera, atrapándola sin tocarla. Estaría a dos centímetros de ella como mucho, un cuerpo rebosante de testosterona y calor. Faith tragó saliva y el ruido pareció tan fuerte como el de un disparo.

—Prefiero quedarme —murmuró.

Y, ese momento, acortó la pequeña distancia que los separaba. Su cuerpo, duro y cálido, se pegó a ella y la besó en la boca.

Y habría sido maravilloso, la verdad, si no fuera porque el sexo era inminente.

Intentó fruncir los labios, pero no parecía lo adecuado, mierda. ¿Qué se suponía que debía hacer exactamente?

—Relájate —le dijo Levi, y Faith se dio cuenta de que había dejado de besarla y que seguía de pie, tan tensa como un cable.

—Muy bien —dijo, y después se humedeció los labios. «Relájate, relájate.» Aflojó los puños—. Muy bien. Lo estoy intentando. Vamos, bésame otra vez.

Levi enarcó una ceja.

—¿Estás segura?

—Sí. Por favor. Por favor, bésame. —Estupendo. Ahora encima le suplicaba...

A esas alturas, Levi tenía los ojos entrecerrados, esos preciosos ojos verdes. Se inclinó hacia ella, y esos musculosos y fuertes brazos la pegaron a él. Cuando la besó de nuevo, con más insistencia en esa ocasión, Faith trató de devolverle el beso, pero ni siquiera podía respirar.

Levi suspiró y se apartó de nuevo.

—¿Qué pasa, Faith? ¿Algún problema?

—Ninguno —respondió ella con sequedad—. A lo mejor el problema lo tienes tú. A lo mejor no besas tan bien como crees. O a lo mejor me preocupa la idea de que te odies por la mañana. A ver, hasta ahora me has besado dos veces sin que haya pasado nada más, así que a lo mejor eres tú el que tiene un problema. Vamos, hombre.

Levi la miró sin pestañear. *Blue* se tumbó panza arriba en el suelo. Se oía el tictac del reloj. ¡Mierda, qué situación más incómoda!

—¿Con cuántos hombres te has acostado? —le preguntó Levi.

Pillada.

—¿Contándote a ti? —preguntó ella, que sintió que el pecho le estallaba en llamas por el rubor.

Levi frunció el ceño. Su rostro adquirió esa expresión tan increíble que tantas veces le había visto durante los años del instituto.

—Faith, no te has acostado conmigo.

—No, ya lo sé. Tienes razón. No voy a discutirlo. —Cerró los ojos un instante. *America's Next Top Model* cada vez le parecía mejor.

—Sin contarme a mí, ¿cuántos?

Faith asintió con la cabeza como si estuviera pensando la respuesta, y miró hacia otro lugar más seguro que la cara de Levi. El frigorífico, o el cuenco con las manzanas verdes que tan bonitas parecían en el mercado pero que estaban demasiado ácidas cuando las probó. Debería tirarlas.

—A ver —dijo—. Mmm... con uno.

El corazón se le encogió de repente por la vergüenza.

Levi no parpadeó siquiera. Hasta sus pestañas parecían despectivas.

—Con uno —repitió.

—Ajá.

—¿Solo te has acostado con Jeremy?

—Sí, señor, correcto. —Tenía la cara tan caliente que podría freír un huevo en ella. Aunque no tenía motivos para sentirse avergonzada. La castidad era algo bueno. Y ser remilgada en sus opciones vitales... esa era una cualidad excelente.

Esa noche no estaba saliendo como la había planeado.

—A ver —dijo, tal vez con más sequedad de la que pretendía—. Desde lo de Jeremy no he conocido a ningún hombre que... bueno, tampoco es que no... Ha habido un par de ellos que... —Tomó una bocanada de aire y se obligó a mirar a Levi, que seguía esperando con esa expresión aún en la cara—. No quería acostarme con un hombre solo porque sí —concluyó.

Unas palabras que harían que cualquier hombre saliera corriendo. Sobre todo un hombre como Levi, que parecía de los que se acostaban con cualquiera solo porque sí.

La verdad es que ella quería enamorarse primero. Al fin y al cabo, durante ocho de los pasados once años, solo se había imaginado acostándose con un hombre. El sexo era algo demasiado íntimo como para practicarlo con alguien a quien no quisiera. Gay o no, Jeremy la había querido, y bien sabía Dios que ella lo quería a él.

Pero no estaba enamorada de Levi. Y Levi desde luego que no estaba enamorado de ella.

Menuda estupidez. De entre todos los hombres que podía haber elegido, Levi no era el mejor candidato para ejercer de esposo/padre de sus adorables hijos, porque uno, apenas la tragaba, y dos... bueno, a saber qué era el dos. Por muy bueno que estuviera (y lo estaba desde luego), seguramente no era el hombre adecuado para...

Levi extendió un brazo y le acarició una mejilla mientras la observaba con una expresión indescifrable. Con el ceño fruncido que siempre parecía acompañarlo. Faith tragó saliva. Tenía la boca seca.

—¿Quieres acostarte conmigo, Faith?

La pregunta la tomó por sorpresa. Levi se lo había preguntado en voz baja y suave, y Faith sintió una punzada extraña en el estómago.

—Si no te importa —susurró.

Levi esbozó una sonrisa muy breve y después le pasó el pulgar por el labio inferior mientras ella tomaba temblando una bocanada de aire. Acto seguido, Levi le quitó el pasador que le sujetaba el pelo, haciendo que su melena cayera en cascada. Despacio, con un cuidado exquisito, Levi inclinó la cabeza y la besó en el cuello al tiempo que la rodeaba con los brazos. ¡Que el Señor se apiadara de ella! Porque sus labios eran tiernos y cálidos, y de repente una sensación ardiente y arrolladora pareció recorrer su cuerpo como si fuera una corriente eléctrica. Tuvo la impresión de que se le derretían los huesos mientras echaba la cabeza hacia atrás y respiraba de forma entrecortada.

No sabía qué hacer con las manos. Levi le tomó una de ellas y le besó la palma, y después se la colocó en el pecho para que sintiera los firmes y lentos latidos de su corazón. Esa vez, cuando la besó de nuevo en los labios... esa vez todo salió bien. Sus manos le acariciaron el pelo y después la espalda, pegándola a él, y, ¡oh!, su cuerpo era tan sólido como el granito; completamente peligroso, pero con él se sentía totalmente a salvo. Separó los labios para suspirar y él se aprovechó del momento para saborearla a placer. La sensación ardiente y arrolladora se intensificó, como si empezara a latir por su cuerpo. Bajó la mano que descansaba en su pecho y la pasó por su torso, acariciándole un costado, sintiendo el movimiento de sus músculos bajo los dedos. Levi la besó con más pasión, con más insistencia, con más ardor, y ella sintió que se le aflojaban las rodillas de forma peligrosa al tiempo que dejaba escapar un pequeño gemido.

Levi se apartó de ella en ese momento y Faith necesitó un minuto entero para abrir los ojos. Respiraba de forma entrecortada. Y él también. Sus ojos... la miraban con deseo. Eso era.

—¿Seguro que quieres acostarte conmigo? —le preguntó con un hilo de voz.

Levi le apartó el pelo de la cara.

—Estoy seguro.

Ella se mordió el labio.

—Muy bien. Llévame a la cama.

—Estaba pensando en hacerlo contra la pared.

—¡Dios mío! —soltó ella. La sensación ardiente y arrolladora, la abrumó por entero—. Muy bien, de acuerdo, como tú veas. Eres el experto en el tema.

Levi esbozó una leve sonrisa, y ese gesto avivó el palpitante deseo. Después, se inclinó y la levantó en brazos, de modo que sus piernas le rodearon las caderas por iniciativa propia. Acto seguido, Levi Cooper procedió a hacer lo que le había dicho que haría.

Al final, acabaron en la cama, y la cama funcionaba de maravilla, pensó Levi. La pared había estado bien hasta que el perro de Faith empezó a dejarles la vieja y mordisqueada pelota de tenis en los pies y a ella le dio la risa. Además, dado que Faith nunca había estado con un hombre heterosexual, quería que conociera la experiencia completa, por decirlo de alguna manera. Merecía la pena tomarse tiempo para explorarla, para recorrer ese cuerpo suave y voluptuoso, de piel blanca y sedosa. Faith emitía unos ruiditos muy gratificantes y también lo había explorado a placer. Sus manos habían recorrido su cuerpo y sus labios, dulces y tiernos.

Cuando acabaron, y ella tuvo los ojos abiertos de par en par, las mejillas sonrojadas y la piel sudada, Levi rodó hasta quedar de espaldas en la cama y la pegó a su costado con una poderosa sensación de... algo... en el pecho.

Hasta Faith guardó silencio.

—Bueno, así que esto es... mmm ¿lo normal? —preguntó por fin.

«No», pensó él.

—Pues sí —contestó en cambio, mientras jugueteaba con su pelo.

«¿Por qué has dicho eso, idiota?», le riñó su cerebro.

Porque no quería demasiado en tan poco tiempo. Simple y llanamente. Estaba teniendo cuidado, y tener cuidado era lo inteligente.

El perro decidió que había llegado la hora de irse a la cama, y saltó para tumbarse sobre sus pies.

—¿Te molesta? —le preguntó Faith.

—No pasa nada.

Faith se incorporó sobre un codo y lo miró.

—¿Tienes que irte?

Levi parpadeó.

—¿Me estás echando?

—No. Es que... No sé si quieres pasar la noche. Si quieres quedarte, tengo que desmaquillarme y... mmm esconder la ropa interior.

—Ya he visto tu ropa interior. Y también he visto armaduras de combate que parecen más cómodas.

—¿Sueles tener este tipo de conversaciones en la cama?

—¿Y tú?

—No me mires con esa cara, Levi. Todo esto es nuevo para mí.

Levi sintió la amenaza de una sonrisa.

—Para ser una novata, se te da bastante bien.

—Calla ya. —Y en ese momento se ruborizó.

Giró la cabeza y la besó en el hombro. El rubor se intensificó.

—Eres preciosa, suave, y hueles a algo dulce. ¿Cómo es posible? —le preguntó.

Faith esbozó una sonrisilla.

—¿A algo dulce?

—Sí. Comestible.

Eso la puso nerviosa. Apretó los labios y apartó la vista, todavía un poco atemorizada por su presencia.

—Entonces, ¿vas a quedarte?

—¿Quieres que me quede?

Faith lo miró de nuevo a los ojos.

—Por mí sí. Si tú quieres.

Levi podía haber argumentado diez cosas, nueve de las cuales serían ciertas, para irse a casa. Estaba de servicio. Tenía papeleo que acabar. Correos electrónicos que responder. Un traspaso legal que redactar. Podía patrullar por Manningsport para que la buena gente del pueblo supiera que estaba allí. Probablemente debería haber usado cualquiera de esas razones, porque una cosa era el sexo y otra, pasar la noche con ella. Y era demasiado pronto para pasar la noche con ella.

—Claro —dijo.

—¿De verdad quieres quedarte?

—Sí. Y ahora cállate y a dormir.

Faith lo miró un segundo más, poco convencida, y sintió una punzada de remordimiento. Le dio un tironcito a un mechón de pelo y después la instó a colocar la cabeza de nuevo en su hombro.

—¿Levi?

Mujeres... siempre dispuestas a hablar.

—¿Qué?

—Gracias por hacerlo conmigo.

Él se echó a reír.

—De nada. ¿Te has divertido?

—¿Tú qué crees?

—Has hecho mucho ruido. Normalmente es buena señal.

Faith levantó la cabeza para mirarlo y la melena pelirroja le tapó media cara.

—Vaya, vaya, vaya. Mira esto. Levi Cooper, sonriendo.

Y sí, efectivamente, estaba sonriendo.

Después, Faith lo besó de forma insegura y muy dulce, y después dejó de titubear y nadie durmió durante un buen rato.

Salvo el perro.

Capítulo 20

Levi Cooper tenía unos abdominales que se parecían bastante a una tableta de chocolate.

Aunque Faith no se lo estaba comiendo con los ojos ni nada. Bueno, la verdad es que sí. Claro que lo mismo podía decirse de *Blue,* que por cierto seguía esperando a que Levi le lanzase la pelota por enésima vez.

Pero Levi estaba dormido, así que podía comérselo con los ojos perfectamente. Además, ¿cómo podía una mujer dejar de mirar un cuerpo tan magnífico? Tenía unos brazos tan masculinos que era absurdo, fuertes y musculosos; y su torso era ancho y sólido. Y esos abdominales... bien marcados, hipnóticos y tan perfectos que parecían obra de magia.

Sí. Levi Cooper era como un unicornio reluciente y sacado de un cuento.

Cierto que Jeremy era guapo. Como un actor de cine, musculoso al estilo de los jugadores de la liga nacional de fútbol americano y, sí, a Faith también le había encantado mirarlo. Sin embargo, no sabía qué hacer con ella.

Y Levi sí. Desde luego que sí sabía qué hacerle.

Acostarse con un hetero: esa era la clave. Sobre todo, con ese hetero en concreto, porque, para su asombro, no solo se había mostrado apasionado y... esto... competente, sino que también había sido... tierno. No había otra palabra para describirlo. Y Levi Cooper, con esas mejillas ásperas, el pelo sudoroso y esos preciosos brazos, preguntándole si le gustaba lo que le estaba haciendo... ¡Madre mía! Empezaba a excitarse de nuevo solo de pensarlo.

Hora de irse. Tenía que sacar a *Blue* a pasear antes de tirarse a Levi otra vez. Se vistió y salió del dormitorio con el perro. Se dio cuenta de que estaba sonriendo. Tenía ganas de bailar.

Preparó el filtro y encendió la cafetera antes de buscar la correa de *Blue,* lo que hizo que su perro se quedara petrificado por la sorpresa antes de salir corriendo hacia la puerta.

—¡Sí! ¡Vamos a dar un paseo! ¡Lo sé! Qué bien, ¿verdad? —susurró (porque había un hombre guapísimo en su cama, ¿lo había dicho ya?). Abrió la puerta, y *Blue* salió al pasillo gimiendo de la emoción.

Se encontró con Sarah Cooper.

—¿Sabes dónde está mi hermano? —preguntó Sarah sin rodeos, con cara preocupada.

—Ay, cariño, pues sí. Está... bueno... está aquí dentro. —Faith señaló su apartamento.

—Lo estuve llamando por teléfono anoche, pero no me contestó —dijo la muchacha.

—Vaya. Bueno... Está... está durmiendo.

La cara de preocupación de Sarah cambió a una de sorpresa.

—¡Madre del amor hermoso! —exclamó—. ¿Estáis liados? ¿Os habéis acostado?

—Bueno... creo que debería contestar tu hermano.

—¡Estáis liados! Te estás acostando con a mi hermano. Ay, Dios, ¡ay, Dios! ¿Dónde he metido el teléfono? Tengo que contarlo en Twitter.

—Tranquila, Sarah —dijo Levi. Él salió de su apartamento, con los faldones de la camisa por fuera—. Como lo pongas en Twitter, estás muerta.

—Vamos, tenéis todo mi apoyo. Faith es mucho más agradable que doña Soldadito. Tienes mi aprobación.

—Fantástico —repuso Levi.

Faith miró a Sarah con una sonrisa, agradecida. Siempre era bueno contar con el apoyo familiar.

Levi se metió los bajos de la camisa por el pantalón. Qué pena. Estaba mucho mejor desnudo.

—Por cierto, ¿qué haces en casa? —le preguntó a su hermana.

Sarah puso los ojos como platos.

—¡Levi! Precisamente este fin de semana me habías dado permiso para venir, ¿no te acuerdas? Es el fin de semana que no tenía prohibido hacerlo.

Levi tomó aire, contuvo el aliento y dijo:

—Claro. Bueno, entra en casa y deja de molestar a Faith. Enseguida voy.

—No la estoy molestando —protestó Sarah—. Estamos haciendo buenas migas. Por si pronto me convierte en tita.

—Sarah. Entra en casa. Ahora. —Tenía un tic fascinante en el mentón.

Su hermana obedeció y miró a Faith con la cara tensa mientras cerraba la puerta.

—No te enfades con ella —le dijo Faith.

—No estoy enfadado. —Se metió las manos en los bolsillos e hizo caso omiso de los gemidos de adoración de *Blue,* hasta que por fin la miró—. Hola —dijo, con una voz ronca y grave.

Una palabra de dos sílabas y ya le temblaba todo.

Todo.

—Hola —susurró ella.

—¿Cómo estás? —le preguntó Levi.

—Bien. ¿Y tú?

Levi desvió la vista a sus labios.

—Lo mismo. Pero tengo que irme. —Tenía la expresión más sombría que se puede tener.

—De acuerdo.

—Nos vemos.

—Sí. Tampoco vivimos muy lejos el uno del otro. —Tuvo que contener una sonrisa.

—Ya. —En ese preciso momento, Levi pareció darse cuenta de que estaba bromeando, a lo que respondió enarcando una ceja. Acto seguido, la abrazó, arrancándole un chillido, y le dio un beso brusco y rápido, pero antes de que pudiera responder siquiera, la soltó—. Nos vemos, vecina.

Tras decir eso, se fue.

—La que no había roto un plato en la vida —murmuró Colleen la noche siguiente, con cara de admiración—. ¿Te has acostado con Levi Cooper? ¡Venga ya! Cuéntamelo todo. ¿Cuántas veces te...?

—Oye, oye, para el carro, respira, amiga mía. —Faith tomó asiento en la Taberna de O'Rourke, que acababa de abrir.

No había visto a Levi desde «la noche», aunque había vuelto a oler a chocolate a las tres de la madrugada. Ese día, sin embargo, no había visto su vehículo en comisaría ni en el edificio Opera House, de modo que supuso que había llevado a su hermana de nuevo a la universidad. Aunque no lo estaba espiando ni nada, por más que hubiera seguido a Sarah Cooper en Twitter.

—Quiero todos los detalles —insistió Colleen—. Me lo debes. ¡Mi amiga ha mojado! ¡No sabes lo contenta que estoy!

—¡Viva! Pero ¿te importa bajar un pelín la voz? Sería estupendo.

—Todavía no hay nadie, por favor.

—Tu hermano podría aparecer en cualquier momento.

—Él no cuenta. ¿A que no, Connor?

—Cierto. —Connor salió de la cocina—. Hola, Faith, me alegro de que hayas mojado.

—Gracias, Con. Y gracias, Colleen, por no decirme que tu hermano estaba aquí al lado.

—¿De qué color me compro el vestido para la boda? —preguntó Colleen—. Me tienes que elegir de madrina, porque Jeremy me fastidió el día la primera vez.

—¿Sabes qué? Es... —Faith echó un vistazo a su alrededor, ya que los primeros clientes empezaban a llegar, y bajó la voz hasta susurrar— es el segundo hombre con el que me acuesto, así que será mejor que vayamos más despacio.

—Sé que es el segundo —repuso Colleen—. Es culpa mía. Siento haberte comprado juguetes de adultos.

—¡Chitón! ¡Por favor! ¡No quiero que tu hermano se entere de estas cosas!

—En fin, es verdad —dijo su amiga mientras bebía un buen sorbo de café—. Estoy segura de que habrías mojado mucho antes. Tres años es demasiado tiempo.

—Ahí tengo que darle la razón, Faithie —dijo Connor.

—Sois los dos unos... —Ah, en fin. Solo eran Coll y Con, el especial dos por uno.

—Bueno, ¿qué tal fue? —quiso saber Colleen.

—Solo te lo diré si bajas la voz.

—Muy bien —susurró Colleen—. ¿Cómo ha sido?

Faith sonrió.

—Fue... —Sonrió más todavía—. Fue increíble.

—¡Sí! ¡Estupendo! Con, dice que fue increíble.

—Bravo.

Colleen suspiró, encantada.

—Bueno, ¿estáis prometidos, salís juntos, ha sido un estallido nuclear único y exclusivo, sois amigos con derecho a roce o qué?

Faith sopesó la respuesta.

—No lo sé. Desde luego que no estamos prometidos.

Colleen le lanzó una mirada elocuente.

—Estás enamorada, ¿a que sí?

—No.

—Claro que lo estás. Te conozco. No te habrías acostado con él, si no.

—No lo estoy. Es... a ver... es... Podría pasar, supongo. —Empezaba a ponerse muy colorada otra vez—. Mira, ahí está mi padre. Por favor, no le tires los tejos ni le digas que he mojado ni le des nada con jalapeños, que le provocan ardores.

—Ah, Jack también ha venido. Otro bravo.

—Ten piedad, Coll.

—Llegan un poco pronto, ¿no? —preguntó Connor, que se asomó por la puerta de la cocina—. No es normal ver a Jack antes de las siete.

—Voy a entrevistar a una cita para mi padre. Él estará escuchando la conversación y luego me dará el visto bueno o no.

—Los Holland sois un encanto.

Después de la fiesta, mientras Levi estaba ocupado con su hermana, Honor, Pru y ella habían mantenido una conversación muy seria con su padre. Honor había actuado como inquisidora principal mientras la señora Johnson golpeaba cacerolas y cerraba cajones de golpe en la cocina para dejar claro que no le gustaba nada el asunto. Su padre admitió que había disfrutado con los «modos horteras» de Lorena, así como con la distracción de tener a alguien nuevo con quien hablar, pero dijo que no creía que estuviera tan enganchada como sus hijos le habían advertido. No tenía intención de ver otra vez a la jardinera crudívora y dijo que intentaría abrirse a la idea de salir con alguien. Tal vez. A lo mejor. Y sí, les haría caso a partir de ese momento.

Faith sintió un alivio inmenso.

—Jack —dijo—, hermano del alma, no te creas que no me di cuenta de que te largaste de la fiesta la otra noche.

—Y tú no te creas que no me he enterado de que te fuiste con Levi.

—Me llevó a casa —puntualizó Faith, que sintió cómo la cara prácticamente le ardía.

—¿Así lo llamáis los jóvenes de ahora? —Le dio una colleja—. Ahórrame los detalles, anda. Ya tengo bastante con Pru. Ahora que lo pienso, lo de Pru pone los pelos de punta.

Media hora más tarde Faith estaba sentada en un reservado, el mismo en el que el contable intentó decirle guarradas. Contables. ¿Eran todos unos pervertidos? En fin, el asunto era que su padre estaba sentado en el reservado contiguo y ya estaba sudando fingiendo hablar con Jack, que leía el periódico.

Dado que Internet era el método más efectivo para buscar gente, Faith le dio otra oportunidad (evitando en todo momento a AbuelitaBuenorra). Volvió a subir un perfil de su padre y admitió desde el principio que era su hija y que actuaría de primer filtro. Esa noche iba a conocer a una mujer llamada Maxine Rogers, que había contestado todas las preguntas de forma satisfactoria.

Faith acababa de atacar un plato de nachos grande y una copa de un maravilloso riesling, con unas notas cítricas divinas y perfecto para la cena, cuando Maxine se acercó al reservado.

—¿Faith?

—¡Hola! Eres Maxine, ¿verdad?

La mujer esbozó una sonrisa deslumbrante.

—Sí. ¿Cómo estás, querida?

Era muy alta, algo que no había podido apreciar en las fotos. Tenía el pelo negro (seguro que era teñido, pero muy bien hecho y muy brillante, no como Lorena, que parecía habérselo pintado con rotulador) e iba perfectamente maquillada, sobre todo destacaban los labios rojos, un toque atrevido y deslumbrante. Maxine se había esforzado, en resumidas cuentas, y le había salido bien. Iba bien vestida, algo notable teniendo en cuenta que tenía que rozar el metro ochenta. Faith se dio cuenta de que su padre se había girado un poco para mirarla.

—Es un placer conocerte por fin —dijo Maxine. Hablaba con un tono comedido muy agradable.

—Lo mismo digo —correspondió Faith—. Tus mensajes me han parecido preciosos.

—Ah, cariño, muchas gracias por decírmelo. —Apoyó la espalda en el respaldo del reservado—. Creo que eres un ángel por hacer lo que estás haciendo, por querer que tu padre vuelva a encontrar el amor. Es un gesto precioso.

Sí que lo era, se dijo Faith.

—¿Quieres unos nachos?

—¡Gracias! Qué pinta más buena —dijo Maxine, que se comió un buen bocado.

«Bien», pensó Faith. Detestaba ser la única mujer que comía de verdad.

Colleen se acercó al reservado.

—¿Te traigo algo...? ¡Ah! Hola. Ay, perdón, no la vi... entrar. ¿Le sirvo algo de beber? —le preguntó a Maxine.

—Faith, ¿qué estás bebiendo, cariño? —quiso saber Maxine, y a Faith le cayó de maravilla.

—Coll, ¿qué estoy bebiendo? —preguntó ella a su vez—. Maxine, Colleen es mi mejor amiga de toda la vida.

—Encantada de conocerte, Coll —la saludó Maxine tendiéndole la mano.

—Lo mismo digo. Esto... Faith está bebiendo... esto... El riesling de 2011 de Bully, ¿no es así? —Coll le lanzó una mirada penetrante.

—Así es. Está buenísimo —aseguró Faith—. Con toques cítricos, un ligero sabor a cereal y un *bouquet* muy sutil.

—Suena delicioso —dijo Maxine con una sonrisa—. Otra copa para mí.

—Ahora mismo la traigo. —Tras decir eso, Colleen se marchó.

—Bueno, no tienes hijos, ¿verdad? —preguntó Faith.

—No, por desgracia nunca los he tenido. Pero tengo cuatro sobrinas y seis sobrinos, y los adoro a todos, y a sus hijos también. Me gusta pensar que soy una especie de Tita Mame.

—Qué idea más bonita. Yo tengo una sobrina y un sobrino. ¿Y eres contable?

—Sí. Me encantan los números, me encanta encontrarle sentido a las cosas. Siempre lo he hecho.

Faith se acomodó en el asiento mientras Maxine le regalaba los detalles de su vida en el Ohio rural y le contaba las escapadas de vacaciones a Finger Lakes; también le contó que decidió mudarse a Penn Yan después de que le tocara un premio.

—Cosas que pasan, Faith —dijo Maxine—. A ver, me ganaba bien la vida, no me malinterpretes, pero creo que debió de ser obra de mi ángel de la guarda, porque, ¿a quién le tocan cien mil dólares en uno de esos boletos que se rascan? Me planteé qué quería hacer con el resto de mi vida. Y este sitio me llegó al alma más que ningún otro.

Colleen le trajo la copa de vino.

—Faith, ¿puedo hablar contigo un momento? —le preguntó. De la cocina les llegó el estruendo de unos platos al romperse y un grito—. ¡Vaya por Dios! —exclamó antes de salir corriendo.

Maxine estaba pasando todas las pruebas. Tenía buenos modales, era graciosa, simpática, abierta y sabía contar historias. Tenía una situación económica acomodada, una vida social activa y le encantaba pescar, jugar al tenis y cocinar. Las esperanzas de Faith aumentaron. Al menos se imaginaba a su padre saliendo de vez en cuando con esa mujer tan agradable. Mientras Maxine le contaba una escapada a Montana el verano anterior, se permitió imaginársela por un instante en la Casa Nueva cenando un domingo, engatusando a todo el mundo con esa risa tan ronca. Incluso a la señora Johnson.

Tal vez Levi también estuviera presente.

—Lo siento —se disculpó—. Me he perdido lo último. —Qué leches. Ya tenía la sensación de que se conocían de toda la vida—. Yo también estoy saliendo con alguien nuevo —susurró—. Estoy un poco distraída.

Maxine esbozó una sonrisa deslumbrante.

—Me preguntaba por qué una chica tan guapa como tú sigue soltera —opinó, también susurrando—. Cuéntame cosas de él.

—Es todo muy nuevo —admitió Faith en voz baja, y sintió que se ponía colorada—. Es muy... —Dejó la frase en el aire. «Guapísimo. Intenso. Estupendo en la cama. Delicioso.»

—¡Ah! —exclamó Maxine con una sonrisa muy elocuente—. Uno de esos... Te comprendo perfectamente.

Faith tuvo ganas de echarse a reír como una tonta. Dos copas de vino y unos pocos nachos desde mediodía.

—En fin, sigamos hablando de ti, Maxine. ¿Qué te gusta cocinar?

Le vibró el teléfono móvil. Su aviso para que fuera al aseo.

—Lo siento mucho. Discúlpame un segundo —dijo, y se levantó del reservado.

Jack se reunió con ella a la entrada de los aseos.

—Papá dice que tiene luz verde. Le gusta lo que ha escuchado de momento.

—¡Sí! —exclamó Faith, y la alegría brotó como un géiser. Por fin podría mirar a su padre y ver a un hombre feliz en vez de a un viudo que se las apañaba como podía.

—Es todo muy raro, Faith. Tengo la sensación de que somos los chulos de papá.

—¡No, de eso nada! ¿No te das cuenta, Jack? Papá podría casarse de nuevo. Podría dejar de echar de menos a mamá y ser feliz.

Su hermano la miró con una cara muy rara.

—Creo que siempre echará de menos a mamá, aunque vuelva a casarse, y no es infeliz, Faith.

—En fin, tú eres el siguiente, así que pórtate bien conmigo o te echo a los pies de Colleen, y las hienas podrán rebañar tus huesos.

—Así que el amor está en el aire, ¿no? Dado que... esto... Levi te acompañó a casa, ¿verdad?

Faith fue incapaz de contener la sonrisa al recordar la otra noche.

—Ay, Dios —dijo Jack—. Siento haberlo dicho. —Regresó a su mesa.

Faith usó el cuarto de baño. Estaba colorada. Tenía expresión... soñadora. A lo mejor Levi iría a verla esa noche y le haría el amor como un loco, ya que Sarah había dicho en Twitter que la había llevado a la residencia y todo eso.

Se abrió la puerta del aseo y salió Jessica, *la Facilona*.

—Ah, hola —dijo Faith, que abrió de golpe el grifo. No quería que Jessica creyera que estaba allí para contemplarse en el espejo.

Y, mierda, Jessica era la antigua novia de Levi. ¿Habría problema?

—Hola. —Jessica también se lavó las manos.

—¿Cómo estás? —preguntó Faith.

—Bien. ¿Y tú?

—Bien.

Tras eso, Jessica extendió el brazo por encima de Faith en busca de unas toallitas de papel del dispensador, y lo hizo con un movimiento tan brusco que Faith se agachó.

—Por Dios, Holland —dijo Jess poniendo los ojos en blanco—. ¿Creías que te iba a pegar o algo?

—No, no, pero es que...

—Da igual. Adiós.

Jess se fue, haciendo gala de sus buenos modales. No importaba. La posible mujer de su padre estaba sentada en la taberna.

El teléfono móvil vibró. Era un mensaje de texto de Colleen, por el amor de Dios. A ver, no tenía nada en contra de los mensajes, pero esto ya era pasarse. Colleen estaba en el mismo edificio. Decidió no leerlo, sino hablar con su amiga cara a cara. Maxine, una persona viva, la esperaba, después de todo. Faith abrió la puerta y salió, pero se topó con su padre.

—Me gusta mucho —dijo su padre—. Parece muy agradable. Es alta, ¿a que sí?

—Mmm, sí. Y lleva una ropa estupenda.

Su padre sonrió.

—También me he dado cuenta. Tu madre también era muy elegante. Como tú.

En esa ocasión, el aguijonazo de culpa no fue tan fuerte.

—Gracias, papá.

Su padre la abrazó.

—Agradezco mucho tus esfuerzos, preciosa. De verdad que sí. Te portas muy bien con tu viejo padre. Así que a lo mejor me paso por el reservado y finjo haber llegado por sorpresa, ¿te parece?

—Sería estupendo.

Maxine estaba comiéndose un nacho con delicadeza cuando Faith volvió al reservado.

Mmm. Uñas pintadas, desde luego una manicura profesional, pero había algo...

—¡Aquí estás! Hola de nuevo. —Maxine sonrió.

El teléfono móvil vibró de nuevo. Colleen, otra vez dándole la tabarra. Claro que era el segundo en menos de un minuto, así que tenía que ser importante.

Pulsó para leerlo. El mensaje era una sola palabra: «travesti».

¿Cómo?

Oh.

Oh, no. No, no. Faith miró a Maxine.

«¡Madre mía!»

—¡Faith, cariño! —Ay, mierda. Era su padre—. Llevo toda la semana sin verte —dijo, y le guiñó un ojo para asegurarse de que ella entendía que estaba mintiendo como un senador que llevara toda la vida en el cargo y buscase la reelección—. ¿Cómo te va?

—Hola, papá —contestó con un hilo de voz.

—¡Ah! ¡Qué alegría conocerte! —exclamó Maxine—. Me llamo Maxine. Tienes una hija maravillosa.

—No tengo más remedio que darte toda la razón —repuso su padre, que se sentó junto a Faith—. Y tengo dos más como ella, por cierto.

El cerebro de Faith se había cortocircuitado con la sorpresa. Repasó de memoria el perfil que había creado en «eCompromiso» para su padre... Había marcado la casilla de «Hombre busca mujer», ¿verdad?

—Hola a todos.

¡Madre del amor hermoso! Era Honor. Qué mal.

—¡Cariño! —exclamó su padre.

—Hola —saludó Maxine.

Honor la miró... y volvió a mirarla con más atención.

—Ah, esto... hola. Lo siento. Soy Honor. No sabía que... esto... no era mi intención... bueno, interrumpir. —Le dirigió una mirada a Faith de pura incredulidad.

—Bueno, Maxine —dijo su padre—. No sabía que Faith había quedado contigo esta noche. Qué agradable coincidencia. Yo pasaba por aquí y ahora conoces a dos de mis hijas. ¡Qué bien!

Así que el viejo zorro había decidido lanzarse a la piscina con todo el equipo.

—Papá —dijo Faith—. Esto... Honor tiene que hablar contigo, ¿verdad, Honor?

—Desde luego. Y es muy importante, papá.

—Cariño, vivimos en la misma casa —dijo su padre—. Podemos hablar después. Siéntate. No seas maleducada.

—Encantada de conocerte, Honor. —Maxine sonrió de oreja a oreja. Una sonrisa preciosa. Faith suspiró—. ¿Sabes, John? Creo que es maravilloso que tus hijas se involucren tanto para ayudarte a encontrar pareja —siguió—. Lo digo en serio. Vuestra preocupación es conmovedora.

—Sí —dijo Honor—. Esto... gracias.

—Mi hijo también anda por aquí cerca —añadió su padre—. Ah, allí está, en la barra. El alto tan guapo.

—Ha salido a su padre —aseguró Maxine.

—¡Jack! Ven, anda —lo llamó su padre—. Maxine, espero que no te importe. Es un pueblo pequeño y la Taberna de O'Rourke es el punto de encuentro.

—Me encanta Manningsport —dijo Maxine—. Ya lo conocía, de hecho. Creo que es el pueblo más bonito de todo el estado de Nueva York.

—Lo es, lo es —dijo su padre, asintiendo con la cabeza en señal de aprobación. Miró a Faith y le guiñó un ojo, tan en Babia como ella había estado hasta hacía un momento.

Jack se acercó al reservado.

—Hola, papá —saludó—. Hola, yo soy el hijo. —Le tendió la mano a Maxine, que se la estrechó. Jack puso los ojos como platos—. Buen apretón —dijo, y miró a Faith con cara de susto.

—Tengo otra hija que no está aquí —dijo su padre con una sonrisa—. Pero ya has conocido al setenta y cinco por ciento de mi descendencia. Y dado que son lo más importante en mi vida, creo que es bueno que hayamos cubierto ya ese punto.

—Una familia preciosa —repuso Maxine—. Pero me temo que tengo que irme. ¡Una pena que no supiera que fueras a aparecer, John! Tengo una cita para cenar con un anciano encantador que vive puerta con puerta y que apenas sale, así que no quisiera llegar tarde. Pero ¡ojalá volvamos a vernos!

—Creo que sería estupendo —dijo su padre.

—Sí, no, a ver, es... es estupendo —dijo Faith—. Esto... encantada de conocerte.

Jack y Honor dijeron lo mismo por lo bajo, con la cara un poco triste.

Maxine se puso de pie y tomó a Faith de las manos.

—Gracias, cariño. —Y sí, el adjetivo «ronca» se quedaba corto para describir su voz.

Muy corto.

—Cuídate —dijo Faith. Le dio un beso en la mejilla a Maxine, y se topó con una barba incipiente.

—John, me alegro mucho de conocerte. Que pases un buen fin de semana. —Ladeó la cabeza, se despidió con la mano y se alejó.

Faith volvió a sentarse.

—Me ha gustado mucho —dijo su padre—. Buen trabajo, Faithie. Es encantadora.

—Papá —empezó Faith—. Esto... Maxine no será tu novia.

Su padre la miró sin comprender.

—¿Por qué?

Honor meneó la cabeza y suspiró.

—En fin —dijo Faith, que quería contárselo con delicadeza—. ¿No has notado nada raro? Lo que sea.

Su padre frunció el ceño.

—Es alta.

—Eso es, papá. Sigue por ahí —lo animó Jack, que le dio un buen trago a su cerveza.

—Esto... es muy abierta y bien hablada. Guapa.

—Yo no diría guapa —dijo Jack—. ¿Y si lo dejamos en que tiene cierto atractivo?

—Claro. Supongo que sí —aceptó su padre.

Honor suspiró y clavó la mirada en su padre.

—Papá, Maxine es un hombre.

Su padre parpadeó.

—¿Qué?

—Es un hombre, papá.

—Venga ya.

—Ah, ya lo creo que lo es —dijo Honor, que se llevó un nacho cubierto de queso a la boca.

—Pero es...

—No, Honor tiene razón —lo interrumpió Jack—. Es un hombre. —Sus hombros empezaron a sacudirse mientras intentaba reírse en silencio.

—Oh —dijo su padre—. Ah... Oh... Entiendo. —Después, se mordió el labio y acabó echándose a reír también.

Honor puso los ojos en blanco.

—Colleen, ¿me traes un martini bien cargado? —dijo—. Seco, con tres aceitunas. —Miró a Faith—. Admito, Faith, que era mejor que Lorena.

—Bueno, entonces supongo que no queréis un padrastro, ¿no? —preguntó su padre mientras se secaba las lágrimas con una servilleta, y aunque Faith se unió a las carcajadas, sintió el habitual aguijonazo de culpa en el estómago.

Todavía no había conseguido solucionar las cosas.

Capítulo 21

—Creo que es fantástico que estéis juntos. En serio. Sois perfectos el uno para el otro. —Jeremy les sonrió cual padre orgulloso.

Faith emitió un sonido evasivo, miró su copa de vino y trató de no encogerse. Levi, imaginó, estaría haciendo algo similar; claro que, cómo no, era demasiado estoico y viril como para encogerse, aunque por dentro lo estuviera haciendo también.

Estaban en casa de Jeremy, cenando. Una cena para celebrar, según dijo él, que las dos personas que más quería en el mundo estaban acostándose juntas. Sin embargo, el único que parecía estar celebrando algo era él, y posiblemente estuviera «demasiado» contento, lo cual resultaba chirriante.

Jeremy se había dado cuenta cuando almorzaban juntos en Hugo's, cosa que solían hacer todas las semanas. Levi había aparecido en el restaurante por algún motivo, con un arma y con una pinta divina de macho alfa protector, y Faith había tenido que reprimir el impulso de enroscarse alrededor de su cuerpo como si fuera una serpiente pitón.

—Tengo que irme —dijo Levi. Faith murmuró algo a modo de despedida.

En cuanto Levi se marchó, Jeremy puso los ojos como platos.

—Estáis liados, ¿verdad? —murmuró con alegría.

Sí. Lo estaban. Pero era un poco pronto para estar pensando en ciertas cosas como «perfectos» o incluso «juntos». Levi era un hombre difícil de entender. Por una parte, había llamado a la puerta de su apartamento seis de las ocho noches que habían pasado juntos desde la primera vez que se acostaron. El sexo era excelente. La verdad, Faith no sabía que pudiera existir algo así fuera de las películas de Ryan Gosling. Algo vertiginoso, alucinante e increíble. Antes y durante el momento en sí, y justo después, tenía la impresión de que había algo entre ellos. Algo (casi no se atrevía ni a pensar en la palabra) «especial».

Por otra parte, no era tan especial. Faith se había pasado por la comisaría el otro día. Él le había preguntado: «¿Qué necesitas, Faith?», con una expresión muy seria, como si ella quisiera hablar de sus multas por aparcar mal (que debería pagar, la verdad, dado que estar acostándose con el jefe de policía no había evitado que le pusiera una multa durante los cuarenta y cinco segundos que había dejado el vehículo aparcado en doble fila delante de la panadería de Lorelei).

Y la noche anterior, mientras hacían el amor, él le había tapado la boca y había dicho con una sonrisa:

—Vas a despertar a los vecinos.

—No pares —había susurrado ella.

Mmm... Si se paraba a pensarlo, esa era la conversación más larga que habían mantenido. Levi había estado trabajando constantemente, al parecer había una pequeña ola de delitos en Manningsport. También había ido a Geneva para cenar con Sarah (y no la había invitado a ella, cosa que no le importaba, pero... Sarah le caía bien. Y si Levi y ella tenían algo, estaría bien ver más a su hermana, ¿no?).

De modo que esa noche era su primera «cita», aunque la idea no hubiera partido de ninguno de los dos, sino de Jeremy. Él, que llevaba unos *jeans* negros, una camisa azul de rayas con los faldones por fuera, y una rebeca de punto de color amarillo con los cuatro últimos botones sin abrochar. Había vuelto a Banana Republic...

Levi, en cambio, llevaba unos *jeans* desgastados con un roto en la rodilla, botas de trabajo y una camisa de franela. Pese a la creciente irritación que le provocaba ese hombre, le estaba costando trabajo resistir el impulso de arrancársela y darle un mordisco.

Sin embargo, de momento Levi solo le había dirigido dos palabras. O más bien una. Le había dicho «Hola» cuando entró por la puerta media hora más tarde de lo convenido.

—Debería haber pensando en esto hace años —dijo Jeremy—. Faith y Levi. Levi y Faith. —Otra sonrisa de oreja a oreja.

—Bueno, hace años, nosotros estábamos juntos, Jeremy —señaló Faith, un poco enfadada. Levi guardó silencio y ella tuvo que controlarse para no darle un codazo en las costillas.

—¡Sí, sí! Pero vosotros tenéis... química.

Faith puso los ojos en blanco. En ese momento, la única reacción química que sentía era más bien ácida. Miró de reojo a Levi, que le ofreció un seis en la escala del aburrimiento. Bien. Aunque claro, a lo mejor había estado malinterpretando sus miradas. Y, para colmo, hasta el momento ella solo era una cita clandestina para darse un revolcón por las noches.

—Bueno. Voy a echarles un ojo a las patatas —dijo Jeremy, que se levantó con su característica elegancia masculina y se fue a la cocina.

Levi siguió sin hablar.

—¿Solo soy una cita clandestina para que te des un revolcón por las noches? —preguntó, susurrando.

—¿Cómo? No —contestó él con sequedad.

¡Hala! Dos palabras completas.

—Todavía no hemos salido juntos a ningún sitio —le recordó.

—He estado trabajando.

¡Hala! Tres palabras seguidas.

—Claro.

La escala del aburrimiento subió hasta un nueve.

—Faith, se han producido cuatro allanamientos de morada en los últimos diez días. Soy el jefe de la policía local. Me gusta lo que hago. Tengo que hacer mi trabajo para conservar el empleo. Siento mucho si no he...

—¿Sabes lo que te digo? Que no pasa nada.

—Odio esa expresión —refunfuñó.

Faith lo miró con gesto elocuente.

—Ay, lo siento mucho, Levi. Por favor, perdóname.

—¿Qué bicho te ha pic...?

—Cierra la boca, que viene Jeremy.

Levi suspiró, el típico suspiro que transmitía: «Las mujeres son insoportables». En esa ocasión, sí le asestó un codazo en las costillas.

—Jesús —susurró él.

—No, es Jeremy. Pero casi —dijo ella.

—Bueno, contádmelo todo —dijo Jeremy—. ¿Cómo empezasteis?

—Es algo puramente sexual —contestó Faith.

Jeremy se echó a reír.

—Qué linda eres.

—La verdad es que sí. Soy encantadora.

—Así es. —Jeremy le sonrió—. ¿Verdad que sí, Levi?

—Sí. Encantadora. —En ese momento, le llamaron por teléfono—. Jefe Cooper —contestó, y su cara perdió la expresión aburrida al instante—. De acuerdo. Ajá. Voy para allá. —Se levantó—. Lo siento, tengo que irme. Un intento de allanamiento en casa de los Hedberg. Creen que su perro asustó a quienquiera que tratara de entrar.

—Que te diviertas —le dijo Faith, que bebió otro sorbo de vino.

Levi la miró.

—No sé cuánto voy a tardar.

—Lo que sea necesario, cariñín.

Levi la miró un minuto más.

—Adiós —dijo, y se agachó y la besó. A Faith se le reblandeció el corazón.

—Ten cuidado —le dijo.

—Lo tendré —contestó él, y se marchó, y Jeremy y ella se quedaron solos en el precioso salón de la casa de los Lyon, con el fuego crepitando en la chimenea y el vino y el queso en la mesa auxiliar.

Aunque acababa de irse, ya echaba de menos a Levi, aunque solo fuera su juguete sexual de tamaño real.

—Bueno —dijo Jeremy—. Levi y tú. ¿Cómo va la cosa?

Faith dobló las rodillas para sentarse sobre los pies y bebió otro sorbo de vino (un chardonnay con notas de roble y una textura excesivamente untuosa, la verdad).

—No lo sé, la verdad —contestó.

—Saltan chispas entre vosotros. Es cierto. Se oyen y todo.

Faith resopló.

—Sí, de ira, más bien.

—Bueno, pero te gusta, ¿no?

Faith tuvo que pensarse la respuesta.

—Me gusta a veces. Y, muy de vez en cuando, creo que yo le gusto. A ver, sé que le gusto en «cierto modo»...

—Pues sí. Sí que le gustas. Eres maravillosa.

Faith soltó la copa.

—¿Puedes dejar los cumplidos, Jeremy? Me estás desquiciando.

Jeremy suspiró.

—Bueno, está bien. Es que soy un poco... —Hizo una pausa—. En realidad, me gustaría verte felizmente emparejada con alguien. Y quiero a Levi como a un hermano. Así que lo siento si parezco un poco volcado en vuestra relación.

—Yo también lo siento —dijo ella—. No pretendía reñirte.

Jeremy sonrió con esa sonrisa relajada y generosa con la que se ganaba a sus pacientes.

—De acuerdo. Sé que me merezco que me riñas. Todavía me siento mal porque no pude darte lo que querías, Faith.

—Déjalo —dijo ella—. Pelillos a la mar.

Estar en esa preciosa casa, donde había estado cientos de veces en el pasado, el fuego, el vino, el elegante mobiliario y las fotos familiares... Había estado muy cerca de disfrutar esa vida. De conseguir a Jeremy, el heredero de ese viñedo, el médico del pueblo, el hombre que era todo lo que ella siempre había querido en un hombre.

El hombre que la quería con todo su corazón pero que se veía obligado a pensar en Justin Timberlake para cumplir en la cama.

De repente, cayó en la cuenta de que nunca le había dado las gracias a Levi por evitar su boda.

Bebió otro sorbo de vino, que iba mejorando al contacto con el aire.

—¿Puedo preguntarte una cosa sobre Levi?

—¡Claro! Siempre que no traicione nuestro vínculo fraternal ni nada de eso. —Otra sonrisa.

—¿Cómo era su mujer? —le preguntó Faith. Se moría por saber algo de ella, pero como Levi y ella solo se dedicaban a practicar escenas X, no había tenido ninguna oportunidad para preguntarle.

—Nina, Nina, Nina... —dijo Jeremy, agitando el vino en la copa—. Nina Rodríguez. Increíblemente guapa.

—¡Oye! Un poquito de lealtad, si eres tan amable.

—Lo retiro —dijo él—. Era feísima. De una forma increíblemente preciosa. —Sonrió—. Se parecía a Jennifer López.

—Ay.

—Bueno, fue ella quien le rompió el corazón.

Mierda. Se había imaginado más o menos un matrimonio de conveniencia y una declaración inminente y sincera de Levi asegurándole que a su lado por fin había descubierto el verdadero significado del amor y blablablá. Demasiadas novelas románticas o lo que fuera.

—Estuvieron juntos poco tiempo, ¿verdad?

—Bueno, se conocieron en Afganistán. Ella era, y es, piloto de helicópteros. Una mujer de armas tomar.

—Muy bien. —Claramente necesitaba más vino. Sacó la botella de la cubitera y se sirvió una segunda copa—. ¿Era agradable?

—No usaría esa palabra para definirla. Estaba muy buena. Lo siento, es cierto —añadió—. Y era graciosa. Tenía una sonrisa fantástica, y parecía muy lista. Pero ¿agradable? No sé yo.

Una lástima que tuviera que hacerle esas preguntas a Jeremy y no al propio Levi. Claro que Jeremy sí le contestaría.

—¿Vivieron antes juntos o algo?

—No. Levi tuvo que volver a Fort Drum, por razones militares, y regresó con ella. Me pidió que fuera al ayuntamiento y allí la vi. Se casaron en aquel momento, con su madre, su hermana y yo. —Jeremy sonrió al recordarlo—. Estaba coladito por ella. No podía dejar de mirarla. Parecía muy... creído, ¿sabes lo que te digo? Como si dijera, mírame, me he casado con ella.

—Jeremy, me estás poniendo enferma.

Él hizo una mueca.

—Bueno, es obvio que no funcionó. Nina era graciosa, guapísima, pero también era muy borde. Fue duro, porque era evidente que Levi iba a acabar deshecho, saltaba a la vista. En el fondo, a nadie le sorprendió que la cosa no durara.

—¿Salvo a él?

—Exacto. —Jeremy hizo una pausa—. La adoraba, pero ella estaba deseando largarse. No estaba hecha para la vida de un pueblo pequeño, supongo. Ni para el matrimonio. Y Levi, mientras tanto, ya les había puesto nombre a los niños...

Faith conocía esa sensación. Jeremy y ella les habían puesto nombre a sus hijos.

—¿Y eso fue hace un año?

—No, más. ¿Año y medio quizá? Sí, porque era junio y tuvimos la exhibición del biplano en el lago. Levi se movía como si alguien lo hubiera golpeado en la cabeza con un bate de béisbol.

Faith suspiró.

—Bueno, esto es un asco, Jeremy, porque todo apunta a que ella es el amor de su vida, y yo solo soy una cita clandestina para darse un revolcón por la noche.

—¿Cuánto tiempo lleváis juntos?

—Ocho días.

Jeremy rio.

—Cariño, yo esperaría un poco más. —Se puso de pie y levantó la copa de vino de Faith—. Vamos a comer. He preparado unos chuletones increíbles, patatas asadas dos veces y ensalada de col, tus platos preferidos. Y no hablemos de la tarta de uva de Lorelei. Si Levi tarda, podemos ver una película. *El diablo viste de Prada*. También la vi anoche y te juro que mejora cuantas más veces la veas.

—Es increíble que pensara que eras heterosexual. —Lo tomó de la mano y dejó que Jeremy la levantara del sofá, tras lo cual lo siguió hasta la cocina.

Los Hedberg habían llegado a casa, y al encontrarse la puerta trasera abierta habían llamado a Levi en vez de entrar, por si acaso el ladrón seguía allí. Qué inteligentes. Levi obligó a que la familia esperara fuera mientras él registraba la casa. No había intruso alguno. El dormitorio de Katie estaba revuelto, pero ella aseguró que lo había dejado así. Andrew lo miraba con los ojos como platos de admiración y no cesó de hacerle preguntas sobre hombres malos, armas, ladrones y si podían enseñar o no a *Abraham* para que atacase.

Después, Levi echó un vistazo por el exterior de la casa, en busca de indicios de un posible allanamiento. Mosquiteras rotas, huellas en los arriates, alguna puerta dañada. Christine, la mayor de los tres hijos de la familia, dijo que era posible que se hubiera dejado la puerta abierta cuando salió esa tarde.

—Siento mucho haberlo molestado por nada, jefe —dijo el señor Hedberg.

—No es ninguna molestia. Habéis hecho lo correcto al llamar —replicó él mientras le acariciaba las orejas a *Abraham*—. Para eso estoy aquí; no debéis dudar a la hora de llamar, sobre todo teniendo en cuenta los demás allanamientos que ha habido. Es bueno que tengáis un perro —añadió—. Un elemento disuasorio estupendo, ¿verdad, muchacho? —*Abraham* meneó la cola y lo lamió para decirle que sí, que era un excelente perro guardián.

—Deberíamos darle un bistec a *Abraham* —sugirió Andrew—. ¿Verdad, jefe Cooper? ¿Puedo ser policía cuando sea mayor?

—Claro —contestó Levi.

—¡O soldado! Para poder matar a los malos.

—Con suerte, los malos se habrán ido cuando tú seas mayor —dijo Levi con incomodidad.

Tras despedirse de la familia Hedberg con un apretón de manos y desearles las buenas noches a todos, perro incluido, se subió al vehículo y decidió patrullar el vecindario. Pru y Carl vivían en esa misma calle, así que aparcó en el camino de entrada a su casa y llamó a la puerta. Fue Abby quien abrió.

—Hola —dijo ella, que sonrió al verlo—. ¿Quieres pasar? ¿Tomarte algo?

—Lo siento, Abby, no puedo. ¿Están tus padres en casa?

La expresión de la adolescente se ensombreció.

—Están «echándose una siesta», ¿entiendes? —dijo, gesticulando con los dedos para entrecomillar la expresión—. Como si tuviera cuatro años y fuera a tragarme eso. Mi padre está viviendo en casa de mi abuela, pero viene para disfrutar de las visitas conyugales. Los ruidos, Levi. Por más que suba el volumen de la televisión, te juro que puedo oírlos. Estoy deseando irme a la universidad.

Levi contuvo una sonrisa.

—Bueno, los Hedberg creen que alguien ha intentado entrar en su casa, pero no han echado nada en falta. De todas formas, asegúrate de cerrar las puertas con llave y llámame si oyes algo.

—En primer lugar, ya lo sé. Katie me ha mandado un mensaje de texto. Y en segundo lugar, no soy precisamente de las que salen a buscar aventuras por la noche. He visto muchas películas de terror.

—De acuerdo —dijo Levi, que compuso la expresión más policial que pudo—. ¿Cómo estás tú? ¿Sigues por buen camino?

—Claro. Mmm... —Estaba tecleando en el móvil mientras hablaba. Desesperante.

—Asegúrate de seguir así, Abby. Una sola estupidez puede tener consecuencias duraderas.

—Madre mía. Lo tendré en cuenta. Gracias. Has cambiado mi vida.

—No vayas de listilla conmigo —le dijo.

—Estoy escribiendo en mi muro de Facebook lo que me has dicho.

—Abby, en serio. No te conviene quedarte embarazada o...

—¡Anda, acabo de acordarme de una cosa! ¡No soy tu hermana! Tengo muchos adultos para que me echen el sermón, ¿sabes? Tú también no. ¿Qué te parece si en vez de eso me miras como tú sabes?

—Que pases buena noche, Abby.

—Así, estupendo. —Levantó el teléfono móvil y apretó un botón. Maravilloso. Su imagen estaría en Facebook en cuestión de segundos.

No, Abby no era su hermana. Pero podía acabar siendo su sobrina.

Mierda. ¿De dónde había salido esa idea?

Dio marcha atrás para alejarse de la casa de los Vanderbeek. Era cierto. No era de esos hombres a los que solo le interesaba el sexo. Sería agradable casarse y tener un par de niños.

Pero esa vez tenía que ser cauteloso a la hora de elegir. Nina le había dicho que lo quería (aunque, pensándolo bien, se lo había dicho con el mismo tono que empleaba al decir que le encantaba la *pizza*). Le había asegurado que quería sentar cabeza. Que le gustaba la idea de vivir en un pueblo pequeño. Supuso que acabaría sus estudios y conseguiría el grado en magisterio para convertirse en maestra. Sí a los niños.

Eso duró tres meses.

Sacó el teléfono móvil y llamó a Sarah.

—Hola. ¿Qué haces?

—Nada. Estudiando. ¿Cómo estás? —Había tal ansia en su voz que supo sin lugar a dudas que se sentía sola. Escuchaba música de fondo.

—Bien. ¿Estás sola?

—Ajá. Mañana tengo examen de química. La guarrilla de mi compañera de habitación está con su novio.

—Creía que te gustaba.

—Es una guarrilla, Levi. Bueno, ¿qué pasa?

—Solo quería ver cómo estabas.

Se produjo un silencio.

—Gracias —dijo Sarah con un hilo de voz.

—Necesito un consejo —añadió él, sorprendiéndose a sí mismo.

—¿En serio? —La voz de Sarah parecía más alegre de repente—. ¿Por qué? ¿Faith te ha mandado a tomar viento o qué?

—No —respondió Levi, que sintió la amenaza de una sonrisa en los labios—. Solo me estaba preguntando si de verdad quiero ser la segunda opción. —Hizo una mueca, porque no estaba seguro de si debería contarle esas cosas a su hermana.

—¿Por qué vas a ser la segunda opción? ¡Ah, te refieres a Jeremy! ¡Ya lo entiendo! —Se oyó un ruido de fondo—. Cuéntamelo todo.

—No hay nada que contar.

—¿Faith sigue colgada por él?

Levi titubeó.

—No lo sé.

—Pregúntale.

—Sí, claro.

—¡Hazlo, idiota! Pregúntaselo y ya está. Y, después, bésala hasta dejarla sin conocimiento y seguro que te elige a ti. Los heteros siempre les ganan a los gais.

Levi se echó a reír.

—Entendido. ¿Cómo estás? ¿Te va bien?

Sarah suspiró con tanta fuerza que casi lo despeinó.

—¿Se me permite decir que no?

Levi titubeó.

—Todavía estás adaptándote, eso es todo. Dentro de poco te encantará la universidad.

—Lo que tú digas.

—Sarah, no es lo que yo diga. Pero tienes que poner de tu parte. —Intentó imaginar lo que le diría Faith—. Es normal que eches de menos tu casa. Pero no dejes que eso te impida disfrutar de las cosas buenas. —Eso. Había quedado muy bien.

—Lo que tú digas, Sigmund. Tengo que estudiar. —Parecía un poco desanimada.

Levi suspiró.

—Muy bien. Eres lista, lo harás de maravilla.

—Gracias —dijo ella, si bien su voz fue casi un gruñido.

Cortó la llamada, confundido. La universidad debería estar ayudando a Sarah a superar la pena, no a empeorarla. No le gustaba que se sintiera sola.

Una señal le informó de que acababa de salir del término municipal de Manningsport al atravesar Osskill y de que se había internado en el pueblo de Bryer. Parece que su subconsciente quería que diese un paseíto. Giró a la izquierda al llegar a un cruce, siguió durante algo más de tres kilómetros y giró a la derecha. Era la cuarta vez que iba a ese lugar. Le resultaba curioso lo familiar que le parecía ya el camino.

Un vecindario bonito, construido a finales de los sesenta. Casas de una planta y otras de estilo colonial, grandes jardines, otras casas más pequeñas, todo precioso. Un sitio estupendo para que los niños salieran en busca de caramelos en Halloween, no como el aparcamiento de autocaravanas, donde reinaba cierta inseguridad. Cuando tenía siete años, el padre de Jessica le ofreció una lata de cerveza Pabst. Desde aquel momento, su madre los llevaba, a Jess y a él, al pueblo la noche de Halloween. Aunque todo acabó cuando cumplieron nueve años. Los dos acababan de aceptar una barrita de chocolate de Mr. Goodbar (su preferida) y estaban alejándose del porche de la antigua casa victoriana cuando oyeron por la ventana que preguntaba un hombre:

—¿Quién era?

La mujer, la señora Thomas, contestó con voz desagradable:

—Un par de niños del aparcamiento de autocaravanas. Ojalá sus padres no los trajeran al pueblo. Se aprovechan de las circunstancias.

Levi sintió que le ardía la cara y Jess... A Jess fue como si le dieran un puñetazo en el estómago. Sin pensar en lo que hacía, tiró la barrita de chocolate a los arbustos, y luego la de Jess. Después, le quitó la funda de almohada a Jess y vació su contenido allí mismo, e hizo lo mismo con la suya, por mucho que los McCormick hubieran sido muy amables y lo hubieran felicitado por su maquillaje de zombi. Le habían dicho que casi les da un infarto del miedo que daba. A Jess le dijeron que estaba preciosa.

La señora Thomas se había roto la cadera en primavera en una caída al salir de la ducha, y Levi se arrodilló con ella en el suelo porque fue la primera persona en llegar. La había cubierto con un albornoz para que los bomberos no la vieran desnuda, y ella había estado llorando y le había dicho que era muy amable. Él le dijo que no se preocupara y se preguntó si la mujer sabía que el amable policía era uno de aquellos niños del aparcamiento de autocaravanas que se quedaban con las chucherías que deberían ser para otros niños, mejores que ellos.

Levi aminoró la velocidad del vehículo patrulla y se detuvo. Allí estaba la casa, un edificio de una sola planta pintado de azul, con rododendros y un enorme arce con un columpio. Las luces del salón estaban encendidas y brillaban por el ventanal. Junto al buzón había apoyada una bicicleta, la mitad en la calzada.

Allí estaba la mujer de su padre, entrando en el salón y ofreciéndole una copa a alguien. A su padre, seguramente. Tenían encendido el televisor. Levi no conocía a la mujer con la que su padre se había casado, solo la había visto de lejos un par de veces. Tenía el pelo rubio, con mucho volumen, y estaba demasiado delgada.

Las luces de los dormitorios estaban apagadas, lo que quería decir que los niños se habrían acostado. Qué raro se le hacía pensar que tenía dos hermanastros. Su padre no se los había presentado, y ni siquiera sabía cómo se llamaban. Los vio la primera vez que pasó por la calle, jugando con sus automóviles. Eran pequeños. Eso fue lo único que pudo ver. Aquella vez no aparcó, se limitó a continuar por la calle, con cuidado de no mirar más de la cuenta.

Su reloj pitó. Las diez en punto. Podría estar con Faith ahora mismo, y de repente las ganas de verla le provocaron una terrible opresión en el pecho.

Sin embargo, antes de irse bajó del vehículo, se acercó a la bicicleta y la movió para que no acabara aplastada por el tráfico.

Veinte minutos más tarde estaba de nuevo en la enorme casa de Jeremy.

—Siento mucho haber tardado tanto —dijo.

—Hola. Faith está dormida —comentó Jeremy, señalándola con un dedo.

Y sí, allí estaba, con la cabeza apoyada en los cojines del sofá y arropada con una manta de aspecto suave.

—¿Está bien? —preguntó, luchando contra la punzada de celos que había sentido.

Había una película en voz muy baja, una en la que salía una actriz famosa, la que ganaba todos los Óscar.

—Solo está cansada —respondió Jeremy—. ¿Cómo ha ido el aviso? No te preocupes, duerme como un tronco.

—Lo sé. —Bueno, en realidad, sabía que podía besarla por la mañana para despedirse de ella sin que se moviera siquiera. Aunque claro, había logrado despertarla una vez o dos de madrugada y se había esforzado al máximo para que no volviera a dormirse, de ahí que tuviera sueño atrasado.

—Cierto, cierto. Por supuesto que lo sabes. ¿Quieres comer algo? Te hemos guardado el chuletón.

«Hemos.»

—No tengo hambre. —Se sentó en el sillón y miró a Faith.

—Bueno, ¿vais en serio? —le preguntó Jeremy en voz baja.

Levi respiró hondo y contuvo la respiración un instante.

—Jeremy, solo nos hemos acostado unas cuantas veces. —Seis noches, de las ocho pasadas, que había dormido en el pequeño apartamento donde Faith parecía llevar años viviendo.

—La verdad es que no está hecha para tener relaciones pasajeras —señaló Jeremy.

—A ver, soltero gay, soy capaz de seguir yo solo desde aquí, ¿eh? —Miró con una ceja enarcada a su amigo, que le sonrió.

—Ya, lo entiendo. Pero ¿puedo darte un consejillo?

—No hace falta. —Su amigo siguió mirándolo con gesto interrogante—. Muy bien —claudicó—. Dispara.

Jeremy le colocó mejor la manta a Faith en torno a los pies.

—Los pequeños detalles significan mucho para ella. Decirle que está guapa o fijarse en que lleva un vestido nuevo. Habla con ella. Regálale flores.

—Flores. Entendido.

—Y no seas sarcástico. Es frágil.

—En realidad, yo creo que es muy dura —comentó Levi con voz tensa.

—Es una fachada.

—¿Lo dices en serio?

—Eso creo. La conozco muy bien, creo que eso ya lo sabes. —Jeremy sonrió y, durante un nanosegundo, Levi ardió en deseos de asestarle un puñetazo.

—Bueno, si hemos acabado con la sección de consejos de la noche, creo que me llevaré a la tierna florecilla a casa —dijo Levi.

—Claro. No quería ser capullo ni nada. Solo quiero que lo vuestro funcione.

Y ese era el quid del asunto. Que Jeremy era un dichoso príncipe.

—De acuerdo. ¿Quieres despertar a La bella durmiente?

—Faith —dijo Jeremy al tiempo que le sacudía los pies—. Faith, preciosa, es hora de despertarse. Vamos, despierta.

Nada por parte de Faith, que parecía sumida en un coma profundo.

—Faith, vamos —insistió Jeremy, que a esas alturas estaba prácticamente gritando.

—¿Y si le echamos un cubo de agua helada? —sugirió él.

—¿Cómo? Os he oído. No me echéis nada —murmuró Faith—. Estoy aquí. ¿Qué día es? —Se incorporó a duras penas y frunció el ceño. En ese momento lo vio y su expresión se suavizó—. Hola.

El apremiante deseo de estar con ella que había sentido en casa de su padre, la necesidad de verla (no de dormir con ella necesariamente, aunque eso estaría bien), de tocarla, de estar junto a ella... regresó.

—¿Nos vamos? —le preguntó.

—De acuerdo. —Se inclinó hacia delante y besó a Jeremy en la mejilla—. Gracias por la cena. Siento haberme dormido.

—Ah, no te preocupes. Ha sido como en los viejos tiempos. —Sonrió—. Levi, voy a guardarte la cena para que te la lleves.

Una vez en el edificio Opera House, Levi siguió a Faith hasta su apartamento.

—¡Hola, guapo! —le dijo ella a su perro, que no paraba de saltar—. ¿Has sido bueno? ¿Eh? Dos minutos y te llevamos a donde tú sabes. —Fue a la cocina y se sirvió un vaso de agua, se sentó en la encimera y empezó a mover los pies—. Supongo que vas a quedarte, ¿verdad? —le preguntó, con las mejillas teñidas de rosa. No lo miró.

Levi no contestó. En cambio, se acercó a ella, la abrazó y se limitó a apoyar la cabeza en su pecho. Sintió que parte de la tensión que agarrotaba sus músculos se disipaba al aspirar su olor, cálido y dulce.

—¿Estás bien, Levi? —le preguntó ella en voz baja.

—Sí.

—¿Por qué has tardado tanto en volver?

Imaginó que le hablaba sobre los otros hijos de su padre, sobre la familia feliz de la que no formaba parte. Y que a lo mejor añadía lo de los celos que sentía por Jeremy. La verdad es que no le encontraba sentido a todo ese rollo de hablar sobre los problemas, los traumas y demás.

Y, para ser sincero, no estaba seguro de querer que ella lo supiera. Ni ella ni ninguna otra persona.

—La cosa se ha alargado un poco, nada más —contestó. Podía quedarse allí todo el día, apoyado en la estupenda delantera de Faith y escucharla respirar. Perfecto, más o menos. Salvo una cosa—. ¿Faith?

—¿Mmm?

—Tu perro quiere dejar preñada a mi pierna.

Ella se echó a reír, un sonido cálido y nítido.

—Vais a tener unos cachorros preciosos.

—Vamos a sacarlo para que dé un paseo.

—¿Y después volvemos y nos divertimos un rato?

—Trato hecho. —Miró esos ojos de color azul oscuro—. ¿Quieres salir conmigo mañana? ¿Una cita?

La sonrisa de Faith fue digna de ver.

Capítulo 22

La biblioteca pública de Manningsport estaba cerrada los sábados por la tarde, pero Faith conocía la clave para abrir. Levi seguramente también la tuviera, pero se mantuvo detrás y dejó que la introdujera ella.

Había algo mágico en el hecho de estar en una biblioteca sin nadie más a su alrededor, pensó Faith mientras recorrían las estancias a oscuras hasta llegar a la sección infantil. Eso y la áspera y fuerte mano de Levi entrelazada con la suya mientras la lluvia golpeaba el tejado. Tomados de la mano por primera vez. Era curioso lo potente y tierno que podía ser algo tan insignificante.

—Bueno, ¿ya está todo listo? —preguntó Levi mientras ella abría la puerta trasera que daba al patio.

—Todo listo. La inauguración será el miércoles por la noche. —Hizo una pausa—. A lo mejor puedes venir.

—Ojalá —contestó él.

Su respuesta, aunque no lo comprometía a nada, hizo que se ruborizase de todas formas.

—En fin, aquí lo tienes. Echa un vistazo.

El patio había sido un desafío, ya que había muy poco espacio. Antes tenía un banco de hormigón y un arriate con geranios rojos anémicos (flores de cementerio, le habían parecido siempre a Faith), así como un baño para pájaros lleno de gérmenes. Pocas personas usaban ese espacio.

En ese momento, mientras observaba a Levi analizar su trabajo, Faith sintió una punzada de orgullo. En cada esquina había un arce japonés, escogido por su tamaño manejable y sus preciosas hojas. La próxima semana, según Julianne, el grupo de lectura de preescolar haría carillones de viento para colgar de las ramas, y Topper Mack ya tenía listas cuatro casitas para pájaros, representaciones en miniatura de la biblioteca.

Entre árbol y árbol había un banco de caoba y de castaño tallado por Samuel Hastings. Faith había mantenido muy ocupado al carpintero ese otoño. Cada banco había sido donado por una de las familias fundadoras de Manningsport: los Holland, claro; los Manning, los Meering y los Van Huesen. La pared sur no tenía ventana, ya que recibía el sol durante todo el día y haría del patio un horno. Para esa pared Faith había diseñado una elegante cascada que caía constantemente como si fuera una manta, produciendo un sonido relajante.

En el espacio principal, Faith había creado un sendero circular flanqueado por un seto bajo y pavimentado con ladrillos viejos que llevaba hasta el elemento que, en su opinión, era lo mejor del patio: una estatua de bronce a tamaño natural del doctor Seuss, con la pose de leer un ejemplar de *El Lorax* mientras la criatura peluda lo miraba.

Levi estaba delante de la estatua.

—El doctor Seuss, ¿eh? —dijo. El pelo se le había oscurecido por la llovizna—. ¿Por qué él?

—Porque es el mejor escritor de literatura infantil del mundo —contestó ella—. Al menos eso creo yo. El comité de la biblioteca parece estar de acuerdo.

—*Feliz cumpleaños* era mi preferido —confesó Levi al tiempo que apartaba una hoja caída del pie de la estatua—. Lo leía mucho después de... Lo leía mucho.

—¿Después de qué, a ver? —quiso saber Faith, que se arrebujó con la cazadora.

Levi la miró.

—Después de que se fuera mi padre —contestó él tras hacer una pausa, con la vista clavada en la estatua una vez más.

Claro. Siempre había sabido que el padre de Levi se había largado, pero nunca habían hablado del asunto. El corazón le dio un vuelco al imaginarse a Levi de pequeño, leyendo el alegre libro para contrarrestar la desdicha que debía de sentir.

—¿Cuántos años tenías? —le preguntó.

Levi no contestó.

—Es muy bonito, Faith —dijo él al cabo de un minuto—. A los niños les va a encantar.

Parecía que el asunto de su padre estaba vetado.

—Gracias. —Hizo una pausa—. La idea consistía en convertir un espacio al que nadie prestaba atención en algo maravilloso. Que la gente apreciara lo que la naturaleza puede ofrecer, que se olvidara del móvil y de los ordenadores y que inspirase hondo, que escuchase el trino de los pájaros y el rumor del agua y que... viviera el momento sin más.

—¿Es lo que se supone que buscas con todos tus proyectos?

Ella se encogió de hombros.

—Supongo. Sí. —Una vez que lo había dicho en voz alta, parecía un poco tonto. Tonto pero bonito. Eso esperaba.

Levi la miraba fijamente.

—¿Tienes hambre?

—Claro —contestó ella—. ¿Quieres que vayamos a la Taberna de O'Rourke?

—No —contestó él, que se acercó para tomarla de la mano una vez más—. Un pícnic. Le he preguntado a Honor y me ha dicho que El Granero de Blue Heron estaba libre.

Veinte minutos después subían la colina. Levi llevaba una bolsa marrón bastante grande con las letras «Lorelei» en un lateral, así como una manta. La lluvia de finales de octubre se había convertido en llovizna y le confería un aire muy romántico al momento: un pícnic un sábado por la tarde en un frío día otoñal.

A pesar de que había trabajado en el granero durante seis semanas ininterrumpidas, verlo seguía provocándole cierta sorpresa. Las plantas se habían marchitado por el frío (hubo mínimas bajo cero la noche anterior), pero seguían siendo bonitas. Las hojas se habían amontonado en una esquina del tejado. Tendría que volver con una escalera para quitarlas.

Levi extendió la manta en el suelo y luego se puso manos a la obra y empezó a amontonar las ramitas que había en el leñero junto a la chimenea. En cuanto el fuego empezó a crepitar, se sentó.

—¿Tienes hambre?

—Me muero de hambre. Dame de comer, jefe.

En ese momento, Levi esbozó una sonrisilla, y a ella le dio un vuelco el corazón. Levi Cooper no sonreía lo suficiente. Le gustaría remediarlo.

El viento azotaba el granero y hacía que el humo revocara en la chimenea de vez en cuando. Se sentaron en la manta y se comieron los maravillosos emparedados de Lorelei, que eran de rosbif con mahonesa de rábano, queso *cheddar* y ensalada de huevo, y con rebanadas de pan de centeno. Una bolsa de patatas fritas, dos botellas de té frío. Y, de postre, galletas de chocolate, gruesas, oscuras y crujientes. Faith cerró los ojos mientras masticaba.

—Esto demuestra que Dios existe —murmuró—. Deberían canonizar a Lorelei.

—No son de Lorelei —replicó Levi.

Faith abrió los ojos.

—¿En serio? ¡Anda! ¿Estas galletas son la fuente del delicioso olor que me llega a las tres de la madrugada?

Levi asintió con la cabeza. Madre del amor hermoso, si hasta estaba avergonzado...

—Buen trabajo, hombretón —dijo ella—. Debería contárselo a Barb, la del periódico. «El secreto culinario del jefe Cooper» o «Héroe de guerra de día y repostero de noche».

—Ni se te ocurra. —Otra vez esa expresión que casi era una sonrisa.

—Venga ya, a la gente del pueblo le encantaría. No escondas tu lado tierno al mundo, jefe Cooper.

—Chitón, mujer. Cierra los ojos y cómete otra. Me hace gracia verte.

Obedeció, intentando no pensar en el efecto que las galletas tendrían sobre sus muslos. Aunque mereció la pena. Cuando abrió los ojos, Levi la estaba mirando con expresión seria y dos arruguitas en el entrecejo. Sus ojos eran grises ese día, del mismo color del cielo.

—Siento haberte llamado calientapollas aquel día —dijo Levi—. No te comportaste como tal.

Ese recuerdo le provocó un aguijonazo en el corazón. Aquel día, el día que Levi le dio un beso que la dejó de piedra, no muy lejos de donde se encontraban. Se tragó un trocito de galleta con dificultad.

—Fue hace mucho tiempo, Levi.

—Lo sé. Pero he estado pensando en aquel día, un poco. He pensado en aquel día varias veces a lo largo de los años. —Clavó la vista en el fuego—. No fue mi mejor momento. Acababa de besar a la novia de mi mejor amigo y buscaba a alguien a quien echarle la culpa. Lo siento.

—Gracias —susurró ella. El fuego crepitó en la chimenea. Mierda. Ahora o nunca—. Levi, ¿esto que tenemos es una relación o solo estamos tonteando?

Porque si no era una relación, sería mejor que le echara el lazo a su corazón y lo devolviera al corral, dado que saltaba a la vista que se le estaba desbocando.

Tuvo la sensación de que a Levi le costaba mirarla a la cara.

—No lo sé. ¿Te vas a quedar en el pueblo?

—Yo... antes tengo que solucionar unas cuantas cosas. Pero quiero quedarme. —Más que nunca.

Levi titubeó antes de asentir con la cabeza.

—¿Eso quiere decir que somos... amigos?

—¿Es lo que quieres que seamos? ¿Amigos? —Levi aplastó la bolsa de papel y la tiró al fuego.

—Llevo toda la vida queriendo ser tu amiga —contestó ella, que sintió un repentino nudo en la garganta.

Levi la miró de repente.

—¿Por qué? —le preguntó. Lucía su habitual expresión seria, con la frente ligeramente arrugada, como si quisiera preguntarle algo.

—No sé. Eras... No sé. —Y no lo sabía. Por supuesto, él fue uno de los muchachos populares del instituto, pero tenía algo más. Algo distinto—. Aquella vez, cuando tuve un ataque. ¿En tercero de primaria? Sí, porque la señora G. era nuestra maestra. —Levi asintió con la cabeza—. Y recuerdo que cuando recuperé el conocimiento, les estabas diciendo a los demás que se fueran y dejaran de mirarme. —Clavó la vista en su cara, que lucía una expresión tierna en ese momento—. ¿Te acuerdas?

—No.

—En fin, pues yo sí, está claro. Pero salvo por eso, sobre todo cuando estaba con Jeremy, era como si no te cayera bien.

Miró los flecos de la manta. Fascinantes. Hizo una trenza con tres de ellos y, de repente, la mano de Levi cubrió la suya.

—Me caes bien ahora, Faith.

Levantó la vista y lo vio esbozar una sonrisilla.

—Me alegro.

—Aunque creo que es algo más que una amistad.

Sintió un deseo arrollador de repente. Asintió con la cabeza.

Levi la abrazó contra su cuerpo y su agradable olor a limpio, a jabón y a humo, le provocó una punzada en el pecho. Tenía un trocito de hoja seca en la camisa de franela y ella se la apartó mientras su corazón, aunque frágil, latía con renovadas fuerzas.

En ese momento, lo besó. La boca de Levi era fuerte y suave y maravillosa cuando la besaba así, y de nuevo la abrumó por completo esa sensación ardiente y arrolladora, tan dulce que le provocó una especie de letargo.

Y, caray, la chimenea estaba encendida y tenían una manta y estaba en brazos de un hombre guapísimo; y en ese momento, la lluvia comenzó a limpiar el tejado del granero. Y en el caso de que hubiera un lugar mejor para hacer el amor, no se le ocurría.

Mucho tiempo después, la lluvia se había convertido en un buen chaparrón y arrastró las últimas hojas del tejado. *Blue* estaba tumbado de espaldas delante de la chimenea soñando con ser recogepelotas en el Abierto de Estados Unidos, a juzgar por cómo agitaba las patas. Faith estaba pegada a Levi, con la cabeza apoyada en su hombro, calentita y adormilada por el calor del fuego y por la calidez que irradiaba su hombre.

Sí. Su hombre. Sonaba bien.

—¿Puedo hacerte una pregunta? —La voz de Levi apenas era un murmullo en su pecho.

—Claro.

—¿Qué se siente al tener un ataque? No tienes que contestar si no quieres —añadió.

—No, tranquilo. —Se colocó un mechón de pelo detrás de la oreja. La pregunta era habitual—. Al principio, tengo lo que llaman un «aura». Me preocupo, como si fuera a suceder algo muy malo. Pero malo como si se acabara el mundo. Noto que mi cuerpo hace cosas. Sé que me doy tironcitos de la camisa y casi me abruma el pánico, y luego... desconecto.

—¿A qué te refieres?

—No lo sé. Es un... vacío. —Le pasó una mano por su piel tersa, acariciando los músculos que ocultaba—. Lo más gracioso es cómo se comporta la gente después. O supongo que durante también, pero yo solo la veo después.

—¿Cómo se comporta? —quiso saber él.

—Depende de la persona. Tú lo hiciste bastante bien. La verdad, casi rozando la perfección.

—Me lo dicen a menudo. —Oyó ese maravilloso deje risueño en su voz.

—Seguro. Sobre todo las que pasan de los ochenta.

—Cierto. ¿Cómo se comportan los demás?

Meditó la respuesta un minuto.

—En fin, cuando éramos pequeños, Jack se mantenía apartado de mí, como si yo fuera a estallar en llamas. Salvo, claro, la vez que me grabó en vídeo para conseguir una medalla de los *scouts* o algo así. Mi madre casi lo mata. Pru se portaba bien. Honor... Lo de Honor es gracioso, porque se echaba a llorar.

—¿Honor llora?

—Te entiendo perfectamente. —Sonrió.

—¿Qué me dices de tus padres? —preguntó él.

—Bueno, mi padre se comportaba como si yo hubiera muerto y resucitado. Era un alivio tremendo para él. Creo que lo pasaba peor que yo. Y mi madre... en fin. —Faith se quedó callada. La lluvia caía con más fuerza.

—¿Qué hacía tu madre?

—Se cabreaba. —Parecía un sacrilegio decir algo negativo de su difunta madre.

Levi rodó para mirarla a la cara. Volvía a fruncir el ceño.

—Es imposible que tu madre se cabrease contigo por haber sufrido un ataque, Faith —dijo él.

—No, supongo que no. Se cabreaba porque yo padecía epilepsia. Se cabreaba con el universo. Pero a mí me parecía que estaba cabreada conmigo. —Se encogió de hombros—. Pero no, supongo que seguramente no lo estaría.

—¿Te imaginas cabreándote con una hija tuya porque tenga un ataque?

La imagen de una niñita de ojos verdes entornados acudió a su mente, tan vívida que se quedó sin aliento y tuvo que carraspear.

—No. Imposible. Hablemos de otra cosa. —Hizo una pausa—. Me toca a mí preguntar. ¿Cómo te fue en Afganistán?

Los ojos de Levi cambiaron, como si se hubiera cerrado una puerta. Hacía un instante la miraban con expresión tierna y amable... y en ese momento no veía nada en ellos.

—Me fue bien.

—Así que no hablas de la guerra.

Levi se quedó callado un rato.

—Es que no sé cómo contestar a esa pregunta.

—¿Cuántas veces estuviste destinado fuera?

—Cuatro.

—¿Siempre en Afganistán?

—Sí.

Hizo una pausa antes de preguntarle:

—¿Alguna vez tuviste miedo?

—Claro.

—¿Allí conociste a tu mujer?

—Sí.

Levi no añadió nada más. Faith esperó. Esperó un poco más.

—Puedes contármelo, lo sabes, ¿no?

—¿El qué?

—Lo que quieras. Lo que tuviste que hacer allí, cómo te sentías, o puedes hablarme de tu mujer, de tu madre, de tu padre... Puedes hablarme de lo que quieras.

Levi se incorporó y empezó a vestirse.

—No hay mucho que contar.

Parecía que la parte íntima de la tarde había concluido.

—En fin, si alguna vez te entran ganas de contarme en detalle, solo digo que puedes hacerlo si te apetece.

—Pues no me apetece. —Sus movimientos eran bruscos.

—Sí, el mensaje me llega alto y claro.

—Bueno, no todo el mundo va por ahí sintiendo cosas, Faith.

—¿Esa pulla va por mí?

Levi dejó de abrocharse la camisa.

—No.

—¿Tienes pesadillas? —preguntó, incapaz de morderse la lengua—. ¿Por eso te pones a cocinar de madrugada?

Tardó bastante en contestar y no había ni rastro de una sonrisa.

—Sí —dijo al cabo de un buen rato.

Faith esperó algo más. Algo que no llegó. Esperó otro poco.

—Podrías despertarme —sugirió—. Si te quedas a dormir, claro.

Levi la miró con expresión solemne.

—No tengo pesadillas cuando estoy contigo.

Esas palabras se le clavaron en el corazón. Eran un regalo, aunque él no parecía darse cuenta.

En ese momento sonó el teléfono móvil de Levi. ¡Mierda! Justo cuando estaban progresando algo. Levi buscó el dichoso aparato. A ver, ¿Everett no estaba de guardia nunca o qué?

—Jefe Cooper. Sí, claro, ¿qué pasa? Sí, muy bien, llegaré dentro de diez minutos.

Faith contuvo un suspiro. No podía quejarse, era el jefe de policía después de todo.

—Tengo que irme —dijo él—. Alice McPhales cree que hay un hombre en su finca.

—Claro. —La señora McPhales, su líder de las *scouts*. Parecía que su alzhéimer empeoraba. Faith había ido a su casa antes de cortar las plantas de invierno. La dulce anciana le había preparado té, pero se le había olvidado añadir las bolsitas, de modo que Faith, para no molestarla, se bebió el agua caliente—. ¿Quieres que te acompañe?

Levi clavó la vista en el techo de cristal.

—No, está lloviendo a mares. Además, solo daré unas cuantas vueltas por el bosque para tranquilizarla.

—No me importa.

—Tranquila, te veré en casa. —La palabra «casa» nunca le había sonado mejor.

Levi la obligó a levantar la barbilla y la miró fijamente.

—Me lo he pasado muy bien hoy.

—Gracias. Yo también.

—¿Te acompaño a casa de tu padre?

—No, tranquilo. Lo recogeré todo. Apagaré el fuego y demás.

Levi le dio un beso breve y luego otro más lento antes de dejarla sola, rodeada por el ruido de la lluvia y el olor de las hojas húmedas y del humo.

Cuando Levi salió de la comisaría tras redactar un informe, tal vez varios, ya había anochecido. La lluvia había desaparecido una vez que el frente atravesó el lago, dejando tras de sí un cielo despejado y sin luna. Las luces seguían encendidas en el apartamento de Faith. Se percató al cruzar la plaza. Se detuvo y alzó la vista. Una actividad en la que era un experto: espiar. Primero la casa de su padre, y en ese momento el acogedor apartamento de Faith. Desde donde se encontraba podía ver parte de la pared roja y un trocito de la estantería donde había colocado todas esas fotos familiares.

Y el cuarzo rosa que le había dado.

Seguramente debería reconocer que lo había hecho.

Allí estaba Faith, con el teléfono en la oreja paseando y un tarro de helado Ben & Jerry's en una mano (la última vez que miró en su frigorífico tenía seis tarros y ni un solo paquete de verduras) y una cuchara en la otra. Estaba riéndose, y Levi sintió cómo el deseo lo atravesaba. Adoraba la risa de Faith. Tenía una cara muy normalita, pero cuando se reía, parecía, y sonaba, como una tigresa muy sensual, y el ronco sonido de su voz parecía provocarle una reacción eléctrica allí mismo.

Dio un respingo cuando oyó el sonido del teléfono móvil. Contestó.

—Jefe Cooper.

—Al habla la otra Cooper.

—Hola, cariño, ¿qué tal?

—Bien. Tengo un sobresaliente bajo en el examen de química.

—Te lo dije. Buen trabajo.

—Gracias por las galletas. Me estoy poniendo como una foca. Bueno, más de lo que ya estaba.

—No estás como una foca.

—En fin, ¿qué haces? —Su voz volvía a tener ese deje solitario—. ¿Estás en la comisaría?

—No, estoy mirando las ventanas de Faith, observándola.

—Parece que la estás espiando.

—En fin, soy policía —explicó—. Se nos da bien.

—¿Te refieres a que se os da bien dar pena? Porque a mí me parece penoso. ¿Vas a ponerte a recitar poesía? ¿«Pero qué luz es la que asoma por allí» y todo ese rollo?

—Parece un buen plan.

—Penoso. No se te habrá olvidado que tienes que venir a cenar esta semana, ¿verdad?

—Oye, ¿cuándo te he dicho yo eso?

—¡Levi! —protestó su hermana—. ¡Dijiste que vendrías una noche a cenar! Porque me has prohibido volver a casa antes de Acción de Gracias ¡y todavía faltan seis semanas!

—Bueno, esta semana no puedo. Tengo una reunión presupuestaria mañana...

—¿Qué tal el martes?

—El martes tengo guardia.

—¿El miércoles?

—Cena con la familia de Faith. —Mierda. Eso no debería haberlo confesado.

—Qué bonito —repuso Sarah con la voz cargada de emoción—. ¿El jueves?

—Vuelvo a estar de guardia, cariño. Venga ya. No dije que fuera a ir esta semana. Dije que en algún momento antes de Acción de Gracias y...

—¿Sabes una cosa? No vengas. Por mí estupendo. Haré nuevas amistades, seré feliz y no tendrás que preocuparte por mí en absoluto. ¿Te parece? Adiós.

—Sarah, no seas... —Estupendo. Le había colgado. La llamó, pero saltó el buzón de voz. Le mandó un mensaje: «Por favor, deja de comportarte como una niña». Esperó. Su hermana no le contestó. Esperó otro par de minutos.

Con un suspiro, le mandó otro mensaje de texto: «¿Qué tal el viernes?».

Unos segundos más tarde, le sonó el móvil: «Estupendo bss».

Se guardó el teléfono en el bolsillo y atravesó lo que le quedaba de plaza. Entró en el edificio Opera House, subió la escalera y fue directamente al apartamento de Faith. Llamó a la puerta, haciendo que *Blue* se pusiera a ladrar como un loco.

Un segundo después, Faith abrió la puerta, todavía hablando por teléfono. Llevaba el pelo recogido en una coleta y los pantalones de dálmatas con una camiseta minúscula de tirantes que apenas si contenía su impresionante delantera. Parecía, en resumidas cuentas, la estrella de una peli porno muy buena.

—Vaya, pero si es el poli más cañón de todo Manningsport —dijo ella al teléfono, mientras se hacía a un lado para dejarlo pasar—. No, por desgracia no va de uniforme. Franela. Pero tiene un aire a leñador muy atractivo. No, tienes razón. Se viste como un hetero. En fin, tú también lo hacías. —Soltó una carcajada—. Hola —le susurró a Levi—. Es Jeremy.

—Ya.

—Me ha contestado con un monosílabo —le dijo a Jeremy—. No, tiene el ceño fruncido. Funciona. —Le tendió el teléfono—. Jeremy quiere hablar contigo.

Levi no quería hablar, ni con Jeremy ni con ella. Tomó el teléfono, cortó la llamada y lo arrojó a una silla antes de rodear a Faith con los brazos y colocar las manos en su generoso trasero. Después, la pegó a la pared y le besó su suave y precioso cuello antes de lamérselo.

Blue se levantó en busca de acción, así que, sin soltarla, Levi agarró un cojín del sofá y lo tiró al suelo. El perro captó la indirecta. Acto seguido, Levi le deslizó las manos por la parte delantera de la camiseta y sintió cómo se le endurecían los pezones bajo las palmas.

—¿Te gusta mucho esta camiseta? —le preguntó entre dientes, con los labios justo debajo de la oreja.

—No mucho —susurró ella con voz temblorosa.

—Bien. —Tomó el borde superior con las dos manos y la desgarró, y sin añadir nada más, Faith se abrazó a él y le devolvió las caricias como mejor supo.

Capítulo 23

Levi no esperaba ver a Jeremy cuando fue a cenar con Faith a casa del padre de esta.

Bastante incómodo estaba ya con el asunto de la cena familiar. Aunque había cenado con los Holland varias veces a lo largo de los años, nunca había sido capaz de librarse de la sensación que lo acompañaba cuando era pequeño: la casa grande en La Colina, fuera de su alcance salvo cuando abrían las puertas para las clases bajas. Ver a Jeremy en ese momento allí, ejerciendo de yerno, empeoró las cosas.

—Hola —dijo con tirantez después de que su amigo lo saludara dándole una palmada en un hombro.

—Me alegro de verte, hombre —dijo Jeremy—. ¿Una copa de vino? —Se alejó para servirla sin esperar respuesta.

—Oh, oh. La señora Johnson me está haciendo señales —dijo Faith, que también se marchó.

El ama de llaves lo miró con expresión asesina y después regresó a la cocina.

En circunstancias normales, a Levi le caía muy bien la familia Holland. Pero ahora, siendo... lo que fuera de Faith... se sentía muy incómodo. Jack lo miró con expresión afligida y después clavó la vista en su cerveza. Ned y Abby estaban discutiendo sentados en el asiento acolchado de una ventana.

Jeremy volvió y le ofreció una copa de vino, tan cómodo en ese lugar como si estuviera en su propia casa, que no se encontraba muy lejos. Parecía que le habían perdonado que hubiera dejado plantada a Faith en el altar. Se reprendió en silencio. Los Lyon vivían en California y los Holland eran lo más parecido a una familia que Jeremy tenía en la zona.

—Hola, Levi —lo saludó Honor, que acababa de salir de la cocina. Su tono de voz no era ni más ni menos agradable que de costumbre.

—Hola —contestó él—. ¿Cómo estás?

—Me han dicho que te estás tirando a mi hermana —soltó Honor.

—Mmm... prefiero que hable ella.

—Mi padre está dispuesto a matarte. Ándate con ojo. —Honor se acercó a su padre y le dio una copa de vino.

John lo miró y lo saludó con un seco gesto de cabeza.

Muy bien. A la cocina, pues.

—De verdad que no entiendo cómo esto puede ser erótico —estaba diciendo Pru—. Parezco un pollo desplumado.

—No me interesa saber por qué haces estas cosas —dijo la señora Johnson al tiempo que abría el congelador y le daba una bolsa de guisantes a Pru—. Las chicas de ahora sois un gran misterio.

Pru se acercó la bolsa a la entrepierna. ¡Por el amor de...!

—¡Hola, Levi! —lo saludó—. Acabo de hacerme la cera. No te lo recomiendo. ¡Duele horrores! Te juro que la mujer estaba disfrutando con todos esos tirones. ¡La leche, qué frío está esto! Se me va a congelar.

Cualquiera diría que después de haber estado cuatro veces destinado en Afganistán estaría preparado para una imagen semejante. Pero no lo estaba.

—Hola —murmuró.

—Señora Johnson, salude a Levi —dijo Faith, que se acercó a él.

—Buenas noches, jefe Cooper —lo saludó la mujer—. ¿Qué está haciendo en mi cocina?

—Ha venido a cenar. —Faith le pasó un brazo por la cintura y, al instante, lo asaltó su olor cálido y dulzón—. Es mi cariñito.

Su cariñito, ¿eh? Sonaba... bien.

—Lo que no responde a mi pregunta de por qué está plantado delante de las patatas cocidas, que ya están casi listas. ¡Fuera, jefe! ¡Largo de aquí!

—Gracias por los guisantes, señora Johnson —dijo Pru—. ¿Los guardo otra vez en el congelador o qué?

—¡Niña, tíralos!

—Muy bien, muy bien —dijo Pru, que andaba como si fuera un vaquero que hubiera estado todo el día montando a caballo—. Aunque siempre he pensado que hay que aprovecharlo todo.

—¡Ah, ya están aquí Goggy y Pops! —exclamó Faith. Volvió a dejar a Levi.

El ama de llaves lo miró de nuevo, echando chispas por los ojos.

—¿Y bien? Fuera. ¿A qué está esperando?

Al cabo de una eternidad, la familia Holland, Jeremy y Levi se sentaron apretujados a la mesa. Los viejos señores Holland, John, Pru, Ned y Abby, Honor y Jack. Y Faith, flanqueada por Jeremy y por él.

—Faith, ya no te vemos nunca —se quejó la señora Holland.

—Fui a veros ayer —le recordó ella.

—Esta juventud... siempre tan ocupada.

—¿Y qué? Mejor estar ocupada. Antes de que se dé cuenta descubrirá que ha pasado sesenta y cinco años atrapada —terció el señor Holland.

—Papá, no empieces —dijo John con voz paciente—. Jack, ¿me pasas el pan?

—¡Madre mía, Ned, ya está bien! —protestó Abby—. ¡Mamá, me está dando patadas por debajo de la mesa!

—Ned, por el amor de Dios, que ya eres mayor de edad —le soltó Pru—. No me hagas ir a darte un tortazo. No puedo ni moverme de lo que me duele.

—Universidad, universidad, universidad —repitió Abby al tiempo que se tapaba las orejas con las manos.

Levi le sonrió, pero ella lo miró furiosa. Acababa de comunicarle la sentencia tras su incursión en el mundo del consumo del alcohol siendo menor de edad: doce horas de trabajos para la comunidad.

Empezaba a dolerle la cabeza por el bullicio de haber mantenido unas seis conversaciones a la vez, durante las cuales todos parecían hablar al unísono sin escuchar a los demás. Le echó un vistazo al reloj y se preguntó cuánto tiempo tendrían que quedarse.

—Levi, ¿qué intenciones tienes con mi hija? —le preguntó John de repente.

—Papi... —dijo Faith con un suspiro—. Venga. Ya hemos hablado de esto.

—¿Y qué? —protestó John, que seguía mirándolo expectante—. Creo que tengo derecho a saber cuáles son sus planes. Faith es mi hija. Mi princesa.

—Ajá. Faith, por cierto, ¿dónde tienes la corona? —le preguntó Jack, que se sirvió más patatas.

Pru resopló.

—Honor, ¿papá te ha llamado «su princesa» alguna vez? Estoy segurísima de que a mí nadie me ha llamado «princesa» nunca.

—Creo que la única que tiene ese honor es Faith —respondió Honor entonces.

—Niñas, no seáis tontas. Las tres sois mis princesas. ¿Levi? Responde a mi pregunta.

—Tengo intención de salir con ella —dijo Levi.

—A saber lo que significa eso hoy en día —dijo John.

—Significa «sexo» —terció Abby, que se ganó un codazo por parte de su madre—. ¿Qué? —preguntó—. ¿Cómo quieres que no lo sepa si papá y tú os pasáis el día haciéndolo?

—Bueno, Faith —dijo la señora Holland—. Creo que deberías salir con alguien durante mucho, mucho tiempo. Tu abuelo me invitó a dar dos paseos antes de casarnos. Ojalá hubiera podido conocerlo bien en vez de fiarme de la opinión de mis padres.

—Entonces ¿el vuestro fue un matrimonio de conveniencia? —preguntó Abby, que se animó un poco.

—Más o menos —respondió la señora Holland—. ¿Crees que me habría casado con él si mis padres no...?

—¿Hubieran estado deseando librarse de ella? —interrumpió el señor Holland.

—¿... me hubieran presionado para casarme con él por sus tierras? —concluyó su mujer.

—Bueno, niños, vuestra madre y yo sí nos casamos por amor —dijo John en voz alta, con la intención de acallar a sus padres—. Fue un flechazo, como suele decirse.

—Como lo de Faith y Jeremy —dijo Abby.

Levi sintió que se le abría la boca por la sorpresa. Jeremy sonrió, pero guardó silencio.

—Abby, ¿por qué estás enfadada? —quiso saber Faith.

—¡Porque Levi me va a obligar a limpiar los baños públicos de los turistas, por eso! ¡He metido la pata una vez y ahora tengo que limpiar baños!

—Supongo que no deberías beber con un par de idiotas, ¿eh? —se burló Ned.

—¡Por lo menos no me estaba acostando con ellos! El otro día leí tus mensajes de texto. Sarah Cooper y tú hacéis muy buena pareja.

El comentario dio en la diana de Levi.

—Solo somos amigos —aseguró Ned, con un deje de terror en la voz.

—Ned, no distraigas a mi hermana —dijo Levi automáticamente—. Y no te acuestes con ella.

—No, no. No se me ocurriría. Abby no sabe lo que está diciendo. Es una idiota, ¿verdad, Abby?

—¿Por qué no os tranquilizáis todos? —terció Honor con voz serena—. Levi es nuestro invitado esta noche. Vamos a dejar los asuntos cotidianos de la familia Holland para otra ocasión. Papá, Levi está saliendo con Faith, es su primer novio desde que el gay la dejó destrozada para intentarlo con otros hombres. Tiene treinta años y con una hija solterona en la familia hay suficiente, así que asúmelo. —Pinchó una patata con el tenedor y se la llevó a la boca.

—Tienes razón —admitió John al cabo de un minuto—. Lo siento, Levi. Es que... Es mi hija, ya está. Y quiero lo mejor para ella.

—Entendido. —Levi pensó que debía de tener el reloj estropeado.

—Bueno, a ver —siguió John—, ¿quién ha sembrado los crisantemos en la tumba de mamá?

—Yo —respondió Honor.

—Tienen un color precioso, cariño. —Suspiró—. No puedo creer que en junio se cumplirán veinte años.

Se produjo un silencio momentáneo.

—¿Cómo va lo de las citas, papá? —preguntó Jack.

—¿Desde lo del travesti, quieres decir? —dijo a modo de respuesta, y Levi supuso que debería estar agradecido por el cambio de tema—. Bueno —siguió John—. Creo que lo he intentado, pero seguramente esté más feliz solo.

—¡Oh, papá, no! No te rindas —dijo Faith—. Dijiste que la mujer de Corning era muy agradable. ¡Por favor, dame otra oportunidad!

—Ni se te ocurra meter otra vez a Lorena en la casa —ordenó Jack—. Esa mujer hace que se me retraigan los testículos.

—Qué razón llevas, tío Jack —murmuró Ned.

—Estoy bien solo —insistió John—. No te preocupes, Faithie.

—Abuelo, vives con una de tus hijas y con un ama de llaves. No estás exactamente solo —señaló Abby.

—Exacto. Tengo a Honor y a la señora Johnson, y a todos vosotros. —Su mirada se tornó distante—. Connie fue el amor de mi vida. Solo hay uno de esos y no se puede reemplazar por el simple hecho de que quieras.

Por fin, un decenio después más o menos, pudieron marcharse (después de que Jeremy se despidiera de Faith con sendos besazos en las mejillas y un abrazo... Levi se planteó seriamente la opción de darle un puñetazo). Faith, sin embargo, parecía un poco... alicaída.

La luna llena tintaba de azul y blanco el paisaje, y alargaba la sombra de la casa y las de los árboles.

—Gracias por invitarme a acompañarte esta noche —dijo Levi, al tiempo que le abría la puerta para que subiera al vehículo.

—Claro —asintió ella—. De nada. Siento mucho si tal vez ha sido... demasiado.

—Ha sido agradable —mintió él—. ¿Te has divertido?

—Ya te digo.

Al parecer, no era el único mentiroso presente. Faith guardó silencio durante el corto trayecto a casa, siguió en silencio mientras entraban en el edificio Opera House y también al abrir la puerta de su apartamento.

—¿Quieres entrar? —le preguntó.

Levi se apoyó en la jamba de la puerta con el ceño fruncido.

—¿Va todo bien, Faith?

—Claro. Por supuesto. —No lo miró a los ojos.

—Pues parece que pasa algo.

—No.

Pasaba algo gordo.

Sí.

—¿Te encuentras bien?

—Estupendamente.

—¿Has estado tomándote la medicación? —le preguntó él.

—Sí. ¿Quieres contar las pastillas que quedan para asegurarte? —respondió ella con tono cortante.

—No. —La miró un minuto más, haciendo caso omiso de *Blue,* que estaba olisqueándole una pierna en busca de un poco de amor—. Quizá sea mejor que pase la noche hoy en mi casa —sugirió.

—Muy bien. Gracias por acompañarme esta noche. Mmm... Que duermas bien. —Lo besó en la mejilla y cerró la puerta.

Mierda. La había fastidiado de alguna manera. A lo mejor no había hablado lo suficiente. A lo mejor... Odiaba la siguiente opción... A lo mejor estaba pensando en Jeremy. Obviamente, Jeremy no era un rival en el sentido estricto de la palabra, pero todavía era amigo de Faith, se sentía como en casa con su familia, y su sofá seguía estando disponible para Faith. Un flechazo, el amor de su vida. Solo existía uno de esos, según John Holland.

Entró en su apartamento, que de repente le pareció muy soso. Sí, tenía algunas fotos familiares, pero no guardaba recuerdos como lo hacía Faith, nada de objetos del pasado. Al fin y al cabo, era un hombre.

Un hombre que había metido la pata con la mujer del apartamento de enfrente por razones que no le quedaban claras. Faith le había sonsacado un poco de información el otro día en el granero, parecía dispuesta a indagar a fondo, y ahora no le hablaba.

Hora de hornear galletas.

Cuando era pequeño, la mayoría de los dulces que se comían en casa salían de una caja del supermercado, sobre todo después de que Sarah entrara en escena. Pero su madre siempre había preparado esa receta, y era capaz de hacer la masa en cuestión de segundos o eso le parecía a él. Su trabajo consistía en colocar todos los ingredientes en la mesa, apartarse y mirar, y tal vez lamer después la espátula de silicona.

Sacó la harina, el chocolate negro, el azúcar y la vainilla. También sacó los huevos del frigorífico.

Llamaron a la puerta. Al abrir, se la encontró.

—Hola —la saludó.

—¿Qué sabes del accidente de mi madre? —le preguntó Faith.

Levi parpadeó.

—Mmm... ¿quieres pasar, Faith? —Ella aceptó la sugerencia—. Siéntate —la invitó y ella obedeció, sentándose con la espalda muy derecha en el centro del sofá, como si se le hubiera olvidado para qué servía un sofá. Levi se sentó en el sillón de enfrente y se inclinó hacia delante.

Faith no parecía estar bien.

—¿Alguna vez has oído algo sobre el accidente? —le preguntó ella.

—Claro. El orientador del instituto habló con nosotros.

—¿Qué os dijo?

—Eh... pues que otro vehículo chocó lateralmente con vosotras y que tu madre murió en el acto.

—¿Y nada más? —Lo miraba con expresión vacía.

Levi se pasó una mano por el pelo.

—Tuviste un ataque, ¿no? No recordabas nada. Los bomberos tuvieron que sacaros a tu madre y a ti. Supuestamente no debíamos hablarte de eso.

Ella asintió con la cabeza. Siguió haciéndolo. En realidad, no lo había mirado desde que entró.

—Faith, ¿estás bien? No pareces...

—No tuve un ataque epiléptico. Mentí. Le dije a mi padre que lo había tenido porque no quería que supiera la verdad.

El horno pitó para indicar que había alcanzado la temperatura.

—¿Y qué paso? —preguntó Levi.

—Yo provoqué el accidente.

Esas cuatro palabras parecieron salir de la parte más profunda de su alma. Su cara no cambió, pero sus ojos adoptaron una expresión desolada.

—¿Cómo lo hiciste? —le preguntó él con toda la delicadeza de la que fue capaz.

—Estaba enfadada —contestó Faith—. No quería hablar con ella y mi madre se volvió porque yo estaba sentada detrás. Me preguntó si estaba bien y no le contesté. —Tragó saliva—. Pensó que estaba a punto de sufrir un ataque, porque siempre me quedo como ida antes de tener uno, ya lo sabes. Así que dejé que creyera que se trataba de eso. Y después nos estrellamos. —Tenía la cara blanca, y las manos apretadas con tanta fuerza en el regazo que habían perdido el color.

—Faith, no puedes...

—Quería dejar a mi padre.

Oh, mierda.

—¿Te lo dijo?

—Sí.

Ese no era el recuerdo que él tenía de Constance Holland, aunque la había visto pocas veces. Parecía la versión maternal del Disney Channel: guapa, alegre, graciosa y competente.

O tal vez la estuviera confundiendo con su propia madre.

—Por eso no le contesté —adujo Faith con la voz hueca—. No paraba de decir que fue un error casarse tan joven, que siempre había querido más, pero que acabó obligada a cargar con nosotros. Dejé que pensara que iba a tener un ataque para que se callara. Y entonces fue cuando nos estrellamos.

La expresión de su cara lo atravesó como si fuera una lanza de hierro.

—Faith, eras una niña. No puedes culparte.

—Sabía lo que estaba haciendo. Quería que se sintiera culpable.

—Eso no es lo mismo que desearle la muerte.

Faith dio un respingo.

—No. Pero soy responsable igualmente. Cuando volví en septiembre pensé que si le encontraba pareja a mi padre a lo mejor podía compensar mi error. Pero no he sido capaz. Mi padre la sigue venerando... y Jack y mis hermanas también.

Sí, eso parecía cierto.

—¿Nunca se lo has dicho a nadie?

—¡No! Yo... Cuando mi padre llegó al hospital estaba... tan destrozado que me dio miedo que dejara de quererme si se lo decía. Así que mentí. —Clavó la vista en el suelo—. Quería que lo supieras. No quería que me dijeras que la culpa no fue mía. Sé lo que hice.

Levi no supo qué decir.

—No les cuentes nada —siguió Faith, con la voz más serena, cosa que de alguna manera lo afectó más—. No quiero que sepan qué sentía ella en realidad.

Levi se pasó una mano por el pelo.

—¿Por qué no te quedas aquí esta noche?

—No, me voy a casa —rehusó ella—. Pero gracias.

—Por favor, quédate.

—No, gracias. Ya... ya nos veremos. —Se puso de pie y él también, tras lo cual la estrechó entre sus brazos.

Parecía tensa y distante. Faith, que era todo dulzura, risas y calidez.

—Quédate —le pidió una vez más.

—Estoy bien —le aseguró ella—. Ya nos veremos mañana si eso. —Y con esas palabras abrió la puerta de su apartamento y se fue al suyo.

El silencio de la noche lo rodeó.

La madre de Faith llevaba veinte años muerta. Mucho tiempo para guardar un secreto.

Las galletas tendrían que esperar. Levi apagó el horno, buscó las llaves del vehículo patrulla y se marchó a la comisaría.

Capítulo 24

El día que su madre murió fue absolutamente normal salvo por el hecho de que Faith necesitaba zapatos.

Siempre le había encantado ser la benjamina de la familia. A cambio de todas las cosas divertidas que sus hermanos habían hecho antes de que ella naciera o cuando ella era pequeña, le parecía justo que la tratasen de forma especial. Sabía que su familia la consideraba bonita, pero un poco inútil. Su madre seguía sin pedirle que preparase la cena... solo Honor podía hacerlo (y llevaba años haciéndolo, tal como le gustaba señalar a su hermana). Jack estaba en la universidad aprendiendo a hacer vino y ya sabía cosas como programar la vendimia y limpiar la trilladora. Prudence era toda una adulta, hasta estaba casada.

De modo que Faith era la niña. Sus padres no podían prestarle mucha atención, así que se aprovechaba para escaquearse de muchas cosas: no ser una alumna de sobresaliente, por ejemplo, como sus hermanos. No irse a la cama a su hora, porque ¿quién se iba a dar cuenta? No tenía que comerse todas las verduras porque, con tres hijos que ya tenían más de diecisiete años, sus padres estaban un poco hartos de obligar a que se cumplieran las normas.

Su epilepsia le otorgaba una clase de atención que no quería: la expresión aterrada de su padre; las órdenes secas y bruscas de su madre. Prefería con diferencia que la dejaran a su suerte.

Sin embargo, el día que necesitaba salir a comprarse unos zapatos esperaba que fuera una de esas raras ocasiones especiales en las que su madre y ella podían hacer algo, las dos solas, como aquellos borrosos y preciosos recuerdos de cuando todos los demás estaban en clase y ella era la sombra de su madre. A lo mejor podían alargar el día, comprar un helado en ese sitio tan bonito de Market Street.

En cambio, su madre estaba de mal humor.

—No te creas que vas a probarte todos los pares de zapatos de la tienda, Faith —le advirtió su madre en cuanto entraron en el aparcamiento—. Tengo mil cosas que hacer. ¿Por qué no me dijiste que necesitabas zapatos la semana pasada, aprovechando que tuve que venir aquí mismo cuando Jack estaba en casa...?

De modo que Faith acabó con unas zapatillas deportivas no demasiado malas, aunque no estaba segura al cien por cien de querer esas y no las preciosas Reebok con los cordones de color rosa. No hubo tiempo para un helado, solo para volver corriendo al monovolumen.

—Sabes que puedes sentarte delante, ¿no? —dijo su madre, con un deje impaciente en la voz.

—Da igual —repuso Faith.

Se subió en la parte trasera de forma automática, acostumbrada a ser el último mono cuando tocaba sentarse en el asiento del acompañante. Eso le salvó la vida, dirían los bomberos más tarde.

Fuera como fuese, Faith tenía zapatillas nuevas. Siempre creía que podía correr más rápido con zapatillas nuevas, y tenía clase de gimnasia el martes. Jessica Dunn era la chica más rápida de la clase y solía reírse de ella por su forma de correr. ¿No sería bonito correr más rápido que Jessica aunque fuera una sola vez? Claro que no era posible, pero, a ver... una sola vez.

—Asegúrate de ver mundo antes de sentar cabeza, Faith —le soltó su madre de repente desde el asiento del conductor—. Le dije lo mismo a Prudence, pero ¿me hizo caso? No. Si te casas muy joven, tus opciones se reducen drásticamente.

Faith frunció el ceño. ¿Por qué decía su madre eso? Pru y Carl hacían una pareja preciosa. Además, ella ya era tía. Eso les había puesto los dientes largos a todos en el colegio. Incluso a Jessica Dunn.

Su madre miró por el retrovisor.

—Deberías ver mundo mientras puedas. El nuestro es un país enorme, aunque si le preguntas a cualquiera de los Holland, seguramente te dirán que la Tierra termina en un abismo al llegar al límite del condado.

—Me encanta este sitio —protestó Faith. Sacó una de las zapatillas de la caja y acarició el blanquísimo cordón. Debería haber elegido los rosas. O a lo mejor no. A lo mejor el rosa era para niñas pequeñas.

—Sí, en fin, nunca has ido a otro sitio, ¿verdad? —preguntó su madre—. Hay sitios que merece la pena ver, que lo sepas. A Pru habría que sacarla del viñedo arrastrándola de los pelos y tu hermano ya es una causa perdida, pero Honor y tú no tenéis por qué quedaros.

Su madre siguió hablando y hablando sin parar. Pero la cosa era que Faith se quería quedar. ¿Qué lugar mejor que su casa? Ya había estado en la ciudad de Nueva York hacía un mes, en una excursión. Habían pillado a Levi Cooper y a Jessica besándose en la parte trasera del autobús, algo que ya era bastante malo (Faith seguía jugando con muñecas... ¿Besarse? ¡Qué asco!). En la ciudad había mucho ruido y hacía mucho calor; Manningsport le pareció el paraíso cuando volvieron.

—Hay días en los que lo único que pienso es en lo agradable que sería vivir en otra parte. ¿No sería estupendo vivir en una ciudad? Seattle, Chicago, San Francisco, un montón de sitios en los que no he estado. ¿Y qué hace tu padre? Se echa a reír cuando se lo digo. —Era imposible escapar de la voz de su madre—. Por eso deberías vivir un poco antes de sentar cabeza. De lo contrario, te arrepentirás.

Faith clavó la vista en el paisaje. Su padre era perfecto. Nunca parecía impaciente ni brusco. Siempre le decía que era su princesita. ¡Y quería a su madre! ¡Le regalaba flores! Faith siguió mirando el paisaje, salpicado de vacas blancas con manchas negras que miraban pasar su monovolumen con placidez. ¿Irse? Nunca.

Su madre la miró por el retrovisor.

—Podríamos estar las tres juntas —siguió—. Honor, tú y yo. Las chicas al poder.

Una rabia cegadora la abrumó. Ah, así que su madre pensaba irse, ¿no? ¡Pues muy bien! ¡Estarían bien sin ella! ¿Y qué era eso de las chicas al poder? ¿Así llamaba al divorcio?

—¿Por qué estás tan callada? —preguntó su madre, como si no lo supiera.

Faith no apartó la vista del paisaje. No, no pensaba contestar. Para fastidiar a su madre.

—Cariño, ¿estás bien?

«Sí, claro. Ahora dime "cariño"», pensó Faith. «Más te vale, con todo lo que has soltado por la boca.» Por el rabillo del ojo, Faith vio que su madre colocaba la mano en el respaldo del asiento del acompañante para volverse hacia ella.

—¿Faith?

No. No pensaba contestar.

Y, en ese momento, oyó un estruendo tan fuerte que fue como una explosión, y empezaron a girar y a girar, y la carretera no estaba donde se suponía que tenía que estar; y el ruido no cesaba, el chirrido del metal y el estallido de los cristales. Giraban tan rápido que parecía que estaba en una secadora, agitando los brazos y las piernas sin control. El cinturón de seguridad se le clavó en el hombro, la zapatilla nueva la golpeó en la cara y, Dios, seguían dando vueltas y tumbos. ¡Que alguien parase el espantoso ruido! Ese chirrido y los cristales y... Era horroroso.

Y por fin se detuvieron. El ruido también, salvo los chillidos jadeantes de alguien. Faith estaba mareada y medio colgada. Había un árbol junto a ella, dentro del habitáculo, con un trozo de la corteza arrancado.

Habían tenido un accidente. Eso era.

Ella era la que chillaba. Se esforzó por cerrar la boca y controlar los espantosos chillidos. ¿Seguía en el asiento trasero? Porque el monovolumen ya no parecía un monovolumen, estaba retorcido a su alrededor, con los asientos destrozados, los cables al aire y cristales por todas partes. Era un amasijo de hierro a su alrededor; el punto de anclaje del cinturón estaba envuelto en metal retorcido. Parecía estar tumbada de costado. Le dolía el pecho. Podía mover las piernas, pero no se veía los pies. La puerta estaba contra el suelo.

En otras palabras, no podía salir.

—¿Mami? —Su voz sonaba muy aguda y débil—. ¿Mami?

No obtuvo respuesta.

—¿Mamá? ¿Estás bien?

Sin respuesta. No oía sonido alguno, ni siquiera gemidos.

—Ay, mami, por favor, por favor —se oyó decir; y de repente estaba temblando y mojada, y olía a pis. Se había orinado encima.

Allí. Allí estaba el pelo de su madre, casi del mismo color que el suyo, a poca distancia de su cara, pero fuera de su alcance. Faith estiró el brazo, pero el automóvil la tenía atrapada.

—Mami —susurró, y no le gustó el sonido de su propia voz ni un pelo.

Después miró por el parabrisas delantero roto y allí estaba su madre, de pie en el campo, totalmente sana y salva, sonriéndole, muy guapa. ¡Gracias a Dios!

—¡Mami, sácame! —le gritó mientras intentaba salir del amasijo de hierros y tiraba del cinturón de seguridad.

—No te preocupes, preciosa —dijo su madre—. Estás bien. ¡Te quiero!

Después le lanzó un beso. ¿Por qué estaba tan contenta si acababa de tener un accidente? Entonves Faith volvió a mirar el pelo en el asiento delantero.

Seguía allí.

Cuando miró por el parabrisas delantero de nuevo, el campo estaba vacío y Faith lo comprendió todo con una repentina y dolorosa claridad.

Su madre estaba muerta.

—¡Mami! —chilló con un hilillo de voz apenas audible—. Mami, lo siento.

No intentó salir de nuevo.

Nadie acudió en su ayuda. Durante muchísimo tiempo, el único sonido fueron los trinos de los pájaros y el viento. Lo peor era que el reloj del salpicadero seguía funcionando, de modo que era completamente consciente del tiempo que pasaba. Cincuenta y dos minutos hasta que alguien preguntó: «¿Están bien? ¿Hola? ¿Pueden oírme?». Fue incapaz de contestar, porque tendría que decirle a esa persona que su madre había muerto. Sesenta y tres minutos antes de que escuchara sirenas a lo lejos. Sesenta y ocho minutos antes de que el señor Stokes, de la tienda de chucherías, apareciera por el parabrisas delantero, muy raro con el uniforme de bombero, y dijera: «No, Dios. Por Dios, no» antes de darse cuenta de que Faith lo estaba mirando.

Setenta y cuatro minutos habían pasado cuando empezaron a cortar con aquellas herramientas tan ruidosas, gritándole cosas para tranquilizarla mientras sus caras reflejaban la realidad.

Ciento quince minutos antes de que la sacaran del monovolumen. Dos horas con el cadáver de su madre, dos horas que pasó temblando y sollozando, presa del impacto. Dos horas sin dejar de susurrar que lo sentía mucho.

Cuando vio la cara de su padre en el hospital, cuando se dio cuenta de lo mucho que había envejecido desde esa mañana, cuando le sujetó la mano herida, le contó que había tenido un ataque epiléptico y que no recordaba nada.

Mejor que creyera eso a que supiera que su hija era una asesina.

Las tres de la madrugada. La hora a la que se sentía más sola, incluso con un golden retriever de treinta y cinco kilos que ocupaba dos tercios de la cama.

Desde que le contó la historia a Levi, una extraña neblina parecía haberse apoderado del cerebro de Faith. Durante veinte años había intentado no rememorar momentos con su madre, como si no mereciera esos recuerdos. Pero esa noche, las imágenes de su madre, buenas y malas, habían pasado por su cerebro como una película inconexa:

su madre en la cocina, frotando con frenesí el fregadero después de la cena porque estaba cabreada con alguien; la hora del baño, cuando Faith era muy pequeña, riéndose mientras le envolvía la cabeza con la toalla del lavabo; regañándola porque un profesor le había dicho que no participaba en clase; animándola cuando montaba en bici por primera vez alrededor del enorme árbol que había en el patio delantero; sentada en el sofá, leyéndole a Honor, aunque su hermana ya supiera leer sola; llorando al doblar la ropa de Jack cuando se iba a la universidad; acunando a Ned de bebé en el hospital, recién nacido, con los ojos muy brillantes mirando a Pru con una sonrisa.

Besando a su padre en la puerta trasera antes de echarse a reír y decirle que tenía que ducharse.

¿De verdad su madre fue tan infeliz? ¿De verdad creía que su vida era un error y estaba llena de arrepentimiento y amargura?

Nunca se lo pareció.

De repente, *Blue* saltó de la cama y salió corriendo del dormitorio. Oyó el sonido de sus patas en el suelo antes de que se pusiera a ladrar. Con gesto cansado y desanimado, Faith apartó la ropa de cama y se levantó.

Oyó que alguien llamaba a su puerta.

Era Levi.

—¿Tienes un segundo, por favor? —le preguntó, como si no fuera de madrugada.

Lo miró un buen rato antes de abrir la puerta para que pasara. Levi llevaba un expediente y un portátil, pero tenía la cabeza demasiado embotada como para preguntarle el motivo.

—Siéntate —le dijo Levi, que encendió la lámpara situada sobre la mesita, obligándola a entornar los ojos.

Faith se sentó.

—¿Quieres café o algo? —le preguntó, y le sonó la voz rara incluso a ella.

—No, gracias. —Qué formales estaban siendo. Levi también se sentó y dejó el expediente en la mesa, luego le dio unos golpecitos con el dedo y la miró con cara seria—. Es el informe del accidente de tráfico de tu madre. Estaba archivado en un almacén de la ruta 54. Me ha costado encontrarlo.

Faith lo miró.

—No... no quiero leerlo, Levi.

—Pues deberías. —La miró antes de pasarse una mano por el pelo, con el ceño fruncido.

Blue apoyó la cabeza en el regazo de Faith y meneó el rabo, y ella lo acarició sin mirar a Levi.

—Cuando dijiste que tú fuiste la culpable... ¿por qué lo crees? El muchacho que os embistió, Kevin Hart, se saltó la señal de *stop*. Así que, ¿cómo pudo ser culpa tuya el accidente?

Lo miró con una cara muy rara, casi con miedo. Levi la miraba fijamente, con el ceño un tanto fruncido.

—Porque mi madre lo habría visto venir si no hubiera estado mirándome —respondió—, y podría haber frenado o dado un volantazo.

Su madre podría haber dado un volantazo y acabar en el campo, donde pastaban plácidamente las vacas. Después habría soltado una retahíla de tacos por los daños del monovolumen y, para la hora de la cena, se habría convertido en una buena anécdota. Faith podría haber contado su parte, habría explicado cómo dieron botes por el campo mientras las vacas huían asustadas, mugiendo, y todos se habrían echado unas risas, le habrían dado unas palmaditas en la mano y no habrían esperado que recogiese la mesa, porque se había llevado un buen susto aunque la historia había tenido un final feliz.

Era una situación que había imaginado miles de veces. Tenía un montón más que acababan más o menos de la misma manera.

Levi asintió con la cabeza.

—Ya suponía que creías algo así. Y es una suposición lógica. —Hizo una pausa—. ¿Te acuerdas del jefe Griggs?

—Sí.

—No era el hombre más concienzudo del mundo.

Faith no dijo nada.

—He leído el informe y dice, aquí mismo, que la «madre se distrajo por la niña enferma». Pero hay algo que me mosquea. Verás, estoy convencido de que tu madre era capaz de percatarse de si ibas a tener un ataque epiléptico o no. ¿No se te ha pasado por la cabeza?

Faith frunció el ceño.

—No. A ver, puede que tengas razón, pero... No, estoy segura de que creyó que me iba a dar uno.

—En fin, yo era incapaz de engañar a mi madre, y mira que lo intentaba. Bueno, aunque creyera que ibas a tener un ataque epiléptico, sabría que no podía ayudarte. No se puede hacer nada por alguien que sufre un ataque y tú tenías el cinturón de seguridad, estabas bien sujeta. ¿Verdad?

—Verdad.

—Así que me he estado preguntado una cosa: aunque tu madre creyera que ibas a sufrir un ataque, ¿habría apartado la vista de la carretera durante mucho tiempo?

Faith desterró el recuerdo de la cara de su madre cuando la miraba en esos últimos segundos de vida.

—Lo hizo, Levi. Me miró.

—Muy bien. ¿Y qué dijo?

Faith inspiró hondo, tenía la sensación de que el aire era pesado.

—Me preguntó si estaba bien.

—¿Lo recuerdas con exactitud? —Levi se miró el reloj.

Claro que lo recordaba.

—Dijo: «Cariño, ¿estás bien? ¿Faith?».

Las últimas palabras de Constance Holland. Intentando cuidar a su hija, comprobando cómo estaba una niña cuyo egoísmo acabaría ocasionándole la muerte. Faith tuvo la sensación de que le clavaban un cuchillo en la garganta.

—Así que, digamos que tres segundos. Cinco, como mucho, ¿no?

—Supongo.

—He revisado el informe en el mismo lugar del accidente —continuó él.

Una imagen de aquel arce, de aquel campo, cruzó por su mente. Saber que Levi había estado allí, en aquel lugar donde estuvo sentada sobre su propia orina, llamando entre gemidos a su madre, tenía un cariz íntimo horripilante. En todos esos años, Faith no había vuelto a pasar por allí.

—Faith, pues la cosa es que... —Titubeó—. Como te he dicho, el jefe Griggs no era el hombre más meticuloso del mundo. Sabía que Kevin Hart se había saltado la señal de *stop,* supuso que tu madre estaba distraída contigo y que por eso no lo vio venir. Y ahí se acabó la investigación.

—¿A dónde quieres llegar, Levi? —Estaba cansadísima.

—Tú... sígueme la corriente un momento. Es una buena teoría. Y merece la pena que la escuches. ¿De acuerdo?

Faith asintió con la cabeza.

Levi levantó la tapa del portátil y pulsó una tecla.

—Tomé varias medidas según lo anotado en el informe. Cosas como marcas de frenazo en el punto de impacto y la distancia que el monovolumen rodó antes de golpear el árbol, el peso de tu vehículo y el peso del vehículo que conducía Kevin Hart. —Dispuso la pantalla de modo que pudiera verla—. Es un programa para reconstruir accidentes. Es evidente que el jefe Griggs no lo tenía hace veinte años.

Una puñalada la atravesó al recordar el miedo que sintió en aquel momento. Allí estaba el cruce, representado con simples líneas. Dos símbolos con formas de vehículos, uno rojo y otro azul, tocándose. El rojo era más grande y tomaba la carretera con el letrero de Hummel Brook. Ese sería el monovolumen Dodge Caravan de su madre.

Levi señaló la pantalla.

—Según las marcas de frenado, iba a unos sesenta y cinco kilómetros por hora, y Kevin a unos cien. No a los setenta que decía. Pero el jefe no hizo los cálculos. Kevin dejó una marca de frenado de seis metros y mandó el monovolumen en el que ibais contra ese árbol. Para conseguirlo, tenía que ir a más de cien.

El hecho de que Faith llevara veinticuatro horas despierta y de que le hubiera contado a Levi su espantoso secreto empezaba a pasarle factura. No terminaba de encontrarle sentido a las palabras en su abotargado cerebro. Ni siquiera parecía capaz de seguir acariciando a *Blue*. Su perro se tumbó en el suelo con la trufa contra su pie descalzo.

—Si calculamos que tu madre pasó cuatro segundos mirándote —que es mucho tiempo para tener la vista apartada de la carretera, pero supongamos que no te falla la memoria—, vosotras ibais por aquí. —Pulsó una tecla y el símbolo rojo retrocedió.

Faith miró la pantalla con los ojos enrojecidos. Estaba más lejos del cruce de lo que habría pensado.

—Hablamos de setenta metros antes de llegar al cruce. Y Kevin Hart, a cien kilómetros por hora, estaría por aquí, a ciento veinte metros del cruce. —Levi pulsó otra tecla y el símbolo azul se alejó bastante, en Lancaster Road—. Y esto es algo de lo que no podemos olvidarnos. —Pulsó otra tecla y aparecieron unos objetos verdes a lo largo de Lancaster Road.

—¿Qué es eso? —preguntó Faith.

—Arces. Están, y estaban, por toda esa zona de carretera.

El accidente fue el 4 de junio. Las copas de los árboles estarían cuajadas de hojas. No había la menor duda.

A Faith empezó a latirle el corazón con fuerza. Se secó las palmas de las manos en los pantalones del pijama y se inclinó hacia delante, olvidado ya el cansancio.

Levi la miró, con el ceño fruncido.

—¿Estás bien?

Ella asintió con la cabeza.

—Estupendo. Ahora mira esto. —Pulsó otra tecla y los vehículos avanzaron hacia el cruce, deteniéndose justo antes de llegar—. Según me has contado, tu madre no lo vio venir porque te estaba mirando.

—Eso es.

—Pero sí lo vio, Faith. Cuando el jefe oyó que tuviste el ataque, supuso que estaba distraída. No hizo los cálculos.

A Faith le costaba respirar.

—No... no te sigo.

—Tu madre no podría haber visto a Kevin Hart hasta llegar casi al cruce porque él iba a cien por hora, volando por la carretera. Y ella tenía el obstáculo de los árboles. Pero no podía estar mirándote, porque hay marcas de frenado, Faith. —Hizo una pausa para que asimilara sus palabras—. Así que lo vio. Si hubiera estado mirándote, no habría pisado el freno.

«No lo vio venir.» Esas palabras, que pretendían ofrecer consuelo, la habían atormentado durante diecinueve años y medio.

Faith miró la pantalla fijamente. Incluso así, aunque la pantalla pareciera más un videojuego que un accidente de tráfico mortal, parecía espantoso. Su cerebro no terminaba de asimilar todo lo que Levi le decía.

—No... no lo entiendo.

—Lo vio, pero ya era demasiado tarde... no por algo que tú hicieras o dejaras de hacer, sino porque los árboles le bloqueaban la visión y porque Kevin iba a demasiada velocidad.

Levi le cubrió una mano con la suya, y ese calor hizo que se diera cuenta del frío que sentía.

—Pero recuerdo... recuerdo que me estaba mirando, que no estaba mirando la carretera.

—Los recuerdos de la gente suelen ser confusos después de un accidente. Tú mirabas por la ventanilla. No la viste volverse, ni más ni menos.

Tuvo la impresión de que toda la sangre se le fue a los pies y una extraña sensación se apoderó de su cabeza, como si estuviera flotando.

—¿Estás diciendo que no fue culpa mía?

—Exacto.

¿Cómo iba a ser verdad? Todo el mundo creía que ella había tenido algo que ver en el accidente. Todo el mundo. Su padre le había dicho en incontables ocasiones que no era culpa suya... pero él no sabía lo que sucedió en realidad.

Levi sí.

Seguía mirándola, con una expresión paciente en sus ojos verdes, expectante.

—¿Estás seguro? —le preguntó.

—Sí.

La noticia era tan alucinante que tuvo que abrirse paso poco a poco en su corazón.

¿Tendría razón Levi? La estaba mirando, con expresión firme y paciente, con un ligero ceño, a la espera de que asimilara lo que le había dicho.

—¿Estás completamente seguro? —susurró.

—Sí.

—Eso quiere... quiere decir que no fue culpa mía y que tampoco fue culpa de mi madre.

—Así es.

—¿De verdad? ¿No lo dices solo para quedar bien?

—Nunca digo algo solo para quedar bien.

Levi estaba diciendo la verdad.

Faith se apartó de la mesa y les dio la espalda al portátil y a Levi. Se acercó a la estantería y buscó la foto de su familia... de su madre. No, no, era demasiado. En cambio, sacó la piedrecita rosa y la apretó en un puño, apoyada contra el alféizar de la ventana, con la vista clavada en la calle a oscuras mientras el cuarzo se le clavaba en la palma de la mano.

Sucedió algo muy raro, porque estaba llorando, las lágrimas brotaban de sus ojos, pero seguía dándole vueltas la cabeza, como si le hubieran dado un porrazo. Su pecho se sacudía por los sollozos, pero no terminaba de asimilar la noticia.

Después, sintió a Levi, que la pegó contra su torso, ancho y fuerte, rodeándola con sus brazos. Lo sentía a la espalda como una roca y se limitaba a abrazarla con fuerza. Faith se llevó una de sus manos a los labios y se la besó.

No había matado a su madre.

Debía de ser verdad, porque Levi no le mentiría jamás.

Capítulo 25

Faith era capaz de llorar durante mucho rato, notó Levi. Comenzaba a pensar que había llegado el momento de ofrecerle un tranquilizante. Por desgracia, no tenía ninguno.

La había llevado a su apartamento, porque la verdad era que no tenía ni idea de qué hacer con una mujer que no paraba de llorar, y el hecho de estar en su terreno tal vez lo ayudara. Buscó una caja de pañuelos de papel y la sentó en el sofá, donde siguió sollozando con la cara enterrada en el cuello de su perro.

Sus sollozos eran como metralla que se le incrustara en el corazón, ya que recordó la otra vez que tampoco pudo consolarla: el día de su boda.

—¿Quieres que te prepare algo de comer? —le sugirió al tiempo que le dejaba cerca la caja de pañuelos. Ella negó con la cabeza—. ¿Una cerveza? ¿Vino? ¿Un *whisky,* quizá?

Otra negación con la cabeza. Faith tomó un pañuelo, se sonó la nariz y siguió llorando.

En fin, mierda. Le dio unas palmaditas torpes en el hombro y ella le besó de nuevo la mano. *Blue* le colocó una pata en una pierna y le lamió la mano, luego apoyó la cabeza en el regazo de Faith.

Un baño. A las mujeres les gustaban los baños, ¿verdad? Un baño entonces. Además, eso le permitiría dejar de oír por un instante los sollozos, porque le estaban desgarrando las entrañas. Su cuarto de baño era enorme, y tenía una bañera asombrosa. La última vez que se había usado fue *Blue* el beneficiario de los chorros de hidromasaje. Abrió los grifos y comprobó la temperatura del agua. Después, fue al cuarto de baño de su hermana y rebuscó en el mueble del lavabo: espuma de baño con olor a vainilla y almendras (como si Faith necesitara algo más para hacer que le entraran ganas de devorarla). Regresó a su cuarto de baño y vació casi medio bote en la bañera. Acto seguido fue a ver cómo estaba Faith, que en ese momento abrazaba un cojín que se había colocado en el abdomen.

—Vamos, Holland. Hora de darse un baño.

Ella lo miró, y le resultó tan parecida a aquel fantasma que había regresado a clase cuando estaban en sexto curso que le dio un vuelco el corazón.

—Levi —protestó ella.

—Nada de hablar —dijo él. No necesitaba escuchar lo que iba a decir y ella no tenía por qué decirlo.

Media hora después, los sollozos de Faith habían cesado, aunque las lágrimas seguían deslizándose por su cara casi como si no se diera cuenta, haciendo que sus pestañas relucieran. Aun así, parecía una conejita antigua de Playboy, un poco triste, eso sí, con el pelo recogido en lo alto de la cabeza y las burbujas tapándola hasta el cuello. Había aceptado la copa de vino que él le había colocado en la mano y se la estaba bebiendo a toda pastilla. Su perro estaba sentado con el hocico apoyado en el borde de la bañera, un poco receloso, ya fuera por el estado anímico de su amada o por haber recordado su propia experiencia en esa bañera.

Levi estaba sentado en un taburete, observándola. Sus lágrimas despertaban en él el deseo de pegarle a alguien. Ansiaba ir a la casa de los Holland, aporrear la puerta, agarrar a John de la pechera y zarandearlo. ¿Cómo era posible que Faith hubiera pasado todos esos años creyendo que era la culpable del accidente? ¿Qué clase de padre permitía que su hija de doce años creyese que era de algún modo la responsable de un accidente mortal? ¿Cómo podía haber pasado por alto los sentimientos de Faith? ¿Acaso nadie había hablado con ella? ¿Cómo había sido capaz de guardárselo durante tanto tiempo? No estaba bien que fuera por la vida pensando que era la responsable de la muerte de su madre, cargando con esa culpa desde que tenía doce años. No era justo.

Le ofreció otro pañuelo de papel. Al parecer, en eso consistía su trabajo esa noche. Ella se sonó la nariz y le ofreció una sonrisa cansada.

—Esta noche te estás portando muy bien, Levi —le dijo con voz trémula.

—Estupendo. —Levi guardó silencio un instante—. La verdad es que no tengo ni idea de qué hacer.

Por alguna razón, eso le arrancó a Faith una sonrisa, seguida de otra andanada de lágrimas.

—Bueno, pues has sido maravilloso. Nunca podré agradecerte lo que has hecho. —Torció el gesto como si estuviera a punto de echarse a llorar a lágrima viva otra vez, pero en cambio aguantó y bebió otro sorbo de vino.

Por algún motivo, las palabras de Faith le hicieron sentirse como una mierda.

Todos los años transcurridos pasaron con rapidez por su cabeza. Recordaba a la niña que había vuelto a clase con doce años y en ese momento veía, con total claridad, que había algo en ella más sombrío y opresivo que la pena por haber perdido a su madre. La vio como la Linda Princesita durante todas las reuniones a las que nadie asistía sobre el medioambiente y un mundo más justo y todas esas tonterías, tal vez tratando de compensar algo, tal vez tratando de eludir el secreto que guardaba. Tal vez tratando de evitar volver a casa.

La vio con Jeremy, aferrándose a él como a un clavo ardiendo, porque quizá fuera eso. Casarse con el vecino perfecto, unir los viñedos de las familias, crear una especie de absolución.

Con razón no había escarbado para conocer a fondo a Jeremy. Él había sido su redención.

—¿Quieres meterte?

La pregunta lo sobresaltó.

—¿En la bañera?

Ella esbozó una sonrisilla.

—Sí.

Levi guardó silencio un instante.

—Claro —dijo. Se quitó la camisa. Después se desató las botas y se las quitó, a lo que siguieron los *jeans* y los calzoncillos. Acto seguido, se metió en la bañera y se sentó detrás de ella. Ese cuerpo húmedo y resbaladizo se pegó al suyo.

«Ahora no es el momento», le recordó su conciencia. «Está de luto. O como se diga.»

Bueno, ya no estaba llorando. Guardaba silencio con la cabeza apoyada en uno de sus hombros.

—¿Estás mejor? —le preguntó, rodeándola con los brazos. Era imposible no tocarle los pechos, así que ¿para qué molestarse en intentarlo?

—Ajá...

La besó en la coronilla. No sabía bien qué otra cosa hacer. Faith se relajó contra su cuerpo. Cálida, tierna, suave y mojada. El perro lo observaba como si fuera una carabina malhumorada. Muy bien. Supuestamente debería consolarla, no ponerse cachondo.

Faith se dio media vuelta de manera que se tumbó sobre él, haciendo que el agua se desbordara y el deseo alcanzara cotas máximas. *Blue* empezó a lamer el agua que había caído al suelo.

—Faith... —dijo con voz ronca—, no me puedo creer que hayas pensado algo tan alejado de la verdad durante tantos años. Alguien debería haberte dicho que tú no tuviste la culpa.

—Sí, lo hicieron —le aseguró ella—. Pero... en fin, les dije que había tenido un ataque. Por eso me decían que la culpa no era mía. Porque yo no podría haber hecho nada para evitar el ataque. Y no podía decirles que en realidad no tuve ninguno.

—Deberías haber dicho la verdad, cariño.

—No —rehusó ella—. No podía destrozarle aún más el corazón a mi padre. «Papi, lo siento, mamá ha muerto, pero iba a dejarte.» No, no podía hacerle eso. —Los ojos se le habían llenado otra vez de lágrimas.

—Odio los momentos estos lacrimógenos —susurró y, por algún motivo, a Faith le hizo gracia y se echó a reír, aunque las lágrimas empezaron a deslizarse por sus mejillas.

—Bueno, pues llévame a la cama y hazme el amor, y a lo mejor paro.

Era impredecible, desde luego que sí.

—¿Estás segura? —le preguntó—. Podría hornearte unas galletas.

—Ya me harás galletas después.

—Muy bien. Tú mandas. —La besó, besó esos labios rosados y suaves, y después la invitó a rodearle las caderas con las piernas y se levantó sin dejar de besarla para salir de la bañera, lo que provocó una enorme cascada de agua y espuma. El perro ladró—. *Blue,* fuera —murmuró, sin alejarse de los labios de Faith.

Unos labios que esbozaban una sonrisa.

Si sus lágrimas le habían atravesado el corazón, su sonrisa le resultó aún más dolorosa.

Más tarde, una vez que obedeció sus órdenes y le hizo el amor hasta que tuvo el cuerpo aún más sonrosado y más dulce, con una mejilla apoyada en su pecho, y mientras su corazón recuperaba el ritmo normal, Levi notó que algo había cambiado.

Al ver esa mirada vacía y desolada en sus ojos que la había hecho parecer mayor de lo que era algo había surgido en su interior, una especie de apremio, de afán posesivo y de impotencia. Había pasado veinte años ocultando ese secreto para proteger a la familia y nadie había sido consciente del coste.

Recordó que tras la muerte de su madre desapareció ese ramalazo de niña mala que Faith poseía antes. Recordó que la había tachado de frívola y aburrida, cuando la verdad era que él también debería haber escarbado un poco más para conocerla mejor.

La besó en la coronilla y la estrechó con más fuerza.

—Te quiero —la oyó decir.

Se quedó petrificado. En realidad, tampoco era que se estuviera moviendo mucho, pero tuvo la impresión de que su corazón y sus pulmones se detenían durante diez segundos por lo menos.

Ese era el momento de responder a sus palabras de alguna manera.

Pero las palabras no le salieron. Un montón de sentimientos se agitaban en su interior, pero ponerle nombre a lo que sentía era... difícil. Levantó la cabeza, pensando que la encontraría mirándolo a la espera de que dijera algo, pero en cambio Faith tenía los ojos cerrados y sus labios esbozaban la sonrisilla que le había visto antes.

—Algún día —siguió ella con voz soñolienta— vas a decirme que fuiste tú quien me regaló la piedrecita rosa.

Mierda, mierda, mierda.

—Solía quebrarme la cabeza pensando en quién podía habérmela regalado —murmuró—. Me habría apostado el viñedo a que fuiste tú. —Abrió los ojos, lo miró un segundo y después volvió a cerrarlos—. Pero ahora tengo claro que no pudo ser nadie más.

Pasó otro segundo en silencio. Después, Levi la besó en la frente.

—Duérmete, Holland —le dijo, y procedió a observarla mientras le obedecía.

Después, cuando estuvo seguro de que no se despertaría, se levantó y preparó las galletas.

De todas formas, le habría resultado imposible pegar ojo.

Capítulo 26

Una semana más tarde Faith estaba segura de que había sido un error haber lanzado la bomba de decirle que lo quería.

Levi y ella apenas habían hablado desde la noche que él..., bueno, le cambió la vida. La revelación seguía siendo tan asombrosa que Faith no sabía qué hacer con ella. Pero el nudo que tenía en el corazón empezaba a deshacerse. No tenía claro si debía contárselo a su padre o decirles algo a sus hermanos, pero ese trocito quemado de su alma, el que siempre le había dicho que no se merecía lo mismo que los demás, empezaba a sanar y a ponerse rosado, flamante y frágil.

En cuanto a Levi y a ella... Suspiró. Levi tenía que trabajar; mucho, al parecer, incluso más que antes. Fue a ver a su hermana para arreglarle algo del motor de su automóvil. Una de las dos noches que habían pasado juntos había tenido que responder a un aviso y atender dos largas llamadas telefónicas por algún motivo u otro. En cuanto a ellos, hablaban poco y no tardaban en acabar en la cama, donde la verdad era las cosas estaban mucho más claras. Por aquello de demostrar las cosas con hechos y no con palabras.

Una noche, después de terminar, le contó a Levi que hacía poco tiempo había sorprendido a sus abuelos en el dormitorio de la planta baja y que creyó haberlos pillado in fraganti, porque Goggy decía: «No, va ahí. ¡Así no! ¿No te acuerdas? ¡Ahí no te gusta! ¡Así nunca ha sido cómodo! ¡Empuja un poco a la izquierda!». Sin embargo, resultó que solo estaban moviendo la cama del abuelo, loado fuera Dios.

Levi se rio hasta que se le saltaron las lágrimas, y el sonido fue tan maravilloso que Faith se preguntó cómo embotellarlo.

Aunque no se le olvidaba que Levi todavía tenía que decirle «te quiero».

Un ejemplo evidente de pánico masculino.

Y sí, había mucho que asimilar. Casi dio un respingo al recordar aquella noche, cuando le contó su secreto y se puso a llorar como una Magdalena y después acabó declarándole su amor y asegurándole que sabía que fue él quien puso el cuarzo rosa en su taquilla tantos años antes. Habría sido agradable, pensó mientras se dirigía a la Taberna de O'Rourke, retirarse mientras ella iba por delante; pero fue como si una vez descorchada la botella le hubiera resultado imposible guardarse lo demás.

Sin embargo, Levi seguía yendo a verla. Tal vez las cosas no estuvieran tan mal como creía.

El granero estaba totalmente terminado, el patio de la biblioteca ya se había inaugurado y estaba terminando sus otros dos trabajos. Ya había nevado en tres ocasiones y el aire era frío y húmedo. Se acercaba el Día de Acción de Gracias, y se preguntó si ese año sería distinto, porque ya sabía que no había provocado el accidente; se preguntó si el arrepentimiento omnipresente se mitigaría hasta echar de menos a su madre sin más.

Evidentemente, no quería decirle a su padre que las últimas palabras de su mujer daban a entender que quería dejarlo. Pero tal vez si su padre, y Pru, Jack y Honor supieran que no había sido un ataque lo que provocó el accidente... tal vez algo cambiara. Aunque no sabía muy bien el qué. Tendría que comentárselo a Levi... Claro que Levi no estaba por la labor de mantener una conversación. Le había dicho que esa noche trabajaría hasta tarde, de modo que ella había quedado con Jeremy para cenar. Sería agradable.

Tenía seis trabajos previstos para cuando llegara la primavera: cuatro residencias particulares y dos viñedos en Seneca, y estaba licitando para remodelar el parque situado junto al museo del cristal en Corning. Ya la habían llamado varios paisajistas de la zona, que querían presentarse y enseñarle sus trabajos.

Había pensado en dividir su tiempo entre San Francisco y el pueblo, pero ¿a quién quería engañar? Había vuelto al seno familiar. Tenía a su padre, que la adoraba. A sus abuelos, que no vivirían eternamente. A sus sobrinos, a sus hermanas y a Jack; tenía a Colleen y a Connor. Incluso había pensado en unirse al cuerpo de bomberos voluntarios, dado que Gerard no dejaba de darle la tabarra al respecto. Tenía una floreciente amistad con Jeremy, que era leal, generoso y gracioso. Tenía las pendientes y las colinas; los fríos y profundos lagos con sus secretos infinitos; los bosques tranquilos y las ruidosas cascadas. Era una Holland y su sitio estaba allí.

Y tenía a Levi, que tal vez reconociera que también la quería.

¿Por qué irse cuando su máxima aspiración siempre había sido quedarse en ese lugar?

Dicho lo cual, el arquitecto que le ofreció su primer trabajo en San Francisco acababa de pasarle un proyecto para diseñar una zona comunitaria en un enorme complejo de apartamentos en Oakland. Mucho espacio, mucho potencial. Le habían enviado algunas fotos y las ideas surgieron enseguida. Podía aceptar el trabajo, por el que pagaban bastante bien, volver a la ciudad junto a la bahía, recoger las pertenencias que aún tenía en el apartamento, vender lo que no quería y despedirse de sus amigos.

Estar lejos, labrarse un porvenir sin la muleta que suponía el apellido Holland, hacerlo sola... Todo eso había conseguido que fuera más fuerte. Su madre tenía razón.

Pero había llegado el momento de volver a casa.

De modo que volvería a San Francisco, cerraría esa etapa en la cresta de la ola y después permitiría que su corazón regresase a casa.

Abrió la puerta y sintió con agrado el calor del bar. No había andado ni dos minutos y tenía los pies como dos témpanos de hielo.

—Hola —la saludó Connor mientras tiraba una Guinness—. Mi hermana te está buscando.

En cuanto pronunció esas palabras, su gemela apareció de la nada y se llevó a Faith al aseo.

—Hola, Colleen, qué alegría verte —dijo Faith—. ¿Qué haces...?

—Esto que te traes con Levi... ¿va en serio? —le preguntó Colleen sin sonreír—. ¿Estás colgada del todo?

—Ah. Pues sí. ¿Por qué?

Colleen suspiró.

—Está aquí. Con su ex.

Faith se quedó boquiabierta.

—¡Madre mía!

—Eso mismo. Están en un reservado, al fondo.

—Oh. —Faith se echó una miradita en el espejo. No la ayudó—. Menuda... mierda.

—Supuse que te gustaría ir sobre aviso.

—Gracias.

En fin, no le quedaba más remedio que salir. No podía escaquearse por la ventana del baño. Esta vez no.

Pero sí podía hacer algo con su pelo. Y pedirle prestado el maquillaje a Colleen.

A las cinco y media de la tarde, Levi seguía arrastrándose con el interminable papeleo, repetitivo y desesperante, cuando se abrió la puerta de la comisaría y entró Nina Rodríguez, que hasta poco antes había sido Nina Rodríguez-Cooper.

—Hola, desconocido —lo saludó ella con una sonrisa de oreja a oreja.

«Despampanante», eso fue lo primero que pensó. Vestida con la misma ropa ajustada que solía usar cuando no iba de uniforme... ¿Por qué no iba a hacerlo? Tenía un cuerpo de infarto.

Lo segundo que le pasó por la cabeza fue «¿Qué narices?», porque, a ver, le habría gustado que alguien lo pusiera sobre aviso.

—¿Quiere denunciar algo? —preguntó Emmaline, sin molestarse en ocultar el deje seco de su voz. Tal vez fuera un incordio, pero era leal.

Nina pasó de ella. Se le daba bien hacerlo.

—¿Vas a dejar de mirarme embobado y saludar? —le preguntó a Levi al tiempo que enarcaba una ceja perfecta y se apoyaba en el escritorio de Everett. Ev también se había quedado helado, con los ojos clavados en el trasero de Nina que, sí, era una de las siete maravillas de la naturaleza, junto con la delantera de Faith.

—Hola —dijo.

—Hola —saludó también Everett.

Nina sonrió y acercó una silla.

—Pasaba por aquí y me ha apetecido hacerle una visita a mi poli preferido.

Levi captó el aroma de lo que usaba en el baño, algo floral y almizcleño, y esperó que la rabia apareciera. Al fin y al cabo, era la mujer que lo había dejado con un abrazo y un gesto de despedida con la mano después de tres meses de matrimonio, haciéndolo quedar como un imbécil, en primer lugar, y rompiéndole el corazón, en segundo. Dos cosas que detestaba.

La rabia no apareció.

—¿Cómo te va? —le preguntó.

Ella ladeó la cabeza.

—Me va bien —contestó.

—Me alegro de saberlo —dijo Everett con un hilo de voz.

Nina miró a Ev con esa sonrisa tan femenina, la que dejaba bien claro algo del tipo: «Sigue soñando, guapo». Everett cerró la boca para tragar saliva.

—Bueno, ¿vamos a airear los trapos sucios aquí? —quiso saber Nina—. ¿O vas a invitar a esta mujer a tomar algo? Lo mejor del pueblo era la taberna aquella, si no me falla la memoria.

De modo que Levi se levantó, mientras Everett observaba hipnotizado y Emmaline siseaba, y llevó a su exmujer al otro lado de la plaza, a la Taberna de O'Rourke. Hizo caso omiso a la mirada de Colleen, así como al hecho de que tres integrantes de la corporación municipal se quedaran callados al verlo llegar. Victor Iskin lo saludó con un gesto de la mano, con su último gato disecado en la barra, delante de él, en una pose que parecía estar a punto de saltar, mientras Lorena Creech lo admiraba.

—El pueblo no ha cambiado mucho —comentó Nina.

—No. —La condujo hasta el reservado del fondo y se sentó.

Se sentía desconcertado. Una sensación muy desagradable.

Pidieron unas cervezas y una ración de nachos grande, que Nina recordaba con gran entusiasmo. Colleen les tomó nota con otra mirada elocuente y con una patada a la espinilla de Levi. Nina le habló de temas generales, como el tráfico de Scranton y la vaca en la carretera en Sayre. Llegaron los nachos y las cervezas, que Colleen les sirvió con otra patada.

Y en ese momento, Nina empezó a hablar de la guerra, cosa que hacen los soldados cuando se reúnen. Levi esperó a que llegara al asunto que de verdad quería tratar. Sabía por experiencia que era imposible desviar la conversación con Nina; tenía un objetivo en mente e intentar que se dejara de rodeos solo conseguiría alargar las cosas.

Por fin, después de recordarle su pasado en común de la forma más graciosa que pudo, llegó a lo personal.

—Bueno, ¿cómo está Sarah?

—Está bien —contestó Levi. No añadió que durante el último año podría haberle venido bien contar con su cuñada.

—¿Está en la universidad?

Asintió con la cabeza antes de contestar:

—En Hobart.

—¡Me alegro por ella! ¿Y tu madre? Seguro que me sigue odiando.

—Mi madre murió un par de meses después de que te fueras.

A Nina le cambió la cara.

—Ay, Levi, qué capullo eres. ¿Por qué no me lo dijiste? ¡Habría venido para el entierro! —Extendió el brazo por encima de la mesa y le dio un apretón en la mano.

—No le vi sentido —contestó al tiempo que se zafaba de su mano.

Nina se echó hacia atrás, con una expresión airada en sus ojazos castaños.

—El sentido, imbécil, es que el hecho de que el momento no fuera adecuado, no quiere decir que no te quisiera. O que no quisiera a Sarah.

—Vaya, gracias.

Nina meneó la cabeza.

—Uf, estás cabreadísimo conmigo, ¿verdad?

Decidió no contestar. En cambio, la miró. Faith siempre se molestaba cuando la miraba fijamente; con un poco de suerte, también funcionaría con Nina.

Pues no. La observó mientras ella le daba un trago a la cerveza, con una sonrisilla en los labios, sin apartar los ojos de los suyos.

Era una mujer capaz de seducir en cuestión de segundos. Una auténtica... ¿Cómo se llamaba la griega aquella? La que provocó la destrucción de una ciudad entera. Esa misma.

Levi inspiró hondo.

—¿A qué viene la visita?

—Nunca he podido engañarte, ¿verdad? —repuso ella.

—La verdad es que diría que me engañaste bastante bien —contestó con tranquilidad.

—Muy bien, tú ganas. Vamos a poner las cartas sobre la mesa. —Se inclinó hacia delante y al hacerlo las tetas casi se le salieron de la minúscula camiseta que vestía y fueron a parar al plato de nachos—. En mi última misión no dejaba de pensar en ti. Se me ocurrió que podríamos intentarlo de nuevo.

Levi esperó en silencio, hasta que Nina resopló y puso los ojos en blanco.

—Mira, capullo —dijo ella, y Levi sintió, muy a su pesar, una punzada de afecto por su absoluta falta de sentimentalismo—. Hacíamos buena pareja. Pero el momento fue espantoso. Hace dos años no estaba preparada para sentar cabeza. Es así de sencillo.

—Me parece que te estás olvidando de unas cuantas cosas.

—Y ¿por qué no me iluminas? —sugirió ella con una sonrisa de diosa sexual.

«Te quería. Me dejaste. Me dejaste cuando quería tener una familia contigo, cuando creía que éramos felices, y te largaste como si yo no fuera nada.»

Sin embargo, los sentimientos que ocultaban esas palabras eran viejos, cansados, y no merecía la pena expresarlos.

—Hola. —Era Faith. Los miró a ambos y después le tendió la mano a Nina—. Faith Holland.

—Hola. —Nina le estrechó la mano—. Espera un momento, ¿Faith Holland? ¡Anda! La ex de Jeremy, ¿no?

—Eso es. —Faith miró a Levi con la cara colorada. Por lo demás, lucía una expresión tranquila.

—Faith —dijo Levi—, te presento a mi exesposa, Nina. Nina, Faith es mi... —La miró, con la esperanza de que ella proveyera la palabra adecuada.

—Vecina —suplió Faith.

Mujeres... Nunca se sabía qué estaban tramando.

—¡Madre mía! —exclamó otra voz—. ¿Nina?

—¡Jeremy! —Nina se levantó de un salto y lo abrazó con fuerza, como si fueran amigos de toda la vida—. ¡Qué alegría verte!

Jeremy, comprobó Levi con satisfacción, no le devolvió el abrazo, sino que lo miró a él mientras Nina sonreía y parloteaba.

Una noche, después de que Nina se reenganchara, Jeremy lo invitó a su casa, abrió una botella de *whisky* escocés de veinticuatro años y procedió a emborracharse como una cuba con él, y durante esa noche él pudo ser una persona normal, no comportarse como un policía, un soldado, un hermano mayor o el hombre de la casa, sino como un pobre desgraciado al que su mujer había abandonado.

Levi tomó a Faith de la mano y le dio un tironcito para que se sentara a su lado.

—Quédate aquí —le ordenó.

—No soy tu perro —protestó ella.

—Por favor, quédate.

Eso estaba mejor. Faith le dio un apretón en la mano.

—Lo que tú digas, vecino.

Levi entrecerró los ojos. No era el mejor momento para ser descarada. Faith se ruborizó y, por algún motivo, verla así le provocó una opresión en el pecho.

—Cuidado, jefe —dijo ella—. Creo que eso que veo es una sonrisa.

Antes de saber lo que estaba haciendo, se inclinó hacia ella y le dio un beso fugaz en esos labios suaves y rosados.

Un gesto que hizo que Nina dejara de hablar.

—¡Ah! —exclamó—. Que estáis... juntos. No me... ¡vaya! —Se sentó, y Jeremy también, como si estuvieran en una doble cita—. A ver si me aclaro: Levi, estás saliendo con Faith, que estuvo prometida con tu mejor amigo, que resultó ser gay.

—Sí.

Nina asintió con la cabeza de forma pensativa.

—¿Soy la única que cree que es un poco raro?

—A mí me parece perfecto —contestó Jeremy.

Nina sonrió, y su sonrisa perfecta no consiguió ocultar que estaba acechando, como un tiburón.

—En fin, me resulta un poco incómodo, Faith, porque he venido para intentar recuperar a mi marido.

Faith asintió con la cabeza, como si la entendiera.

—Pues eso sí que resulta incómodo. Pero te refieres a tu ex, ¿no? —Gol para Faith. Esbozó una sonrisa dulce y lo miró antes de mirar a Nina—. Dicho lo cual, os dejamos para que sigáis hablando. Jeremy y yo estamos a punto de cenar.

—Ay, Dios, ¿seguís siendo amigos del alma? ¡Qué tierno! —Sí. Un enorme tiburón blanco.

Faith esbozó una sonrisa serena.

—Sí, somos un encanto. Un placer conocerte.

—Lo mismo digo —repuso Nina.

Faith se levantó y lo miró.

—Nos vemos.

—De acuerdo —contestó él, aunque deseaba que se quedase.

Y así lo abandonó la caballería. Jeremy le dio un apretón en el hombro mientras se alejaba.

—¿Por dónde íbamos? —preguntó Nina.

—Por ninguna parte —contestó—. Me estabas diciendo que deberíamos volver y yo estaba a punto de decirte que no va a pasar.

—En fin, ¿sabes qué, guapo? —preguntó Nina mientras mordisqueaba un nacho de una forma demasiado erótica, con estudiada indiferencia—. Tu florecilla tiene razón. Tenemos mucho de qué hablar. Concédeme dos horas de tu precioso tiempo. He venido para quedarme al menos el fin de semana. Me hospedo en el Black Swan. —Enarcó las cejas y le sonrió pese al nacho.

El Black Swan fue donde pasaron su noche de bodas.

—Muy bien —dijo él—. Vamos a zanjar este asunto.

Capítulo 27

Así que su exmujer había regresado.

Faith suspiró. Intentó no preocuparse. Fue en vano. Le dio un bocado al crocante de mantequilla de cacahuete. Otro suspiro. Le acercó la cuchara a *Blue* (era su sabor preferido) y le dio otro mordisco. En la televisión había una película (una de esas antiguas en blanco y negro que no le gustaban), pero que era mejor que los anuncios de la teletienda de accesorios para hacer ejercicio, en los que la imagen del «antes» era mucho mejor que la que ella lucía en ese momento y la del «después» se parecía demasiado a la de Nina Rodríguez.

La mujer de Levi. Sí, estaba enfadado con ella, pero en el pasado la había querido.

¿Le apetecería intentarlo de nuevo con ella? ¿Darse la oportunidad de hacer las cosas mejor? ¿Aunque solo fuera para demostrarse que no se había equivocado al elegirla a ella como esposa? Le parecía factible, entendía que Levi, que tanto empeño ponía en todo, quisiera obtener mejor resultado que un divorcio apresurado en el que no tuvo ni voz ni voto.

Durante los primeros días de su estancia en San Francisco, de vez en cuando soñaba con que Jeremy llamaba a su puerta, confundido por que no estuviera en su boda. Por supuesto, no era gay, ¿dónde se había metido ella?, le preguntaba. El desastre de la boda… ese era el sueño. Debía irse con él, porque todo el mundo los estaba esperando en la iglesia.

Despertarse de esos sueños siempre había sido como si le dieran una patada en el estómago.

Se preguntó si Levi habría tenido sueños similares cuando Nina se fue.

—Pilota helicópteros —le dijo a *Blue,* que tenía la vista clavada en el tarro de helado Ben & Jerry's. Le dio otro poco.

Sabía que Levi estaba en casa. Lo había oído llegar después de la medianoche, silenciado la tele y dado un brinco del sofá para abrir la puerta. Esperó a que llamara, pero Levi no lo hizo. Al mirar por la mirilla, vio que estaba solo.

La Taberna de O'Rourke cerraba a las once. Así que, ¿dónde había estado?

Suspiró y se alejó de la tele, donde aún seguía la película silenciada de Bogart. A lo mejor Levi le había enviado un mensaje de correo electrónico. Nunca lo había hecho hasta el momento, pero merecía la pena comprobarlo, aunque al hacerlo estuviera ganando puntos para conseguir estatus de mujer patética.

Nada, salvo un mensaje de Sharon Wiles diciéndole que había encontrado un inquilino permanente para el apartamento, y que sería estupendo si podía recoger sus cosas y dejarlo para finales de mes.

Mierda. Le gustaba ese sitio, le gustaba vivir enfrente de su hombre. Aunque a lo mejor ya no era su hombre.

No, no. No había motivos para pensar eso (todavía). Apagó el ordenador y regresó al sofá. Colocó bien los cojines. Dobló la manta.

En esa tesitura era cuando hacía falta una madre. Pru la escucharía, pero no sabía dar consejos, y dada la montaña rusa que tenía por matrimonio, tal vez en ese momento llevara unas orejas de Vulcano mientras echaba un polvo con su marido. Jack... no. Su padre... tampoco. El misterioso novio de Honor no había hecho acto de presencia, y seguramente no estuviera de humor para escuchar sus penas amorosas. Además, eran las 2:32 de la madrugada.

Pero una madre...

Se detuvo a mirar la foto de toda la familia en la boda de Pru, la última que se hicieron juntos. A su lado estaba el corazón de cuarzo rosa. Levi no había negado que él se lo regaló, pero tampoco lo había admitido.

Claro que había sido él.

Aferró la foto.

No era fácil librarse de la pesada carga de la culpa que había llevado encima todos esos años. La sentía al acecho, a la espera de la mejor oportunidad. Pero desde que Levi le había revelado lo que sucedió aquel día había tenido *flashes* en los que recordaba ciertos momentos con nitidez, no velados por la idea de que ella había sido la causante del accidente. Recuerdos del amor de su madre, tan puros, maravillosos y fuertes que le resultaban abrumadores.

Las 2:47.

—¿Te apetece dar un paseo, *Blue?* —le preguntó a su perro, que levantó las orejas al escuchar la palabra mágica—. ¿Quieres subir al automóvil?

Durante dos decenios, Faith no había circulado por las carreteras de Lancaster ni por las de Hummel Brook. Le había costado cientos de kilómetros evitarlas. El corazón empezó a latirle más rápido cuando se acercó al cruce, y soltó el aire con dificultad mientras aparcaba y apagaba el motor. Bajó la ventanilla hasta la mitad para que *Blue* respirara el aire frío de la noche.

El sitio donde había muerto su madre era un lugar precioso. La noche era clara, y los campos estaban bañados por la luz blanca de la luna, que casi estaba llena. Había temido que alguna promotora de viviendas hubiera comprado el terreno para construir un montón de mansiones horteras y le hubiera puesto a la calle un nombre como rotonda de las Bayas, avenida de los Búhos o alguna tontería similar.

Pero no. Todo estaba igual.

Blue lloriqueó y meneó el rabo, ansioso por salir.

—Tú te quedas aquí, bonito —le dijo, y su voz pareció muy alta en ese absoluto silencio.

Faltaba muy poco, tal vez a finales de esa misma semana, para que su padre comenzara a vendimiar las uvas de hielo. Llamaría a la tropa a las dos de la mañana en cuanto la temperatura cayera hasta los ocho grados bajo cero. Pero esa noche no bajaba de los seis.

Solo había seis grados bajo cero. Así pensaba una habitante del estado de Nueva York.

En ese mismo lugar fue donde el otro vehículo impactó contra el suyo, echándolas de la carretera. Justo en el cruce. Tal vez su madre muriera justo en el impacto, o tal vez tardara unos minutos. Deseaba con todas sus fuerzas que no hubiera sufrido, pero la verdad era que jamás lo sabría.

Se acercó al terraplén que bordeaba la carretera y descendió. Allí fue donde el vehículo dio varias vueltas. Un largo trecho hasta llegar al arce. Kevin Hart iba muy rápido, sí.

A lo largo de los años, había buscado su nombre en Google varias veces. Había sufrido una conmoción por el accidente y se había fracturado el dedo anular de la mano izquierda. En aquel momento estudiaba en la universidad y no iba borracho. Solo conducía demasiado rápido por una solitaria carretera comarcal, sin ser consciente de que durante el semestre que había pasado fuera habían puesto una señal de *stop* en el cruce. El juez lo había sentenciado a realizar trabajos para la comunidad. Ahora era ingeniero civil. A lo mejor uno de esos ingenieros que analizan dónde colocar señales de *stop*.

Nunca le había culpado, la verdad.

Caminó por el terreno y oyó cómo la hierba crujía bajo sus pies por la helada hasta llegar al árbol que había detenido el avance del vehículo. Recordó el ruido, el golpe final, el zarandeo, el sonido de los trocitos de cristal al caer al suelo a medida que se soltaban.

Al pasar la mano por la áspera corteza, notó una zona más suave allí donde el árbol se había curado del tajo que le provocó el choque del vehículo. La madera seguía siendo fuerte y suave después de tantos años tras aquella tarde en la que el cielo era tan azul.

Se sentó bajo el árbol, apenas consciente del suelo helado y duro. Era una noche muy silenciosa. No se oían grillos ni coyotes ni pájaros. Reinaba el silencio.

A lo mejor su madre había planeado divorciarse de su padre. O a lo mejor no. Quizá, pensó, su madre tenía un mal día y se desahogó, tal vez de forma inapropiada, con su benjamina. A lo mejor, por algún motivo, pensó que podía ventilar sus frustraciones con Faith sin que tuviera consecuencias, que Faith la entendería en cierto modo. A lo mejor desear que una hija llegara a algo más que lo que ella había logrado no significaba que fuera infeliz.

Eso era lo malo de las muertes repentinas. Que ciertas preguntas jamás recibirían respuesta.

Guardaría el secreto de su madre. Se desharía de la culpa, pero no mancillaría los recuerdos que atesoraba su familia. La verdad era que seguramente todos supieran que Constance no fue perfecta. Eran personas sensibles e inteligentes, más o menos. A lo mejor habían decidido de forma consciente beatificar a santa mamá, en vez de hacerlo por ignorancia. A lo mejor todos ellos llevaban en el corazón una espinita clavada, recuerdos de las imperfecciones de su madre que se guardaban para sí mismos.

Su madre los había querido a todos. Había sido una buena madre y John Holland había sido un marido feliz. Nada podía borrar esas verdades.

Miró hacia el lugar donde creyó haber visto a su madre de pie aquel día, diciéndole que todo iría bien.

Su madre tenía razón, ¿verdad? Había sobrevivido al accidente, y no había salido mal parada para ser huérfana de madre. Había encontrado una profesión que le encantaba y alcanzado el éxito en ella, había sobrevivido a un desengaño sentimental, creado una vida en una ciudad extraña, se había convertido en una persona que adoraba su vida.

Era una lástima que su madre no pudiera verla en esos momentos.

—Te echo de menos —musitó.

Después lanzó un beso al aire, el mismo gesto que creyó ver que su madre hacía aquel día, la última vez que la vio o que imaginó verla. El beso de Connie para su hija pequeña, que había regresado, por fin, después de diecinueve años y medio.

Y, esa vez, agradeció el escozor de las lágrimas.

Cuando *Blue* apareció, tras haberse escabullido por la ventanilla del vehículo, se alegró de que le pusiera la peluda cabeza en el regazo, se alegró de poder acariciar esas orejas tan suaves y de contar con su gran corazón.

Faith llamó a la puerta de su padre a las siete de la mañana. Había ido a casa, había dormido un par de horas y se había despertado hacía veinte minutos, convencida de lo que debía hacer.

—¿Qué pasa, preciosa? —le preguntó su padre mientras la invitaba a entrar—. Cariño, ¿estás bien?

—Hola, papi, estoy bien. Hola, señora Johnson.

—Madre mía, necesita un café —aseguró el ama de llaves—. Con esos pelos y ha salido a la calle.

—No estoy en la calle. Estoy en mi casa. ¿Se ha levantado Honor? —preguntó.

—Honor se ha levantado —contestó su hermana al tiempo que entraba en la estancia, arreglada para ir a trabajar y con el pelo sujeto por una goma.

—Bien —dijo Faith—. Mmm... necesito que me prestéis atención unos minutos.

—Os dejaré solos —dijo la señora Johnson.

—No, no, quédese —dijo Faith—. De todas formas va a pegar la oreja a la puerta.

—Estáis en mi cocina —le recordó el ama de llaves con el asomo de una sonrisa en los labios, algo poco habitual—, aunque esta monstruosa casa tenga once habitaciones, la mitad de las cuales nadie usa.

Todos se sentaron a la mesa mientras la señora Johnson le servía a Faith una taza de café.

—Gracias —dijo ella—. Bueno, esta es la cosa.

En ese momento se abrió la puerta trasera y entraron Pru y Jack, discutiendo.

—¿Y qué? —preguntó Pru— ¿A quién le importa lo que pienses? El hecho de que seas el hombre...

—Parece que tienes ocho años —se quejó Jack.

—Y tú pareces el imbécil que eres. ¡Hola, familia! ¿Qué hacéis todos aquí?

—Yo vivo aquí —respondió Honor—. Y papá también.

Faith saludó con la mano.

—Tengo que deciros una cosa.

—¿Estás embarazada? —preguntó Pru.

—No —respondió mientras la señora Johnson aplaudía, encantada.

La expresión del ama de llaves se tornó furiosa de nuevo.

—¿Es que no va tocando ya? —preguntó—. Los cuatro sois adultos, pero solo hay dos nietos, y ya casi están crecidos del todo. No es justo. Sois unos pésimos hijos y, Prudence, ¿tú por qué no has tenido más?

—Lleva toda la razón del mundo —terció su padre.

—Y retomando la palabra —dijo Faith. Así eran las cosas durante las reuniones familiares. Debería haberles enviado un mensaje de correo electrónico en vez de hablarlo en persona—. Esto es importante.

—Dispara —dijo Pru mientras rebuscaba en un armario—. ¿Dónde está la taza que hice en cuarto?

—Me muero de hambre, señora Johnson —añadió Jack.

—Pues come algo, maleducado —soltó el ama de llaves al tiempo que partía un *muffin* por la mitad y se lo daba—. Veo que tienes dos manos en el extremo de los dos brazos. ¿Se supone que tengo que alimentarte como si fueras un pajarito? —le entregó el plato.

—El día que mamá murió... —empezó Faith, alzando la voz. El inicio de la frase los silenció a todos. Pru se sentó. Jack se detuvo con el *muffin* a medio camino de la boca—. El día que mamá murió —repitió en voz más baja, aunque el corazón le latía desbocado en el pecho— no tuve un ataque epiléptico. —Trago saliva—. Yo... mentí cuando lo dije.

Sus hermanos se miraron entre sí. Su padre la tomó de una mano que, según le pareció a ella, estaba temblando.

—Sigue, cariño —la invitó.

Ella tragó saliva.

—Bueno, todo el mundo dice que mamá nunca vio a quien nos embistió, ¿verdad? Pues... lo hizo. Intentó detener el monovolumen. Había marcas de frenado. Pero el otro vehículo iba demasiado rápido. Os dije que tuve un ataque porque pensé que yo era la culpable del accidente.

Otro silencio.

—¿Por qué pensaste eso? —le preguntó su padre.

Tomó una honda bocanada de aire.

—Mamá me hizo una pregunta y yo no le contesté. Es que... es que estaba enfadada con ella por algo. Así que se volvió para ver si yo estaba bien. Siempre pensé que por eso Kevin Hart se chocó contra nosotras, porque mamá me estaba mirando a mí y no a la carretera. Pero Levi ha hecho una reconstrucción del accidente y se demuestra que mamá no pudo verlo hasta llegar casi al cruce, cuando ya era demasiado tarde. Aunque lo intentó.

Se produjo otro silencio mientras sus hermanos, la señora Johnson y su padre se miraban.

—Cielo —dijo su padre dándole un apretón en la mano—. Nadie ha pensado nunca que tú tuvieras la culpa. Jamás.

—Pero pensasteis que tuve un ataque, que mamá se distrajo y que por eso se produjo el accidente.

—Faithie, la culpa la tuvo aquel idiota —terció Jack—. Un niñato en un vehículo potente que se saltó un *stop*.

—Faith, nadie pensó que tú tuvieras la culpa —dijo Honor, que habló muy despacio. Miró a los demás—. ¿Lo pensasteis vosotros?

Pru negó con la cabeza.

—Por supuesto que no.

—La verdad es que me alegré de que hubieras tenido un ataque —confesó su padre en voz baja—. Porque de esa manera no te acordarías de nada.

El silencio se hizo en torno a la mesa.

—¿Te acuerdas de algo, cariño? —le preguntó el ama de llaves, que extendió una mano para acariciarle la mejilla—. ¿Recuerdas el momento del accidente?

Faith titubeó y después asintió con la cabeza.

—Yo... sí, lo recuerdo.

—Dios mío, Faith —susurró Honor con los ojos llenos de lágrimas.

Que su hermana la abrazara le resultó una sensación tan rara que, durante un segundo, Faith no supo qué hacer. Después, Pru se unió al abrazo, y luego Jack, y su padre, y Faith descubrió que estaba llorando.

—Pensaba que me culpabais a mí —susurró, y Honor pareció comprender que las palabras iban dirigidas a ella—. Estabas tan enfadada conmigo...

—Cariño —murmuró su hermana—. Estaba celosa. Eras la última persona que estuvo con mamá. Estuviste con ella al final.

Un poco después, cuando se secó los ojos y trajeron una segunda caja de pañuelos de papel a la mesa y la señora Johnson se levantó para preparar budín de boniato para todos mientras derramaba unas cuantas lágrimas (si bien jamás lo admitiría), su padre extendió un brazo y le colocó una mano en el hombro.

—¿Por eso te quedaste en San Francisco? —le preguntó—. ¿Porque te sentías responsable?

Faith respiró hondo.

—A lo mejor en parte. A ver, al principio solo quería alejarme de Jeremy. Pero después recordé algo que me dijo mamá, sobre que siempre había querido vivir en otro sitio lejos de aquí y me pareció... adecuado. Como si estuviera haciendo algo que ella nunca pudo hacer.

—Eso es precioso, Faith —dijo Honor.

—Y ahora ¿qué? —le preguntó su padre—. ¿Te vas a quedar en Nueva York?

—Levi y tú no os quitáis las manos de encima —señaló Pru. Su padre y Jack torcieron el gesto a la par.

—Me gustaría quedarme —admitió Faith con los ojos llenos de lágrimas otra vez.

Su hogar jamás le había parecido tan importante como en ese momento, en la cocina de la Casa Nueva, donde su madre cocinaba y reía, donde la señora Johnson había trabajado tanto para cuidarlos a todos durante tantos años.

—Mierda, otra hermana... —dijo Jack con un suspiro al tiempo que le alborotaba el pelo.

—Tengo que recoger las cosas del apartamento, aquí y en San Francisco —confesó al tiempo que se limpiaba los ojos, de los que no paraban de caer lágrimas—. Sharon Wiles ha encontrado un inquilino permanente. Así que tendré que vivir aquí durante un tiempo, una vez que vuelva de California. Por favor, no me obliguéis a irme otra vez con los abuelos.

—Vente a mi casa —la invitó Pru—. Carl va a quedarse en casa de su madre durante un tiempo indefinido. Me gusta tener un matrimonio a distancia. El cuarto de baño es un lugar más agradable, te lo aseguro. Y sabes que a los niños y a mí nos encantará tenerte con nosotros.

—Ya organizaremos la logística cuando llegue el momento —terció su padre—. Faith, preciosa, pareces agotada. Vamos, voy a llevarte a la cama.

Su dormitorio estaba lleno de cajas que contenían tanto cosas suyas como de Honor, pero su cama estaba igual, con el cobertor de color lavanda y los mullidos cuadrantes. De repente, se sintió exhausta.

Su padre la arropó hasta la barbilla.

—Me alegra cuidar de nuevo de mi niñita —dijo. Se sentó en el borde del colchón, le sonrió y el corazón de Faith rebosó de amor. Su padre estaba igual, no había cambiado nada... seguía con su vieja camisa de franela, su olor a humo de madera y a café, sus manos manchadas de mosto—. Cariño —dijo—, este asunto de encontrarme pareja. ¿Tiene algo que ver con lo que acabas de contarnos?

Faith asintió con la cabeza.

—Supongo que pensé que si podía encontrarte pareja, así me libraría de parte de... la culpa.

Su padre meneó la cabeza.

—No he estado prestando suficiente atención —dijo él. Guardó silencio unos minutos mientras le acariciaba el pelo—. Escúchame —dijo por fin— y lo digo en serio. Siempre echaré de menos a tu madre. Lo haría aunque me casara otra vez, algo que, francamente, ni me imagino. No era perfecta, pero era perfecta para mí, y si alguna vez hubiera otra mujer, es mi responsabilidad, no tuya. Cuando aparezca la persona adecuada, seré yo quien tenga que fijarme en ella. ¿Lo entiendes?

Faith asintió con la cabeza y su padre se inclinó para darle un beso en la frente.

—Se supone que soy yo quien debe cuidar de ti, no al contrario.

Mierda. Más lágrimas.

—Eres el mejor, papi.

Su padre se puso de pie.

—Bien. A dormir, princesa.

—Te quiero, papá —dijo.

—Yo también te quiero. —Hizo una pausa—. Faith, tu madre te quería mucho. Eras nuestra pequeña sorpresa. Nuestro regalo.

Las palabras parecieron rodearla como una manta, cálidas y suaves, y le hicieron compañía mientras se quedaba dormida en su antiguo dormitorio.

Capítulo 28

Levi no había tenido un buen día.

Primero fue Nina, que se presentó en su apartamento a las siete con donuts y café de Lorelei que no había aceptado (aunque le costó lo suyo, porque los donuts seguían calientes). Tras seguirlo hasta la comisaría fue andando hasta la oficina de correos, donde alquiló un apartado de correos para demostrar su intención de quedarse, según le explicó. Mel Stoakes apareció para decirle que Nina se había pasado por la tienda de chucherías, y para preguntarle si sabía que estaba de vuelta. Gerard Chartier entró justo cuando Mel se iba para decirle lo mismo.

—Hola, Levi, esa mujer tan guapetona con la que te casaste... ¿ha vuelto al pueblo?

Así que, para evitar tenerla pegada a su escritorio y que lo interrogase delante de Emmaline y de Everett, accedió a almorzar en Hugo's, donde con un poco de suerte Jess escupiría en el plato de Nina, y le repitió que no tenía la menor intención de volver con ella.

—Está hablando tu enfado, querido —adujo ella, que se humedeció los labios.

—Está hablando el cerebro —replicó con voz cansada.

—Ah, pero ¿qué dice tu corazón?

—Lo mismo. Al igual que los pulmones, el hígado y los riñones. Sabes tan bien como yo que solo has vuelto porque no tienes adónde ir.

—Y eso era otro punto en contra. De haber aparecido cuando estaba de permiso, a lo mejor habría creído que era sincera, aunque no habría cambiado de opinión. Tal como estaban las cosas, solo era una parada temporal. En cuanto Nina se aburriera, se largaría otra vez.

Con suerte, se habría aburrido ya.

Aunque parecía que no. Al acabar el turno, allí estaba, entrando en comisaría como si fuera la reina. No la había visto tanto cuando estuvieron casados. Nina pasó de Emmie y de Ev, y se sentó en el borde de su escritorio mientras apagaba el ordenador.

—¿Quieres tomarte algo, guapo? —preguntó ella.

—Nina, me gustaría pasar tiempo con Faith —le soltó sin rodeos.

—¿Para ponerme celosa?

—No. Porque es...

—¿Dulce? —suplió Nina con una mueca mientras pestañeaba de forma exagerada.

—Mía.

La palabra le sorprendió, e hizo que Nina se quedara paralizada. Aunque solo fue un segundo.

—Muy bien —dijo ella—. Vete con la princesita. Seguro que no sabe todo lo que sé yo. —Extendió una mano para tocarle el cinturón, delante de Everett y de Emmaline, pero él la agarró de la muñeca.

—Te sorprendería —aseguró—. Vuelve a la ciudad, Nina.

—No pienso irme a ninguna parte, guapo. Pero, de momento, vete con tu florecilla. Eso sí, recuerda que tu amigo gay la tuvo antes.

Esa era la Nina que conocía. En cuanto se rascaba un poco la superficie, enseñaba las uñas.

Cruzó la plaza, abrió la puerta del edificio Opera House y subió la escalera. Al oír ruido en el apartamento de Faith, abrió la puerta.

Había cajas por todas partes.

Estaba metiendo sus cosas en cajas, junto a la estantería, de espaldas a él. Estaba guardando sus cosas, se iba. Se mudaba.

Blue se abalanzó sobre él e intentó montarle la pierna.

—Suéltame, *Blue* —protestó, y el perro se alejó, a todas luces dolido—. ¿Vas a alguna parte? —le preguntó a Faith.

—¡Hola! —Llevaba puestos esos ridículos pantalones de pijama con dálmatas—. ¿Cómo estás? ¿Cómo te va con... bueno, con Nina?

—¿Te vas?

Faith echó un vistazo a su alrededor.

—Ah, en fin, solo tenía un contrato de alquiler por meses. Sharon Wiles ha encontrado un inquilino permanente. No le ha hecho mucha gracia la pared roja, por cierto, pero dijo que la volvería a pintar. El caso es que sí, tengo que irme. —Parecía nerviosa, con las manos entrelazadas por delante—. Pero después de San Francisco...

Sintió que el pecho se le helaba. Se estaba mudando.

—¿San Francisco?

—Sí, ya. Supongo que no te lo he dicho. Has estado... en fin, ocupado con otras cosas estos últimos días. La cosa es que me ha salido un trabajo en Oakland, así que me vuelvo a San Francisco el lunes. Es un proyecto para diseñar una zona comunitaria en un complejo de apartamentos, con una vista divina del puente, y mientras estoy allí, pues... —Dejó la frase en el aire y sus ademanes cambiaron de repente. Se cruzó los brazos por debajo del pecho y movió la cabeza para apartarse el pelo de la cara—. ¿Por qué frunces el ceño? Si alguien tiene motivos para hacerlo, soy yo, ¿no te parece? Dado que mi novio ha pasado de mí desde que su ex apareció en el pueblo.

—¿Te vas a San Francisco?

—Y en cuanto a lo de la ex y la posible reconciliación, al menos podrías decirme lo que vas a...

—¿Durante cuánto tiempo?

Faith levantó los brazos.

—Unas semanas, Levi.

—Especifica.

—Posiblemente seis, pero con suerte serán cuatro. Voy a...

—Ajá. Y no se te ha ocurrido mencionarlo.

—Ha surgido todo muy deprisa. ¿Por qué parece que tienes un palo metido por el culo, Levi?

—¿Cómo de deprisa? —insistió él, que eludió la pregunta.

—Bueno... me presenté a la licitación del proyecto en agosto, pero no volví a saber del asunto hasta la semana pasada, y no fue seguro hasta el viernes. Te lo habría dicho...

—Así que haces planes para mudarte de vuelta a San Francisco durante un mes, puede que más, pero no se te ocurre hablarme del tema.

Faith lo miró en silencio un segundo.

—Supongo que me ha costado encontrar el momento adecuado —adujo con voz gélida—, dado que has estado muy ocupado con Nina y las conversaciones de paz.

—Podrías haber buscado el momento. Y no hay conversaciones de paz —aseguró—. Por favor. Me abandonó. Eso zanja el tema.

—Eres muy amable al decírmelo. Eso sí, qué curioso que hayas tardado dos días en hacerlo.

—Es imposible que creyeras que pensaba volver con ella.

—¡No sabía qué creer, Levi! ¡Porque no hablas conmigo!

—Y eso lo dice la misma mujer a la que se le olvidó mencionar que se vuelve a San Francisco.

Faith puso los brazos en jarras.

—Muy bien, parece que la comunicación no es nuestro fuerte.

Estaba cabreada. Estupendo. Porque él también. De hecho, estaba tirando a furioso.

Lo habían abandonado en dos ocasiones. Ambas le pillaron por sorpresa. Las dos veces tuvo que recoger los pedazos de su corazón, tragarse la pena, seguir con el día a día, enterrar el dolor y hacer como que todo estaba bien.

No le apetecía repetir la experiencia.

Faith lo estaba fulminando con la mirada, a la espera... aunque no tenía ni idea de qué esperaba. Era todo demasiado complicado, demasiado difícil, demasiado... emocional. Se pasó una mano por el pelo.

—Muy bien. Me parece estupendo. De todas maneras, la verdad es que esto no funcionaba.

Faith dio un respingo.

—Un momento. ¿Qué dices? ¿Estás cortando conmigo?

Levi se encogió de hombros mientras sacudía la pierna para librarse de su perro.

—Que te diviertas en San Francisco.

Faith le miraba boquiabierta.

—Voy a volver a casa cuando termine el trabajo, Levi —dijo, en voz más baja—. No hagas una montaña de un grano de arena. Solo serán unas cuantas semanas.

—¿Seguro? —preguntó con voz tensa—. Porque la primera vez que te fuiste unas cuantas semanas acabaste fuera unos cuantos años. Después volviste y pensaste que a lo mejor te gustaría quedarte. O a lo mejor no. A lo mejor solo es una parada temporal para ti. Te vuelves a California y, ¡vete tú a saber!, lo mismo es todo tan maravilloso que... ¡que volverás a cambiar de idea! —Parecía que estaba gritando. No era buena señal. No lo era.

La vio ladear la cabeza.

—Debo decir que parece que tienes la cabeza en el trasero junto con el palo. ¿Sabes qué creo? Creo que todo esto es por Nina.

—No.

—Pues a mí me lo parece.

—No.

Faith volvió a levantar los brazos.

—¡Estupendo! Otra conversación que no podemos tener. Te niegas a hablar de la guerra, te niegas a hablar de tu padre, te niegas a hablar de tu ex. Pues deja que te diga una cosa, Levi, ya estuve una vez con un hombre que me ocultó algo muy importante. No pienso repetir, así que si quieres decirme algo, adelante. Vamos.

—Yo no soy gay.

—Ya me he dado cuenta. Pero te agradecería que me dijeras qué leches está pasando de verdad. *Blue*, por el amor de Dios, búscate una cama, ¿quieres? —Le acercó el cojín de una patada y el perro procedió a montarlo con emoción—. Tienes diez segundos. Uno. —Sacó un libro de la estantería y lo metió en una caja—. Dos. —Otro libro—. Tres.

—Que no se te olvide la foto de Jeremy —dijo Levi.

Se quedó paralizada con un libro en la mano.

—¿En serio? ¿De verdad quieres ir por ahí?

—A lo mejor nunca lo has superado. Detestaría que tuvieras que conformarte con un plato de segunda mesa.

Ah, mierda. La cosa pintaba muy mal y empeoraba por momentos.

—Qué curioso —dijo ella—. Porque eres tú el que no pierde la oportunidad de salir corriendo para abrir un bote o salvar un gato. Tú eres el que tiene a su ex dando vueltas por aquí. Yo intento mantener una relación seria, pero no puedo hacerlo sola.

Levi se encogió de hombros al escucharla. Sintió que le ardía la cara y no le gustó ni un pelo.

—¿Sabes qué? —dijo ella al tiempo que se acercaba a él con los ojos entrecerrados. Le clavó el índice en el pecho. Con fuerza—. Fui yo la que dijo que te quería. El hecho de que tú no hayas dicho ni pío no se me ha escapado, jefe Cooper. Ni siquiera eres capaz de admitir que me diste esa dichosa piedra, ¡la que llevo conmigo de un lado para otro desde hace veinte años! —Le clavó otra vez el dedo—. Di lo que quieras de Jeremy... —Y lo hizo otra vez—. Pero sea gay o no, al menos sabe cómo mantener una relación. Al menos él estaba dispuesto a comprometerse.

La miró. No le gustaba tener esos... esos... sentimientos, abrumándolo. No le gustaba discutir.

Y no le gustaba estar equivocado.

—Que te lo pases bien en California —dijo.

Tras decir eso, se dio media vuelta y se fue.

Capítulo 29

—Es un perro de asistencia —dijo Faith, sacando otro pañuelo y los documentos de *Blue* al mismo tiempo—. Puede viajar conmigo. Por los derechos de las personas con discapacidad y todo eso. —Se limpió los ojos y le ofreció al encargado del control de seguridad una sonrisa lacrimógena.

—Embarca dentro de cuarenta minutos. Siguiente.

Faith se sentó, y *Blue* apoyó de inmediato la cabeza en su regazo.

Ah, qué ironía. De nuevo en el aeropuerto Buffalo-Niagara, de nuevo plantada. Las lágrimas parecían no tener fin, pero de todas formas le acarició las orejas a su perro.

La primera vez que se fue a San Francisco voló sumida en un estado de *shock* y con el corazón destrozado. Esta vez, sin embargo, tenía el corazón endurecido.

El problema era que Levi Cooper era el dueño de dicho corazón. Lo quería, por muy tonto que fuera. Nadie, nadie en absoluto, podría haber hecho lo que él hizo la noche que fue al lugar del accidente y... ¡mierda! Solo de imaginárselo en mitad de la noche oscura y gélida, tomando medidas y haciendo la reconstrucción del accidente y después llamando a su puerta a las tres de la mañana... Se le escapó un sollozo agudo que hizo que *Blue* le colocara las patas en el regazo y le lamiera las lágrimas.

Hombres. ¿Cómo podían hacer esas cosas y después ser incapaces de decir: «Por favor, vuelve pronto; te echaré mucho de menos; te quiero», eh? ¿Por qué? ¿Alguien lo sabía? ¿No?

Blue gimoteó.

—Tienes razón, tienes razón —le dijo—. Ya lo arreglaré con él cuando regresemos. —El perro meneó el rabo.

Además, ese viaje a California era... su adiós a la ciudad que amaba. Diseñaría la zona comunitaria y disfrutaría de su trabajo, guardaría en el banco el abultado pago que le harían y se despediría de todos sus amigos y compañeros de trabajo. Iría de nuevo al Golden Gate Park con Liza y *el Maravilloso* Mike, se comería una tostada de pan rústico untada con mantequilla, comería *sushi,* asistiría a la boda de Rafael y Fred, y dejaría vacío su apartamento.

No iba a desperdiciar su viaje llorando por Levi Cooper.

Claro que no.

Bueno, sí, le dedicaría diez minutos de llanto. Y después dejaría de llorar.

Alguien se sentó a su lado. Faith alzó la vista, dispuesta a disculparse por sus lágrimas o su perro y vio a Jessica, *la Facilona.*

La mujer la reconoció al mismo tiempo y torció el gesto casi a la vez que ella.

—Holland. ¿Qué haces aquí? —Echó un vistazo a su alrededor y luego volvió a mirarla.

—Me voy a California unas semanas —contestó al tiempo que se limpiaba los ojos. Jess no le preguntó por qué estaba llorando. Habría sido un gesto demasiado humano para ella—. ¿Y tú?

—A Arizona.

—Qué bien —dijo Faith—. Allí tienen un clima ideal, ¿eh? —Por el amor de Dios. ¿Estaba condenada a pasar la eternidad intentando caerle bien a Jessica?—. ¿Y qué te lleva por allí? Estás estupenda, por cierto. —Su pregunta ya estaba respondida.

Jessica no le contestó de inmediato. Si es que pensaba hacerlo. Pero entonces *Blue* le pisó un pie con una pata y ella sonrió al muy bruto.

—La universidad —murmuró—. Tienen un programa de enseñanza a distancia.

—¿De veras? Qué bien. —Faith abrió otro paquete de pañuelos de papel—. ¿Qué estás estudiando?

—*Marketing*. Más vale tarde que nunca, ¿verdad? A ver, no todos tenemos familias que nos pueden mandar a preciosas universidades, ¿no te parece?

Suspiró.

—Supongo que no. —Faith la miró un segundo. Aunque fuera muy desagradable, era guapísima—. Jess, ¿por qué siempre me has odiado?

—¿Por qué quieres saberlo?

Faith pasó por alto el tono hostil.

—¿Porque mi avión tardará una hora en despegar?

Jessica estuvo a punto de sonreír, pero al parecer recordó que estaba hablando con ella. Al cabo de otro segundo, se encogió de hombros.

—Por lo de siempre. Por llevar al colegio tu ropa vieja y eso.

—¿Y eso justificaba que pudieras meterte conmigo en el recreo y reírte de mí a mis espaldas? —De perdidos al río. Había llegado el momento de sincerarse.

—No. —Jessica guardó silencio un instante mientras acariciaba a *Blue* con el pie. Después la miró y suspiró—. No eras la única que estaba enamorada de Jeremy, Linda Princesita.

Madre del amor hermoso.

—¡Oh!

Jess puso los ojos en blanco.

—Ajá. Pero ya sabes, era evidente que él iría detrás de ti y no detrás de alguien como yo.

—¿Porque eres muy borde? —Una vez más, de perdidos al río.

Para su sorpresa, Jessica se echó a reír.

—No es exactamente a lo que me refería, pero ¿quién sabe? —Se sonrojó y apartó la mirada—. Estaba celosa. O lo que fuera.

Faith sintió una punzada de lástima. Se imaginó que era Jess, y que tenía que servir a Jeremy y a su monísima novia en aquella época. Se imaginó viéndolo adorar a otra, al objeto de su ternura, ese perfecto amor adolescente. Y ella tuvo que servir las mesas durante la cena del ensayo de la boda y después ir de invitada a la que estuvo a punto de ser una boda de cuento de hadas.

—Lo siento, Jess. Si alguna vez me comporté como una imbécil, lo siento.

—Holland, en realidad siempre has sido muy agradable, caray. —Miró a Faith y se encogió de hombros.

—Deberíamos ser amigas —dijo—. Hemos estado enamoradas de los mismos hombres.

—Bueno, yo nunca he estado enamorada de Levi —confesó Jessica.

—No sé cómo has podido evitarlo —dijo ella, y solo con pensar en él se le llenaron los ojos de lágrimas otra vez.

Jessica la miró con condescendencia.

—Madre mía. Te ha dado fuerte.

—Lo sé —admitió ella hipando.

Jessica se echó a reír.

—Siempre me siento al lado de los pirados —dijo—. Claro, Holland, seamos amigas. De perdidos al río.

—¡Sarah, me da igual! ¡Te quedan dos semanas! No vas a venir a casa a estudiar.

—Sacaría mejores notas si pudiera estudiar en casa.

Su hermana había llegado a la parte de las quejas de su conversación diaria.

—No. Lo digo en serio.

—¡Levi! ¿No te interesa que haga bien los exámenes finales?

—¡Por supuesto que sí! —le soltó—. ¡Pero puedes estudiar ahí, Sarah! ¡Estás rodeada de edificios enteros consagrados al estudio!

—¡Muy bien! Siento mucho ser una carga insoportable para ti.

Levi suspiró.

—No llores. No eres una carga insoportable.

—Claro que voy a llorar. Eres muy malo conmigo, Levi.

—Sarah, por favor. —Hizo una pausa—. Mañana iré a verte y te llevaré a cenar, ¿de acuerdo?

—Quiero ir a casa.

—Dos semanas, Sarah. Hasta mañana. —Le colgó, sintiéndose peor que nunca.

Faith llevaba veintidós días fuera. Tres semanas durante las cuales él había contado los días uno tras otro. Tres semanas sin dormir. Tres semanas pensando en ella cada vez que miraba cualquier edificio de ese dichoso pueblo.

El teléfono sonó otra vez. «Jeremy», decía la pantalla. Dejó que saltara el buzón de voz. Pese a lo absurdo del motivo, últimamente odiaba a su amigo por haber sido el primer amor de Faith, su amor perfecto. Suspiró.

—¡Ya está bien de tanto suspirar! —exclamó Emmaline—. Supéralo o me voy a trabajar para Jeremy y ¡eso que ni siquiera me lo ha pedido!

—Hazlo. Todavía no entiendo qué haces aquí.

—Lo descubrirás cuando me vaya, ¿a que sí?

Cerró el caso que había estado investigando. Todos los pequeños hurtos habían sido obra de Josh Deiner, el niñato que había emborrachado a Abby Vanderbeek aquel día. Otro niño rico que tenía que divertirse incumpliendo la ley.

—He acabado por hoy.

—Gracias, Jesusito.

—Everett, ¿te encargas de cerrar esta noche?

—¡Entendido, jefe! Cerraré. Lo llamaré para darle el informe a las ocho en punto.

—No es necesario, Ev.

—¡Lo haré de todas formas, jefe!

Levi estaba a punto de suspirar, pero captó la mirada asesina de Emmaline y decidió salir a la calle. Al llegar a casa, miró de forma automática la puerta de Faith. Bueno. Ya no era su puerta. Un hombre de mediana edad se había mudado.

Entró en su apartamento, que alguna vez había sido un lugar tranquilo y relajante, pero ahora le parecía enorme y vacío. Pasó por alto esos absurdos pensamientos y se quitó el uniforme. El frigorífico empezó a zumbar. Desde la planta de abajo le llegaron los acordes de la música de *Juego de Tronos,* esa serie que Eleanor Raines había descubierto hacía poco y que solía ver con el volumen al máximo para compensar algo que se negaba a admitir: necesitaba un audífono, y lo necesitaba cuanto antes.

Aunque no le apetecía mucho ir a la Taberna de O'Rourke, era preferible a quedarse en casa escuchando todas esas decapitaciones y ataques de lobos.

Y eso le recordó que echaba de menos a *Blue.*

Dos minutos después entró en el restaurante.

—Hola, Levi —lo saludó Connor.

—Connor.

—¿Una cerveza?

—Gracias.

—Hola, capullo —le dijo Colleen, que se inclinó para mirarlo a los ojos—. No te hablo, pero si lo hiciera, eso es lo que te diría.

—Hola —murmuró él.

—Coll, sírvele una cerveza y déjalo tranquilo —terció Connor mientras se dirigía a la cocina.

Lo único bueno que le había sucedido durante las últimas tres semanas era que Nina se había ido. El día después de la discusión con Faith, Nina llamó a su puerta y le dijo que se iba, que sentía mucho las molestias y que le deseaba lo mejor.

—¿A qué viene este cambio de planes? —le preguntó él—. A ver, me alivia y eso, pero... —Se encogió de hombros.

Nina lo miró en silencio un rato.

—Estás enamorado de tu florecilla —dijo—. Te vi ayer. Sí, de acuerdo, te estaba espiando, pero es que sus ventanas están justo enfrente de la plaza. —Sonrió—. Os vi discutiendo.

—¿Y?

—Y conmigo nunca discutías. —Para sorpresa de Levi, a Nina se le llenaron los ojos de lágrimas—. Nunca discutimos, ni una sola vez. ¿Te dice algo eso?

Levi habría respondido que quería decir que eran compatibles, pero estaba hablando con una mujer, y las mujeres eran irracionales.

—Siento mucho haberte hecho sufrir —siguió Nina—. Lo siento muchísimo. No estoy orgullosa de haberte dejado. Es que... no sé. No podía seguir aquí.

—No pasa nada —le aseguró él—. Lo he superado.

—Lo sé, idiota. Por eso me voy. —Inspiró hondo, se pasó una mano por los ojos y le sonrió. Después le dio un fuerte abrazo—. Nos vemos, grandullón —dijo, tras lo cual le dio un sonoro beso en la mejilla y se fue.

La vida en un pueblo pequeño durante el invierno... No había mucha actividad después de la larga y bulliciosa temporada turística. La vendimia de las uvas de hielo empezaría en breve. Eso significaba que habría un montón de trabajadores vendimiando en plena noche con una temperatura gélida, recogiendo las uvas heladas para hacer los vinos dulces por los que la región era famosa. Al cabo de unas semanas, el pueblo celebraría la cabalgata de Navidad y se iluminaría como si fuera el escenario de una película. Y después... nada más.

—Hola, amigo —lo saludó Jeremy, que se acercó y se sentó en el taburete de al lado—. No hace ni diez minutos que te he llamado.

—Hola.

—¿Cómo estás?

—Bien. —Le dio un trago a la cerveza.

—Respuestas con monosílabos —le dijo Jeremy a Colleen mientras ella le servía una copa de vino tinto.

—Lo sé. Me dan ganas de escupir en su cerveza —dijo ella, lo que hizo que Levi la mirara enfadado. Colleen esbozó una sonrisa enigmática y le dio un corte de mangas.

—Coll, ¿sabes algo de Faith? —preguntó Jeremy, para que Levi se enterara, no le cabía la menor duda.

—Hablamos todos los días. ¿Y tú?

—Casi todos los días. Parece que está muy bien, ¿verdad? —Sonrió.

—Estupendamente, sí. Muy feliz ahora que no tiene a un idiota al lado, ¿no te parece?

—Ah, no sé —respondió Jeremy—. Solo es un idiota a tiempo parcial. Al sesenta por ciento, diría yo. ¡Hola, Carol! ¿Cómo vas de la bursitis? Estás haciendo lo que te dije, ¿verdad?

—Jeremy, dame un abrazo —le dijo la señora Robinson—. ¡Qué guapo eres! No pongas esa cara, simplemente abrázame. Después le dices a Levi que me arreste por acoso sexual si te apetece. —Rio entre dientes como si tuviera doce años mientras Jeremy la complacía.

En ese momento, el teléfono de Levi vibró. Un aviso.

—Jefe Cooper —dijo.

Era un accidente en la ruta 154. Un vehículo había volcado, había gente en el interior, posibles heridos. En otras palabras: no era un trabajo para Everett.

Al cabo de unos segundos Levi estaba en el vehículo patrulla, con las luces y las sirenas encendidas. Esa noche no había hielo. Era un frío seco. Al salir del pueblo vio a tres voluntarios del cuerpo de bomberos de camino a la estación en sus camionetas. Las luces azules resplandecían a la mortecina luz del atardecer de noviembre. Eso significaba que él sería el primero en llegar a la escena.

Y, efectivamente, así fue. Aparcó al otro lado de la carretera, alumbrando el vehículo accidentado con sus faros.

—El vehículo ha quedado volcado sobre el techo —informó por radio—. Alguien está tratando de abrir la puerta. Voy a echar un vistazo.

Corrió hacia el monovolumen volcado, un Toyota, que había patinado hasta el arcén. Los daños eran mínimos. Una mujer rubia intentaba abrir la puerta.

—¡Mis hijos están dentro y la puerta está atascada! —gritó, con un deje histérico en la voz.

—Los bomberos y una ambulancia vienen de camino —le dijo—. No se preocupe. Soy policía y técnico en emergencias sanitarias.

—Gracias a Dios —dijo la mujer—. Íbamos tranquilamente por la carretera cuando de repente apareció un ciervo, di un volantazo y volcamos. Debería haber golpeado a ese dichoso bicho.

—¡Mami! ¡Sácanos!

La carretera no tenía pendiente, así que la posibilidad de que el vehículo siguiera moviéndose era mínima. La ventana lateral estaba rota. Levi se tumbó en el suelo y decidió entrar. La cazadora de cuero lo protegería de los cristales rotos y, como los niños eran pequeños, no pensaba esperar a que llegaran los bomberos.

Ambos niños estaban sentados en sus sillitas de seguridad con los cinturones puestos, bocabajo. No había sangre, aunque el mayor estaba muy pálido.

—Hola, niños —los saludó Levi—. ¿Estáis bien?

—¡Sácanos! —gritó el mayor, que tendría seis o siete años.

—Mi zumo se ha derramado —dijo el más pequeño.

—¿Ah, sí? —preguntó Levi—. ¿Se te ha caído encima?

—Sí. Qué asco.

—No pasa nada —le aseguró Levi. No parecía estar herido—. Pronto estarás seco. ¿Os duele algo? ¿El cuello, la barriga, alguna parte del cuerpo?

—Yo estoy bien —contestó el pequeño.

—Yo estoy asustado —admitió el mayor.

—Bueno, pues voy a quedarme con vosotros hasta que lleguen los bomberos, ¿os parece bien?

—Gracias —susurró el mayor.

—Todo saldrá bien. Llegarán dentro de unos minutos. —Miró de reojo a la madre, que estaba agachada junto al vehículo—. Están bien, señora. Pero necesito que se aparte usted un poco. —La mujer no se movió, cosa que entendió.

—Mamá está aquí —dijo ella a los niños—. No os asustéis.

—No estoy asustado —replicó el pequeño—. Soy muy valiente.

—Os estáis portando muy bien —les aseguró Levi—. Sed fuertes.

—Les dije que no se quitaran los cinturones —dijo la madre.

—Muy bien hecho —afirmó Levi—. ¿Y usted? ¿Se encuentra bien?

—Sí, estoy bien —le aseguró ella—. Un poco magullada.

A lo lejos empezaron a oírse las sirenas de la ambulancia y de los bomberos.

—Niños, los bomberos vienen de camino. Os van a poner un collarín especial en el cuello para asegurarnos de que no os hacéis daño y después os vamos a sacar de aquí, ¿de acuerdo?

—¿No puedes sacarnos ya? —preguntó el mayor.

—Es mejor que nos esperemos. Llegan enseguida. Bueno, ¿cuántos años tenéis? —les preguntó, para que siguieran hablando y se mantuvieran tranquilos.

—Yo tengo siete y Steven tiene cuatro —contestó el mayor.

—Cuatro y medio —lo corrigió el pequeño.

—Entendido. ¿Y cómo te llamas, campeón? —preguntó Levi. La sirena se oía más cerca.

—Cody.

—Yo soy Levi. Encantado de conoceros.

El camión uno aparcó y Levi oyó a Gerard Chartier hablando por la radio.

—Levi, ¿ese que asoma es tu trasero? —preguntó una voz conocida.

—Hola, Jess —contestó—. Me alegra que estés de nuevo en el pueblo.

—Gracias. ¿Por qué estás haciendo mi trabajo?

—¿Sabéis quién ha venido? —les preguntó a los niños—. Los bomberos. Dentro de unos minutos estaréis fuera.

—Me gusta estar bocabajo —dijo el pequeño. Levi creyó ver algo familiar en él. Se preguntó si los habría visto en el pueblo. Desde ese ángulo era difícil reconocerlos.

—Hola, jefe —lo saludó Gerard—. ¿Quieres hacer los honores ya que estás ahí? —Le entregó un collarín y Levi se lo colocó al pequeño alrededor del cuello; luego hizo lo mismo con Cody.

Gerard sacó el cortador para arrancar las bisagras de la puerta.

—No los saques de los asientos, los llevaremos sentados hasta la ambulancia. Allí los examinaré —le dijo Gerard, que era técnico en urgencias médicas y el miembro de mayor graduación del departamento de bomberos.

Jess estaba hablando con la madre y le estaba diciendo que los llevarían al hospital, que no le vendría mal que la examinaran también a ella, porque muchas veces la conmoción y la adrenalina podían enmascarar una herida, y que si quería llamar a alguien, a su marido o a un amigo, lo típico.

Ambos niños parecían estar bien. El mayor seguramente fuera más consciente de lo que había pasado y por eso estaba más asustado, pero tras llegar los equipos de rescate empezaron a sentirse como las estrellas del espectáculo. La ambulancia llegó poco después que el camión de bomberos, de modo que Jess y Gerard sacaron a Cody y lo llevaron hasta la ambulancia, aún en el asiento de seguridad. Levi y Ned Vanderbeek hicieron lo mismo con el pequeño y colocaron su asiento sobre la camilla. Kelly Matthews aseguró la silla del niño mayor al asiento posterior de la ambulancia mientras hablaba con él y lo hacía reír.

La madre, que hasta ese momento se había mantenido muy serena, empezó a llorar al ver a sus hijos en una ambulancia, y después hizo eso tan espantoso que suelen hacer las madres: intentar sonreír pese a las lágrimas.

Eso le recordó a Levi a su propia madre, el día que él se marchó para alistarse en el Ejército.

—Ahora mismo vuelvo —dijo Levi, tras lo cual echó a andar hacia el vehículo patrulla. Siempre llevaba en la guantera animalitos de plástico precisamente para esas situaciones. Eligió dos y le dio un cerdo a Cody y una oveja al pequeño—. Gracias por habernos mantenido ocupados esta noche —dijo.

—De nada —respondió Steven con alegría, sosteniendo la ovejita en alto para examinarla bien.

—Cuidaos, niños —se despidió Levi.

—Gracias por quedarse con nosotros —le dijo el mayor muy serio, y Levi notó que le daba un vuelco el corazón.

—De nada, amigo —respondió.

Después, se volvió para mirar al pequeño, y la sorpresa lo obligó a mirarlo bien de arriba abajo. Su instinto se lo había dicho antes de que el cerebro analizara la situación. Le costaba trabajo respirar.

Miró de nuevo a Cody y luego a Steven.

—¡Adiós! —dijo el pequeño a la vez que le daba la vuelta al muñeco para examinarle la barriga. Tenía un gesto en la frente... ¿Cómo lo llamaba Faith? «El ceño fruncido.»

Steven se parecía... a él.

Los niños eran los otros hijos de su padre.

Se dio cuenta de que los estaba mirando sin decir nada.

—Mmm... Cuidaos, niños. Habéis sido muy valientes.

La madre de los niños lo estaba mirando con la boca un poco abierta. Mierda.

Y, en ese preciso momento, un automóvil frenó en seco, derrapando un poco, y Rob Cooper salió en tromba y corrió hacia la parte posterior de la ambulancia.

—¡Heather! ¡Heather, nena! ¿Estás bien? Están los niños... ¡Ay, Dios, hola, niños! Cody, ¿estás bien, cariño? ¿Stevie? ¿Estáis bien?

Su padre besó a los pequeños, se limpió las lágrimas y les tomó las manos. Le preguntó algo a Kelly, miró de nuevo a Cody, le alborotó el pelo.

«Muévete», se dijo Levi, que echó a andar hacia el vehículo patrulla con la cabeza gacha. La adrenalina hacía que le temblaran las manos. Casi había llegado.

Dios, ojalá Faith estuviera a su lado. Ojalá pudiera irse a casa, estrecharla entre sus brazos, aspirar su olor y que el tonto de su perro se lanzara sobre ellos.

Y a lo mejor podría decirle que había conocido a sus hermanos ese mismo día.

—Perdone.

Mierda.

La mujer de su padre lo había seguido hasta el vehículo patrulla. Lo miró fijamente y después le tendió una mano.

—Soy Heather Cooper.

Tendría unos treinta y ocho o cuarenta años. En otras palabras, se acercaba más a su edad que a la de su padre. Levi respiró hondo y después le estrechó la mano.

—Encantado de conocerla, señora.

—Gracias por ayudar a mis hijos.

—De nada. Me alegro de que estén bien. —Titubeó—. Parecen unos niños estupendos.

—Lo son. Lo siento, no me he quedado con su nombre. —Ajá. Lo sabía.

Levi tomó una honda bocanada de aire.

—Levi Cooper.

—Eso pensaba —dijo ella con los ojos llorosos—. Y mis hijos... son tus hermanastros, ¿verdad?

Asintió con la cabeza.

Ella contuvo el aliento.

—No... no lo sabía.

—Lo siento.

—No eres tú quien debe sentirlo. —Intentó sonreír, pero la sonrisa flaqueó—. Dios mío.

—Esto... debería irme. Cuídese, señora Cooper —dijo.

—Heather. Ya que soy tu madrastra y todo... —En esa ocasión, la sonrisa fue algo más firme—. Esto es increíble.

—¿Heather? Cariño, la ambulancia está lista para... oh. Oh.

Su padre.

Sí. Oh. Era casi cómico ver los gestos que ponía su padre con la cara: ansiedad, conmoción y después la aceptación de que sí, efectivamente, la había cagado pero bien.

—Eh, hola —dijo—. ¿Cómo estás?

—Supongo que ya os conocíais —terció Heather con sequedad—. Este hombre acaba de salvarles la vida a nuestros hijos.

—Eso es un poco exagerado —replicó Levi, que miró a su padre. Rob Cooper era más bajo de lo que él recordaba. Y más delgado. Además de culpable, su padre parecía... débil.

Porque lo era. De alguna manera, Rob Cooper había conseguido hacer algo de sí mismo, había encontrado a una buena mujer, había tenido dos hijos más y algo debía de estar haciendo bien. Pero jamás había tenido el valor de confesar que había abandonado a su hijo mayor. No le había contado a su mujer que tenía otro hijo.

—Debéis iros con vuestros hijos. Me alegro de que todo el mundo esté bien. —Se volvió hacia el vehículo patrulla. De repente se detuvo, se dio media vuelta y agarró al desastre que tenía por padre de la pechera, levantándolo del suelo. Los familiares ojos de su padre lo miraron de repente muertos de miedo—. Hazlo mejor con ellos —dijo Levi zarandeándolo—. Si los abandonas como me abandonaste a mí, será mejor que le reces a Dios para que no te encuentre.

Soltó a Rob Cooper, que se tambaleó y se dio media vuelta para regresar con sus otros hijos. A la carrera.

Levi miró a Heather.

—Si alguna vez necesitas algo, dímelo. Soy el jefe de policía de Manningsport.

Jamás le había sentado tan bien decir esas palabras.

Ella esbozó una trémula sonrisa.

—Levi... aunque no te parezca importante, quiero que sepas que siempre serás bienvenido en mi casa. Será un orgullo que mis hijos te conozcan.

Las palabras se le clavaron directas en el corazón. La miró en silencio un instante antes de asentir con la cabeza, sin atreverse a hablar, y después se subió al vehículo patrulla y se alejó despacio de la escena del accidente.

Tras alejarse varios kilómetros, detuvo el vehículo y, antes de darse cuenta de lo que estaba haciendo, oyó la voz de su hermana al otro lado de la línea.

—¿Otra vez me llamas para hacer el capullo? —le preguntó ella, un poco enfurruñada.

—Puedes venir a casa siempre que quieras —dijo—. Hoy, mañana, el sábado, cuando lo necesites, sea de día o de noche.

Se hizo un silencio.

—¿Con quién estoy hablando? —le preguntó su hermana, y Levi sonrió.

—A ver —dijo—. Solo quiero ayudarte a pasar este bache, a darte un empujón, lo que sea. Si eso significa que tienes que venir a casa dos veces a la semana, estupendo, Sarah. Vas a hacerlo muy bien, pase lo que pase.

Al otro lado de la línea se produjo un silencio, y después Sarah se sorbió los mocos.

—Gracias —susurró su hermana.

—Te quiero, ¿sabes?

—Lo sé. Yo también te quiero.

Cuando regresó a la comisaría, Everett seguía allí, jugando a los *Angry Birds*.

—¡Hola, jefe! —exclamó, enderezándose en la silla. Se cayó al suelo.

—¿Tu madre está en casa? —le preguntó.

—Mmm, eso creo. ¿Por qué?

Levi marcó el número de la alcaldesa.

—Marian, soy Levi. Escúchame. Necesito a un policía de verdad para que me ayude ahí fuera. Tu hijo puede ir a la academia, pero voy a contratar a alguien más. Seguramente a Emmaline. Te doy una semana para que encuentres el dinero necesario o renuncio. Que tengas una buena noche. Ah, y voy a tomarme unas vacaciones. Empezando ahora mismo. —Con eso colgó—. Buenas noches, Ev —se despidió.

—Entendido, jefe —dijo Everett.

La Taberna de O'Rourke estaba prácticamente igual que cuando se marchó. Colleen le silbó otra vez, y Jeremy estaba comprobando el estado de las glándulas de Carol Robinson. Esos dos deberían buscarse una habitación.

Prudence Vanderbeek estaba sentada sola a una mesa, tecleando en su teléfono móvil.

—Hola, jefe —lo saludó cortésmente—. Estoy mandándole mensajes eróticos a mi marido. Un minuto —murmuró mientras tecleaba—. «Me niego a firmar su contrato, señor Grey, y además, ni siquiera he oído hablar de ese chisme japonés que mencionó en su último mensaje de correo. Y sí, sigo virgen, ni siquiera he besado a un hombre, blablablá». —Miró a Levi—. Tengo cuarenta y siete años, Levi, y soy la madre de los hijos de Carl. No acabo de entender por qué tengo que fingir que soy una insípida universitaria virginal.

—¿Porque te gusta? —sugirió él.

—Probablemente. —Soltó el teléfono—. Bueno, ¿cómo te va?

Levi se sentó.

La verdad era que no tenía ni idea de qué preguntar.

Prudence se metió un puñado de palomitas en la boca.

—A ver si lo adivino. Esto es sobre Faith —aventuró.

—Sí.

—Dispara.

—La besé una vez. Hace muchos años.

—Qué emocionante.

—Me preguntaba si alguna vez te lo ha contado. —Esto era... inesperado. Esperaba con todas sus fuerzas que no los estuviera escuchando nadie.

—¡Honor! —gritó Pru—. ¡Levi quiere hablar sobre Faith!

Su esperanza se desvaneció.

Honor Holland se acercó con una copa de vino en la mano.

—¿De veras? —preguntó casi con amabilidad, algo que lo hizo recelar un poco.

—Ajá —contestó Pru—. Dice que la besó una vez y quiere saber si se emocionó y esas tonterías.

Levi decidió que jamás volvería a pedirles ayuda a las hermanas malvadas.

—Gracias, señoras —dijo al tiempo que se levantaba.

—Oh, échale un par —protestó Pru.

—Siéntate —le ordenó Honor al mismo tiempo.

Levi suspiró y obedeció.

—Muy bien, la he fastidiado.

—Normal. Eres un hombre —le soltó Pru. Su teléfono vibró y dio un respingo—. Madre mía, eso me ha gustado —dijo como si estuviera hablando consigo misma al tiempo que sacaba el teléfono móvil y leía el mensaje. Después, rio y empezó a teclear la respuesta.

—Pensaba que habías cortado con mi hermana —dijo Honor.

—Lo hice.

—¿Y qué te hace pensar que la mereces?

—No la merezco.

—Esa respuesta, jefe Cooper, me gusta. —Honor sonrió. No dijo nada más.

Pru seguía ocupada enviándole mensajes eróticos a Carl. Honor guardó silencio mientras se examinaba las uñas.

Muy bien. Levi le hizo una señal a Colleen, que le respondió con un gesto obsceno con el dedo.

—Otra ronda para las dos que están en mi mesa —dijo y se puso de pie.

—Pídeme algo caro —le dijo Pru a su hermana sin levantar la vista del teléfono.

Estaba en mitad de la plaza cuando Honor gritó su nombre. No se había puesto el abrigo, de modo que él se quitó el suyo y se lo ofreció.

—Gracias —dijo Honor mientras se lo ponía—. Una cazadora fantástica. Me la quedo, que lo sepas. Me llamó cuando yo estaba en el primer año de universidad en Cornell. Así que Faith estaría en segundo de bachillerato. ¿Coinciden las fechas con tu dilema?

Levi asintió con la cabeza.

—Bueno, lo recuerdo porque fue la primera y la única vez que dijo algo raro sobre Jeremy y también porque yo estaba con los finales y lo que menos me apetecía era hablar sobre su vida amorosa. —Honor cruzó los brazos por delante del pecho—. Pero fue raro porque desde el primer día Jeremy fue el Príncipe Azul y el Caballero de la Brillante Armadura fundidos en uno. Y me estaba pidiendo consejo, algo que no solía ocurrir. No estábamos... —Carraspeó—. No estábamos muy unidas en aquella época.

—¿Recuerdas lo que te dijo? —le preguntó.

—Sí, pero me apetece hacerte esperar, para verte sufrir.

—Devuélveme la cazadora.

—Muy bien. Me preguntó que cómo se sabía cuándo se estaba enamorado. Me dijo que Jeremy y ella habían decidido tomarse un descanso y que algo había pasado... y no sé. Que qué se sentía cuando se estaba enamorado.

—¿Qué le dijiste?

—Le dije que estaba de exámenes finales y que debería leer la revista *Seventeen*. Yo entonces era un poco cabrona. —Clavó la vista en el suelo—. Lo siento. Me gustaría poder decirte algo más.

—Es suficiente.

—Muy bien. En ese caso, ponte las pilas. Y gracias por la cazadora.

Levi subió a su apartamento y encendió el ordenador. Llamó a Sarah otra vez.

—¿Qué? Estoy intentando estudiar para los exámenes, Levi. ¿Puedes dejarme tranquila, por favor?

—Hola —la saludó mientras pinchaba en la página de una agencia de viajes—. Sé que te he dicho que puedes venir a casa, pero me voy a San Francisco unos días.

—Muy bien, como quieras. Te quiero, pero tengo que dejarte. —Guardó silencio—. Estoy estudiando con una amiga.

—Creía que no tenías amigas.

—Que te den. Llámame cuando llegues y no se te olvide traerme un regalo.

Capítulo 30

El teléfono sonó a las dos de la mañana y Faith tardó un rato en recordar dónde se encontraba. ¿En el apartamento de San Francisco? No. ¿En el edificio Opera House? No. ¿En casa de Goggy? No.

El teléfono sonó de nuevo.

—¡No! —dijo una voz lastimera y soñolienta desde el otro extremo del pasillo.

Ya se acordaba. Estaba en casa de Pru. Había llegado de California hacía unas horas. En ese momento estaba tan cansada que tenía mareos, pero si uno se apellidaba Holland, una llamada en plena madrugada durante el mes de noviembre solo podía significar una cosa: alguien había muerto o había llegado la hora de la vendimia del vino de hielo.

Pru ya estaba levantada.

—¡Eh! ¡Vino de hielo! —exclamó mientras aporreaba la puerta de Abby y después la de Faith—. ¡Vino de hielo! Vamos, Ned ya se ha ido. No querréis perdéroslo, ¿verdad?

—No sabes hasta qué punto —murmuró Abby, que salió trastabillando al pasillo. *Blue* no paraba de saltar, emocionado, buscando a alguien a quien querer—. Odio mi vida.

—Oh, venga ya —dijo Faith—. Es divertida.

—Es un infierno. Un páramo yermo y congelado.

Durante semanas, su padre había estado pendiente de la predicción meteorológica como si fuera un halcón. Algunas noches incluso dormía en la camioneta, a la espera de que el termómetro especial hiciera saltar la alarma que anunciaba el segundo exacto en el que la temperatura bajaba hasta ocho grados bajo cero. En ese momento se hacían las llamadas telefónicas y se esperaba que todos los Holland que estaban vivos se presentaran al cabo de unos minutos para vendimiar las uvas heladas, que serían prensadas esa misma noche.

—Seguro que preferirías estar en San Francisco, ¿eh? —le preguntó Abby mientras las tres tomaban en automóvil la cuesta que las llevaría hasta Viñedos Blue Heron, protegidas con la ropa más abrigada que tenían.

—¿Y perderme esto? —contestó, sonriéndole a su sobrina.

—Yo mataría por perdérmelo —murmuró Abby.

—Bueno, Faith, has llegado en el momento oportuno —comentó Pru.

El proyecto de Faith había finalizado con antelación, ya que todo había salido según lo previsto, cosa bastante rara. Había realizado el trabajo para el que la habían contratado y lo había hecho bien; había invitado a sus amigos a tomarse unos martinis divinos, pero carísimos; había asistido a la boda de Rafael y Fred; había contratado a una empresa de mudanzas para que sacaran todas sus cosas del apartamento y le había traspasado su contrato de alquiler al *Maravilloso* Mike.

Después, había dado un paseo para disfrutar del aire frío y húmedo, y se había despedido de la ciudad que la había acogido, donde su corazón se había curado, y había vuelto al lugar que adoraba con todo su ser. Y con el hombre al que quería con la misma intensidad. O más, incluso.

Faith había estado enamorada dos veces en la vida. Una, de un hombre tan perfecto que debería haber supuesto que algo no iba bien. Y la segunda de un hombre que no era perfecto en absoluto, que era testarudo, con mal temperamento a veces, y un tanto o bastante tacaño respecto a las emociones, que también sufría de un trauma por abandono, por no decir que llevaba el peso del mundo sobre los hombros.

También era el mejor hombre que conocía.

No había nada que Levi no hiciera por los demás. Buscar a un gato una noche oscura, conducir una hora para hacerle la colada a su hermana, lavar a un perro cubierto de excrementos de gallina o dejar que su exmujer se expresara abiertamente.

Salir en plena madrugada para reconstruir un accidente de hace veinte años.

Detener la boda de su mejor amigo porque sabía que solo conllevaría infelicidad... para Jeremy y para ella.

Pero pensar en la cara con la que la miró cuando cortó con ella... le dolía como si llevara una astilla clavada en el corazón. Tan... decidido. Tan seguro.

—¿Vas a salir de la camioneta o qué? —le preguntó Abby.

Sí. Habían llegado.

—¡Vino de hielo! —gritó su padre, como si fuera un niño el día de Navidad. Debía ser un defecto genético o algo.

Jack ya les estaba hablando a las uvas:

—¿Listas para ser prensadas, preciosas? ¿Estáis emocionadas?

Ned se revolcó con *Blue* sobre la fina capa de nieve que había caído mientras Faith estaba dormida. Hasta Abby aceptó el abrazo de su abuelo y dijo que sí, que ella también estaba emocionada. Honor ya tenía media cesta llena de racimos de uva y Goggy estaba a cargo de la carretilla elevadora, iluminando las vides con los faros para que todos pudieran ver lo que estaban haciendo mientras le ordenaba con muy malos modos a Pops que se quitara de en medio si no quería que lo atropellara y ella pudiera disfrutar de la viudez. Carl también estaba presente, y le devolvió el saludo que ella le hizo con la mano con cierta timidez, tal vez suponiendo (correctamente) que Faith sabía demasiado sobre su vida sexual.

En el aire flotaba el olor a beicon que llegaba desde lejos; la señora Johnson estaría preparando el desayuno en la Casa Nueva.

Faith empezó a trabajar. Los racimos helados de uvas se arrancaban con facilidad, y resultaban firmes y fríos al tacto. Las estrellas brillaban en el cielo. Esa noche no había luna, y la breve nevada había llegado a su fin. En la oscuridad se oían las voces de su familia discutiendo, riéndose o insultándose o animándose los unos a los otros. Las luces también estaban encendidas en Lyons Den, igual que en el resto de viñedos que elaboraban vino de hielo.

A su madre siempre le había encantado la vendimia de hielo. Solía llevar chocolate en termos y *muffins* calientes, recién salidos del horno. Un año cayó suficiente nieve como para sacar el trineo, y Faith recordó de repente, con total claridad, los brazos de su madre rodeándola, el sonido de su risa, la emoción de deslizarse colina abajo con la certeza de que su madre la mantendría a salvo.

Miró a su padre, que la estaba observando con una sonrisa, como si él también estuviera recordando lo mismo.

Una hora después, se oyó el ruido de otro motor.

—¡Hola, Holland! —exclamó Jeremy.

Era otra tradición que había comenzado cuando los Lyon llegaron a Nueva York. Ambas familias se turnaban para llevar el café. El tractor de Jeremy llevaba un pequeño remolque y, como buen gay, había traído una manta de cuadros de color rojo intenso, un termo enorme, gruesas tazas de cerámica, un azucarero y una jarra para la leche a juego, dos bandejas de galletas de azúcar y una botella de *brandy* para aderezar el café.

—Gracias a Dios —dijo Abby—. Me estoy congelando.

—Si tu bisabuela, que tiene ochenta y cuatro años, no se queja, ¿de qué te quejas tú? —dijo Pru—. Jeremy, sírveme un café, que no esté muy cargado, anda.

—Ahora mismo —respondió él—. ¿Y cómo está la preciosa Faith? —Le dio un cariñoso abrazo, que ella le devolvió. La había llamado por teléfono casi todos los días cuando ella estaba en San Francisco, le había enviado mensajes de correo muy graciosos, y sabía que estaba haciendo todo lo posible para que se recuperara de lo de Levi—. ¡Hace una noche fantástica! —exclamó, y la soltó para servir el café como buen anfitrión—. Un cielo precioso, ¿no crees?

—Una noche fantástica —repitió Honor con sarcasmo—. Para ti, quizá, que eres el dueño y señor de tu viñedo. Tienes gente que hace el trabajo por ti.

—Ahí le has dado —convino él mientras le ofrecía a su padre una taza de café—. Debería hacer lo que tú, John, y tener una caterva de niños. Así saldría más barato.

—Es mejor adoptarlos —terció Abby en ese momento—. Yo estoy disponible.

Jeremy le echó un brazo por los hombros a Faith con una mirada risueña en sus ojos oscuros.

—Sabes, eso es lo que más lamento de nuestra ruptura. Que habríamos tenido unos niños preciosos.

—Una idea muy bonita, Jeremy, querido —señaló Goggy al tiempo que aderezaba su café con un buen chorro de *brandy* que después ofreció a su abuelo.

—No va a tener niños con nadie que no sea yo.

Faith dio un respingo.

Levi estaba cerca del reducido círculo, vestido con unos *jeans* y varias capas de franela, al parecer ajeno al frío. Tenía el pelo alborotado y parecía cansado.

Faith experimentó esa ardiente y arrolladora sensación en el corazón. Se le aflojaron las rodillas... y el corazón. Estaba tan... bueno. Sí, parecía un poco enfurruñado, pero estaba muy bueno.

—Pareces cansado —señaló Jeremy—. ¿Estás tomando suficiente B12?

—Cierra la boca, Jeremy —contestó él, molesto—. Estoy cansado. Acabo de pasar diecinueve horas volando de un extremo al otro del país. —Miró a Honor echando chispas por los ojos—. ¿No podías haberme llamado por teléfono, Honor? Habría sido un detalle decirme que venía de camino a casa.

—Oh —exclamó Honor, que trató en vano de esconder la sonrisa tras una taza de café.

—Faith, escucha —dijo Levi, que se le plantó delante y clavó la vista en ella después de mirar de reojo a su familia—. Mira.

—«Mira» y «escucha». Es demasiado mandón —soltó Pru.

—Silencio —dijo Faith—. Tú no, Levi. Tú sigue hablando.

El hombre se pasó una mano por el pelo. Una mano grande, masculina y habilidosa que no hacía mucho tiempo la había hecho emitir unos sonidos la mar de interesantes. «Ya está bien, niña», murmuró su cerebro. «Deja que el hombre diga lo que ha venido a decir.»

Su corazón estaba segurísimo de que sería algo bueno.

—Faith —repitió él—, sé que Jeremy es casi perfecto...

—Gracias, Levi, te agradezco el cumplido —lo interrumpió el aludido con solemnidad. Faith lo miró malhumorada y él contuvo una sonrisa.

Levi miró de nuevo a su familia.

—¿Sabes qué? Pasa de ellos —dijo Faith, que lo tomó de la mano y lo alejó, caminando entre las viñas, de ese grupo de conspiradores—. No nos sigáis —ordenó, mirando hacia atrás. Después se volvió hacia Levi, embargada por el deseo arrollador de abrazarlo y besarlo hasta verlo sonreír—. Me alegro de volver a verte —susurró.

—Sí, yo también me alegro. —Frunció el ceño, un gesto que a ella no le pareció que fuera de alegría—. Fui a verte a San Francisco. Pero ya te habías marchado.

—Sí, ya lo has comentado. —Enarcó las cejas con la esperanza de animarlo a seguir hablando. Pero no pareció funcionar. Levi se limitó a mirarla—. ¿Querías decirme algo más, Levi? —le preguntó.

—Sí. Claro. Otra cosa. —Se sacó algo del bolsillo y se lo colocó en la palma de una mano, tras lo cual la instó a cerrar el puño, agarrándoselo con las dos manos. Pese al frío que hacía, tenía las manos calientes—. Te quiero, Faith. Siento mucho haber sido un idiota. He contratado a otra persona para tener más ayuda en el trabajo e intentaré hablarte más sobre... mis cosas. Pero no quiero perderte, te quiero y... Bueno, eso era lo que quería decirte.

Como discurso no era muy bueno. Respecto a los sentimientos que revelaba... era todo lo contrario. Al parecer, el palo había desaparecido.

Observó detenidamente esos tiernos ojos verdes y el ceño un tanto fruncido.

—Es más que suficiente —susurró ella, que sintió el escozor de las lágrimas en los ojos.

—Ah. Bien. Eso es bueno. —Levi asintió con la cabeza y miró a su familia, que estaba detrás de ella. Después, miró a Faith de nuevo.

—Deberías besarme ahora, Levi.

Antes de que hubiera acabado de hablar, Levi la besó. Le sujetó la cara entre las manos con delicadeza y el roce de sus labios fue... En fin, detestaba incluso pensar en la palabra, pero fue perfecto. La mayoría de las cosas en la vida no lo eran, pero eso sí. La besó como un hombre besaba a la mujer que amaba, como si estuvieran solos, en el altar, como si no estuvieran a la intemperie en una noche gélida con demasiados parientes observando todos sus movimientos.

—Necesitas un anillo y una fecha, muchacho —gritó su padre—. Estamos hablando de mi princesa. Ni hablar de esas bobadas de vivir juntos.

—Otra vez con la tontería esa de la princesa —protestó Jack.

—¿Por qué no puedo ser yo la princesa de vez en cuando? —añadió Pru.

Faith sintió la sonrisa de Levi en sus labios. La besó en la frente, la estrechó contra su cuerpo y después miró a su padre, que estaba interpretando su mejor versión del padre estricto.

—Me he adelantado, señor —dijo.

Acto seguido, instó a Faith a abrir el puño (casi se le había olvidado que lo había cerrado) y allí, en la palma de la mano, descubrió un anillo de compromiso.

—Tendré que pensármelo.

—Ha dicho que sí —dijo Levi, dirigiéndose a su familia, que vitoreó al instante. Jeremy incluso se limpió las lágrimas de los ojos. Y su padre también lo hizo.

Después, Levi la besó de nuevo y le puso el anillo en el dedo. Nada en la vida le había parecido tan perfecto.

Epílogo

La cena tras el ensayo de la ceremonia se celebró en Hugo's para que Colleen y Connor no tuvieran que trabajar, y Jessica Dunn asistió como invitada en esa ocasión. Al día siguiente, todos llevarían sus mejores galas, pero esa noche el ambiente era alegre, caótico y divertido. Faith pilló a Pru y a Carl en el guardarropa; sus abuelos habían bailado la mitad de una canción antes de que la discusión se hiciera más intensa; la señora Johnson fruncía el ceño, criticaba la comida y bebía piña colada.

Ted y Elaine Lyon habían regresado para asistir a la boda, y también estaban presentes Liza y *el Maravilloso* Mike. Por extraño que pareciera, Lorena Creech había hecho acto de aparición. Levi había invitado a Víctor Iskin, y al parecer Víctor y Lorena habían hecho un viaje rápido a Las Vegas el día de Navidad y habían regresado casados.

—Solo quiero a alguien a quien cuidar, Faith, ¿me comprendes? —le había preguntado y ella había dicho que sí, que la comprendía.

Las nenas del Grupo de Estudio de la Biblia estaban dándole fuerte al pinot grigio, y los bomberos estaban jugando a las cartas en una mesa situada al fondo.

Al día siguiente, el cortejo nupcial sería casi el mismo del primer intento de matrimonio de Faith, salvo un par de cambios. Colleen era la madrina; las hermanas de Faith, las damas de honor, a las que se habían sumado Abby y Sarah Cooper.

Jeremy sería el padrino. Por supuesto.

Asistiría a la boda con pareja, lo que era maravilloso. Se trataba de Patrick, un hombre muy guapo, tímido, dulce y que bailaba fatal.

Cuando la cena acabó, Levi acompañó a Faith por la plaza, cubierta de hielo, hasta su apartamento. Llevaban tiempo viviendo en el edificio Opera House, aunque Faith le había echado el ojo a una casita en Elm Street. Era un vecindario bonito y heterogéneo: fuera del pueblo, pero lo bastante cerca como para ir andando; desde las ventanas de la planta alta se veía el lago Torcido y tenía un porche precioso. Pero, de momento, vivirían en el apartamento de Levi, que había mejorado mucho de aspecto gracias a una pared pintada de rojo. Sarah viviría con ellos cuando regresara de la universidad y a Faith le parecía estupendo, porque por fin tendría una hermana pequeña sobre la que disponer tal y como Honor y Pru habían dispuesto sobre ella durante tantos años.

—Esta noche no vas a conseguir nada, jefe Cooper —dijo Faith, y su aliento se condensó por el frío—. Ni siquiera deberías verme a partir de las doce de la noche.

—Bueno, en ese caso —aseguró él—, me queda media hora. —Tras decir eso, la levantó del suelo y se la echó al hombro al estilo troglodita, y subió la escalera haciéndola reír tan fuerte que apenas podía respirar—. Tengo una cosa para ti —anunció después de dejarla en el suelo para abrir la puerta—. *Blue,* espérate.

—Conmigo no tienes que esperar, precioso —dijo Faith, que se puso de rodillas para acariciarle la barriga al perro—. Siempre serás mi primer amor. ¿Verdad que sí? ¿Quién es mi chiquitín, eh? —Se quitó el abrigo mientras Levi rebuscaba algo en su mesa—. Sea lo que sea, será mejor que sea algo bueno —añadió Faith al sentarse en el sofá. *Blue* se sentó a su lado.

—Aquí tienes —le dijo él al tiempo que se sentaba frente a ella. Tenía una cajita en la mano, pero antes le entregó un trozo de papel doblado.

—Como sea una poesía, igual me desmayo y todo —aseguró ella con una sonrisa. Sin embargo, la sonrisa desapareció. Levi parecía... tenso.

—Léelo —le dijo él.

Faith desdobló el papel. Era una hoja de un cuaderno, desgastada por el tiempo y con algo escrito con una letra bastante irregular, propia de la adolescencia. Decía así:

Querida Faith:

Siento mucho que tu madre muriera. Ojalá se me ocurriera algo mejor que decirte. Creo que eres una buena chica y además guapa. Seguramente esto te sirva de poco. Pero lo digo en serio.

Atentamente:
Levi Cooper

—¡Oh, Levi! —exclamó, sintiendo que unas lágrimas ardientes resbalaban por sus mejillas.

—Supongo que no eres la única persona que guarda cosas —dijo él con la vista clavada en el suelo—. Debería habértelo dado entonces, pero me pareció... inadecuado.

—No es inadecuado —le aseguró ella—. Es precioso.

Levi extendió un brazo para limpiarle las lágrimas.

—No quiero que llores la víspera de nuestra boda —murmuró.

—Pues haberlo pensado antes —repuso ella mientras alisaba el papel—. Soy muy sentimental, por si no lo has notado.

—Lo he notado. Y por eso creo que también va a gustarte esto. —Sonrió y le entregó la cajita.

El corazón de cuarzo rosa tenía un engaste de plata y una cadena finita.

—¿¡Cuándo lo has hecho!? —exclamó—. Pensaba que estaba en una caja, en casa de mi padre.

—Lo he robado.

—Entonces ¿reconoces por fin que me lo diste tú? —preguntó, y una nueva andanada de lágrimas resbaló por sus mejillas mientras él se lo colocaba en torno al cuello.

—En realidad, creo que fue Ashwick Jones, pero voy a robarle el mérito.

Ella le regaló una sonrisa llorosa.

—Lo siento, muchacho. Solo podías ser tú.

Levi sonrió y la expresión de esos ojos verdes se suavizó.

—Resulta que tienes razón, Holland.

Y entonces la besó, y la volvió a besar. Y después se apartó.

—Muy bien, te llevaré a casa de tu padre. Mañana tengo que ir a una boda.

Una preciosa mañana de enero, delante de casi medio pueblo, luciendo un vestido de novia con el que parecía una actriz de los años cuarenta y un ramo de rosas rojas perfectas, Faith Elizabeth Holland se casó con el hombre adecuado. El hombre, podría decirse, con el que estaba destinada a estar, si es que creéis en esas cosas.

Nosotros, por supuesto, sí creemos.

KRISTAN HIGGINS

LA PAREJA PERFECTA

A Honor Holland acaba de dejarla el chico del que lleva enamorada toda la vida. Y tan solo tres semanas más tarde, don Perfecto se ha comprometido con su mejor amiga. Honor se propone resurgir de sus cenizas saliendo con otro... Claro que eso es más fácil de decir que de hacer si una vive en Manningsport, una población con tan solo setecientos quince habitantes.

El encantador y atractivo profesor británico Tom Barlow solo quiere lo mejor para su hijastro de adopción, Charlie, pero su visado está a punto de caducar. Si no soluciona ese asunto, se tendrá que ir de los Estados Unidos dejando atrás al niño.

De manera impulsiva, Honor decide ayudarle proponiéndole un matrimonio de conveniencia para que así, de paso, su ex se ponga celoso. Sin embargo, batallar en todos los frentes no resultará tarea fácil. Y cuando empiecen a saltar chispas entre Honor y Tom...

¿Y si la pareja perfecta fuera una gran sorpresa?

KRISTAN HIGGINS

LA PAREJA PERFECTA

SEDA ROMÁNTICA

Libros de seda

KRISTAN HIGGINS

TE ESPERARÉ SOLO A TI

Colleen O'Rourke está enamorada del amor… pero no cuando tiene que ver con ella. La mayoría de las noches las pasa tras la barra del bar de Manningsport, Nueva York, un negocio del que es propietaria junto a su hermano mellizo, dando consejos sobre el amor a los corazones dolientes, preparando martinis y siguiendo soltera y feliz, más o menos. Y es que, hace diez años, Lucas Campbell, su primer amor, le rompió el corazón… Desde entonces, vive feliz picando aquí y allá, y jugando a hacer de casamentera con sus amigos.

Pero una emergencia familiar ha hecho que Lucas regrese a la ciudad. Está tan guapo como siempre y todavía sigue siendo el único hombre capaz de echar abajo sus defensas. Para conseguirlo, Colleen tendrá que bajar la guardia o arriesgarse a perder por segunda vez al único hombre al que ha amado de veras.

KRISTAN
HIGGINS

TE ESPERARÉ SOLO A TI

SEDA ROMÁNTICA

Libros de
seda

KRISTAN HIGGINS

CONFIARÉ EN TI

Emmaline Neal necesita una cita. Solo una. Alguien que la acompañe a la boda de su ex novio en Malibú. Pero hay poco donde elegir en una localidad como Manningsport, de setecientos quince habitantes. De hecho, opción solo hay una: el rompecorazones del pueblo, Jack Holland. Todo el mundo le conoce, y él no se hará ninguna idea equivocada… Después de todo, Jack nunca se interesaría en una mujer como Em. Y menos cuando su guapísima ex mujer anda por ahí, tratando de repescarlo desde que él se convirtió en un héroe al salvar a un grupo de adolescentes.

Sin embargo, durante la celebración de la boda las cosas dan un giro inesperado —y apasionado—. Aunque, bueno, solo habrá sido una noche loca… Jack es demasiado guapo, demasiado popular, como para acabar con ella. Pero, entonces, ¿por qué es con ella con quien se atreve a hablar de sus sentimientos más profundos y secretos? Si va a ser el hombre de sus sueños, tendrá que empezar por creerle…

KRISTAN HIGGINS

CONFIARÉ EN TI

SEDA ROMÁNTICA

Libros de
seda

KRISTAN HIGGINS

POR TI, LO QUE SEA

Antes de que te arrodilles para pedírselo…

… deberías estar muy seguro de que la respuesta va a ser sí. Connor O'Rourke lleva diez años esperando para hacer pública la relación de ahora sí ahora no que mantiene con Jessica Dunn y cree que ha llegado el momento de hacerlo. Su restaurante va viento en popa y ella ha conseguido un empleo de ensueño en los viñedos Blue Heron. ¿Por qué no casarse ya?

No obstante, cuando le pide que se case con él, la respuesta es no, aunque no sea un «no» muy contundente. Si no hemos roto, ¿para qué casarnos? Jess está más que ocupada con su hermano pequeño, que ahora vive con ella a tiempo completo, y con la maravillosa carrera que tiene por delante, algo con lo que ha soñado durante los muchos años en que trabajó como camarera. Lo que tienen Connor y ella en este momento es perfecto: son amigos con derecho a roce y tienen un bienestar económico. Todo son ventajas. Además, con un pasado tan complicado (y una reputación de la misma guisa), sabe positivamente que la vida de casada no es para ella.

Pero esta vez, Connor dice que tiene que jugar a todo o nada. Si no quiere casarse con él, entonces se buscará a otra que sí quiera. Algo más fácil de decir que de hacer, ya que nunca ha amado a otra que no fuera ella. Y puede que, tal vez, Jessica no esté tan segura como ella cree…

KRISTAN HIGGINS

POR TI, LO QUE SEA

Libros de seda

SEDA ROMÁNTICA

KRISTAN HIGGINS

Hasta que llegaste

Posey Osterhagen tiene mucho que agradecerle a la vida. Es la propietaria de una exitosa empresa de rehabilitación de edificios, su familia la arropa y tiene un novio, o una especie de novio. Aun así, le parece que le falta algo. Algo como Liam Murphy, un tipo alto y peligrosamente atractivo.

Cuando Posey tenía dieciséis años, ese chico malo de Bellsford le rompió el corazón. Ahora que ha vuelto, su corazón traidor está de nuevo en peligro. Lo que tendría que hacer ella es darle calabazas pero, en cambio, el destino parece tenerle reservado algo distinto.

KRISTAN HIGGINS

Hasta que llegaste

Libros de
seda

KRISTAN HIGGINS

Para mí, el único

La abogada divorcista Harper James no tiene ni un respiro. Bastante malo es que se encuentre con su ex, Nick, en la boda de su hermana para que ahora, además, por un cruel giro del destino, se vea forzada a hacer un viaje por todo el país con él. Y mientras, su casi novio se queda en casa, no muy contento.

Harper no puede evitar que Nick se abra paso de nuevo en su vida con ese glorioso y atractivo aire de arquitecto que le rodea. Sin embargo, a los ojos de Nick, Harper siempre ha sido la mujer de su vida. Si consigue hacer las cosas bien esta vez, la felicidad puede estar esperándoles a la vuelta de la esquina.

KRISTAN HIGGINS

Para mí, el único

NEW YORK

ANO VEL

Libros de
seda